SCHERZ

Jörg Maurer

Felsenfest

Alpenkrimi

✺ | SCHERZ

Erschienen bei FISCHER Scherz

© S. Fischer Verlag GmbH, Frankfurt am Main 2014

Bildrechte Innenteil: Gruppenfoto: © iStockphoto; Steinbock liegend:
© Fotolia; Steinbock stehend: © Stefan Meyers/Picture Press/Getty Images
Satz: Dörlemann Satz, Lemförde
Druck und Bindung: CPI books GmbH, Leck
Printed in Germany
ISBN 978-3-651-00063-6

Vorwurf des Autors

Um die Frage gleich von vornherein zu beantworten: Die Personen der Handlung sind frei erfunden. Eventuelle Ähnlichkeiten sind rein zufällig. Meine ehemaligen Klassenkameraden haben nicht für diesen Roman Pate gestanden. Ich selbst hatte eine glückliche Schulzeit, meine Mitschüler waren durchaus nicht so garstig und hinterhältig, wie sie hier in diesem Buch dargestellt werden, die Bosheit und Gemeinheit dieser Figuren ist dem Genre des Kriminalromans geschuldet.

Es war nun ein naheliegender Gedanke für mich, einige dieser netten Weggefährten von damals zu bitten, ein Vorwort zu diesem Roman zu schreiben. Ich liebe Vorworte. Sie sind ein kleiner Gruß aus der Küche, ein Amuse-Gueule, ein Magentratzerl, wie man hierzulande sagt. Schade, dass diese Tradition etwas aus der Mode gekommen ist. Ich formulierte also eine höfliche Bitte, suchte in den entsprechenden Internetdiensten nach den in alle Welt versprengten Absolventen meiner damaligen Abiturklasse und beschickte sie per E-Mail. Ich bekam absonderliche Rückantworten, alle waren negativ und beleidigend, manche sogar schroff aggressiv und drohend. Hatten mich meine Erinnerungen an die vielen netten Menschen so getrogen? Mein ehemaliger Freund F. schrieb, er wäre enttäuscht von mir. Für die mühevollen Hilfestellungen, die er mir damals in Mathematik gegeben habe, hätte ich mich wenigstens einmal bedanken können. Ein anderer

Freund, H. A., warf mir vor, dass ich nichts, aber auch gar nichts, was er mir seinerzeit geliehen habe, jemals zurückgegeben hätte: Radiergummis, Fahrradklingeln, Bücher, Fitnessgeräte, Wohnungsschlüssel … Nach und nach trudelten Mails aus aller Welt ein, mit immer schlimmeren und grotesqueren Unterstellungen. Gut, manches entsprach den Tatsachen: Ich ging mein Bücherregal durch, und in vielen Büchern fand ich das Exlibris mit den Buchstaben H. A. Aber trotzdem. An manches konnte ich mich beim besten Willen nicht erinnern.

Wie sich dann herausstellte, war der Grund für diese Lawine von Anschuldigungen meine erste Mail. Die Funktion *Autovervollständigen* hatte das Wort ›Vorwort‹ zu dem (zugegebenermaßen häufigeren) Wort ›Vorwurf‹ korrigiert. Vorworte sind ja tatsächlich etwas aus der Mode gekommen, wer kennt so etwas schon noch. Ich jedoch bemerkte die Korrektur nicht. (Und seien Sie ehrlich: Sie haben es bei der Überschrift zu diesem Kapitel auch nicht bemerkt. Sie haben vielleicht gestutzt, mehr nicht.) Wie auch immer, diese Mail war für alle meine Klassenkameraden willkommener Anlass, endlich das loszuwerden, was schon seit Jahren und Jahrzehnten in ihnen köchelte und brodelte.

Menschliche Abgründe taten sich auf. Eine der Mitschülerinnen war Staatsanwältin geworden, sie verwendete natürlich das entsprechende bedrohliche Briefpapier – wenn man ein solches Schreiben bekommt, zittert einem automatisch die Hand. Ein anderer verstieg sich zur Bezichtigung der Körperverletzung: Ich hätte ihn damals beim Fußballspielen absichtlich gefoult, und das nur, um statt seiner in die Schulauswahl zu kommen. Heute noch würde er, der eigentlich Balletttänzer hätte werden wollen, lahmen und hinken und zum Gespött der Leute werden. Ein dritter, schon immer mit der Aura des Geheimnisvollen behaftet, schrieb kurz zurück: »Da fragst du noch?«

So wurde die nette Klasse, die ich in Erinnerung hatte, zu einem wüsten Haufen nachtragender Verbalinjuriker. Wie viel schmutzige Wäsche wurde da gewaschen! Die lieben und hilfsbereiten Menschen waren zu grässlichen Monstern verkommen, die nun nichts mehr hielt. Ich wurde beschimpft, bedroht, tätlich angegriffen. Seitdem stehe ich unter Polizeischutz.

Aber es gibt keinen Schaden, der nicht einen Nutzen hätte, so sagt jedenfalls der Volksmund. Die netten Klassenkameraden von damals waren jetzt, nach ihrer Verwandlung, endlich dazu geeignet, Vorlagen für die vielen fiesen Figuren abzugeben, die man in einem Kriminalroman braucht. Und um die Frage nochmals zu beantworten: Ja, ich habe meine Abiturklasse als Vorbild genommen und sie eins zu eins ins Buch übertragen. Ich kann also mit Fug und Recht behaupten: Die Handlung ist frei erfunden, die handelnden Personen aber sind bis ins kleinste Detail real.

Doch ich muss schließen. Mein Aufenthaltsort ist vermutlich aufgeflogen. Draußen im Vorgarten höre ich sonderbar knirschende Geräusche. Man flüstert, man entsichert Pistolen, man pocht an die Tür. Es bleibt mir nur noch die Flucht durch den Lüftungsschacht. Und alles nur wegen dieser verdammten Autovervollständigungsfunktion, die keine Vorworte kennt.

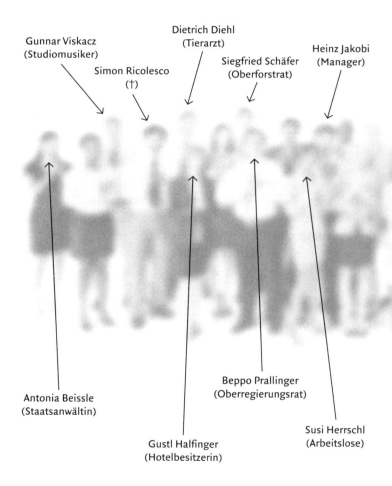

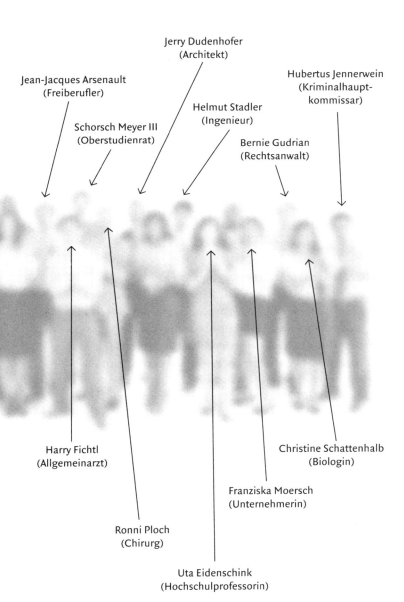

Dr. jur. Beppo Prallinger
Oberregierungsrat
im Bayerischen Staatsministerium der Finanzen

»Ihr naht euch wieder, schwankende Gestalten?«
J. W. von Goethe (übrigens auch ein Jurist)

»Wenn ich es bedenke, so muss ich sagen, dass mir meine Erziehung in mancher Richtung sehr geschadet hat.«
Franz Kafka (und noch ein Jurist)

Liebe Absolventen des Abiturjahrgangs 82/83,
mit diesen kleinen literarischen Lesefrüchten möchte ich mich bei Euch ganz herzlich dafür bedanken, dass Ihr mich wieder eingeladen habt zum diesjährigen Klassentreffen! Aber selbstverständlich wird der Prallinger kommen! Der Prallinger hat sich die vier Tage schon freigehalten! Wie schön wird es sein, Euch alle wiederzusehen, Ihr Asse in Mathematik, Ihr Cracks in Deutsch, Ihr Koryphäen in Physik! Ihr habt es ja, wenn ich mir Eure Lebensläufe so anschaue, alle zu etwas gebracht – ich hingegen bin nur ein unscheinbarer Oberregierungsrat im Ministerium geworden, mit einem grauen Büro, einem Anspruch auf zwei Topfpflanzen und einigen kleineren, nicht sehr aufregenden Aufgabenbereichen. Nicht einmal eine Sekretärin habe ich. Aber ich bin's zufrieden. Ein jeder dient unserem schönen Freistaat, wo er kann. Ich habe mein Auskommen. Wie sagt schon der Dichter:

> »Armut ist ohne Zweifel das Schrecklichste. Mir dürft' einer zehn
> Millionen herlegen und sagen, ich soll arm sein dafür,
> ich nehmet's nicht.«
> JOHANN NESTROY (auch der hat Jura studiert!)

Ich bin gesund, ich habe viel Zeit für meine Familie, kann mich inzwischen auch an zwei Enkelkinderchen erfreuen, mit denen ich oft im Garten spiele. Sie heißen Aleksander (ja, so schreibt man das heutzutage!) und Lisa, und ich werde Bilder mitbringen, falls jemand einen Blick auf die übernächste Generation werfen will. Und Vorsicht! Ich werde auch meinen Fotoapparat mitbringen!

Ich hoffe, dass von unseren alten, braven Lehrern nicht schon wieder welche weggestorben sind, aber so ist nun einmal der Lauf der Welt. Lebt unser Mathelehrer Schirmer noch – der die Schultheatergruppe *Die Rampensäue* geleitet hat? Shakespeares *Romeo und Julia* – so lustig habe ich die Balkonszene nie mehr danach gesehen! Es war die Nachtigall, und nicht die Lerche ... Oder Musiklehrer Lorenzer mit seinem ewigen Tristanakkord?

> »Und Dideldumdei und Schnedderedeng!
> Der Lärm lockt aus den Tiefen
> Die Ungetüme der Wasserwelt,
> Die dort blödsinnig schliefen.«
> HEINRICH HEINE (auch der war Jurist!)

Wie auch immer – der Prallinger Beppo freut sich jedenfalls schon wahnsinnig, und der Prallinger ist gespannt, was der eine oder andere von Euch lieben Mitschülern zu erzählen hat.
Euer – ja, wer schon? – Beppo Prallinger (Jurist)

1

Die silberglänzenden Kalksteinspitzen stachen wie Dolche in die klare Bergluft. Einige winzige Wolken scheuerten sich an ihnen und lösten sich in blauen Himmel auf. Die Augustsonne brannte unbarmherzig ins Tal. Doch oben auf einem der glitzernden Gipfel, in knapp zweitausend Meter Höhe, rupfte ein eisiger Wind an den ergrauten Haaren der kleinen, verstörten Schar von Bergwanderern, die mit gesenkten Köpfen am Boden hockten. Nur eine Gestalt saß hoch aufgerichtet auf einem Felsen. Der Mann trug eine graue Windjacke, sein Kopf war verhüllt von einer Skimütze mit Sehschlitzen und einer herausgeschnittenen Aussparung für den Mund. Er hatte gerade ein paar Worte in ein Megaphon gefaucht, die groben, militärisch kurzen Kommandos schienen noch in der Luft zu hängen. Die Wanderer waren starr vor Angst, niemand bewegte sich. Das weitläufige Gipfelplateau bot ihnen ausreichend Platz zum Sitzen, aber nur wenige Meter entfernt gähnte der Abgrund. Das machte die Situation noch bedrohlicher. Die Windböen ebbten langsam ab. Der Mann ließ das Megaphon sinken. Einige Mutige riskierten einen Blick. Unvermittelt riss sich der Megaphonmann die Sturmmaske vom Kopf. Viele der Wanderer schrien auf. Sie glaubten zu wissen, was es bedeutete, wenn ein Geiselnehmer sein Inkognito aufgab. Doch zu ihrer aller Überraschung erschien keine kantige Verbrechervisage, sondern ein längliches, glattes Gesicht mit einer sauber geschnittenen Pagenfrisur. Es war das Gesicht einer jungen Frau. Ihre Lippen waren grellrot geschminkt, die Frisur saß fest wie Stahlbeton, ihre Miene veränderte sich keinen Millimeter. Sie drehte die starre Fratze langsam herum und ließ ihren Cyberblick in kleinen ruckartigen Bewegungen über die Wanderer schweifen. Die mechanische Künstlichkeit, die maschinenhafte Präzision der Kopfdrehung verschlug allen den Atem. Mancher begriff erst nach und nach, dass die Gestalt eine Kapuzenmaske aus Kunststoff trug. Auf dem Schoß der schrecklichen Maskenfrau lag eine kompakte Maschinenpistole. Das schwarze, ölig glitzernde Auge der Laufmündung schien alle böse und unheilverkündend anzuglotzen.

Die Geisel, die der Frau am nächsten saß, trug eine verwitterte Joppe und eine abgetragene Kniebundhose. Aus dem braungebrannten Gesicht leuchteten helle, bewegliche Augen. Der graue Bart wirkte frisch gestutzt, der Mann war rundherum eine sympathische Erscheinung. Jetzt war er starr vor Entsetzen. Die anderen Teilnehmer der Wanderung befanden sich hinter ihm, fünf Meter vor ihm hatte sich die maskierte Gestalt auf den Felsen gesetzt. Der Bärtige war immer noch fassungslos, wie das hatte passieren können. Am Anfang hatte er den Tumult und das wilde Gekreische gar nicht so richtig ernst genommen. Doch jetzt saß da einer auf dem Stein und bedrohte sie mit einer echten Waffe. Wie um Gottes Willen hatte das geschehen können? Der Bärtige versuchte, seine Gedanken zu sammeln. Er war sich sicher: Die bewaffnete Gestalt dort auf dem Felsbrocken war ein Mann. Die Körperhaltung und auch der Gang deuteten darauf hin. Es war ein Mann, der eine Frauenmaske trug. Genauer gesagt, eine Lady-Gaga-Maske aus dem Faschingsbedarf, was der Gestalt noch einen Tick mehr absurde Gefährlichkeit gab. Denn die Waffe auf Lady Gagas Schoß war kein Karnevalsrequisit. Das konnte der Bärtige erkennen. Er war beim Bund gewesen. Er konnte die zweieinhalb Kilo schwere russische Bison PP-19 von einer wesentlich leichteren Nachbildung durchaus unterscheiden.

»Man kann es daran erkennen, wie die Waffe gehalten wird«, hatte ihnen ihr Ausbilder bei der Bundeswehr erklärt. Ein paar heftige Windstöße fegten über den Gipfel, der Kidnapper wartete sie regungslos ab und führte das Megaphon langsam zur Mundöffnung der Maske. Der Bärtige schloss die Augen und lauschte angestrengt, ob er die Stimme erkannte. Fehlanzeige. Man konnte die Stimme auf diese Weise nicht identifizieren. Panik stieg in ihm auf. Es war doch so ein lustiger Ausflug gewesen. Und dann hatte er solch eine grauenvolle Wendung genommen.

»Ich weiß, dass ihr euch jetzt fragt, wer ich bin. Und ob ihr diese Stimme schon mal gehört habt!«, tönte es wie zum Hohn aus dem Megaphon. »Ihr werdet es nicht herausfinden, strengt euch also gar nicht erst an. Haltet euch an das, was ich gesagt habe: Alle gucken nach vorne. Niemand nimmt Kontakt zum anderen auf. Ihr bleibt einfach so sitzen, wie ihr jetzt sitzt, und wartet auf weitere Anweisungen. Wenn jemand aus der Reihe tanzt, dann spricht Lady Gaga Nummer zwo.«

Er hob die Bison in die Höhe und schwenkte sie über die Sitzenden, die sich instinktiv duckten. Manche schrien wimmernd auf.

»Für diejenigen unter euch, die keine Ahnung von Waffen haben: Das da in meiner Hand ist eine russische Bison PP-10-9!«

Er sprach die Waffenbezeichnung langsam und drohend aus. *Pe! Pe! Zehn! Neun!* Jede Silbe ein Pistolenknall.

»Sechshundert Schuss in der Minute sind kein Problem für sie. Und das reicht für alle hier.«

Der Geiselnehmer erhob sich von seinem Stein, stapfte zum

Gipfelkreuz, öffnete den hölzernen Aufbewahrungskasten für das Gipfelbuch, nahm einen Stapel Masken heraus und hielt sie in die Höhe.

»Jeder von euch streift sich jetzt so ein Ding über. Und ich sag es nochmals: Niemand von euch spricht. Niemand macht Zeichen. Niemand sieht sich um. Niemand macht *irgendetwas*.«

Er sprang vom Felsen, ging ein paar Schritte in Richtung der Geiseln und warf jedem von ihnen eine Maske vor die Füße. Der Bärtige wunderte sich. Warum legte der Gangster solchen Wert darauf, dass sie sich nicht ansahen? Er spähte nach hinten. Dort saßen zwei seiner Freunde, die sich gerade in Lady-Gaga-Doubles verwandelten. Wo war der Gangster hergekommen? Hatte er sie hier oben erwartet? Hatte er sich auf dem letzten Wegstück, das kurvig und unübersichtlich war, unter sie gemischt? Oder – und jetzt erschrak er zutiefst – war er womöglich die ganze Zeit dabei gewesen, und war er infolgedessen einer von ihnen?

»Und nun zum Sinn dieser Veranstaltung. Ich habe vor, mich mit einem von euch – sagen wir – auszusprechen. Dieser eine weiß das wahrscheinlich auch schon, und er weiß, um was es geht. Die anderen haben nichts zu befürchten. In ein paar Stunden werden alle wieder frei sein. Bis dahin geben wir alle zusammen ein köstliches Bild ab!«

Der Gangster lachte hämisch.

»Wenn ich mir das so anschaue, verwandeln wir uns gerade in eine lustige Wandergruppe, bestehend aus lauter Lady Gagas, die sich gemeinsam einen originellen Spruch fürs Gipfelbuch ausdenken.«

Wieder schlug er ein hölzernes, fieses Lachen an, doch er beherrschte sich sofort wieder. Die Menschen, die am Boden kauerten, rührten sich nicht. Auch der Graubärtige mit der abgewetzten Kniebundhose wagte kaum, zu atmen. Geschweige denn, sich nochmals nach den anderen umzusehen. Beim Abmarsch vor zwei Stunden waren sie eine fröhliche Ausflüglertruppe von vierzehn Leuten gewesen. Während der Wanderung waren andere Bergsteiger zu ihnen aufgeschlossen, hatten sich unter sie gemischt, hatten sich bei Weggabelungen wieder von ihnen getrennt. Oben auf dem Gipfelplateau war dann alles so furchtbar schnell gegangen.

Der Bärtige drehte den Kopf unmerklich nach hinten. Der Kidnapper war immer noch dabei, den korrekten Sitz der Lady-Gaga-Fratzen zu überprüfen. Als er in eine andere Richtung schaute, zerrte der Bärtige an seiner Fessel. Keine Chance, sie zu lösen. Eine Art Zelthering war in die Erde eingeschlagen, der dicke, silberne Haken trug oben einen stabilen Ring. Diese Haken waren schon in der Erde verankert gewesen, als sie alle den Gipfel erreicht hatten. Sie hatten die kleinen silbernen Dinger nicht bemerkt. Sie waren atemlos und erschöpft hier oben angekommen, sie hatten ihre Rucksäcke wohlig stöhnend abgestreift und sich sofort in der moosigen weichen Mulde in der Mitte des Gipfelplateaus niedergelassen, vor dem Gipfelkreuz und dem großen Stein. Einige hatten sich auf den Rücken gelegt und die Augen geschlossen, um sich die Höhensonne auf die Nase brennen zu lassen. Manche hatten sich eine Zigarette angesteckt – und die anderen wedelten gespielt angeekelt mit den Händen. Siegfried Schäfer, der hochaufgeschossene Oberforstrat, hatte noch einen kleinen Vortrag über die Vegetation hier oben gehalten. Uta Eidenschink, die sangesfreudige Rothaarige, hatte ein Wanderlied geschmettert, ein paar andere hatten eingestimmt. Plötzlich, aus heiterem Himmel, völlig unerwartet, war eine maskierte Gestalt in ihrer Mitte gestanden. Kein

Mensch hatte gesehen, woher sie gekommen war. Die Gestalt hatte einen kleinen Trichter in der Hand gehalten, ein Kindermegaphon aus dem Spielzeugladen, hatte etwas von *Überraschung! Überraschung!* gerufen, hatte jedem die Hand nach unten geführt – und innerhalb von wenigen Sekunden hing das gute Dutzend Wanderer mit Handschellen an den Ringen, die bis dahin unbemerkt geblieben waren. Sie hatten sich vermutlich deshalb so leicht überrumpeln lassen, weil keiner mit solch einer Aktion gerechnet hatte. Im Gegenteil, sie hatten es für einen Scherz gehalten, für einen spielerischen Programmpunkt der Wanderung. Einige hatten lachend protestiert und spaßhaft neckisch gemurrt. Ein paar hatten flotte Sprüche parat:

»Gibts denn jetzt beim Bergsteigen auch schon Bondage?«

Andere dachten wohl an den Hobbyzauberer mit dem Spitznamen ›Houdini‹, der mit ihnen gegangen war und der ein paar Zauberkunststücke draufhatte, die er bei jeder Gelegenheit zum Besten gab. Zersägte Jungfrau, Kaninchen aus dem Hut, das Übliche – und heute eben eine Gruppenfesselung auf fast zweitausend Meter Höhe. Das wäre gar nicht so unwahrscheinlich gewesen.

»Houdini lässt grüßen!«, hatte einer noch gerufen, daraufhin gab es Gelächter. Doch dann fielen die ersten Schläge. Die letzten drei, vier Fixierungen geschahen alles andere als freiwillig, der Geiselgangster half mit Fußtritten, Stößen und derben Ohrfeigen nach. Und spätestens jetzt hatte jeder begriffen: Das war kein lustiger Programmpunkt der Erlebniswanderung. Das war bitterer Ernst.

Der Bärtige betrachtete die Handschellen genauer. Es schienen keine blechernen Faschingshandschellen zu sein, es waren schwere eiserne Dinger, vielleicht sogar aus alten Polizeibeständen. Ihm fiel ein, dass es auch SM-Shops gab, in denen man stabile Handschellen kaufen konnte. Er ruckelte abermals an seiner Fesselung. Es mussten Zeltheringe sein, die sich im Boden verhakten, dann auseinanderspreizten wie Hohlraumdübel. Vielleicht waren sie sogar einbetoniert. Vorsichtig griff er mit der freien Hand unter die Maske. Mit den Fingerkuppen ertastete er Hautabschürfungen, an einer Stelle blutete er. Zudem hatte er einen ziemlich schmerzhaften Fußtritt abbekommen, als er sich als Letzter dagegen gewehrt hatte, die Handschellen anzulegen. Als er den Stiefel im Gesicht gespürt hatte, war er nach hinten gekippt. Noch jetzt klang ihm die Drohung im Ohr, ein gezischtes *Mach jetzt! Sonst knallts!* Und dann war da ein Wort gefallen, das er nicht verstanden hatte, so etwas Ähnliches wie *Depesche*. Er konnte die Stimme niemandem zuordnen. Keinem aus seiner Wandergruppe.

Wieder durchbrach das scharfe Gequäke des kleinen Kindermegaphons die Stille.

»Ihr greift jetzt mit der freien Hand in eure Tasche oder in euren Rucksack, holt euer Handy heraus und haltet es in die Höhe. Keine Tricks, dann passiert euch nichts. Wer ein Tablet dabeihat, ein Notebook, einen Krankenhauspiepser oder irgendeinen anderen Kommunikationsscheiß, der holt das ebenfalls heraus.«

Alle durchsuchten ihre Rucksäcke. Der Bärtige überlegte fieberhaft. Er trug das Smartphone seiner Tochter in der Brusttasche. Er hatte es der Dauersimserin heute Morgen beim Frühstück aus Spaß weggenommen und vergessen, es ihr wiederzugeben. Das Telefon von Mona steckte in einer trendigen, knallfarbigen, selbstgehäkelten Handysocke mit einem aufgestickten *Geh ran! Ich bin's!* Sein eigenes, schick gestyltes, aber äußerlich leicht ramponiertes iPhone steckte in der Hosentasche. Sein Plan war, das bunte Handy herzugeben und das andere zu behalten. Sehr, sehr langsam griff er mit der freien Hand in die Tasche und zog das graphitschwarze Trendyhandy heraus. Er schob es unauffällig unter seinen Oberschenkel. Das Sockenhandy hielt er hoch. Der Kidnapper ging von einem zum anderen und sammelte die Geräte ein, auch das seiner Tochter. Geschafft. Es verschwand mit den anderen in einem leeren Stoffsack. Der Typ hatte aber auch alles vorbereitet! Der Bärtige legte seine Hand – unauffällig, wie er meinte – neben seinen Oberschenkel und überlegte. Die Notruftaste war zu riskant: Ihm selbst war es nicht möglich zu sprechen, und er durfte es nicht riskieren, dass der Wahnsinnige die Stimme am anderen Ende der Leitung hören konnte. Er musste eine SMS absetzen, und er wusste auch schon, an wen. Die Telefonnummer war, wie alle Nummern, die er nicht ständig brauchte, im Adressbuch auf der Homepage seines Providers gespeichert. Er musste ins Internet. Hoffentlich gab es hier ausreichend Empfang. Er drückte die Taste und wartete auf eine Gelegenheit, sein Adressbuch zu öffnen.

Die Gelegenheit kam schneller als erwartet. Aus der hintersten Reihe der Geiseln ertönte plötzlich ein Schrei, ein Hilferuf, nichts Gellendes, eher ein heiseres Ächzen. Der Maskierte befahl Schweigen, doch das hysterische Wehklagen hörte nicht auf. Er schwenkte die Waffe über dem Kopf und ging nach hinten, knapp an dem graubärtigen Mann vorbei. Er sah sich immer wieder um, aber er war abgelenkt. Der Bärtige hatte ein paar Sekunden Zeit, die SMS abzusetzen. Der Gangster schrie die gefesselte, wimmernde Person brutal an, sich gefälligst zusammenzureißen. Jetzt schleppte er sie offenbar ein Stück weit von der Gruppe weg und fixierte sie wohl dort am Boden. War denn das gesamte Plateau mit Fesselringen übersät? Er kam wieder nach vorn. Der Bärtige drückte auf Senden. Gerade noch rechtzeitig. Ein Schatten fiel auf ihn. Schnell schob er das iPhone wieder unter den Oberschenkel. Er hatte keine Zeit mehr, das Mobiltelefon auszuschalten. Der Maskierte schwenkte die Maschinenpistole zornig in seine Richtung. Und dann schoss er.

2

Drunten im Tal war es so ferienheiß und schwül, wie es nur in einem Freibad im August heiß sein kann. Tom (persönliches Profil: sonnengebräunt, muskulös, jung) hielt den farbigen Beachvolleyball in Kopfhöhe. Seine nackten Zehen krallten sich in den feinen, wüstenglühenden Sand, er warf den Ball hoch in die Luft. Als er ihm in die Höhe nachblickte, prasselte der Himmel pflaumenblau auf ihn herab. Tom musste blinzeln. Aus Richtung des Schwimmbeckens hörte er nasses Kinderquieken, das mehrfach aufstob und grell und salvenartig platschend im Wasser versickerte. Ein Bademeister (persönliches Profil: Kampftaucher, AC/DC-Fan) lief am glitschigen Beckenrand entlang, Tom hörte bis hierher das Nnpf, Nnpf seiner Plastiklatschen.

Tom ließ den Ball auf den Boden tropfen, bückte sich und griff ihn wieder auf. Acht Sekunden konnte man sich laut Regelwerk für eine Volleyballangabe Zeit lassen. Acht volle Sekunden. In dieser Zeitspanne soll auch das Universum entstanden sein, vom Urknall ab gerechnet. Acht Sekunden dauerte ein Sprung von der Klippe von La Quebrada in Acapulco. Nach acht Sekunden entfaltete Zyankali seine endgültige Wirkung. Acht Sekunden schienen eine richtig lässige Zeitspanne zu sein. Toms Mannschaftskameraden, die Gegner, auch die reichlich anwesenden Zuschauer wussten, dass von diesem einen Schlag eine ganze Menge abhing, dass hier auf dem glühenden Feinsandplatz eine schwerwiegende Entscheidung anstand. Auch die zufällig vorbeischlendernden Badegäste spürten es. Einer twitterte eine Nachricht an seine sechshundert Follower: *Haha! Hulk schlägt grade im Centre Court auf. Bin im Loisachbad.* Immer mehr Neugierige blieben stehen. Wenn Tom diesen Service versemmelte, dann waren nicht nur Punkt, Satz und Spiel verloren, sondern auch die Ehre der Apple-Benutzer. Denn heute spielten die Mac-User (Profil: stylisch, smart, designorientiert) gegen die PCler (Profil: übelst mainstreamig, oldfashioned, Tag und Nacht am Neustarten). Sie rangen jetzt schon zwei Stunden um den Sieg, hatten in der kühlen Morgenluft begonnen und sich Satz für Satz in die stetig anschwellende Vormittagshitze hineingebaggert und -geschmettert. In wenigen Augenblicken würde das sandige Gerangel zu Ende sein. Tom hatte vor, die Zeitspanne von acht Sekunden voll auszuschöpfen, um die öden Windows-User auf der anderen Seite des Netzes so richtig zu zermürben. Grundkurs Psychologie. Erneut hob er den Ball in Kopfhöhe. Und wieder eine ferne Kaskade von schrillem Kinderlachen, vermischt mit dem sturen Nnpf, Nnpf des Badeschlapfenmeisters. Noch sechs Sekunden. Tom war ein Crack. Er war der Beste hier auf dem Beachcourt. Seine muskulöse Erscheinung hatte er zusätzlich durch enganliegende Biker-Shorts unterstrichen. Er wusste, wie er posieren musste, um den vorderen Sägezahnmuskel (›musculus serratus anterior‹, auch ›The Great Pretender‹ genannt) dermaßen aus dem Brustkorb hervortreten zu lassen, dass zu dem unglaublichen Hulk oder den kampfbereiten Lieutenants aus den Ego-Shooter-Spielen nicht mehr viel fehlte. Tom ließ den Ball auf den Fingerkuppen kreisen. Dann umschloss er ihn mit der Hand, und die Kugel verschwand fast darin.

»Samba, samba!«, rief ein glühender Verehrer des großen iSteve. Er formte mit beiden Händen über dem Kopf den bekannten Apfel.

»Rumba, rumba!«, echote der Chor der Getreuen. Die Wörter samba (= geil) und rumba (= saugeil) hatten sich dieses Wochenende zu Modewörtern entwickelt, wie üblich wusste wieder einmal keiner, warum eigentlich. Tom hatte die These aufgestellt, dass die geflügelten Krafttanzausdrücke aus den Hüftschwüngen von Jeanette (persönliches Profil: 90–60–90) entstanden seien, die jeden Donnerstag bei einer Zumba-Fitness-Party ein paar Gramm abnahm. Die Steigerung von samba und rumba, das Nonplusultra, der krönende Abschluss war dann tango. *Samba! --- Rumba! --- Tango!!!* So klangen die Anfeuerungsschreie bei den drei Ballannahmen. Und bei tango wurde schließlich geschmettert.

Noch fünf Sekunden. Der Schiri führte die Pfeife schon mal vorsichtshalber zum Mund. Schiri war natürlich Bastian Eidenschink (persönliches Profil: ehemaliger Klassensprecher). Niemand hatte ihn je Volleyball spielen sehen. Es gibt so Typen, die immer nur Schiedsrichter sind. Beruflich werden sie Mediatoren, Tierpsychologen oder Blechschadenschätzer für Versicherungen. Angefangen haben sie als Klassensprecher. Bastian Eidenschink war so einer. Noch vier Sekunden. Jetzt atmete er tief und demonstrativ ein und steckte die Pfeife in den Mund. Er verdrehte die Augen und machte ein ungeduldiges Zeichen mit der Hand. Tom warf den Ball hoch. Ein langgezogenes --- *sssssssssamba!* --- ließ das Freibad erzittern. Drei Sekunden. Noch hatte er keine Ahnung, wie er den Ball schlagen würde. Er wollte sich erst im letzten Moment entscheiden. Es gab viele Möglichkeiten, einen Service ins jenseitige Lager zu senden: die aus dem Sprung geschlagene Peitsche. Die gemeinst und übelst angeschnittene Giftbanane. Die gelüpfte Samba-Splitterbombe. Natürlich gab es noch weitaus mehr Möglichkeiten, den Aufschlag zu versaubeuteln. Tom, der Volleyballfreak, wusste, dass die in dieser Sportart weltweit führenden Chinesen coole Namen für solche Rohrkrepierer hatten: Tschan-tschu, die allzu weit hüpfende Kröte (= Ausball). Lei-sun, der müde Tiger (= Netzroller). Loa-ying, der kurzsichtige Adler (= Übertreten). Noch zwei Sekunden. Draußen am Spielfeldrand lümmelte Mona (persönliches Profil: Bikini, Bikini), die sicherlich ebenfalls gerne mitgespielt hätte, doch Mona trug den Arm in Gips. Gartenunfall. Pech für sie, schade für alle, denn sie wäre eine der besten Spielerinnen hier auf dem Platz gewesen. Tom hatte ein Auge auf sie geworfen. Er hatte ihren Beziehungsstatus auf Facebook gecheckt: *Wieder solo – schade aber auch*. Ganz klare Sache: Er wollte angeben mit dem Schlag. Einen tödlich angeschnittenen Smash zwischen die beiden ungelenken Flaschen dort drüben auf den Positionen drei und vier? Noch eine Sekunde. Auch Mona war jetzt aufgesprungen. Sie hob unbeholfen und katzenpfötchenhaft ihren Gipsarm und winkte ihm zu. Tom spannte die Muskeln und wuchs über sich hinaus. Er war bereit, zuzuschlagen. Er schmetterte. Er feuerte. Er drückte ab. Er spannte sich wie ein Flitzebogen und entlud seine ganze verdammte Hulk-Kraft darin. Er hörte kein Nnpf, Nnpf mehr und kein Kinderkreischen. Er hörte nur noch das --- *rrrrrrrumba!* --- der außer Rand und Band geratenen Schlachtenbummler. Aus den Augenwinkeln sah er einen winkenden Gipsarm. Mona war wieder solo. Super. Die Hand von Tom schmatzte an den Ball, und wie ein Überschalltorpedo zischte die Kunstlederkugel davon, mit leichter Anfangssteigung in Richtung der gegnerischen Position fünf. Das Geschoss hatte eine ideale ballistische Flugbahn angenommen. Das Geschrei der Schlachtenbummler war jetzt ohrenbetäubend. Die Granate überquerte das Netz. Zunächst, im ersten fiesen Impuls, hatte Tom vorgehabt, die unbewegliche Tessy Meyer anzuspielen (Profil: Flaschenhalsbrille, Einserabitur, Wahlfach Altjapanisch), aber dann war sein Blick auf Steve gefallen. Steve Beissle auf Position fünf hatte seelenruhig sein Handy aus der Tasche gezogen, er setzte wohl gerade seinen Status neu: *Am Beachen. Tom hat Service, diese Flasche.* Steve (Profil: Physikgenie) beherrschte das einhändige Eintippen, auch das blinde einhändige Eintippen, auch das blinde einhändige Eintippen und dazu mit jemandem seelenruhig über Relativitätstheorie sprechen. Als Tom Steve sah, drehte er sich von Tessy Meyer weg und zielte auf ihn. Er wollte ihm das verdammte Handy aus der Hand schießen, dass es in die Stratosphäre spritzte. Und jetzt gab es helle Aufregung bei den Windows-Langweilern: Der Ball senkte sich raketenschnell auf Steve. Steve jedoch hatte die Ruhe weg. Er ließ die Hand mit dem Handy einfach sinken, mit der anderen Hand parierte er Toms Kracher, er parierte elegant und schaffte es sogar, den Ball locker zu Franziska zu spielen, die sauber an Josch weitergab. Josch sprang hoch, er schraubte sich aus dem Sand wie kochendes Wasser aus einem Geysir, er setzte zu einem kettensägenmäßigen Schmetterschlag an, und er schlug in Richtung Tom. Nicht direkt in Richtung Tom, er spielte einen Meter rechts neben Tom. Er wollte ihn dort im Niemandsland versenken. Tom setzte zum Hechtbagger an. Er spurtete los und flog. Er flog unendlich lange. Er stieg auf wie ein kühner Albatros, wie Conandree, der gleitende Dampfhammer aus dem Ego-Shooter-Spiel. In der Luft liegend sah er, dass Mona ihm einarmig zujubelte. Er riss die Augen weit auf. Hinter dem Spielfeld war eine Banderole aufgespannt: HERZLICH WILLKOMMEN ZUM KLASSENTREFFEN! Wenn er sich noch ein bisschen mehr reckte, konnte er den Ball vielleicht erreichen. Vielleicht.

3

»Ein Jegliches hat seine Zeit«, so heißt es in Prediger 3.1, »und alles hat seine Stunde: geboren werden und sterben, pflanzen und ausrotten, würgen und heilen, brechen und bauen, weinen und lachen, klagen und tanzen, Steine werfen und Steine sammeln, schweigen und reden ...«

Die meisten Bibelfreunde steigen spätestens hier aus. Sie lesen nicht weiter, sie überfliegen die herrlichen Dualismen. Wird schon recht sein, meinen sie, alles hat eben seine Zeit – so rum und auch anders rum gesehen. Deswegen bleibt die zentrale Stelle יִתֵּן בַּ יְשַׁעֲמַ לְדַנְּה meistens unbeachtet, wird auch oft sehr undeutlich mit »herzen und klagen« übersetzt, wo doch eine treffliche kraftvoll-bayrische Übertragung wäre: *Auch schmusen und granteln hat seine Zeit.* Und genauso hat es der große Deggendorfer Bibelübersetzer, der Hilfspfarrer Alois Grundlmayr, formuliert. Die Übersetzung wurde von der Amtskirche leider niemals anerkannt. Sehr schade.

Für den Gemüsemann am Marktstand war es heute an der Zeit zu granteln. Es war so ein Tag. Er hatte keinen Grund dazu, das Wetter war schön, der Himmel blitzblau, die Geschäfte an diesem Markttag liefen hervorragend, der Blumenkohl lag prall und rösch im Korb, er hatte keine komplizierten Kunden gehabt, keine Taschendiebe, Mundräuber, Wechselgeldwoller oder Pastinakenkritiker. Trotzdem schnauzte er den Mann, der sich über den Blumenkohlkopf beugte, heftig an:

»Pratzen weg, gelln S'. Anglangt is kafft.«
(In etwa: Finger weg, das gilt auch für Sie. Die Berührung der Ware bedeutet Kaufentscheidung.)

Der Angesprochene, Kriminalhauptkommissar Hubertus Jennerwein, zog die Hand zurück. Er wusste um die bayrische Befindlichkeit des Grantelns. Er wusste, dass es in solch einem Fall sinnlos war, zu diskutieren. Noch hatte er gar nichts berührt, er hatte es auch nicht vorgehabt. Er steckte die Hände in die Hosentaschen und schwieg freundlich.

»Was is' jetzad?«, wurde er angeblafft. »Kaffassas dann?«

Das bayrische Grantigsein ist zu unterscheiden von ähnlich misslichen Befindlichkeiten anderer Volksstämme. Der Grant des Österreichers etwa, der mit dem bayrischen Grant oft in einen Topf geworfen wird, ist morbide, todesverliebt und jenseitig. Dieser Grant hat die Farbe des Verzweifelten. Zornrot werden die Grantler in Wien, diesen Donauraunzern und Wienerwaldmoserern schwillt der Kamm, und nicht selten fliegt über ihnen schon der große schwarze Vogel Tod. Aber auch beim überseeischen Blues, der mit dem Granteln oft verglichen wird, geht es um etwas grundsätzlich anderes. Für den Blues gibt es nämlich immer handfeste Gründe: tagelanger Regen down in Tennessee, ein böses Erwachen mit Kopfweh, der letzte Tropfen Whiskey, eine unerklärliche Schusswunde – solche fatalen Dinge behandelt der Blues, und der Schmerz wird immer schön eingepresst zwischen Tonika und Subdominante. Der Bayer braucht für seinen Fünfseenblues solche profanen Gründe nicht. Er beherrscht die Kunst zu klagen, ohne zu leiden. Zum föhngestützten Alpin-Grant hat er nicht einmal ein Instrument nötig. Er grantelt sozusagen freihändig und auswendig. In diesem Zusammenhang wird auch immer wieder die ostwestfälische Schwermut und Nachdenklichkeit bemüht.

Oder die russische Seele, die man angeblich aus den Liedern der Wolgaschiffer heraushören soll. Oder die französische Tristesse, die es bei Sartre und Camus sogar zu philosophischem Ansehen gebracht hat. All das kann niemals an die spontane Gefühlsregung eines alpenländischen Grantlers herankommen.

»Und? Nehmen S' jetzt den Blumenkohl?«, fauchte der Gemüsehändler.

Jennerwein schüttelte den Kopf. Er sah sich um. Hinter ihm hatte sich eine kleine Schlange gebildet.

»Nein«, sagte er zu dem grantigen Tandler, »ich wollte nur schauen, was Sie da Schönes haben.«

»So, schauen wollten S'. Aha. Ja, dann schaun S' halt, in Gottes Namen.«

»Wieviel kostet denn ein Kopf?«

»Warum wollen Sie das jetzt wissen? Wenn Sie doch bloß schauen wollen?« Der Gemüsehändler stutzte. »Aber Sie kommen mir bekannt vor!«

»Meinen Sie?«

»Sie waren schon öfters da.«

»Das kann durchaus sein.«

Jennerwein machte einem anderen, kauffreudigeren Kunden Platz. Er trat einen Schritt zurück, warf noch einen letzten Blick auf die bunten Gemüsearrangements, wandte sich dann zum Weitergehen. Er liebte den Markt. Er liebte es, herumzuschlendern, prall wuchernde Viktualien zu vergleichen und all die Verkaufstaktiken der Händler und Kaufgewohnheiten der Kunden zu studieren. Er konnte sich hier wunderbar entspannen. Wenn es an seinem Arbeitsplatz schnell gehen musste mit der Entspannung, dann spreizte er Daumen und Mittelfinger und massierte sich damit die Schläfen. Aber bei einem Spaziergang auf dem Wochenmarkt ging es auch ohne solche Hilfsmittel.

Kriminalhauptkommissar Hubertus Jennerwein hatte heute Bereitschaftsdienst. Bereitschaftsdienst war praktisch gleichbedeutend mit: freier Tag. Nur im äußersten Notfall, zum Beispiel wenn sich die Sonne zu einem roten Riesen ausdehnte und die Bayrische Polizei über geeignete Gegenmaßnahmen beraten müsste, dann würde auch der Bereitschaftsdienst hinzugezogen werden. In so einem Fall würde sein Mobilfunkgerät klingeln, das er in der Jackentasche trug. Wenn es nicht klingelte, würde es ploddernd vibrieren, und eine geheime Zahlenchiffre würde ihm gesimst werden, eine Abkürzung, wie sie auch im Polizeifunk verwendet wurde. Er hatte die einzelnen Nummern im Kopf. Er war kein Gedächtniskünstler. Er wusste die Nummern aus einem ganz bestimmten Grund auswendig.

017 Bombendrohung 021 Banküberfall 025 Zechprellerei
035 Verfolgung 039 Totschlag 045 Sprengstoffanschlag
048 Selbsttötung 049 Schwertransport 057 Ausbruch
073 Einschleicher 080 Falschgeld 084 Flugzeugabsturz
088 Gasgeruch 090 Gefangenentransport 091 Geisteskranker
094 Grober Unfug 107 Leiche 111 Munitionsfund
112 Notlandung 115 Raub 118 Ruhestörung

Doch sein Mobilfunkgerät klingelte nicht. Es hüpfte und plodderte auch nicht. Gut gelaunt schlenderte Jennerwein über den geschäftigen Markt des Kurortes. Es war erst früher Vormittag, doch um jeden Stand hatten sich schon kleine Gruppen von Interessierten gebildet. So ein Wochenmarkt ist auf der ganzen Welt gleich. Ganz am Anfang, in bester 1a-Lage, befindet sich immer ein Gemüsehändler. Im Kurort ist es der schon geschilderte Grantler. In Bayern gilt nämlich die Regel: Der grantigste Tandler macht das Rennen. Merkwürdigerweise wird er als der Seriöseste empfunden. Dann, nach einigen Antipasti-Angeboten, kommt ein weiterer Gemüsestand. Der Besitzer ist das genaue Gegenteil des Grantlers, es ist vielmehr ein rechter Quirlherum und Schreihals, der dich sofort duzt und dir einen Kohlrabi oder eine Mango aufgeschnittenerweise in den Mund steckt. Oder es zumindest versucht: Da, probier! Saugut! Nach drei weiteren Schritten steht man am Stand des gelangweilten, fast melancholisch dreinschauenden Honigverkäufers. Der blickt über die Kunden hinweg in die Ferne, als hätte er gerade ein paar Rainer-Maria-Rilke-Gedichte gelesen und verstanden. Es folgen: die Bude des Tirolers mit seinen tausend Schinken – der meist verwaiste Wachskerzenstand – das duftende Reich des folkloristisch gekleideten Gewürzweiberls – der erste Würstlstand. Dann kommt der dritte Gemüsestand, der ist so richtig demetrig bio, dementsprechend teuer, allerdings bestückt mit zwei jungen Verkaufskanonen, die das wieder wettmachen. Manches Blättchen Gemüse ist so horrend hochpreisig, dass die Kreditangebote der Sparkasse dahinter durchaus ihren Sinn haben. Trotzdem: Dieser dritte Gemüsestand ist eine Armutsfalle. Daran reiht sich – im Kurort genauso wie in Kiel oder Kaiserslautern – der Allgäuer Käsemann, ein grober Klotz, der das Publikum mit derben Zoten lockt – nix Rainer Maria Rilke, sondern naheliegende Wortspiele mit Eiern, Käse, Euter, Kuh, Stier, Hahn und der ganzen übrigen Bauernhoferotik. Trotzdem oder vielleicht gerade deswegen hat der wüste Allgäuer Zulauf von feinen Damen und der Intelligenzija des Kurorts. Der kunstsinnige Professor Schreyögg fragt nach Roquefort – er wird ausgelacht und bekommt Emmentaler aus Hindelang. Die zerbrechlich wirkende Baronin Brede von Hoffstaetter fragt nach einem milden Dessertkäse, der bei ihrer wöchentlich stattfindenden Séance die geschmackvolle Überleitung zum Geistersehen bilden soll –

»Do dädi an Schmierkäs empfähla«, allgäuerte der hagebuchene Hindelanger. »Der weckt Tote auf.«¹

Nach der Bude des handfesten Käsemannes kommt die rosenwangige Biometzgerin, dann der hübsche Florist inmitten seiner phantasievollen Gebinde, und zum Schluss der Würschtlmo, der es versteht, seine Würschtl mit einem derartig positiven Mythos zu versehen, dass die Schlange oft bis zum Ortsausgang reicht, was den anderen Würschtlmo's ein Rätsel ist.

Jennerwein bückte sich, um seine Schnürsenkel zu binden. Sein Blick fiel auf ein kleines Elektrohäuschen, das mit zweitklassigen Graffiti beschmiert war. Zweitklassig deshalb, weil sich der Kommissar ein wenig mit dieser Art der Malerei auskannte. Das Gekritzel dort auf dem Elektrohäuschen war nichts im Vergleich zu den Kunstwerken, die man oft auf dem Bahnhofsgelände sah: kühne Schriften und geheimnisvolle Zeichen der trotzigen Reviermarkierung. Jennerwein hatte vor vielen Jahren, als er noch im Streifendienst arbeitete, einen vermummten Writer festnehmen müssen, der gerade bei der Arbeit gewesen war. Nachts hatte er ihn erwischt, und es sah fast ein bisschen so aus, als wollte er sich erwischen lassen. Der Ober-Skiller mit dem Künstlernamen Mungo bezeichnete seinen Style als *krypto*. Jennerwein hatte es damals beim Platzverweis belassen, denn er fand, dass die Graffiti von Mungo das Schönste in dieser öden

---

1 Mit dieser Bemerkung hat der Allgäuer gar nicht so unrecht. Die schwäbische Spiritistin Roswitha Zertsterbichler (1949–?) stellte bei ihren berühmten Séancen Tellerchen voll Allgäuer Edelschimmelschmierkäse auf den Tisch, um die Geister auf olfaktorische Weise anzusprechen. Und es klappte. Längst verblichene alemannische Autoren wie Friedrich Schiller und Bert Brecht erschienen und offenbarten sich allesamt als große Käseliebhaber. Friedrich Hölderlin blieb fern – er konnte Käse nicht ausstehen.

Straße waren. Das jetzige Piece hingegen war nichts weiter als der dilettantische Versuch einer Reviermarkierung. Trotzdem betrachtete er die Zeichnung genauer. Irgendetwas daran machte ihn stutzig. Er beugte sich vor, um sie genauer anzusehen.

Jennerwein erschrak, als er eine Hand auf der Schulter spürte.

»Sie sind es doch, oder?«

Schade, er hätte die Graffiti gerne intensiver studiert. Damals, vor Jahren, war er kurz davor gewesen, den Sprayer Mungo zu fragen, ob er ihm nicht bei sich zu Hause eine Wand in seinem verschlungenen Wildstyle verschönern könne. Er hatte es dann doch gelassen. Später hatte er ihn angerufen, doch Mungo war mittlerweile kein illegaler Inside-Bomber mehr, sondern Artdirector einer geleckten Werbeagentur mit Isarblick. Enttäuschend. Jennerwein erhob sich und reckte seine verspannten Glieder.

»Ja, freilich sind Sies!«

Die Frau war eine Einheimische, das sah er gleich an der Gewandung. Echte handgeschnitzte Hirschhornknöpfe auf einer dunkelgrünen Lederjoppe. Aus der Einkaufstasche lugten Salatköpfe in verschiedenen Farben. Dazwischen versteckte sich ein Pekinese.

»Herr Kommissar – ich bin eine große Bewunderin von Ihnen. Das wollte ich Ihnen bloß einmal persönlich sagen.«

Weitere Passanten blieben stehen und flüsterten sich zu.

»Wer ist denn das?«

»Der Jennerwein!«

»Wer? Wo? Der unscheinbare Typ? Das glaube ich nicht.«

»Den habe ich mir ganz anders vorgestellt.«

»Jetzt, wo ich ihn so sehe – der hat Ähnlichkeit mit diesem britischen Schauspieler – wo einem auch immer der Name nicht einfällt.«

»Jaja, der Schauspieler, der in dem einen Film da mitgespielt hat – Fünf Todesfälle und keine Spur von Hochzeit oder so ähnlich.«

Einer zückte seine Digitalkamera.

»Darf ich?«

»Ich kann es Ihnen nicht verbieten«, erwiderte Jennerwein höflich. Nach kurzer Zeit stand er inmitten eines kleinen Blitzlichtgewitters. Der Skispringer, der sich drüben am Fischstand nach dem kalorienärmsten Seebewohner erkundigte, schaute neidisch und sehnsüchtig herüber. Ein kleines Mädchen holte ihr Poesiealbum aus ihrer buntbestickten Umhängetasche.

»Schreiben Sie mir was rein, Herr Kommissar?«

»Was soll ich denn reinschreiben?«

»Eine Widmung, wissen Sie. Einen Spruch von einem Polizisten.«

»Gut. Hast du was zum Schreiben da?«

Das Mädchen gab ihm einen Stift.

»Aber bitte nicht so was Langweiliges. Nicht so was wie *Ich bin ein kleines Mäuschen mit einem Blumensträußchen, ich mache einen Knicks, und weiter weiß ich nix.* Das habe ich jetzt schon fünfmal drinstehen. Ich will was, was nur für mich ist!«

Jennerwein lächelte. Er dachte kurz nach. Dann schrieb er:

> *Ich bin ein Cop, ein alter,*
> *mit 'ner zerkratzten Walther,*
> *doch wenn dir was passiert –*
> *weiß ich: sie funktioniert.*
> HUBERTUS JENNERWEIN

»Finde ich lustig«, sagte das Mädchen. »Aber da stimmt doch was nicht. Das weiß doch jedes Kind: Die Dienstwaffe der bayrischen Polizei ist die Heckler & Koch P7 und nicht die Walther.«

»Ja klar. Aber das reimt sich ja nicht.«

»Sie erschießen aber doch wohl keine Tiere mit der Pistole?«, fragte das kleine Mädchen besorgt.

»Natürlich nicht«, sagte Jennerwein.

Und jetzt surrte und blubberte sein Mobiltelefon in der Brusttasche. Jennerwein entschuldigte sich bei dem Mädchen und nahm das Gerät aus der Jacke. Eine SMS. Er konnte sie im gleißenden Sonnenlicht nicht sofort erkennen. Er drehte das Display hin und her.

hu!239b.gu

Er versuchte, den Absender zu identifizieren. Eine fünfstellige Nummer, die ihm nichts sagte. Das war keine Nachricht von der Dienststelle, so viel war sicher. Mit dem Zeichensalat selbst konnte er auch nicht viel anfangen. Es gab nicht viele Leute, die seine Mobilnummer hatten. Vielleicht hat sich jemand vertippt, dachte Jennerwein. Er steckte das Gerät wieder ein.

4

Der Schuss peitschte in Richtung des Bärtigen. Die Kugel riss den Stein, auf dem er sich mit der freien Hand eben noch aufgestützt hatte, vollständig weg. Alle Geiseln schrien auf. Irgendwo murmelte jemand leise, und man konnte nur einzelne Wortfetzen verstehen, die sich aus dem Gemurmel lösten. Die Frau flüsterte ein verzweifeltes Gebet. Der Gangster mit der Lady-Gaga-Maske hob das Megaphon.

»Ihr seht, das sind keine Platzpatronen. Es ist eine Warnung für euch alle, keinen Unsinn zu machen.«

Der bitter-metallische Geruch von Pulverdampf lag in der Luft. Der Schuss und das splitternde, keckernde Bersten des Kalksteins schienen noch nachzuhallen in den sonst so friedlichen Höhen. Der Geiselnehmer holte ein Fernglas aus seinem Rucksack und suchte damit die umliegenden Berge ab. Er drehte sich um die eigene Achse und beobachtete den wolkenlosen Himmel. Dann nahm er die PP-19 und sicherte sie. Das macht der nicht zum ersten Mal, fuhr es dem Bärtigen durch den Kopf. Sowas lernt man nicht in einem Volkshochschulkurs. Der hat eine militärische Ausbildung hinter sich.

»Und nun zu dir, mein Freund.«

Der Geiselnehmer kam direkt auf den Bärtigen zu. Dessen erster Impuls war, sein Mobiltelefon mit der freien Hand über die Felskante in die Tiefe zu werfen. Der Typ sollte wenigstens nicht erfahren, an wen er gesimst hatte. Aber er zögerte. Das graphit-schwarze Gerät war immer noch unter dem Oberschenkel verborgen. Eine heiße Angstwelle lief durch seinen Körper. Aber vielleicht hatte es der Gangster gar nicht bemerkt, vielleicht wollte er ganz etwas anderes mit *Und nun zu dir, mein Freund!* sagen. Er ließ das Handy stecken, wo es war, doch im nächsten Augenblick wusste er, dass der Geiselnehmer sehr wohl etwas bemerkt hatte. Obwohl er jetzt direkt vor ihm stand, brüllte er ihn mit dem Megaphon an.

»Unser Freund hier vorne ist wohl ein ganz Schlauer!«

Der Gangster stellte sich breitbeinig hin und stieß ihn mit dem Pistolengriff schmerzhaft vor die Brust, so dass er fast umkippte. Dann griff der Megaphonmann unter das Bein des Bärtigen und holte das Handy hervor. Er hielt es hoch.

»Alle mal hersehen, was ich da Feines gefunden habe!«

Die Geiseln stöhnten auf. Es klang fast nach einem abgesprochenen, lange eingeübten Theaterseufzer. Doch es war der Ausdruck echter Angst. Da hatte sich einer vorgewagt. Da hatte einer etwas unternommen in der schier aussichtslosen Situation. Aber gleichzeitig hatte da einer gegen die Regeln verstoßen. Es war wie damals in der Schule. Gegen den Lehrer aufzumucken war zwar gut, aber es brachte die ganze Klasse in Gefahr. Alte Erinnerungen stiegen auf. Alte Erinnerungen an die Schule sind selten positiv. Meist blubbern nur die übelriechenden und peinlichen Blasen aus dem Froschtümpel des Vergessens: miese Lehrer, ungelüftete Klassenzimmer, eine ungerechte Fünf minus, Angst vorm Durchfallen, Füller vergessen, Klassenkeile. All das stieg jetzt in dem Bärtigen auf und gab dem scharfen Geruch der Angst noch zusätzlich etwas Ranziges. Vermutlich empfanden das die anderen Opfer auch so.

Der Mann mit der Maschinenpistole beugte sich nach hinten, als ob er das Handy über den Rand der Klippe werfen wollte. Dann hielt er mitten in der Bewegung inne. Ihm schien etwas eingefallen zu sein. Er tippte mit einem Finger auf das Display. Erst jetzt fiel es auf, dass er hautfarbene Einmalhandschuhe trug. Der schien an wirklich alles gedacht zu haben. Ein Profi. Nachdem er gesehen hatte, was er sehen wollte, steckte er das Gerät in seine Windjacke.

Der Bärtige sah es an den Schultern, an der ganzen Körperhaltung. Dieser Mensch zitterte vor Wut. Er war stinksauer darüber, dass er ausgetrickst werden sollte.

»Falls noch jemandem etwas in der Art einfallen sollte, seht her, was mit ihm geschieht.«

Er packte die Maschinenpistole am Lauf. Doch er hatte nicht vor, zu schießen. Er hatte vor, zuzuschlagen. Und er schlug zu. Mit aller Kraft. Er zielte auf die ungefesselte Hand des Bärtigen, mit der dieser sich am Boden aufgestützt hatte. Er konnte sie nicht mehr rechtzeitig wegziehen. Das schwere Gerät traf ihn mit voller Wucht. Der Schmerz fuhr ihm dermaßen in den Körper, dass er unbeherrscht und kreischend aufschrie. Er blickte auf die Hand. Der Daumen stand in unnatürlichem Winkel ab. Er zitterte am ganzen Körper, ohne dass er etwas dagegen unternehmen konnte. Seine Hand war vollständig zertrümmert. Er war unfähig, sich zu bewegen. Der Schmerz schwoll an und nahm ihm fast den Atem. Der Gangster hob die Pistole nochmals hoch, als wollte er erneut zustoßen. Er beließ es bei der Drohung.

»So wird es jedem ergehen, der sich nicht an die Anweisungen hält.«

Er setzte sich wieder auf den erhöhten Stein. Niemand wagte hinzusehen. Keiner wollte den Blick des brutalen Typen auf sich lenken. Es herrschte atemlose Stille, selbst das flehentliche Gebet der Frau dort hinten war verstummt. Der Maskenmann holte das Mobiltelefon des Bärtigen aus seiner Tasche. Er tippte eine Weile darauf herum und las. Der Bärtige wusste, was er da las. Es war seine eingetippte Nachricht von vorher, sein improvisierter Hilferuf. Wenigstens musste dem Geiselnehmer jetzt klar sein, dass die Nachricht nicht an eine Notrufnummer gegangen war. Der Bärtige schöpfte ein klein wenig Hoffnung. Vielleicht verstand ja der Empfänger seine Botschaft. Und vielleicht konnte sie der Geiselnehmer nicht entschlüsseln.

5

»Ein reichlich merkwürdiger Ort für eine informelle Besprechung ist das schon!«, sagte Rechtsanwalt Nettelbeck. »Restaurant *Bergpanorama*! Sie haben mich um Diskretion gebeten, aber hier bei diesem Gewusel –«

Dr. Herbert Nettelbeck entsprach der Vorstellung des klassischen Rechtsanwalts: Maßanzug, Krawatte, graumeliertes Haar, randlose Brille und Aktenkoffer aus Leder, aus dessen Außenfach die ›Neue Juristische Wochenschrift‹ herausspitzte. Er wandte den Blick von seinen beiden Klienten ab und sah sich auf der Terrasse um. Er rümpfte die Nase. Das war keine angemessene Umgebung für ihn. Das war kein Ort, an dem Diskretion und Verschwiegenheit zu Hause waren. Auch seine beiden Klienten bildeten einen schroffen Gegensatz zu dem noblen Rechtsanwalt. Sie machten einen überaus lockeren, gutgelaunten Eindruck. Sie trugen wie viele Einheimische legere Tracht, sie saßen gemütlich da, sie strahlten die Ruhe der Alteingesessenen aus.

»Ich finde, das ist genau das Richtige für unsere Besprechung«, sagte der Mann in Bundhose und Strickjanker. »Das ist ein richtiges Touristenlokal. Keine Einheimischen, keine Bekannten. Hier können wir alles in Ruhe besprechen, Herr Advokat.«

Die Terrasse vor dem Ausflugslokal *Bergpanorama* war in diesen späten Morgenstunden schon gut gefüllt mit Touristen aller Nationalitäten. Der Name Bergpanorama entsprach allerdings nicht mehr ganz den Tatsachen, rundherum war im Lauf der Zeit ein Wildwuchs von mörderschicken Seniorenresidenzen, Wellnessoasen und Zweitwohnungsbunkern entstanden. Die Architekten hatten den Blick auf den Berg schwer verwellnesst. Doch die Innenarchitekten hatten gute Arbeit geleistet: Gaststube und Terrasse waren gemütlich bis konspirativ verwinkelt, es gab viele Erkerchen und Nischen, und am verschwiegensten Ecktisch der Veranda saßen die drei Geheimbündler: auf der einen Seite das ehemalige Bestattungsunternehmerehepaar Grasegger, Inhaber eines inzwischen ruhenden Familienbetriebs (gegr. 1848), ihnen gegenüber Rechtsanwalt Dr. Herbert Nettelbeck, Spezialist für Verwaltungsrecht, Politisches und Internationales Recht. Sie rückten enger zusammen und beugten die Köpfe vor.

»Was haben Sie herausgefunden, Herr Rechtsanwalt?«, begann Ursel Grasegger.

»Einiges«, antwortete Nettelbeck verschwörerisch.

Alle drei hatten nicht bemerkt, dass auf der anderen Seite der Terrasse, zwischen all den Touristen und Auswärtigen, doch ein Einheimischer saß. Er kannte die Graseggers gut, er kannte auch Nettelbeck. Er machte sich seinen Reim darauf. Er schoss ein Handyfoto von dem Trio. Dann erhob er sich, verschwand hinter einer Ecke und wählte die Nummer der örtlichen Zeitung.

»Wenn ich Sie recht verstanden habe, fassen Sie ins Auge, politisch aktiv zu werden?«, sagte Nettelbeck und holte ein paar Schriftstücke aus seiner Aktentasche. Er legte sie vorsichtig vor sich auf den Tisch. Doch jetzt kam die Kellnerin im rostgrünen Dirndl.

»Weißwürstl! Frische Weißwürstl!«, rief sie freudestrahlend

und in bestem sächsischen Zungenschlag und schraubte drei wuchtige Porzellanschüsseln auf den Tisch.

»Wenn jemand schon Weißwürst-*l* sagt, dann langts mir schon«, murmelte Ignaz.

»Dann lassen Sie sich die Würstl mal schmecken!«, dresdelte die Rostgrüne und verschwand. Nettelbeck hatte seine Akten rechtzeitig zurückgezogen. Er warf einen vorsichtigen Blick in seine Schüssel. Die Würste drehten sich im heißen Wasser wie Holzstämme im Sägewerkssee. »Darf ich Sie fragen, wie Ihre Bewährungsauflagen lauten?«

Ignaz verschränkte die Hände gemütlich vor dem Bauch. Solange das noch möglich ist, hatte Ursel einmal gesagt, solange du mit den Armen da noch rumkommst, brauchen wir mit keiner Trennkostdiät anzufangen.

»Einmal in der Woche im Polizeirevier melden«, sagte Ignaz. »Bis vor kurzem mussten wir noch täglich antreten.«

»Und weiter?«

»Keine unangemeldeten Reisen ins Ausland.«

»Dachte ich mir schon.«

»Lebenslanges Berufsverbot als Bestatter. Diese Auflage ist besonders hart.«

»Normal.«

»Einzug des aus strafrechtlichen Tatbeständen erwirtschafteten Vermögens.«

»Sonst nichts?«

»Reicht das nicht?«, sagte Ursel und begann, die weichen Länglichkeiten des Morgens kunstgerecht zu zerlegen.

»A-ha, sonst nichts«, sagte Nettelbeck mit Nachdruck. »Zum Beispiel keine Aberkennung der bürgerlichen Ehrenrechte. Das wollte ich bloß wissen. Und das ist gut. Da haben Sie ja richtiges Glück gehabt. In vielen Fällen kommt es zu einer Aberkennung, einer sogenannten ›Abjudikation‹ derselben, in diesem Fall hätten Sie dann kein passives Wahlrecht mehr. Und wenn ich einmal ganz offen sprechen darf: Das hätte mich bei Ihren weitreichenden Aktivitäten auch nicht gewundert. Gewinnbringende Zusammenarbeit mit der italienischen Mafia, hundertdreißig Doppelbestattungen im Kurort, mehrfache Fluchthilfe, Vereitelung von Strafverfolgung – um nur einige Straftaten zu nennen. Wer war eigentlich Ihr Richter?«

»Ein gewisser Bockmayr.«

»Bocki!? Bocki Bockmayr! Bocki, das Wüstenkamel! Ja, so was! Der ist mit mir in der Schützenbruderschaft. Dann ist mir alles klar. Ja, wenns weiter nichts ist, dann spricht kaum etwas dagegen, gewisse politische Ämter zu bekleiden.«

»Nur gewisse politische Ämter?«, fragte Ignaz zurück. »Nicht alle?«

»Wie meinen Sie das?«

Ursel schaltete sich ein.

»Also nicht nur Gemeinderat, sondern auch Bürgermeister, Mitglied des Landtags, des Bundestags, Minister, Kanzler – alles eben.«

»Sie wollen wohl hoch hinaus!«

»Ich meine ja nur theoretisch«, sagte Ursel und nahm sich einen Löffel süßen Weißwurstsenf aus dem kleinen Schälchen. »Aber wenn man jetzt zum Beispiel Justizminister werden würde, dann könnte man doch sich selbst –«

»Nein, das kann man nicht«, unterbrach Nettelbeck lächelnd. »Ich weiß, worauf Sie hinauswollen. Nach deutschem Recht geht das nicht. Aber in Amerika, da gab es mal so etwas. Irgendwann in den Dreißigern des vorigen Jahrhunderts. Prohibition, Weltwirtschaftskrise, Filme in Schwarzweiß, Sie wissen schon. Robert Tate hieß der Mann. Er saß im Knast wegen fünffachen Mordes, wartete auf seine Hinrichtung. Seine Sympathiewerte in der Bevölkerung waren jedoch groß. So ließ er sich also für die Demokraten aufstellen. Sein Plan war natürlich, Gouverneur seines Bundesstaates zu werden und sich schließlich selbst zu begnadigen. Rein theoretisch wäre das auch möglich gewesen. Er schaffte es aber bloß bis zum zweiten Bürgermeister von Oaktown City. Er leistete gute Arbeit aus der Zelle heraus. Oaktown blühte unter ihm geradezu auf. Er wurde aber dann schließlich doch hingerichtet. Der Gouverneur des Bundesstaates witterte Konkurrenz – Sie verstehen.«

»Die Welt ist schlecht«, seufzte Ignaz.

»Aber er hat doch Immunität genossen, dieser Robert Tate«, hakte Ursel nach.

»Nein, für einen Lokalpolitiker gilt das eben nicht. Auch bei uns in Deutschland nicht.«

»Auch für einen Bürgermeister nicht?«

»Nein. Immunität von Abgeordneten gilt nur –«

Nettelbeck hielt nun ein Referat über die Geschichte der Immunität von Julius Cäsar bis Silvio Berlusconi. Ursel und Ignaz hatten inzwischen die Weißwürste mit dem speziellen Kreuzschnitt freigelegt, enthäutet und zum Verzehr geeignet auf dem Teller arrangiert. Sie bissen erwartungsvoll hinein.

»Der Metzger Moll macht bessere«, sagte Ignaz.

»Da hast du recht«, nickte Ursel.

»Den Bürgermeisterposten können Sie in Ihrer Lage natürlich schon bekleiden«, sagte Nettelbeck. »Auch mit einer Bewährungsstrafe. Wer von Ihnen will sich denn aufstellen lassen?«

»Deswegen wollen wir ja mit Ihnen sprechen«, sagte Ursel. »Wir haben vor, das Amt zusammen zu bekleiden und auszuüben.«

»Zusammen? Beide zusammen?«

»Wir wollen als Ehepaar Bürgermeister werden.«

Jetzt nahm sich Nettelbeck ebenfalls eine Weißwurst aus der Terrine. Er legte sie auf den Teller und schnitt mit dem Messer ein dünnes Mäusescheibchen herunter. Er betrachtete es misstrauisch.

»Das scheint mir nicht möglich zu sein.«

»Aber grade bei uns in Bayern, wo die Familie und die Ehe so hochgehalten werden, wo es urbayrische Traditionen rund um die Liebesehe und die gezielte Verheiratung gibt, da müsste man das doch machen können. Es schadet ja auch niemandem.«

»So etwas hat es noch nie gegeben«, sagte Nettelbeck. »Meines Wissens jedenfalls nicht. Aber ich kann ja mal in den Archiven wühlen. Wenn Sie darauf bestehen.«

»Essen Sie doch was, Herr Doktor«, sagte Ursel.

»Ich schätze die Chancen, ehrlich gesagt, gering ein.«

»Gerade letztens hat einer zu uns gesagt, wir und die Simpsons wären noch die einzigen intakten Familien weit und breit. Da muss doch was gehen.«

Nettelbeck schüttelte den Kopf.

»Haben Sie sich schon mit Ihren Parteifreunden darüber beraten?«

»Wir haben keine Parteifreunde. Wir sind in keiner Partei. Eine Partei hätte auch nicht viel Freude mit uns. Wir lassen uns einfach als Bürgermeisterehepaar aufstellen.«

Nettelbeck schüttelte den Kopf.

»Ja, warum denn nicht!«, sagte Ignaz. »Hausmeisterehepaare gibt es doch auch. Solche Stellen werden sogar öffentlich ausgeschrieben. Warum soll es dann keine Bürgermeisterehepaare geben?«

Die Graseggers aßen langsam und genüsslich, Nettelbeck blätterte in einem juristischen Kompendium.

»Sie könnten natürlich eines machen«, sagte er. »Sie könnten nach ähnlichen Fällen suchen. Ich gebe Ihnen die Adresse vom Bundesamt für Gemeindewesen. Die helfen Ihnen in der Sache weiter. Wenn wir genügend gleichgelagerte Vorgänge hätten, wäre es theoretisch möglich, ein Bürgerbegehren einzuleiten. Über diesen Umweg könnte es gelingen.«

»Wollen Sie nicht auch einmal von der Weißwurst probieren, Herr Doktor?«, fragte Ignaz. »Sie wird sonst kalt.«

»Suchen Sie ruhig auch nach älteren Fällen einer Doppelanstellung«, sagte Nettelbeck.

»Wie alt?«

»Blättern Sie in Kirchenbüchern, studieren Sie Gemeindearchive, historische Festschriften, so etwas in der Art. Bayrische Richter stehen darauf, wenn man ihnen mit Traditionen und vergilbten Handschriften kommt.«

»Das mache ich gern«, sagte Ursel. »Endlich kann ich meiner Liebe zur bayrischen Geschichte nachgehen.«

Ursel untertrieb hier. Sie war viel mehr als eine Liebhaberin. Sie war eine ausgezeichnete Kennerin der bayrischen Geschichte, von den Agilolfingern bis zum ›Kini‹ Ludwig II.

»Die Würste sind sicher vom Kallinger«, sagte Ignaz. »Sie sind eine Idee zu stark gewürzt. Nur eine Idee, aber man schmeckts raus.«

»Die besten Weißwürste«, warf Ursel ein, »hat immer noch der alte Hölleisen in seinem Kessel schwimmen gehabt!«

»Da hast du recht. Aber sein Filius wollte ja unbedingt zur Polizei – da wars aus mit der Metzgerei Hölleisen.«

Nettelbeck probierte ein zweites Scheibchen Weißwurst.

»Es ist ja sehr ehrenvoll, dass Sie mich konsultiert haben«, sagte er. »Aber haben Sie denn in Italien keinen Rechtsanwalt bekommen? Einen italienischen Dottore. Also, Sie wissen schon –«

Nettelbeck kam ins Stottern.

»Sie meinen einen Mafiaanwalt? Das wollten Sie doch sagen, oder?«

»Nein, so weit wäre ich nie gegangen. Das waren Ihre Worte.«

»Was sollen wir mit einem sizilianischen Winkeladvokaten anfangen, wenn wir uns zu einem oberbayrischen Bürgermeisterehepaar aufstellen lassen wollen?«

»Nun ja –«

»Außerdem, Herr Nettelbeck: Wir sind längst seriös und bürgerlich geworden. Gut, wir haben eine Vergangenheit gehabt. Eine gewisse Vergangenheit. Die wollen wir hinter uns lassen. Man wird nicht jünger. Deswegen haben wir Sie konsultiert.«

Der Chef vom *Bergpanorama* scharwenzelte um den Tisch herum.

»Ist alles in Ordnung bei Ihnen?«

»In die Weißwürste hätte weniger Salz, aber vielleicht ein bisschen mehr Muskat hineingehört. Und der Senf ist nicht süß genug. Wenn Sie schon fragen.«

»Ich werde es dem Küchenchef weitergeben.«

»Ja freilich, machen Sie das«, sagte Ignaz. »Es kann alles nur besser werden.«

Nettelbeck nannte den Graseggers ein paar Telefonnummern in Ämtern, bei denen man bezüglich des außergewöhnlichen Projekts nachfragen konnte. Dann wurde eine große Pfanne Kaiserschmarrn serviert, der von den Graseggers heftig zerpflückt und kritisch genossen wurde. Zu wenig Eier, zu viel Zucker. Sie waren so aufs Essen konzentriert, dass sie den Fotografen der örtlichen Zeitung nicht bemerkten, der sich auf der anderen Seite der Terrasse positioniert hatte und geräuschlos und diskret ein Bild nach dem anderen schoss.

DIE NEUEN BÜRGERMEISTER?

Das sollte am nächsten Morgen in der *Loisachtaler Allgemeinen* unter dem Bild stehen. Das Foto zeigte Ursel und Ignaz mit umgebundenen Servietten und mit vollem Mund. In dem dazugehörigen Artikel wimmelte es von Fragen:

Sollen rechtskräftig verurteilte Straftäter die Geschicke unseres Ortes lenken? Können die Kontakte der Familie Grasegger zur italienischen Mafia den wirtschaftlichen Glanz bringen? Bekommen wir nun endlich die Olympischen Spiele? Schaffen es die Graseggers, den Doppelort zu einigen? Entscheiden Sie selbst, und schreiben Sie uns.

6

Kommissar Jennerwein hatte eigentlich seinen freien Tag in Ruhe genießen wollen. Jetzt sah er sich von immer mehr Bewunderern und Neugierigen umgeben. Sein Bild prangte nämlich in der aktuellen örtlichen Zeitung. Unter der Rubrik »Was geschah heute vor einem Jahr?« wurde der sogenannte Wolzmüller-Kriminalfall noch einmal kurz geschildert. Auf den Tag genau hätte damals der Kommissar die berüchtigte Auftragskillerin gefasst und dabei ganze Arbeit geleistet. Ein Gruppenfoto der Ermittler war darunter abgedruckt. Jennerwein hatte das Bild vor einer Stunde im Schaukasten der *Loisachtaler Allgemeinen* gesehen. Maria Schmalfuß, die schlanke, hochaufgeschossene Psychologin stand auf dem Foto direkt neben ihm. Sie warf ihm einen bewundernden Blick zu, vielleicht war es auch mehr als Bewunderung. Die junge Kommissarin Nicole Schwattke stand auf der anderen Seite, sie blickte fest und forsch in die Kamera. Im Hintergrund, ziemlich verdeckt, war der Allgäuer Hauptkommissar Ludwig Stengele zu sehen, er hatte sich halb abgewandt, ihm schien das Gruppenbild nicht so arg wichtig, vielleicht sogar lästig zu sein. Die beiden Polizeiobermeister Johann Ostler und Franz Hölleisen standen seitlich, stolz, aber etwas verlegen, wie es schien. Jennerwein hatte das Bild lange betrachtet, da hatte hinter ihm jemand zu einem anderen gesagt:

»Da schau her, das ist das Team von diesem Jennerwein. Aber wo ist denn der Chef selbst?«

Obwohl er ganz und gar im Mittelpunkt stand, fiel er nicht auf. Camouflage pur. Der Jennerwein-Effekt. Das musste ihm erst einmal jemand nachmachen.

»Unterschreiben Sie mir da, bittschön, Herr Kommissar? Da, gleich neben dem Bild!«

Jennerwein hatte einen wichtigen Termin. Um zwölf. Auf den wollte er sich noch ein wenig vorbereiten. Er unterschrieb, tat so, als ob er einen Anruf bekommen würde, verabschiedete sich höflich und ging scheinbar angeregt telefonierend weiter. Die sonderbare SMS-Nachricht fiel ihm wieder ein. Er betrachtete sie nochmals nachdenklich.

hu!239b.gu

War da jemand zufällig auf die Tasten gekommen? Dagegen sprach das Rufzeichen. Um ein Ausrufezeichen zu produzieren, musste man die Umschalttaste drücken, und das ging nicht zufällig. War es ein Kennwort? Bei Kennwörtern wurde empfohlen, Buchstaben, Zahlen und Satzzeichen zu mischen. Aber warum sollte ihm jemand ein Kennwort schicken? Er drückte die Rückruftaste.

»Die gewählte Telefonnummer kann von diesem Telefonanschluss nicht erreicht werden.«

Sonderbar. Jennerwein steckte sein Mobilfunkgerät wieder ein und verließ den Markt. Doch so richtig entspannen konnte er sich nicht mehr. In seinem Kopf arbeitete es. Er war im Alert-Modus. Verdammter Beruf, man wurde ihn nicht los. Bunt wirbelten durcheinander: die Geruchsmischung der Marktstände, das schlampig gezeichnete Graffito-Piece, die zehnstellige SMS, das Bild in der Zeitung, der unergründliche Blick von Maria Schmalfuß.

Er bog in eine menschenleere Seitengasse ein. Und dann schälten sich zwei Silben aus dem Gewirr heraus: hu und gu. Assoziativ jonglierte er mit den beiden Silben. Hubertus Jennerwein hatte viele Spitznamen gehabt, in der Schule, in der Ausbildung und auch noch später. Alle leiteten sich von seinem Nachnamen ab: der Wildschütz Jennerwein, der Girgl Jennerwein, der Wilderer, Freischütz, Gamsjäger Jennerwein. Das waren naheliegende Spitznamen, die er alle nicht mehr hören konnte. Aber es gab eine kurze Freundschaft mit einem, der seinen Vornamen Hubertus zu Hu verkürzt hatte, und das war Bernie Gudrian. Das wars: Gudrian hatte ihm gesimst und ihn an das Klassentreffen erinnert, zu dem er ohnehin nicht gehen würde.

Und jetzt war Jennerwein schon wieder beim professionellen Kombinieren. War das Treffen nächste Woche? Oder übernächste Woche? Oder im September, am 23.9.? Er wusste es nicht. Jennerwein ging schon lange nicht mehr zu den Jahrgangstreffen seiner alten Abiturklasse. Zum ersten Treffen, zum Einjährigen, war er noch wie selbstverständlich gekommen. Doch da hatte er schon den Eindruck gehabt, dass alle ein wenig die Nase gerümpft und hinter seinem Rücken kleine abwertende Bemerkungen gemacht hatten. Jennerwein hatte als Einziger im Kollegstufenjahrgang kein Studium begonnen. Er war, kaum war das letzte Wort des Deutschabituraufsatzes geschrieben, sofort in den Polizeidienst eingetreten, und das nicht als Notlösung und nicht wegen der sicheren Beamtenpension. Er hatte den Beruf vielmehr mit großer Begeisterung gewählt, und die hielt bis zum heutigen Tag an. Damals beim Einjährigen hatte er gespürt, dass die meisten der Exmitschüler seine Berufswahl mehr oder weniger als sozialen Abstieg empfanden. Auch Gudrian. Vor allem Gudrian. Seitdem war Jennerwein nicht mehr zu den Klassentreffen gegangen. Er hatte die ›Klassenzeitungen‹, zu der alle ihre Artikel lieferten, anfangs noch gelesen, er hatte aber als Einziger nie selbst einen Beitrag, ein Was-habe-ich-denn-in-den-letzten-Jahren-so-getrieben? verfasst. Auch die diesjährige Ausgabe lag schon im Papierkorb. Ungelesen. Ein unbestimmtes Kribbeln im Nacken sagte Jennerwein, dass das vielleicht ein Fehler gewesen sein könnte.

Er und Gudrian waren auch keine engen Freunde gewesen, sie waren in der fünften Klasse ein paar Monate nebeneinandergesessen, im Religionsunterricht, bei Pfarrer Wall. Die Klasse war von einer Welle von Geheim- und Spitznamen überschwemmt worden. Jennerwein und Gudrian waren bei Hu und Gu gelandet.

»Du, Hu«, hatte Bernie damals gesagt. »Der Religionslehrer hat doch gesagt, dass alle Dinge, die mit Weihwasser geweiht worden sind, Glück bringen.«

»Wird schon so sein.«

»Und er hat gesagt, dass man alles weihen kann: Getreide, Gemüse, Menschen, Tiere, Schlüssel –«

»Alles eben.«

»Aber dann wäre es doch einfacher, wenn man gleich die ganze Erde mit Weihwasser besprengen würde, dann ginge es in einem.«

»Das geht deshalb nicht, weil man eben doch nicht alles weihen kann. Ein zerknülltes Tempotaschentuch zum Beispiel. Geld kann man wahrscheinlich auch nicht weihen.«

Sie gingen zum Religionslehrer Wall, und der bestätigte es. Geld durfte man unter keinen Umständen weihen. Es war sogar eine Sünde, Geld zu weihen. Und wenn man es weihte, dann brachte es Unglück. Wer geweihtes Geld in die Hand nahm, dem geschah etwas Furchtbares, aber zumindest wurde er vom Teufel geholt. Der Religionslehrer Wall suchte sogar in der Bibel und fand bei Jeremias soundsoviel einen passenden Spruch dazu: *Wer aber von euch Münzen weiht, der –* Und dann kam irgendetwas mit Braten, Sieden und glühenden Kohlen. Kurz darauf war Erntedankfest. Die beiden Buben schmiedeten einen Plan. Ganz unten in den Obstkorb, den die Mutter Jennerwein immer liebevoll für die Erntedankmesse zusammenstellte, sollten ein paar Zehnerl gelegt werden, die auf diese Weise sozusagen mitgeweiht würden. Nach der Messe holten sie die Zehnerl heraus. Sie schienen heißer geworden zu sein. Waren sie schon in der Hölle gewesen? Aber warum hatte sie der Teufel nicht gleich behalten? Sie gingen zum Süßkramer, der seinen Laden fast neben der Kirche hatte. Bernie kaufte mit dem geweihten Zehnerl ein Stück Bärendreck. Er steckte es in die Tasche. Es fiel durch ein Loch im Stoff auf den Boden. Das war ein Zeichen. Er hob es wieder auf und steckte es in die andere Tasche. Hubertus investierte zwei geweihte Zehnerl und kaufte eine Tüte Gummibärchen.

»Ist noch was geschehen?«, fragten sie einander am nächsten Morgen.

Nichts war geschehen. Auch in den nächsten Tagen geschah nichts. Einige Wochen später erfuhren sie, dass der Süßkramer sein Geschäft zugesperrt hatte und weggezogen war. Aus heiterem Himmel. Nie mehr hatten Bernie und Hubertus über das heimlich geweihte Geld gesprochen. Die Freundschaft zwischen Hu und Gu währte ohnehin nur noch ein paar Monate, und sie zerbrach nicht etwa an den geweihten Zehnerln, sondern an einem Mädchen aus der Parallelklasse.

Jennerwein fischte seine Geldbörse aus der Tasche. Ganz hinten lag es, das obskure Münzstück. Für ihn war es ein Glückszehnerl geworden, und er hatte es in jede neue Geldbörse gesteckt. Dreißig Jahre lang. Er war so in Gedanken gewesen, dass ihm das jetzt erst wieder einfiel. Die Gummibärchen hatte er sich damals nicht zu essen getraut. Er vermutete, dass es Bernie mit seinem Bärendreck genauso gehalten hatte. Und dieses letzte Zehnerl hatte er nie ausgegeben. Jetzt war es eh zu spät, jetzt war das Pfennigzehnerl, das gewaltsam geweihte, vom Euro überrollt worden und nichts mehr wert. Aber nimmt der Teufel auf eine Währungsumstellung Rücksicht? Jennerwein steckte die Geldbörse wieder ein. Hu und Gu – lächerlich! Er benahm sich ja gerade so, als ob er einen Fall zu lösen hätte. Dabei fand anscheinend heute das Klassentreffen statt. Und um ein Haar hätten es die Scherzbolde auch geschafft, ihn an seinem freien Tag reinzulegen. Es wäre doch absurd, wenn er sein detektivisches Gespür für ein blödes Klassentreffen verschwendete.

Vor ein paar Wochen hatte er die offizielle Einladung bekommen. Wie immer kam sie von Harry Fichtl, dem rührigen Organisator dieser Zusammenkünfte. Soweit er sich erinnern konnte, hatte Fichtl Medizin studiert, war Allgemeinarzt geworden und hatte irgendwo im Norden Bayerns eine Praxis aufgemacht.

Dr. med. Harald Fichtl
Allgemeinarzt

THE TIMES THEY ARE A-CHANGIN'!
Kommt, versammelt euch, Leute, wo immer ihr euch rumtreibt
und gebt zu, dass das Wasser um euch gestiegen ist.
Akzeptiert, dass ihr bald bis auf die Knochen durchnässt seid.
Es wird jetzt langsam Zeit, dass ihr zu schwimmen anfangt,
oder ihr werdet sinken wie die Steine, denn eines ist klar:
THE TIMES THEY ARE A-CHANGIN'!

Mit diesem schönen Bob-Dylan-Song möchte ich euch nochmals an das diesjährige Klassentreffen unseres legendären Abiturjahrgangs erinnern. Das wievielte es ist – in unserem Alter schweigen wir besser davon. Und auch dieses Jahr haben wir wieder ein volles Wochenend-Programm! Wir werden Volleyball spielen, sofern es die alten Knochen noch erlauben. Wir werden in unserer alten Schule ein paar Referate hören. Unsere Sprösslinge werden sich auch wieder treffen, und es gibt ja auch schon Sprösslingssprösslinge – zwei von uns sind Großeltern!

Der vorläufige Plan:

Mittwoch
18.00 Uhr   Treffen im Zirbelstüberl, mit Partnern

Donnerstag
10.00 Uhr   Frühstück in der Bäckerei Krusti
11.00 Uhr   Spaziergang zur Aule-Alm (Keine Angst, es sind nur
            10 Minuten!)

14.00 Uhr   Treffen vor der Schule
16.00 Uhr   Volleyball in der Turnhalle – auf eigene Gefahr!
20.00 Uhr   Gemütlicher Abendausklang mit Musik

Freitag
7.30 Uhr   Treffen am Marktplatz, übliche Stelle. Überraschung!!!
            (Kleiner Tipp: Uta und das rote Eichhörnchen ...) Festes
            Schuhwerk mitbringen! Fahrt ins Blaue! Ganzen Tag frei-
            halten! Abends: »Felsenfest«. (Lechz!)

Meiner Bitte, für die Klassenzeitung ein paar Zeilen zu schreiben,
sind viele von euch nachgekommen. Danke dafür. Ihr könnt nun nach-
lesen, wer was gemacht hat und wer von wem geschieden ist. (Kleiner
Spaß.) Bei mir war nichts Besonderes los. Bin immer noch Arzt im
Zonenrandgebiet. (Was das ist, verstehen unsere Kinder schon gar nicht
mehr!) Ab und zu spiele ich Gitarre – und bereite die Klassentreffen vor.
Dafür brauche ich das ganze Jahr.

Es grüßt euch mit diesem Gedichtl –
Euer Harry Fichtl

7

Der Mann mit der schussbereiten Bison PP-19 schritt aufreizend langsam zwischen seinen zusammengesunkenen Opfern umher. Das Handy des Bärtigen hatte er wieder in die Tasche gesteckt. In unregelmäßigen Abständen drehte er sich blitzartig um und fasste die hinter ihm Kauernden scharf ins Auge. Er ging weiter und überprüfte alle Handfesseln sorgfältig auf Festigkeit. In einigen Fällen zog er die Zahnrasten schmerzhaft nach. Niemand wagte, laut aufzuschreien. Nur da und dort war ein leises, unterdrücktes Ächzen zu hören. Die scharfen Windböen hatten sich wieder beruhigt, übrig geblieben war nur das wispernde, blecherne Gesäusel kleiner, eiskalter Lüftchen, die um die Felsen strichen. Der Bärtige war immer noch starr vor Schmerz. Die Finger der verletzten Hand waren taub, seine Hand schwoll mehr und mehr an. Er kniff die Augen zusammen und blickte hinüber zum Wettersteinkamm. Über dem Blasskogelkopf bauten sich schon die ersten schwarzen Wolkentürme auf. Dort zog sich zu allem Überfluss auch noch ein Gewitter zusammen.

Die Masken, die Täter wie Opfer trugen, ergaben ein schauriges Bild. Es schien, als handelte es sich um einen alpinen Lady-Gaga-Imitations-Wettbewerb, bei dem man befürchten musste, dass die ersten Aspirantinnen gleich mit ♫ *Pa-pa-pa-poker face, pa-pa-poker face …* losschmetterten. Doch niemand konnte die skurrile Parade komisch finden. Der Geiselnehmer setzte sich wieder auf seinen Stein. Das massive Gipfelkreuz, das sich zwischen ihm und dem Abgrund befand, warf einen schmalen Schatten auf sein Maskengesicht. Das Handy, das er dem Bärtigen abgenommen hatte, klingelte in seiner Jackentasche. Er nahm es heraus und starrte auf das Display. Er musste sich beeilen. Er sprang auf, lief durch die Reihen seiner Opfer und stieß mit dem Fuß gegen die Ringe, die am Boden befestigt waren. Keiner davon schien sich gelöst zu haben. Die mattglänzende Bison trug er am Körper, eine Hand immer in der Nähe des Abzugs. Abgesehen von den nervösen kleinen Sommerlüftchen war es beängstigend still hier oben auf knapp zweitausend Meter Höhe. Kein Vogel pfiff ein tröstliches Lied. Kein fernes, beruhigendes Kuhglockengeläut kündete von einer realen Welt irgendwo da drunten im Tal. Die Sonne donnerte herunter, das kupferne Schutzdach des Gipfelbuchkastens blitzte spiegelnd in alle Richtungen. Alle schwiegen, jeder hielt den Kopf auf die Brust gesenkt. Ein zu Tode erschrockener Haufen panisch verängstigter Menschen? Schicksalsergebene Gestalten in regungsloser Schockstarre? Nein, durchaus nicht. Nicht alle Opfer hatten ihren Widerstand aufgegeben.

Houdini zum Beispiel hatte einen Plan. Houdini hieß natürlich nicht wirklich so. Houdini war der naheliegende Spitzname für einen, der Mitglied im örtlichen Zauberzirkel war, der in Gesellschaften manches verschwinden und wieder auftauchen lassen konnte. Der Hobbyzauberer war der Mittelpunkt vieler Feten, Retter manch langweiliger Hochzeitsfeiern und Harmonizer verlogener Beerdigungen. Houdinis Spezialität waren Kartentricks und Münzkunststücke, doch bedauerlicherweise machte er seinem Namen nicht die volle und ganze Ehre, denn ein richtiger Entfesselungskünstler wie der legendäre Harry Houdini war er eben gerade nicht. Der Mann, der ganz hinten in der Wanderergruppe kauerte, besaß in der magischen Sparte *Lockpicking* lediglich Grundkenntnisse. Beim Lockpicking ging es um möglichst schnelles, aber auch geräuschloses und zerstörungsfreies Öffnen von Schlössern – natürlich ohne den herkömmlichen Schlüssel. Die Grundvoraussetzung war eine simple: Jedes Schloss, das verriegelt werden konnte, konnte auch wieder geöffnet werden. Lockpicking war eine richtiggehende Sportart, es gab deutsche und internationale Meisterschaften. Kaum jemand brauchte mehr als eine Minute dazu, einige schafften es in drei Sekunden. Aber hier oben auf dem Berggipfel? Houdini hatte das Handschellenschloss schon untersucht. Nach seiner ersten Einschätzung und zu seiner Überraschung war es keine übermäßig komplizierte Konstruktion, es war vermutlich ein einfaches Schnappschloss der Marke Fahrradkeller. Houdini benötigte einen Dietrich. In jedem Zauberladen gab es einen. In jedem Eisenwarenladen, in jedem noch so billigen Kaufhaus war einer auf Lager. Aber hier? Houdinis magisches Hirn arbeitete fieberhaft. Er brauchte einen Zahnstocher, eine Büroklammer oder eine Kugelschreibermine. Eine Nagelschere. Das zusammengeschweißte Ende eines Schnürsenkels. Ein angespitztes Schilfrohr. Das Mobiltelefon wäre ebenfalls hilfreich gewesen. Wenn er es geschafft hätte, die Rückabdeckung des Geräts mit einer Hand zu entfernen (und jeder Absolvent eines Zauberzirkels schaffte das!), dann käme er an eine kleine, spitz zulaufende Klappe, die die SIM-Karte fixierte. Wenn er die abgebrochen hätte – hätte, hätte! Das Mobilfunkgerät war ihm abgenommen worden, bevor er mit der Demontage beginnen konnte. Die Schutzstifte seiner Schnürsenkel waren zu breit, Schilf wuchs hier oben nicht. Doch dann kam ihm plötzlich eine zündende Idee. Und die wollte er realisieren.

»Ich muss mal!«, sagte er laut und mit fester Stimme. Er wusste freilich, dass ihm der Geiselnehmer auf keinen Fall erlauben würde, zu gehen. Dass er sich auch nicht darauf einlassen würde, ihn mit der Waffe zu einem stillen Örtchen zu begleiten. Er wusste, dass er diesen Wunsch barsch ablehnen würde. Aber der Gangster wäre ein paar Sekunden abgelenkt und würde den Griff in die Außentasche seiner Outdoorjacke nicht bemerken. Ablenkung oder Misdirection war alles beim Zaubern. In diesen Sekunden würde er sich ein brauchbares Requisit fischen. Er würde das Brillenetui in seiner Jackentasche öffnen und den Bügel von der Brille abbrechen. Er bereitete die Manipulation im Kopf vor. Vielleicht hatte er auch noch Zeit, die aufgesteckte Plastikschutzhülle, die das Ende des Bügels bedeckte, abzustreifen, die Hand herauszuziehen und den Behelfsdietrich darin zu verbergen.

»Ich muss wirklich dringend«, wiederholte Houdini, und wie erwartet bellte Lady Gaga:

»Halts Maul. Ich muss meinen Job hier machen, dann seid ihr frei. So lange müsst ihrs eben aushalten, ihr Weicheier. So was! Seht euch den an! Er muss mal!«

Der Gangster lachte, er beugte sich sogar ein wenig zurück beim Lachen, und mit diesem kleinen Gefühlsausbruch als Zugabe hatte Houdini noch zwei Sekunden mehr Zeit, sein Behelfswerkzeug in die freie Hand zu bekommen. Er war stolz auf sich. Er hob die freie Hand scheinbar resigniert in die Höhe und ließ sie in der Nähe der gefesselten Hand fallen. Jetzt musste er auf die nächste Ablenkung warten. Doch zur Überraschung Houdinis gab der Gangster selbst diese Ablenkung.

»Und dann noch eines«, fauchte er durchs Megaphon. »Ab jetzt wird nicht mehr gequatscht. Keiner sagt mehr was. Es gibt auch gar keinen Grund dazu.«

Er hielt die Maschinenpistole drohend hoch.

»Wer spricht, dem gebe ich eins aufs Maul. Verdammte Saubande. Ich kann euch schon jetzt nicht mehr sehen.«

Das genügte Houdini. Ein beherzter Stoß mit dem Impro-Pick. Ein vorsichtiges Entlangfahren am Schlüsselkanal des Schlosskerns. Ein behutsamer Druck auf den ersten Stift. Auf den nächsten Stift. Auf den dritten Stift. Auf den vierten Stift. Eine leichte Drehung des Schließzylinderkerns.

Das Schloss öffnete sich geräuschlos.

Er war frei.

Aber was jetzt? Houdini brach der kalte Schweiß aus.

8

Graf Folkhart ist der süeszen worte sô volle, sîn bluot ist geedelt, sîn rîcheit und sîn wîs-tuom ist nieman sagebære. gëster war der vünfzehnt tac vor ôstern, wir schrîben das jahr ...

(Der leichteren Verständlichkeit wegen wurde diese historische Originalquelle von Herrn Professor Dr. Manuel Seidensticker aus dem Mittelhochdeutschen ins Neuhochdeutsche übersetzt.)

Es ist der fünfzehnte Tag im Ostermonat des Jahres 1294. Graf Folkhart von Herbrechtsfeld sitzt im Gastsaal einer Burg in der Nähe der alten Reichsstadt Aachen. Der Raum ist eng, niedrig, schlecht durchlüftet, die Fenster sind winzig, das Licht zwängt sich durch das löchrige Dach, aus den Ritzen tropft es. Ratten huschen über den fauligen Holzboden. Der Graf sitzt an einem kleinen Holztisch und studiert blinzelnd den Kalender. Wegen des spärlichen Lichts in der Stube hat er nach Kerzen verlangt, doch man hat ihm gesagt, es gäbe keine mehr. Die Transportkutsche des Lebzelters mit der Wachslieferung aus Ems im Herzogtum Steiermark sei überfallen worden. Der Graf streicht mit den Fingern über das Pergament. Er kann es auch ohne Licht erkennen: Das Blatt ist aus feinster, glattgeschmirgelter Ziegenhaut gearbeitet. Der Kalender ist ein Geschenk der Freifrau von Höhningen-Reuß. Er hat sie in Erbstreitigkeiten beraten, die Sache ging zu ihren Gunsten aus, sie hat ihm dafür den Kalender beim Buchfeller anfertigen lassen. Nach einem Verzeichnis der Festtage, den Sonnen- und Mondfinsternis-Terminen folgen die Aderlass-Empfehlungen der Ärzte. Den größten Raum des Kalenders nehmen jedoch die Hinweise und Ratschläge ihres Astrologen Eysinger ein: »Im Saturn, der seine eigenen Kinder frisst, Fehden beenden ungünstig ist.« Der Graf von Herbrechtsfeld schnaubt verächtlich. Er hat keine gute Meinung von der Astrologie. Er betreibt Rechtsgeschäfte. Er liebt die klaren Linien altlateinischer Prozessargumentationen und griechischer Vertragslogismen. Folkhart hält Astrologie für reine Zeitverschwendung, er kommt auch ganz gut ohne sie aus. Vor einigen Jahren ist sein Vater gestorben, ein gutmütiger Graf mit weitläufigen Ländereien, die nach seinem Tod unter den drei Söhnen aufgeteilt wurden. Folkhart verzichtete jedoch auf sein Erbteil. Während seine Brüder allesamt den Beruf des wehrhaften Ritters ergriffen, reiste er nach Siena, um Rechtswissenschaften zu studieren. Momentan ist er ein vielbeschäftigter Mann. Er eilt durch die Adelsherrschaften und Ländereien, um hochgestellte Familien, aber auch reiche Großbauern und wohlhabende Bürger in Vertragssachen zu beraten und ihnen bei der Abfassung von Kontrakten aller Art zur Seite zu stehen. Bei Streitigkeiten heißt es oft nur: Ruf den Herbrechtsfelder! Die Bauern entlohnen ihn mit Naturalien. Bei Grenzsteinfestsetzungen etwa bekommt der Graf pro Markstein ein Pfund Schmalz. Die sichere Aufbewahrung von Schuldscheinen wiederum verschafft ihm das Anrecht auf eine Kuh oder einen Ochsen. Er macht sich um seine Zukunft keine Sorgen. Seine Fähigkeiten sind hoch geschätzt, landauf, landab verlangt man nach seinen Diensten. Seine Einkünfte fließen so reichlich, dass er sich zuverlässige und ehrliche Dienstboten leisten kann. Er hat im Lauf der Zeit viele Titel angehäuft: Er ist Siegelhalter des Fürstbischofs von Mainz, Truchsess der württembergischen Landgrafenfamilie derer von Kapff, Vorschneider des Edlen Carlo von Schwarzenberg, Träger des Großkreuzes zweiter Klasse vom Päpstlichen Orden des Heiligen Pankratius, Schlüsselbewahrer und Mesner ehrenhalber der Abtei Melk, Außerordentlicher Truchsess des Edlen von Niedersalm, Träger des Halsbandes in Silber von Isabella der Frommen – und so weiter, und so weiter. Alle diese Aufgaben übt er natürlich nicht wirklich aus. Sehr zu seinem Ärger sind es nichts als hohle Attribute. Fehlt es nämlich einem seiner Kunden an klingender Münze oder Naturallohn, dann regnet es solche Titularien. Und je höher, länger und erblicher der Titel, desto klammer scheint die Kasse des Klienten zu sein. Folkhart besteht nie auf der Nennung der vielen Namenszusätze, er ist bescheiden – ganz im Gegenteil zu einem seiner Nachfahren, einem gewissen Gottfried (»Gotty«) von Herbrechtsfeld, der knapp siebenhundert Jahre später im Jahre 1986 in der Klasse 7b des Werdenfels-Gymnasiums bei jeder Klassenarbeit die vollständige Herbrechtsfelder Litanei auf das Blatt schrieb, nur um seinen Sozialkundelehrer zu ärgern. Doch dafür kann der frühe Graf Herbrechtsfeld nun wirklich nichts.

Folkhart steht auf und geht zu der wuchtig gearbeiteten Truhe. Er entriegelt sie und nimmt ein Dokument heraus. Das mehrseitige Schreiben ist in einem brillanten ciceronianistischen Latein abgefasst. Er ist stolz darauf. Die Formulierungen sind sein Werk. FAVOR CONTRACTUS steht als Überschrift da, ganz schlicht und gradlinig, nicht so verschlungen und prächtig wie die Lettern auf den kalligraphischen Kunstwerken der Freifrau. Der Hofschreiber des römisch-deutschen Königs Adolf von Nassau hat es ihm ausgehändigt. Erhalten soll es der Fürstbischof Emicho von Freising, der neue Landesherr der Reichsgrafschaft

Werdenfels. Adolf von Nassau hält sich im Norden des Reiches auf, Emicho weilt gerade in Rom. Es ist eine weite Reise, die Folkhart vor sich hat. Es ist eine Reise zwischen Nord und Süd, zwischen dem weltlichen Reich und der christlichen Kirche, zwischen Kopf und Herz, zwischen heiß und kalt. Folkhart ist sich der Ehre bewusst, solch ein wichtiges Dokument in seinem Besitz zu haben. Er ist überzeugt davon, dass es dereinst in die Annalen eingehen wird.

»Was ist nun aber ein FAVOR CONTRACTUS?«, hatte ihn der Fürstbischof von Freising gefragt. Es war ein seltsamer Ort für eine Rechtsberatung gewesen. Und ein seltsamer Handel. Folkhart hatte dem hohen Geistlichen eine vertrackte Liegenschaftsangelegenheit erklärt. Die Entlohnung war – ein Beichttermin beim Fürstbischof. Welche Ehre! Folkhart hatte sich die Entlohnung wahrlich üppiger vorgestellt. Im kunstvoll geschnitzten Beichtstuhl des Freisinger Doms hatte es allerdings nicht viel zu beichten gegeben. Eigentlich gar nichts. Die Minuten verrannen mit gegenseitig zugeflüsterten christlichen Formeln. Dann hatte Emicho diese Frage gestellt. Folkhart konnte es ihm genau erklären.

»Ein FAVOR CONTRACTUS ist ein Vertrag, von dem Ihr nicht zurücktreten könnt. Er gilt sozusagen auf ewig«, wisperte er.

»Auf ewig?«, entfuhr es dem Fürstbischof. »Wie ist solch eine Klausel in einem weltlichen Vertrag möglich?«

»Auf ewig heißt, dass er auch dann gilt, wenn die Vertragsparteien den Kontrakt auflösen wollen.«

»Können solche Verträge zwischen Personen geschlossen werden?«

»Nein, lediglich zwischen sesshaften Völkern, Fürstentümern, Königreichen –«

»Bei solch einem Vertrag muss man sich wohl zehnmal überlegen, ob man ihn unterschreibt?«

»Das ist ganz sicher so. Er wird selten genug geschlossen.«
»Danket dem Herrn, denn er ist gütig.«
»Sein Erbarmen währt ewig.«
»Der Herr hat dir die Sünden vergeben. Gehe hin in Frieden.«

Der Graf verstaut die Vertragskladde mit dem FAVOR CONTRACTUS sorgfältig in seiner Reisetasche. Er lässt seinen Leibdiener kommen.

»Wir reiten ins Südliche. Heute noch. Eile dich, bereite alles vor.«

Der Diener nickt und verbeugt sich. Ein Lächeln huscht über sein Gesicht. In den Süden reitet er gerne. Es ist zwar gefährlich im Süden, aber auch durchgehend warm.

Odilo wird der Diener gerufen, er ist in der kleinen Siedlung Germareskauue nahe der ehemaligen römischen Straßenstation Partanum geboren. Er spricht den schweren, konsonantenreichen Dialekt der Alpenbewohner, der einem der holprigen Stampftänze gleicht, die man dort tanzt. Odilo ist ein Bauernsohn aus dem Tal, durch das die Loisach fließt. Der Graf schätzt ihn, denn Odilo ist gewitzt, bauernschlau und ortskundig. Folkhart muss in letzter Zeit oft zwischen dem Kaiserreich und den Ländereien des Papstes hin- und herreisen. Da kommen dem Grafen die Ortskenntnisse von Odilo gerade recht.

»Reiten wir gar nach Rom, mein Fürst?«
»Ich bin kein Fürst, Odilo. Wann wirst du das nur lernen?«

Das Leben in dieser Zeit ist gefährlich. Reisen ist gefährlich. Verträge machen und den Vertrag in der Satteltasche mit sich führen ist gefährlich. Wohlhabend sein ist gefährlich. Arm sein ist gefährlich. Graf sein ist gefährlich. Bauer sein ist gefährlich. König sein ist vielleicht sogar das Allergefährlichste. Der Graf weiß dies. Er hat deshalb einen Tross von Lanzenreitern in Dienst genommen, der soll ihn beschützen vor üblem Diebsgesindel, Brandschatzern, Beutelschneidern, vagierenden Soldaten, verzweifelten Ehrlosen, landschädlichen Vogelfreien oder einfachen Mordgesellen. Der Rückwärtige Dienst von Folkhart besteht aus acht ehemaligen gutausgebildeten Waffenknechten aus Regensburg. Sie alle tragen dunkle Augengläser, feingeschliffene *berilli* aus der Werkstatt Giordano da Rivaltos. Die Waffenknechte sehen furchteinflößend aus damit. Und das ist auch durchaus beabsichtigt. Wer den Weg nach Süden ungeschützt beschreitet, läuft Gefahr, geradewegs ins Verderben zu rennen. Die Handelsrouten über die Alpen sind die unsichersten in der ganzen christlichen Welt. Folkhart und seine Gefolgschaft sind mit den Vorbereitungen beschäftigt. Endlich meldet der Diener Odilo, dass man bereit sei für die beschwerliche Reise über die Alpen. Er verbeugt sich. Er hält die Hand hoch, um eine Frage stellen zu dürfen.

»Was gibt es denn noch?«

»Herr, wirst du denn Kardinal werden in Rom? Ich vielleicht auch? Am Ende wir alle?«

Der Graf lacht.

»Nein, so weit wird es nicht kommen. Ich werde Bischof Emicho einen Brief überbringen, dann werde ich für den Sekretär des Heiligen Vaters eine Abschrift davon machen.«

»Zum Heiligen Vater! Ja, leck mich fett! Zum Papscht wollen wir gehen?!«

»Beim Papst flucht man nicht, Odilo!«

»Ich fluch ja bei uns und nicht beim Papscht.«

Sie reiten nach Süden. Nach vielen Tagen kommen sie durch die Heimatstadt von Odilo, durch den Flecken Germareskauue. Zwanzig Einwohner hat die Ortschaft. Trotzdem sind die Bewohner stolz auf ihren wilden Talkessel, der angeblich auch nicht ganz bären- und wolfsfrei ist. Viele Sagen und Legenden von Hexen und Riesen erzählt man sich dort. Odilo grüßt einige Verwandte.

»Reitscht nach Trull?«, fragt sein Opa.

»Nein, Opa, wir reiten nicht nach Tirol. Wir reiten noch weiter. Bis nach Rom. Zum Heiligen Vater. Zum Papscht.«

»Leck mich fett! Zum Papscht reitscht!«

»Opa, man flucht nicht, wenn man vom Papscht redet.«

Sie verabschieden sich. Sie ziehen mit ihrem Tross die Loisach flussaufwärts. Sie gelangen ins Inntal. Mühevoll überwinden sie die erste große Bergkette. Auf einem verschneiten Pass kommen sie in eine lebensbedrohliche Situation. Sie geraten in einen Hinterhalt und werden von einer Horde wild aussehender Räuber angegriffen. Die gewappneten Mannen des Grafen Folkhart von Herbrechtsfeld können sie abwehren.

Sie reiten weiter. Sie bezwingen steile und gefährliche Passwege. Nach zwei beschwerlichen und entbehrungsreichen Wochen stehen sie auf einer grünen Anhöhe. Unter ihnen breitet sich ein großer See aus. Odilo der Knecht schüttelt enttäuscht den Kopf.

»Herr, ich glaube, dass wir im Kreis umeinandergeritten sind.«

»Warum im Kreis?«

»Mir kommt es so vor, als wäre das da unten der See bei Starnberch!«

Der Graf lacht.

»Das ist nicht der Starnbercher See, Odilo. Er sieht nur so aus. Das ist der Lago di Garda. Wir sind im Land der Trentiner.«

Sie stehen und staunen über das zarte Blau, das sich über den See wölbt. Sie spüren den warmen Wind auf der Haut.

»Aber Euer Gnaden, wenn ich fragen dürfte: Was steht jetzt in dem Briaferl, das wir nach Rom bringen? Was Heiliges?«
Folkhart erklärt es.
»Es geht um nichts Heiliges, sondern um etwas Vertragliches. Bischof Emicho von Freising hält sich gerade in Rom auf.«
»*Unser* Bischof Emicho? Dem das Werdenfelser Land gehört?«
»Eben der. Er hat mit dem König einen Vertrag geschlossen, einen Vertrag mit unüberschaubar vielen Klauseln, Paragraphen und Winkelzügen.«
»Und die Klauseln hast alle du geschrieben, Herr?«
»Ja, die meisten davon.«
»Bei mir wäre das: Hand drauf! Das langt bei solchen Verträgen wohl nicht?«
Der Graf lacht. Er stellt sich Bischof Emicho und König Adolf von Nassau bei einem bäurischen Viehhandelshandschlag vor:
»Hand drauf: Werdenfels bleibt reichsunmittelbar! Grainau kriagscht obendrauf!«

Es hatte sehr lange gedauert, bis dieser Vertrag zustande gekommen war.
»Als neunundfünfzigsten Punkt«, hatte der König gesagt, »nehmen wir auf, dass der Vertrag für alle Ewigkeit dauern soll.«
»Mit Verlaub, Majestät«, hatte Folkhart sich gemeldet. »Ich würde die Formulierung *für alle Ewigkeit* nicht in einen solch wichtigen Kontrakt aufnehmen. Die Ewigkeit ist kein gültiger Vertragszeitraum. Wegen solch eines zweifelhaften Punktes kann der ganze Vertrag später von einem spitzfindigen Advokaten angefochten werden.«
»Was schlagt Ihr also vor?«
»Wir sollten eine wirkliche Zahl nennen.«

»Dann sagen wir halt: die nächsten fünfhundert Jahre.«
Der Beichtvater von König Adolf mischte sich ein.
»Ich schlage vor, dass er *sechshundertsechsundsechzig* Jahre dauern soll. – Nein, das ist eine schlechte Zahl, das ist ausgerechnet die Zahl des Teufels – sagen wir *siebenhundertzwanzig* Jahre.«
»Warum gerade so viel?«
»Nach dem Buch Henoch ist das die genaue Anzahl der Engel im Himmel.«
»Ich erlaube mir also als Punkt neunundfünfzig zu Papier zu bringen, dass der FAVOR CONTRACTUS die nächsten siebenhundertzwanzig Jahre gelten soll.«

»Und was steht sonst noch drin?«, fragt Odilo Stunden später den Grafen, als sie durch weites, grünes Land reiten.
»Wie soll ich dir Bauernschädel das erklären? Also: Der Bischof und der König, du erinnerst dich noch?«
»Freilich.«
»Der Bischof will aus dem Werdenfelser Land eine Insel der Seligen machen. Ein eigenständiges kleines Land, in dem die bayrischen Herzöge nichts mehr zu sagen haben.«
»Und die Tyroler und Salzburger, die Lumpen?«
»Die auch nicht.«
»Und wann soll das dann sein?«
»Wenn der Vertrag abgefasst ist. Schriftlich. Und lateinisch. Die Abfassung muss von Zeugen gesehen und besiegelt werden. Und man braucht auch noch einen bewaffneten Fürsprecher. Der auch in zwanzig Jahren noch bewaffnet ist. Und in siebenhundertzwanzig Jahren auch noch. Falls der Vertrag einmal nicht eingehalten wird. Kein Vertrag ohne Waffen. Wie lehrte Cicero: *Non sunt pacta sine armis.*«
»Du, Herr Fürst, du immer mit deinem Cicero.«

Und so reiten sie im Frühjahr 1294 schweigend dahin, Richtung Rom: der Werdenfelser Bauernbursch, acht Regensburger Berittene, schließlich Folkhart von Herbrechtsfeld, der Rechtsgelehrte und Siegelhalter. Kurz vor Verona entdecken sie von einem Hügel aus einen Trupp verstreute Soldaten in zerfetzten Uniformen.

»Angreifen?«, fragt einer der bulligen Regensburger erwartungsvoll und rückt seine Sonnengläser zurecht.

»Umgehen«, antwortet Folkhart von Herbrechtsfeld. Er ist kein Springinsfeld, kein Haudrauf und Bramarbas. Er ist ein besonnener Mann. Nur so kann man in diesen Zeiten überleben. Er klopft auf seine Satteltasche. Dort steckt der FAVOR CONTRACTUS. Brillant abgefasst, dieser Vertrag. Der Graf ist stolz auf einige Formulierungen. Trotzdem hofft er, dass die brisante Mission möglichst bald zu Ende ist.

9

Irgendetwas arbeitete in Jennerwein. Ohne nach links und rechts zu blicken, den Kopf zu Boden gesenkt, die Hände in die Taschen vergraben, ging er den Uferweg an der Loisach entlang. Er hatte sich wirklich bemüht, loszulassen und sich zu entspannen. Er hatte vorgehabt, den freien Tag zu genießen und zu verbummeln. Doch sein Verstand, der sture Bock, arbeitete weiter im Ermittlungs-Modus. Immer wieder drängten sich die beiden Silben in den Kopf. Waren ›hu‹ und ›gu‹ gar keine Spitznamen, sondern polizeiinterne Kürzel?

Die Abkürzungen der bayrischen Polizei, die die Beamten intern verwendeten, um sich untereinander zu verständigen, waren bunt und vielsagend, manchmal auch äußerst verwirrend und zweideutig. Jennerwein jedoch hatte so ziemlich alle im Kopf, auch die selten gebrauchten. Seine Polizeikollegen mussten nachschlagen, er jedoch hatte sie in den meisten Fällen parat: »BEFA« zum Beispiel bedeutete eine beobachtende Fahndung; »bewa« hingegen war das Kürzel für bewaffnet; unter »DWE« verstand man einen Dämmerungswohnungseinbruch; unter »EMD« den Entminungsdienst; unter DigeChriBa den dienstlich gelieferten Christbaum; hinter der harmlosen Silbe »ge« (auch: »Gustav Emil«) verbarg sich eine gewalttätige Person; mit dem weitaus gefährlicher aussehenden »EP« oder »Emil Paul« (Einsatzplan? Erpresste Person? Explosive Post?) wurde lediglich die berufsgenossenschaftlich vorgeschriebene

Essenspause abgekürzt. Hinter »KoPlaWu« verbarg sich die beliebte Kopfplatzwunde bei Oktoberfesten; »GT« hatte gleich zwei Bedeutungen: 1.) Geschlechtsteil und 2.) Gerichtstermin; ein geheimnisvoller »noeP« war ein nicht offen ermittelnder Polizeivollzugsbeamter; und »QTA« bedeutete schließlich: Die Sache hat sich erledigt, warum auch immer das dann QTA hieß. Tippte man drei beliebige Zeichen auf der Computertastatur, hatte man ganz sicher eine Abkürzung der bayrischen Polizei generiert.

Jennerwein scrollte die Liste, die er sich vor Urzeiten eingeprägt hatte, im Kopf durch. So etwas Ähnliches wie ›hu‹ und ›gu‹ war jedoch nicht dabei. Er hatte jetzt die Nase voll von den ergebnislosen Grübeleien. Er rief bei der Leitstelle an.

»Hallo, hier KHK Jennerwein, BD.«

»Hallo, was gibts?«

»Nur eine Frage. Hat mir jemand von Ihnen in den letzten Stunden eine SMS gesandt?«

»Moment. – Sie sind im Bereitschaftsdienst, sagen Sie? Nein, heute war es absolut ruhig.«

»Und dann noch was. Haben Sie schon einmal etwas von den polizeiinternen Abkürzungen Heinrich Ulrich und Gustav Ulrich gehört?«

»Das sind Kürzel, die von den Kollegen vom Fuhrpark verwendet werden. HU heißt Hauptuntersuchung, GU Generaluntersuchung.«

»Danke. Einen schönen Tag noch.«

Jennerwein überlegte. Das ergab ebenfalls keinen Sinn. Noch 239 Tage zur Generaluntersuchung? Hauptuntersuchung am 23.9.? Jennerwein selbst hatte kein Dienstfahrzeug, er hatte schon lange keines mehr in Anspruch genommen. Das war allerdings eine andere Geschichte. Hatte die SMS doch etwas mit

Bernie Gudrian zu tun? Hatte ihn Bernie angesimst? Aber woher hatte der seine Handynummer? Diese Nummer hatte er nur seinen engsten Mitarbeitern gegeben.

Abrupt blieb Jennerwein stehen und blickte erstaunt auf. Tatsächlich: Das Café Mucho gab es also immer noch. Er schüttelte lächelnd den Kopf. Hatte sein grübelndes Unbewusstes ihn etwa hierhergeführt? Im Café Mucho hatten sie sich damals immer getroffen, die schrägsten Vögel aus der Klasse, darunter auch sein Freund Bernie Gudrian. Oft waren sie dort an den Plastiktischen zusammengesessen: Ronni Ploch, der zukünftige Wegbereiter der internationalen Hüftchirurgie; Antonia Beissle, die dereinst eine gefürchtete Oberstaatsanwältin werden sollte; Uta Eidenschink, die spätere Uni-Professorin; Schorsch Meyer III, der Oberstudienrat; Gunnar Viskacz, der musikbesessene Klangdesigner; der hünenhafte Siegfried Schäfer, der esoterisch angehauchte Dietrich Diehl – und schließlich Hu Jennerwein, der spätere Kriminalhauptkommissar –, alle waren sie im Café Mucho herumgehangen mit Karottenhosen und wenig Kohle. Sie hatten an ihren Colas und kleinen Bierchen genippt, hatten kühne Reden geschwungen, und ein paar dieser Reden und auch die Dünste von halbausgetrunkenen kleinen Colas schienen noch in der Luft zu hängen.

Jennerwein war nahe daran, die Kneipe zu betreten und sich an seinen alten Platz zu setzen, doch da wurde er durch eine kleine, aber auffällige Zeichnung wieder in die Gegenwart zurückgeholt. Auf dem Elektrohäuschen neben der Eingangstür des Cafés war ein ähnliches Graffito zu sehen wie vorher auf dem Marktplatz. Es war so etwas wie ein Piktogramm, eine stilisierte menschliche Figur, die mit ausgebreiteten Gliedmaßen über dem Boden schwebte.

Darunter das Datum des heutigen Tages. Jennerwein konnte sich keinen Reim auf die Zeichnung machen. Heute war wohl der Tag für unerklärliche Stricheleien, geheimnisvolle Zeichen und versteckte Andeutungen. War das Ikarus, der nach der Sonne griff? Jennerwein beschloss, sich das Bild einzuprägen. Sonderbar war es schon, dass es an zwei Stellen im Ort auftauchte, und dann auch noch an ihren früheren Klassentreffpunkten. Jennerwein bückte sich und suchte nach weiteren Hinweisen in der Umgebung des Bildes. Er fand nichts. War denn einer aus der Klasse ein Graffiti-Freak geworden? Machte Harry Fichtl, der rührige Organisator, keinen genauen Zeitplan mehr, so etwas wie *10.00 Schwammwerfen, 11.00 Brotzeit*, sondern veranstaltete er in diesem Jahr eine Schnitzeljagd?

Jennerwein drängte sich eine weitere Frage auf: Wenn die SMS von Gudrian kam, woher hatte der dann seine Nummer? Er hatte eigentlich seit langem keinen Kontakt mehr zu den Schulkameraden, auch zu seinem ehemaligen Banknachbarn nicht. Plötzlich fiel ihm ein, dass ihn Gudrian einmal in seiner Dienststelle angerufen hatte. Es musste fünf oder sechs Jahre her sein. Vielleicht waren es auch zehn. Es war ein seltsames Gespräch, voller Schüchternheit und Vorsicht, voller schlechten Gewissens, dass man sich so lange nicht angerufen hatte. Bernie brauchte seine fachmännische Hilfe. Er hatte einen Klienten zu verteidigen, der behauptete, bei einer Polizeivernehmung unsanft behandelt worden zu sein. Er hatte ein paar Fragen zur Polizeiarbeit allgemein und zu Vernehmungstechniken im Speziellen. Jennerwein versprach, sich in der Mittagspause zu melden. Er hatte dann um zwölf von seinem Handy aus zurückgerufen. Jetzt erst, Jahre später, wurde ihm klar, dass Gudrian dadurch seine Mobilnummer hatte. Jennerwein schüttelte den Kopf. Dass ihm das nicht früher eingefallen war! Er war eben nicht der Spezialist in modernen Kommunikationsmitteln. Im Team hatte Nicole Schwattke die Nase vorn, sie war Mitte zwanzig, sie war mit solchen technischen Dingen aufgewachsen. Doch auch alle anderen im Team twitterten und bloggten sich durch den Polizeialltag. Die SMS war also mit Sicherheit von seinem ehemaligen Schulfreund. Er musste das Naheliegende tun und Gudrian selbst anrufen. Abermals wählte er die Nummer der Leitstelle.

»Hier nochmals Jennerwein. Ich brauche eine Personenauskunft. Kleine Anfrage. Eigentlich brauche ich nur die Telefonnummer. Nachname: Gudrian. Vorname: Bernhard. Geboren am 13. April, um das Jahr 63 herum. Beruf: Rechtsanwalt. Dürfte irgendwo in Südbayern leben.«

Nach kurzer Zeit konnte ihm der hilfsbereite Beamte die Handynummer und die Festnetznummer diktieren. Unruhig sah sich Jennerwein um. Kein Mensch weit und breit. Jetzt anrufen? Er zögerte. Er wollte sich keine Blöße geben. Er wollte nicht in irgendeine fiese Falle tappen, die ihm seine Schulkameraden gestellt hatten, um ihn doch einmal zu einem Klassentreffen zu locken. Jennerwein beschloss, den Anruf noch ein wenig hinauszuschieben. Die Besprechung, die er vor sich hatte, machte ihn äußerst nervös, und sie war ihm sehr wichtig. Er blickte auf die Turmuhr der St.-Martins-Kirche. Es war jetzt kurz nach halb zwölf, um zwölf sollte er vor der Terrasse des Ausflugslokals *Bergpanorama* sein, dort hatte er sich mit Professor Köpphahn zu einem Spaziergang verabredet.

Die Besprechung mit dem Neuropsychologen war längst überfällig. Die Koryphäe auf dem Gebiet von Wahrnehmungsstörungen und diversen Agnosien hatte ihm ein vertrauliches Gespräch bezüglich seiner Akinetopsie zugesagt. Jennerwein litt an einer temporären Bewegungsblindheit. Hauptsächlich wenn er in Stress geriet, blieben die Bilder vor seinen Augen stehen, während die Geräusche der Welt weiterliefen. Die Anfälle, die nur wenige Minuten dauerten, traten nicht mehr so häufig auf wie früher, Jennerwein glaubte, dass er die Krankheit langsam im Griff hatte. Er bildete sich sogar ein, die Anfälle steuern zu können. Doch er war Realist genug, um zu wissen, dass seine berufliche Existenz damit auf dem Spiel stand. Wenn diese Krankheit bekannt wurde, waren ihm ein Disziplinarverfahren und eine peinliche Entlassung sicher. Er konnte sich andererseits ein Leben außerhalb des Polizeidienstes kaum vorstellen. Er war sich zwar sicher, dass außer dem Arzt niemand von der Behinderung wusste, doch Maria Schmalfuß, die Polizeipsychologin, ahnte vermutlich, dass mit ihm etwas nicht stimmte. Sonst würde sie ihn nicht manchmal so seltsam (beobachtend? prüfend? differentialdiagnostisch?) mustern. Aber in Kürze würde sich zeigen, wie es um ihn bestellt war. Professor Köpphahn betreute alle bekannten Akinetopsie-Patienten, die es weltweit gab. Es waren nicht mehr als fünfzig, und sie litten meist an einer wesentlich dramatischeren, nämlich chronischen Form dieser seltenen Krankheit. Sie konnten den Alltag nicht alleine meistern, geschweige denn einem Beruf nachgehen. Diese Informationen hatte er aus dem Internet gezogen. Er war wegen seiner temporären Anfälle noch nie bei einem Arzt gewesen. Es war das erste Mal, dass er sich jemandem anvertraute. Er hatte es so geplant, dass die Besprechung mit Professor Köpphahn außerhalb des Kurorts stattfinden sollte, auf dem Wanderweg vom Ausflugslokal *Bergpanorama* zum nahe gelegenen Eckbauerberg. Einheimische waren dort selten zu finden, unter den Touristenströmen hoffte er, unerkannt zu bleiben. Professor Köpphahn verbrachte seinen Urlaub hier, er hatte versprochen, ihn zu untersuchen, soweit das auf einer Wanderung im Freien möglich war.

Jennerwein blickte auf die Uhr. Noch eine Viertelstunde bis zum Treffen. Er zückte sein Telefon und wählte die Mobilfunknummer Gudrians. Es erklang das Freizeichen. Nicht einmal die Mailbox hatte er angeschaltet. Jennerwein wählte die Festnetznummer. Dreimal tutete es, dann erklang eine angenehm sonore Frauenstimme.

Hier ist der Anrufbeantworter der Familie Gudrian. Lieber Dieb! Wir sind zwar momentan außer Haus, ein Einbruch lohnt sich jedoch in keinem Fall. Liebes Marktforschungsinstitut! Wir sind nie zu Hause – wir sind ausgewandert und kommen auch nie mehr zurück. Lieber Freund! Sprich was drauf. Nach dem Piepston.

Die Frauenstimme kam ihm bekannt vor. Sehr bekannt. Es war Irene. Bernie hatte sie also doch geheiratet.

Dr. jur. Bernhard Gudrian,
Rechtsanwalt
Kanzlei Gudrian & Weckerle

Liebe Klassenkameraden,
und schon wieder ist ein Jahr rum. Was ich in der Zeit getrieben habe? Scheidungen, Scheidungen, Scheidungen. Juristische Details würden euch sicher langweilen. Ich habe meine Sekretärin mal eine Liste aufstellen lassen, und ich bin selbst erschrocken, wie oft ich deswegen vor Gericht gestanden bin. Man hat langsam den Eindruck, dass es keine Auffahrunfallbetrüger, Mietnomaden, Taschendiebe, Autoknacker, Mörder und Bankräuber mehr gibt, sondern nur noch Scheidungsfreudige. Die ganze kriminelle Energie wird in die Ehekriege gesteckt. Wie ich gehört habe, sind ja unter uns auch schon ein paar ... Die Hintergründe wird man beim Klassentreffen selbst erfahren. Ich freue mich schon auf das Wochenende!
Euer Bernie

PS Meiner Frau geht es auch gut, sie kann leider nicht mitkommen, lässt aber alle schön grüßen.
Nochmals euer Bernie

PPS Liebe Klassenkameraden von Bernie!
Ich will das bloß mal klarstellen: Ich habe eine wichtige Fortbildung an diesem Wochenende, darum kann ich nicht kommen! Nicht dass Gerüchte aufkommen ... oder dass sich jemand Hoffnungen macht ... unsere Ehe läuft noch super (vor fünf Minuten war das jedenfalls noch so) –
Eure Irene

PPPS Von wegen Fortbildung! Auf einem Wellness-Wochenende ist sie, mit ihrer Freundin. Gurki, Gurki!

PPPPS Stimmt ja gar nicht. Ich bin mit meiner Freundin auf Lehrerfortbildung. Die neuesten Ergüsse vom Kultusministerium. Da werden doch nebenbei ein paar Gesichtsmasken erlaubt sein.

PPPPPS Ich sage euch eins: Die hat Freundinnen, da müsste man Gesichtsmasken sogar dringend vorschreiben.

PPPPPPS Eine Unverschämtheit ist das.

PPPPPPPS Ein Kompliment ist das.

PPPPPPPPS Da seht ihr, wie es bei uns funktioniert.

PPPPPPPPPS Jetzt ist aber Schluss. Bis bald – Euer Bernie.

PPPPPPPPPPS Vielleicht komme ich ja doch mit – Eure Irene.

10

Der perfide Plan des Geiselnehmers war offensichtlich aufgegangen. Er hatte Angst und Schrecken verbreitet und Gewaltbereitschaft demonstriert. Alle hatten das begriffen, alle warteten zitternd auf weitere Befehle. Zwischen den nächstgelegenen Bergkämmen waren mehrere pfützenschmutzige Dunstschleier aufgezogen, die sich rasch vergrößerten und schnell ausbreiteten. Das Gewitter konnte jederzeit losbrechen. Im Alpenland kamen Wetterumschwünge schnell und unberechenbar.

Der Bärtige saß vornübergebeugt auf dem steinigen Boden. Rasende Schmerzen stiegen von seiner verletzten Hand in den Arm auf. Sie war inzwischen zu einem unförmigen Klumpen angeschwollen und hart wie Beton. Seine Finger konnte er überhaupt nicht mehr spüren. Er war mehrmals kurz davor gewesen, einfach loszuschreien, doch er hatte sich beherrscht. Er versuchte es mit autogenem Training. *Stell dir einen Punkt zwischen deinen Schultern vor. Von diesem Punkt geht wohlige Wärme aus. Das Herz schlägt ruhig und kräftig ...* Doch das funktionierte nur kurze Zeit. Der Schmerz war nicht mehr zurückzudrängen. Rasende Wut stieg in ihm auf. Rasende Wut auf sich selbst. Er hatte doch gesehen, dass der Geiselnehmer ein Profi war. Und trotzdem hatte er versucht, ihn mit solch einem simplen und naheliegenden Trick zu übertölpeln. Ein Zweithandy – so eine Schnapsidee! *Deine kräftigen Muskeln sind momentan völlig entspannt ...* Was hatte dieser Gangster vor?

Seine Ankündigung, ein Gespräch mit einem von ihnen führen zu wollen, hatte er noch nicht in die Tat umgesetzt. Er hatte jemanden hinter einen kleinen Felsen geschleift – war das derjenige? Und wer von ihnen war es? Der rührige Organisator Harry Fichtl? Die rotmähnige Soziologin Uta Eidenschink? Der Spruchbeutel Heinz Jakobi? Hatte der nicht ein Techtelmechtel mit der schönen Susi Herrschl gehabt? *Du bist ganz ruhig ...* Der Naturliebhaber Siegfried Schäfer? Die geschwätzige Hotelwirtin Gustl Halfinger? *Du bist ganz entspannt ...* Plötzlich stockte er. Hatte er nicht gerade Stimmen gehört? Er wagte es nicht, sich umzublicken. Es waren zwei unterschiedliche Stimmen, es war ein Streit. Ein heftiger Streit. Nach ein paar Augenblicken des atemlosen Lauschens hörte er unterdrückte Schmerzensschreie, Tritte und Schläge, Geräusche von knirschendem Kies. Dann vernahm der Bärtige wieder laut und deutlich die Megaphonstimme des Geiselnehmers.

»Sofort ... du weißt es ... nicht mehr lange ... rück endlich raus damit ...«

Der Bärtige befürchtete das Schlimmste.

Houdini war ebenfalls wütend. Ihm wurde immer klarer, dass er vorher in einen sinnlosen und gefährlichen Aktionismus verfallen war. Die sekundenschnell und geräuschlos geöffnete Handschelle nützte ihm so gut wie gar nichts. Ihm selbst nicht und allen anderen hier oben genauso wenig. Ganz im Gegenteil. Bei einer erneuten Kontrolle musste er befürchten, ähnlich misshandelt zu werden wie der Verletzte dort vorne oder auch ähnlich brutal nach hinten geschleppt zu werden wie der andere. Er musste in solch einem Fall sogar versuchen, das Schloss wieder zuschnappen zu lassen, darauf hoffend, dass der Gangster das Klickgeräusch nicht hörte. Es war wie bei der Wohnungstür, die schon vielen pubertierenden oder auch verheirateten

Spätheimkehrern zum Verhängnis wurde: Das Aufschließen funktionierte immer geräuschlos, das Zudrücken nie. Houdini saß im Rücken aller anderen Geiseln, er hatte keine Möglichkeit, sich unauffällig bemerkbar zu machen. Er wusste auch nicht genau, wo sich der Geiselnehmer gerade befand. Irgendwo links von ihm, an einer nicht einsehbaren Stelle. Houdini wusste, dass er hochgradig gefährdet war. Und er hatte sich durch eigene Schuld in diese Lage gebracht.

Du spürst wohlige Wärme in den Beinen. Das Herz schlägt ruhig und kräftig. Es nützte alles nichts. Die Schmerzen wurden immer heftiger. Es schien, als ob die Hand platzen würde. Der Bärtige versuchte, die dunklen Wolken am Himmel zu fixieren, die sich nun größer und bedrohlicher auftürmten. Plötzlich bemerkte er, dass sein Nachbar schräg hinter ihm versuchte, Stück für Stück näher zu ihm zu rutschen. Was für ein Wahnsinn! Der Bärtige machte mit dem Kopf eine abwehrende, zurückweisende Bewegung. Wer es genau war, der sich ihm Zentimeter für Zentimeter näherte, konnte er nicht erkennen. Vielleicht war es Ronni Ploch oder Antonia Beissle. Egal, diese Aktion war lebensgefährlich.

Houdini, der Bärtige und derjenige, der sich dem Bärtigen gerade näherte, waren nicht die Einzigen, die sich überlegt hatten, wie man der fatalen Situation entkommen konnte. Drei Plätze entfernt von Houdini saß ein Mann mit einer abgeschabten Motorradlederjacke. Auch er starrte zu Boden. Doch unter der Maske mit dem knallroten, vollen Mund presste er seine schmalen und farblosen Lippen fest zusammen. Er hatte die Augen geschlossen. Er atmete stoßweise. Das war seine Art, sich zu konzentrieren. Er hatte seine freie Hand auf den Rucksack gelegt. Darin befand sich ein heißer Gegenstand, ein erstklassiges Requisit, um den üblen Typen anzugreifen, vielleicht sogar lahmzulegen. Es war ein auf den ersten Blick harmloses Päckchen. Es lag leider – leider! – ganz unten im Rucksack. Der Schmallippige überlegte fieberhaft. Er hatte drei Kinder, und genau wegen dieser Kinder hatte er sich ein Spritzenbesteck besorgt, dazu eine Ampulle Dormicum. Vor Jahren, als die Kinder noch klein waren, hatte er mit ihnen einen Ausflug in den Wald unternommen. Der elfjährige Torsten hatte ein Reh mit gebrochenem Bein gefunden. Die Situation war schrecklich. Man hatte den Jäger rufen müssen. Der war erst nach zwei Stunden zur Stelle gewesen. Die Kinder waren außer Rand und Band, sie heulten und schrien, flehten ihn immer wieder an, dem Tier zu helfen. Er selbst hatte sich damals geschworen, sich für zukünftige Fälle ein Betäubungsmittel zu besorgen. Das Besteck lag seitdem ganz unten im Rucksack, es war bei allen Wanderungen dabei. Die Spritze war natürlich nicht sofort einsatzbereit, er musste sie erst aufziehen. Dann brauchte er nur noch zu warten, bis der Gangster in seine Nähe kam. Aber war das wirklich sinnvoll? Und wirkte die Spritze sofort? Oder hatte der Gangster noch Zeit, zu schießen? Das Verfallsdatum des Betäubungsmittels war sicher längst abgelaufen – funktionierte das Zeug überhaupt noch? Der Schmallippige mit der Lederjacke wusste es nicht. Sie hatten seitdem kein Tier mehr mit gebrochenem Bein im Wald gefunden. Die Kinder waren längst erwachsen. Er war zudem kein Arzt. Er wusste nicht einmal, wo sich beim Menschen die günstigste Einstichstelle befand. Es gab viele Argumente, die gegen die Aktion sprachen. Er hatte fest vor, es trotzdem zu versuchen.

»Warum ... eigentlich ... die Masken?«

Der Mann, der dem Bärtigen näher gerutscht war, soweit es die Fesselung erlaubte, flüsterte abgehackt. Der Bärtige verstand nicht gleich, um was es ging. Er war der Ohnmacht nahe. Zudem fand er das Getuschel höchst riskant.

»Psst!«, zischte er drohend. Trotzdem wisperte er nach einiger Zeit zurück: »Es muss einer von uns sein. Wir sollen nicht wissen, wer.«

»Klar ... einer von uns! ... Ein Profi noch dazu.«

Dem Bärtigen tanzten Punkte vor den Augen. Er biss die Zähne vor Schmerz zusammen. Das Gezischel des anderen machte ihn schier wahnsinnig. Der Typ ließ einfach nicht locker:

»Er hat hier oben alles vorbereitet ... Ist dann mit uns raufgegangen ... Hat sich die Maske übergestreift ... Warum aber auch *uns*?«

»Ist doch klar: Später, beim Polizeiverhör, da wird jeder gefragt, wen er gesehen hat. Der, der von keinem erwähnt wird, der muss der Gangster sein.«

»Der da hinten ... den er sich geschnappt hat ... weißt du, wer das ist?«

»Nein, keine Ahnung.«

»Der schwebt in Lebensgefahr ... Aber den können wir vielleicht retten. Wenn wir das Inkognito des Gangsters auffliegen lassen ... wenn wir alle gleichzeitig die Masken abnehmen ... dann ist sein Plan gescheitert. Er haut ab ... lässt uns hier zurück.«

»Wie sollen wir uns denn verständigen? Und außerdem: Hast du nicht mitbekommen, zu was er fähig ist? Sieh dir meine Hand an! Verdammt nochmal! Er könnte uns alle umbringen.«

»Die ganze Klasse? Glaube ich nicht. Das ist ein Profi. Vielleicht ... wenn wir ... ihn mit seinem Namen anreden –«

»Und wie ist sein Name?«

»Keine Ahnung ... Die drei Frauen können wir aber schon mal ausschließen. Uns beide auch ... Dann bleiben noch neun Leute übrig. Achten wir also ... auf seine Stimme.«

»Habe schon versucht, da etwas rauszuhören. Aber das Megaphon –«

»Vielleicht erkennen wir einen Dialekt … einen bestimmten Akzent …«

Der andere rückte unauffällig weg. Der Bärtige versuchte, sich die gebellten Befehlssätze des Gangsters noch einmal zu vergegenwärtigen. *Ich weiß, dass ihr euch jetzt fragt, zu wem diese Stimme gehört! Ihr werdet es nicht herausfinden, strengt euch also gar nicht erst an.* Die Konzentration darauf lenkte ein wenig von dem Schmerz ab, der seinen Körper in immer zornigeren Wellen überspülte. *Ich weiß, dass ihr euch jetzt fragt …* Der Geiselnehmer sprach keinen Dialekt, so viel stand schon einmal fest. Er sprach monoton, militärisch knapp, ohne große Gefühlsregungen. Nur als er mit den Vorzügen seiner Maschinenpistole prahlte, da hatte er geschrien: *Sechshundert Schuss in der Minute sind kein Problem!* Er versuchte, sich zu erinnern. Ein Sprachfehler? Ein ausländischer Akzent? Ein außergewöhnliches Sprechtempo? Nichts dergleichen. Aber was hatte der Geiselnehmer dann gesagt? *Für diejenigen unter euch, die keine Ahnung von Waffen haben: Das da in meiner Hand ist eine russische Bison PP zehn neun!* Der Bärtige konnte sich noch genau an die Worte erinnern. Und schon vorher war es ihm aufgefallen: Warum hatte er ausgerechnet *PP zehn neun* gesagt? Warum nicht PP neunzehn? Diese Wortstellung gab es doch eigentlich nur im Französischen. Der Franzose sagte dix-neuf, also zehnneun. Nicht nineteen wie im Englischen oder negentien im Niederländischen. Der hatte die französische Sprache irgendwie im Kopf. Der denkt französisch. Der hatte auch nicht *Depesche* gesagt, sondern *dépêchez!* gerufen, nämlich *Beeilung!* Mensch ja, das war … Dem Bärtigen wurde übel vor Entsetzen. Er wusste, mit wem sie es hier zu tun hatten. Er war so aufgeregt und schockiert, dass er seinen Schmerz für einen Moment vergaß. Er brauchte einen Plan.

11

»Woher kommt eigentlich das Wort *Kaiserschmarrn*?«, fragte Rechtsanwalt Nettelbeck auf der Terrasse des Ausflugslokals *Bergpanorama*. »Hat der etwas mit Kaiser Franz Josef I. zu tun? Ist es also eine österreichische Erfindung?«

»Da gibt es wie immer mehrere Erklärungen«, antwortete Ursel Grasegger, ganz Hobbyhistorikerin und Spezialistin für die Herkunft bayrischer Ausdrücke. »Die wahrscheinlichste führt uns tatsächlich nach Österreich, allerdings nach Tirol. Im Tirolerischen heißt der Almhirt auch der Kaser, also der Käsemacher, daher dann das Wort Kaserschmarrn. Irgendwann wurde der Ausdruck dann von Küchenmarketinglern und anderen Gschaftlhubern geadelt und zum Kaiser geschlagen. Mit dem Kaiser Franz Josef selbst hat der Schmarrn sicher nichts zu tun.«

Ursel Grasegger kannte sich gut aus in der alpenländischen Geschichte. Aber auch in der gesamtbayrischen Geschichte war sie zu Hause, ihr Faktenwissen reichte zurück bis in die Zeit, als Bayern noch mit i geschrieben wurde. Und als die Franken und Schwaben noch nicht mit dabei sein mussten.

»Aber jetzt zu unserer Bürgermeister-Kandidatur«, sagte Ignaz. »Heutzutage wird doch so viel geredet über die Vereinbarkeit von Familie und Beruf. Ein politisches Amt ist doch erst recht ein Beruf. Ein Beruf, der Vorbildfunktion hat. Also müsste doch grade da was zu machen sein! Ein Ehepaar, das gleichzeitig zu Hause kocht und abspült und im Rathaus lenkt und leitet.«

»Gar keine schlechte Idee«, sagte Nettelbeck, »den Hebel hier anzusetzen. Das ist tatsächlich ein gesellschaftlich empfindlicher Punkt. Mir kommt da grade eine Idee. Warum sollte ich nicht meine alten Verbindungen ausnützen!« Nettelbeck stand auf. »Wenn Sie mich einen Moment entschuldigen. Ich kenne jemanden im Familienministerium. Außerdem ist der auch Mitglied der Schützenbruderschaft, so wie ich.«

Der Rechtsanwalt suchte eine Nummer auf dem Display, wählte und entfernte sich ein paar Schritte vom Tisch.

In der Stadt klingelte das Telefon. Das Telefon stand auf dem kunstvoll verschnitzten Zirbelholztisch. Ein schwerer Perserteppich lag am Boden, die Tür war geschlossen, vom Flur hörte man Bussibussis, Ciaociaos und andere Laute geschäftigen monacensischen Treibens. Ein Rest von Baiern war auch noch vorhanden, denn ein Gemälde des alten Maximilian II. Emanuel hing an der Wand, der Kurfürst schaute streng herunter auf den Schreibtisch des Referenten der Referentin des Referenten. Das Telefon klingelte weiter. Die Tür ging auf, Licht fiel in die Zirbelholzstube. Teure Designerschuhe glitten über den Teppich. Die Stimme, die zu den Schuhen gehörte, näselte: »Was gibt's? Ach du bist's, Oberaffe. – Aha, aha. – Aha, aha. – Aha, aha. – Das ist ja interessant. Ein Ehepaar als Bürgermeister! – Aha, aha. – Weißt du was: Du bringst die Leutchen dazu, so ein Doppelamt zu beantragen, wir bringen es in die Presse, es scheitert an der bösen Bürokratie und an der allgemeinen Familienunfreundlichkeit, unsere Partei beantragt dann eine Gesetzesänderung –«

»Nein, du verstehst mich falsch«, sagte der Oberaffe. »Die beiden wollen das wirklich machen.«

»Geh zu! Was sind denn das für welche?«

»Vielleicht hast du schon mal von der Familie Grasegger gehört?«

Die Stimme, die zu den Designerschuhen gehörte, stöhnte auf.

»Die Mafiabeerdiger aus dem Oberland? Ja, mit denen können wir uns doch auf keinen Fall zusammen nennen lassen! Was du mir für Leute herziegelst, unglaublich. Oberaffe hin oder her, Schützenbruderschaft oder nicht – Du, ich sehe grade, da winkt mir der Chef, ich muss wieder. Vielleicht treffen wir uns wieder einmal am Gardasee, wie wärs? Golfen? Oder nur so? – Ich muss jetzt.«

»Ja, dann: Stellt ab das Gewehr!«

»Das Pulver füllt ein!«

»Setzt den Pfropfen!

»Versenkt den Stab!«

»Hoch legt an!«

»Und spannt den Hahn!«

»Feuer!«

»Feuer! – Servus.«

Der Rechtsanwalt kam wieder zurück zum Tisch. Die Graseggers blickten ihn fragend an.

»Ja, also, mein Kontaktmann von der Schützenbruderschaft hat mir signalisiert: Auf dem offiziellen Weg wird das nicht gehen. Jedenfalls nicht so schnell. In ein paar Jahren vielleicht –«

»In ein paar Jahren!«, rief Ursel. »Wir wollen es doch schon bei der nächsten Bürgermeisterwahl packen. Die ist im kommenden Jahr. Unsere Vorbereitungen laufen bereits auf Hochtouren.«

»Ja«, sagte Ignaz. »Wir haben tolle Pläne. Wir werden im Gegensatz zu den anderen keine Wahlplakate drucken. Unser Slogan wird sein: *Kein einziger Baum muss sterben, wenn wir uns für das Amt bewerben.* Ökologische Wähler ansprechen. Das allein bringt uns wahrscheinlich ein paar tausend Stimmen.«

»Und Geld gespart ist auch noch.«

»Sie haben an alles gedacht«, sagte Nettelbeck mit einem kleinen Rechtsanwaltslächeln. »Mit ökologischem Bewusstsein und mit familienfreundlicher Gesinnung ins Amt – das hat vielleicht doch Aussichten!«

Er sah auf die Uhr.

»Wenn Sie noch Fragen haben, können Sie mich natürlich jederzeit anrufen. Aber ehrlich gesagt: Ich sehe keine großen Chancen. Für das Bürgermeisteramt schon, aber für die Doppelspitze – vielleicht überlegen Sie sich das noch einmal –«

Er stand auf, verstaute seine Papiere sorgfältig in seiner Mappe und verabschiedete sich.

»Kein großen Chancen!«, sagte Ignaz enttäuscht, nachdem der Rechtsanwalt gegangen war. »Wir hätten vielleicht doch lieber den Dottore Foscolo konsultieren sollen. Oder aber wir vergessen das mit dem Zwillingsamt.«

»Ach was!«, tröstete ihn Ursel. »Wir lassen uns doch von dem Preußen, dem advokatischen, nicht entmutigen. Da finden wir schon einen Präzedenzfall für uns. Wir werden doch nicht schon gleich am Anfang unsere Pläne über den Haufen werfen. Das kommt gar nicht in Frage. Ich glaube, ich habe auch schon eine Idee, wo ich suchen könnte.«

12

Zu Graf Folkharts Zeit sind die meisten europäischen Städte finstere Brutplätze schrecklicher Seuchen. In den engen Gassen sammelt sich Unrat und Schmutz. Die wahren Herrscher sind Blutfluss, Abweiche und Schweißfieber. Lediglich Rom macht da eine Ausnahme. Dort gibt es eine durchdachte Kanalisation und funktionierende Abwasseranlagen. Geschäftstüchtige Händler bieten für einen kleinen Aufpreis frische, unverdorbene Lebensmittel an. Es gibt sogar gekochtes Wasser, man kann es trinken, und man kann sich darin baden. Die Straßen werden in regelmäßigen Abständen gereinigt, die größeren sind mit schattenspendenden Bäumen bepflanzt. Auf einer dieser Straßen, auf der steingepflasterten Via Appia, bewegt sich der Tross des Grafen Folkhart von Herbrechtsfeld. Die waffenstarrenden Regensburger mit den getönten Augengläsern halten nach allen Seiten Ausschau. Viel Diebsgesindel soll hier unterwegs sein, geschickte Beutelschneider und flinkfingrige Trickbetrüger – so hat man es jedenfalls gehört.

»Das ist also die heilige Stadt!«, ruft Odilo, der Leibdiener von Folkhart, ehrfürchtig aus. »Ja, leck mich fett, wo wohnt denn jetzt der Papscht?«

Folkhart antwortet nicht. Er ist mit den Gedanken schon wieder bei neuen Vertragsformulierungen. Und bei dem FAVOR CONTRACTUS, dessen Bedeutung ihm immer mehr bewusst wird.

Sie beziehen Quartier. Folkhart hat noch zusätzlich zwei Wundärzte engagiert, die ihn im Fall der Fälle kurieren sollen. Der Graf ahnt aber auch, dass die Wundärzte im Fall der Fälle ziemlich unnütz sein werden. Weil er warten muss, bis Bischof Emicho bereit ist, ihn zu empfangen, geht er in der Stadt spazieren und hat dort ein bemerkenswertes Zusammentreffen mit einem tiefschwarzen Mohren aus dem Hochland von Abessinien. Der Mohr hat einen unaussprechlichen Namen mit vielen sonderbaren Schnalz-, Klick- und Reibelauten, die man im Abendland nicht kennt.

»Ihr könnt mich einfach Anonymus nennen«, sagt der Mohr.

Der Mohr ist, wie schon sein Vater und sein Großvater, Geschichtenerzähler auf den Plätzen der Stadt, er findet dort viel Gehör, weil er die alten Heldendichtungen lebendig und anschaulich vorträgt. Alle Geschichten von Anonymus spielen in seiner heißen südlichen Heimat. Eine Geschichte lieben die Zuhörer besonders. Es ist das schöne, schaurige und endlos lange Lied von dem starken Urwaldhelden, der von einem tyrannischen Zwergenkönig einen gewaltigen Schatz und eine unsichtbar machende Tarnkappe gewinnt. Er kämpft daraufhin mit einem Drachen, besiegt ihn, badet in dessen Blut und wird so unverwundbar.

»Eine der unverwechselbaren Geschichten aus meiner abessinischen Heimat«, sagt Anonymus.

Folkhart von Herbrechtsfeld ist begeistert. Solche Lieder singen die Gaukler und fahrenden Gesellen auf den Marktplätzen des Reiches nicht. Bei den Nürnberger und Leipziger Bänkelsängern hört man immer nur langweilige und erbauliche christliche Legenden von Demut und Vergebung. Aber dieser Anonymus! Bei seinen Geschichten geht es um Verrat, Untreue, Missgunst, Neid, Machtgier und engstirnige Gefolgschaft. Der

Graf ist in einer kleinen Herberge am Rande der Altstadt untergebracht, auch sein Tross wohnt da. Wohnungen in der Stadt sind unerschwinglich, dort zahlt man einen Beutel Pfennige pro Nacht, inklusive eines Krugs mit Wein. Der Graf, der sich in Rom einigermaßen auskennt, besucht ein paar berühmte Orte. Einige Gärten, Brücken, Kirchen und Piazzas, Friedhöfe und Parks. Am Strand des Tiber trifft Folkhart wiederum auf den Mohren Anonymus. Der erzählt den begeisterten Zuhörern gerade, dass der unbesiegbare Kämpfer, der den Drachen getötet hat, in die Dienste eines mächtigen Herrn tritt. Dieser Herr wirbt um eine bärenstarke Frau, die einen Gürtel besitzt, mit Hilfe dessen sie unbesiegbar ist.

»Und wo spielt das alles?«, fragt einer der Zuhörer.

»In der heißen Wüste von Timbuktu!«, antwortet Anonymus, der Mohr. »Und in den sumpfigen Wäldern, durch die der Niger fließt.«

Als der Graf wieder ins Quartier kommt, herrscht helle Aufregung. Einer seiner Leibwächter ist überfallen und niedergeschlagen worden. Seine Stube wurde durchwühlt. Man hat offensichtlich nach dem FAVOR CONTRACTUS gesucht. Den aber hat Folkhart glücklicherweise in seiner Brusttasche verstaut. Der Leibwächter kann noch nicht befragt werden, er ist nicht bei Bewusstsein. Ärzte beugen sich über den Fiebernden. Sie schreien ihre Behandlungsvorschläge wild durcheinander.

»Aderlass!«

»Blutegel!«

»Glüheisen!«

»Blutiges Schröpfen!«

»Trockenes Schröpfen!«

Ein besonnener Doktor aus Siena stellt Wundbrand fest, der durch eine Stichwunde ausgelöst wurde. Der Doktor aus Siena rettet dem Leibwächter das Leben. Der Leibwächter kann den Mann beschreiben, der ihn niedergestochen hat. Dem Dialekt nach ist es ein Mann aus der Pfalz.

Der Graf will den hochbrisanten Vertrag nun dringend hier in Rom loswerden. Vier Abschriften hat er von dem FAVOR CONTRACTUS in langen Nächten angefertigt. Die erste hat König Adolf schon erhalten, die zweite bleibt bei Bischof Emicho, die dritte muss er noch an den französischen Hof bringen – Frankreich ist die Schutzmacht, die über die Einhaltung des Vertrages wachen soll. Mit der vierten will er seine eigene Sicherheit garantieren. Doch Folkhart hat sich den ganzen Handel einfacher vorgestellt. Bischof Emicho hat das Geld nicht parat, das König Adolf gefordert hat. Adolf hat eine große Summe zu erhalten, das ist Bestandteil des Vertrags. Folkhart muss warten, bis die Schatulle gefüllt ist. Er soll sie mitnehmen. Davon sind er und die Regensburger nicht begeistert. Dieser Vertrag wird ihm langsam unheimlich. Da jedoch die Entlohnung für den längeren Verbleib in Rom stimmt, nimmt er den gefährlichen Auftrag an, die Schatulle zu transportieren. Gefährlich deshalb, weil sich die Sache inzwischen herumgesprochen hat in der Stadt.

»Der führt doch irgendetwas Wichtiges mit sich«, heißt es in einer üblen Taverne, in der sich allerlei zwielichtiges Gesindel herumtreibt.

»Der deutsche Graf war beim Bischof, vielleicht sogar beim Papst, und man hat ihn durch das Fenster seines Zimmers nachts noch schreiben sehen.«

»Wenn einer eine teure Kerze so lange brennen lässt, dann muss er etwas äußerst Wichtiges geschrieben haben.«

»Und vor allem: Wenn so viele Gewappnete mit ihm reisen, dann muss er wahre Schätze mit sich führen.«

»Vielleicht lohnt es sich doch, ihn außerhalb der Stadt zu überfallen.«

So wird geredet in den üblen Spelunken. Folkhart hört davon. Je mehr man sich wappnete, desto mehr wurde das Diebsgesindel mit der Nase darauf gestoßen, dass es etwas durchaus Erbeutenswertes zu verteidigen gibt.

Endlich ist das Geld da. Der Graf gibt Anweisungen, alles für die Abreise morgen bereitzumachen. Am Abend geht er nochmals zum dem Platz, an dem der Mohr die Geschichte von dem Unbesiegbaren mit der Tarnkappe erzählt. Gespannt lauscht Graf Folkhart der Geschichte, die sich dem dramatischen Ende nähert. Der angeblich Unbesiegbare ist inzwischen doch hinterrücks erstochen worden. Die Frau des Erstochenen schwört Rache. Und überhaupt geht die Geschichte gar nicht gut aus. Die meisten der glorreichen Helden und schönen Frauen kommen um. Am Schluss liegen sie mit abgeschlagenen Köpfen in einem brennenden Saal.

»Herrlich!«, rufen die Zuhörer auf dem Marktplatz und applaudieren begeistert.

13

»Wir fahren ins Boarnland 'naus.«

Noch heute sprechen die Einheimischen im Werdenfelser Gebiet vom *Boarnland*, wenn sie das Land nördlich des Loisachtales meinen. Der Kurort scheint für sie nicht zum Bayernland zu gehören. Der Grund für diese eigenartige Formulierung liegt wohl darin, dass der kleine Zipfel dort unten im Süden als ehemalige Reichsgrafschaft Werdenfels lange Zeit nicht zum bayrischen Herrschaftsgebiet gehörte und erst vor gut zweihundert Jahren vom bayrischen Löwen verspeist wurde. Das Werdenfelser Land war durchaus nicht bayrisch, ›bayrisch‹ war dort vielmehr ein Synonym für königliche oder herzögliche Verschwendungssucht, für großstädtische Unkenntnis der Landwirtschaft, niederbayrische Hopfenzählerei oder fränkische Reblausbekämpfung. Das Werdenfelser Land war bis zum Jahr 1803 eine freie Grafschaft, nach allen Seiten hin geschützt durch die Berge, militärisch kaum angreifbar und noch dazu im Wohlstand lebend durch den florierenden Handel mit Venedig.

»Wir fahren ins Boarnland 'naus.«

Das klang immer schon so, als führe man aus der gesicherten Alpenfestung ins unwirtliche Flachland, in die kargen Landstriche um das protzige Munichen oder das schon fast preußisch empfundene Nourenberc. Zuerst der Garten Eden, dann Betlehem und drittens die Grafschaft Werdenfels – so stellte und stellt sich der Alpenbewohner die drei Dependancen des Herrgotts vor. Vor diesem Hintergrund nimmt es nicht Wunder, dass sich die Werdenfelser immer noch als eigene Gewächse fühlen, als außergewöhnliche Minderheit, vergleichbar der dänischen Minorität ganz oben im meerumschlungenen Schleswig-Holstein. Der Eigensinn des alpenumschlungenen Werdenfelsers ist legendär. Die Rebellion ist hier zu Hause, das Anarchische und das Rappelköpfige hat hier seinen Platz. Hier wird gewildert, hier wird Schnaps gebrannt, und oben im Wettersteingebirge brauen urgermanische Gottheiten den Föhn. Es ist nur konsequent, dass das Gerücht, die Familie Grasegger wäre drauf und dran, sich für das Bürgermeisteramt zur Verfügung zu stellen, begierig aufgenommen wurde. Auf dem Wochenmarkt hatte sich das schon herumgesprochen.

»Zwei Leichengraber in der Politik!«, sagte der Ammerschläger Martin am Stand des grantigen Gemüsetandlers. »Das wäre einmal ganz was Neues!«
Viele stimmten zu.
»Die würden schon einen frischen Wind hineinbringen!«
»Die haben eine Bodenständigkeit. Eine Verwurzelung. So etwas bräuchten wir.«
»Die täten gegen die Landeshauptstadt was auf die Waage bringen!«
»Aber was glaubst du, wer wird kandidieren – er oder sie?«
»Beides hätte seine Vorteile. *Er* ist ein bauernschlauer Fuchs. Der kennt das Leben und die Leute. Der tatat sich nicht so leicht über den Tisch ziehen lassen.«
»Und *sie* – die hat doch eine Goschn! Die kann verhandeln. Die tatat alle über den Tisch ziehen!«
(Zweimal *tatat*, das müsste vielleicht erklärt werden. Das a wird zweimal hell ausgesprochen wie in *Latte macchiato*, also fanfarenartig, und das hat durchaus seinen Grund, denn hier haben wir es mit dem oberbayrischen reduplikativen Konjunktiv

(›Doppelmoppler‹) zu tun, der die Sache nicht etwa zweifelhafter macht, sondern im Gegenteil fanfarenartig verstärkt: »Die *tat* alle über den Tisch ziehen«: es ist möglich, dass sie das macht; »die *tatat* alle über den Tisch ziehen«: sie macht es irgendwann ganz sicher.)²

»Aber wenn er so ein Fuchs ist und sie so eine Goschn hat, dann wäre es doch am besten, wenn sie gleich alle beide – «

Alle verstummten, denn der Bürgermeister erschien. Das leibhaftige, momentan amtierende Gemeindeoberhaupt. Mit eingehängter Gattin durchstreifte er den Markt, ganz leger, ganz hemdsärmelig, wie um zu zeigen, dass auch er ein Werdenfelser war wie jeder andere auch. Er kaufte zwei Kohlrabiköpfe.

Der Florist band Blumen, der Gemüsetandler grantelte vor sich hin, der Markt füllte sich zusehends. Den leichtgewichtigen Skispringer, der beim Fischhändler Meeresfrüchte aussuchte, hatte leider immer noch niemand erkannt, überall hatten sich lange Schlangen gebildet. Alles war wie immer am Wochenmarktfreitag.

Nur den Mann, der sich beim Würschtlmo gerade einen rostroten Chiliknackbratspritzer auf den Grill legen ließ, hatte hier noch niemand gesehen. Er schien ein drahtiger alter Bursche zu

---

2   Für die Sprachwissenschaftler unter uns noch einmal Schritt für Schritt:
    er fuaßlt: er sucht unter dem Tisch mit den Füßen Kontakt zu seiner Tischdame;
    man sagt, er tat fuaßln: es ist möglich, aber zweifelhaft, dass er das tut;
    man sagt, er tatat fuaßln: es ist sicher, dass er, wenn sich die Gelegenheit bietet, fuaßlt;
    man sagt, er tatatat fuaßln: er ist hundertprozentig ein Fuaßler, er ist Brüderle.

sein. Fernglas, Rucksack und Hut wiesen ihn als erfahrenen Wanderer aus. Wer genauer hinsah, konnte erkennen, dass ein kleines Kästchen an seiner Brust baumelte. Das sah nach Hightech aus. Genauer gesagt nach Geocaching. Der rüstige Trekker war eine neue Subspezies des althergebrachten Wanderers, ein mit einem GPS-Empfänger bestückter elektronischer Schnitzeljäger. Dieser Wanderertyp durchstreift die meist hügelige Landschaft, um mittels GPS-Signal und geheimnisvollen Hinweisen von Versteck zu Versteck zu eilen und schließlich zum Superversteck, zum eigentlichen Cache, zu gelangen, wo eine kleine oder größere Belohnung auf ihn wartete. Der rüstige Alte kam gerade vom Wank. Dort hatte er ein kleines Döschen vorgefunden mit einem Zettel, der ihn wieder nach unten in den Kurort schickte: *Wochenmarkt, Laternenpfahl hinter dem Floristen.* Der rüstige Alte brauchte nicht lange zu suchen. Links hinter dem Floristenstand erblickte er ein Elektrohäuschen mit einem auffälligen Graffito. Rechts befand sich die Laterne, auf der mit winziger Schrift geschrieben stand:

$$47° \; 30' \; 28'' \; N \qquad 11° \; 2' \; 52'' \; O$$

Der Koordinatenpunkt war einen knappen Kilometer von hier entfernt. Doch der Rüstige wusste, dass höchstwahrscheinlich ein Berg zu besteigen war. Gutgelaunt wandte er sich Richtung Westen. Er freute sich auf die Wanderung. Hinter ihm zogen ein paar dunkle Wolken auf, aber das würde vielleicht gerade einen erfrischenden Regenschauer abgeben. Frisch und gestärkt von einem Fettspritzknackbrutzler vom Würschtlmo, im Rucksack ein Pfund Käse vom Allgäuer Schmierkäsespezialisten, machte er sich auf. Er sang ein fröhliches Wanderlied. Er wusste noch nicht, dass er bald eine grausige Entdeckung machen würde.

14

Jennerwein blickte auf die Uhr. Noch zehn Minuten bis zum Treffen mit dem Professor. Ihm war eingefallen, dass zumindest ein weiterer Klassenkamerad seine Mobiltelefonnummer hatte, nämlich Gunnar Viskacz. Die Abkürzung ›gu‹ könnte auch für Gunnar stehen. Er wunderte sich, dass ihm ausgerechnet der nicht eingefallen war. Viskacz war eindeutig die schillerndste Figur, die die Klasse hervorgebracht hatte. Er hatte Musik studiert und verschiedene Bands gegründet. Dann hatte er als Soundmixer und Studiomusiker gejobbt und bei einigen internationalen Festivals als Tondesigner und Klangraumarchitekt mitgewirkt – was darunter auch immer zu verstehen war. Ob er immer noch stolz erzählte, zweiter Ersatzschlagzeuger bei den *Ärzten* gewesen zu sein? Ob er überhaupt noch im Geschäft war? Jennerwein wollte nicht schon wieder bei der Dienststelle anrufen. Bei der normalen Auskunft ging es sicher schneller.

»Hier ist die Telefonauskunft der deutschen –«

Die Dame frieselte stark. Man glaubte die Wellen der Nordsee im Hintergrund rauschen zu hören. Jennerwein unterbrach sie ungeduldig.

»Ich weiß, ich weiß. Ich will bloß eine Nummer wissen.«

»Entschuldigen Sie, aber ich bin verpflichtet, Ihnen die vollständigen –«

»Hören Sie, ich bin sehr in Eile.«

»Trotzdem muss ich Ihnen zumindest meinen Namen sagen.«
»Warum das denn?«, seufzte Jennerwein.
»Wenn Sie sich später beschweren wollen –«
»Dann sagen Sie mir bitte Ihren Namen.«
Jennerwein trommelte mit den Fingern nervös an seiner Hosennaht. Die meerumspülte Dame ließ sich nicht aus der Ruhe bringen.
»Hier ist die Telefonauskunft der deutschen –«
»Ihren Namen! Nur Ihren Namen! Dann die Nummer!«
»Mein Name ist Dörte Lassenbüker.«
»Endlich.«
»Sind Sie damit einverstanden, dass wir dieses Gespräch zu internen Kontrollzwecken aufzeichnen?«
»Ja, zeichnen Sies meinetwegen auf!«
»Wie kann ich Ihnen weiterhelfen? Oder nein, entschuldigen Sie: *Was kann ich für Sie tun?* So heißt es seit neuestem.«
»Das ist doch beides vollkommen –«
Dörte Lassenbüker blieb ruhig.
»Nein, bei der Formulierung *Wie kann ich Ihnen weiterhelfen?* haben sich einige Kunden wegen Diskriminierung beschwert.«
Jennerweins Stimme überschlug sich.
»Diskriminierung?«
»Naja, das *helfen* drängt den Kunden sofort in eine Opferrolle. Also: Was kann ich für Sie tun?«
Jennerwein japste. Er rasselte die Daten herunter.
»Name des Teilnehmers: Gunnar Viskacz. Wie Wisch und Kasch. Ich buchstabiere.«
»Eine Adresse haben Sie nicht?«
»Wie gesagt: nein.«
»Viskacz, Viskacz. Da habe ich nur einen einzigen Eintrag.«
»Sagen Sie mir bitte die Nummer!«

»Viskacz, Gunnar. Studiomusiker, Komponist, Tondesigner. Soll ich Ihnen die Nummer kostenfrei aufs Handy –«
»Bitte sagen Sie mir die Nummer, jetzt sofort.«
»Wie Sie wünschen. Soll ich Ihnen die Nummer dann noch nachträglich per kostenfreier SMS –«
»Die Nummer!«

Jennerwein schnappte nach Luft. Dörte Lassenbüker gab ihm endlich die Nummer. Jennerwein wählte, auch hier sprang wieder nur der Anrufbeantworter an. Höllischer Punkrock ertönte. Dann jedoch hörte er eine altbekannte Stimme.

Alles ist Kunst! Was du auch hier draufsprichst, ich werde deine Worte bei einer meiner nächsten Toncollagen verwenden, mit der ich beim Deutschen Klangfestival vertreten bin. Also sei locker – erzähl mir was!

Wieder brach die musikalische Hölle los, mit einem verzerrten Gitarrensolo, vermutlich von Viskacz selbst eingespielt. Jennerwein bat um Rückruf.

Die Nachricht hu!239b.gu konnte also auch von Gunnar sein. Sie hatten ebenfalls telefoniert, sogar mehrmals, vor ein paar Jahren. Jennerwein war damals bei der Ordnungspolizei gewesen, noch nicht bei den Kriminalern.
»Grüß dich, Hubertus«, hatte Gunnar gesagt. »Lange nichts mehr voneinander gehört.«
»Da hast du recht.«
»Bei den Klassentreffen lässt du dich ja auch nicht blicken.«
»Gehst *du* denn hin?«
»Meistens nicht. Jetzt aber zum Grund meines Anrufs.«
»Ich höre.«

»Ich habe ein neues Projekt. *Die Ärzte* geben ein Konzert im Kurort. Ich bin für die Spezialeffekte verantwortlich.«

»*Die Ärzte?* Da musst du mir Karten besorgen.«

»Mach ich. Aber für einen Song bräuchten wir echte Böllerschüsse. Ist das möglich? Muss man das genehmigen lassen?«

»Ja klar. Du musst ein Formular ausfüllen: Anzahl der Waffen, Typ der Waffen, Dezibelzahl, Platz, an dem geschossen wird. Und so weiter.«

»Wo bekomme ich das?«

»Beim Ordnungsamt.«

Jennerwein unterstützte Viskacz, wo er nur konnte. Das Konzert wurde ein voller Erfolg. Die Gebirgsschützen-Kompanie schoss bei dem Superhit ♪ *Gestern Nacht ist meine Freundin explodiert* Salut. Die Mannen um Hauptmann Matthias Hickenbichler und die *Ärzte* tauschten gegenseitig Autogramme aus.

Jennerwein lächelte. Er steckte das Handy ein und machte sich auf den Weg zu seinem Treffpunkt mit Professor Köpphahn. Er versuchte das Thema Klassentreffen aus seinem Kopf zu verbannen. Es ging jetzt um nichts anderes als seine berufliche Zukunft.

15

Tom schaffte es.

Tom wusste, dass ein Hechtbagger beim Beachvolleyball eine wirklich spektakuläre Showeinlage war. Noch in der Luft reckte er sich. Er spannte seinen Körper wie Shawnan, der König der Avatare. Er wusste, dass ihn Mona beobachtete, das gab ihm noch einen zusätzlichen Schub, einen Kick, die Kraft, sich groß und größer zu machen. Tom gab alles. Tom fuhr unter den Ball wie ein rauschender Brecher unter eine überhängende Klippe. Und er schaffte es. Er erreichte den Ball mit der offenen Hand und schleuderte ihn mit der letzten Kraft seiner ausgestreckten Finger hoch. Der Ball stieg und näherte sich dem Netz. Tom hörte, wie das tosende Geschrei der Zuschauer anschwoll. Der Ball schlingerte auf der Netzkante, er kam fast auf der Netzkante zu liegen, er drohte ins eigene Spielfeld zu fallen und die ganze showmäßige Baggerhechterei zunichtezumachen! Tom vergrub den Kopf im Sand. Keine Chance mehr, da einzugreifen. Doch der Ball überlegte es sich anders. Er kippte gemütlich auf die gegenüberliegende Seite, ins gegnerische Windows-Feld. Mit solch einer Kapriole hatten die Spieler nicht gerechnet. Sie mussten zusehen, wie der Ball auf lächerliche, schier hämische Weise in den Sand plumpste. Aus. Verloren. Geschlagen. Aufgerieben. Am Boden zerstört und sämtlicher Illusionen beraubt. So standen die Windows-User da. Toms samba-rumba-tango-mäßige Hechtbaggergranate hatte sie fertiggemacht. Die Hände der Windowsler hingen schlaff herunter. Die Macs hatten gesiegt. Sie johlten und schrien und rannten auf Tom zu. Tom hatte alles gegeben. Er lag im Sand und blieb dort liegen wie ein Troll bei einem Jump-'n'-Run-Videospiel, wenn er das letzte seiner sieben Leben verloren hatte.

Volleyball ist das am weitesten verbreitete Spiel auf dem Globus. Tom wusste natürlich, wie diese Sportart entstanden war. Die Wurzeln des Spiels liegen in den Bergebenen Perus. Entstanden sein soll es auf den Inkaterrassen von Pisaq, in einer Gegend, die dem bayrischen Alpenvorland durchaus vergleichbar ist. Unter der Regentschaft von Pachkutiq, dem neunten und grausamsten Herrscher über das Inkareich, soll das Spiel Lfloxchatl (Kampf der Erlesenen) seine Blütezeit gehabt haben. Es ähnelte in vielem schon dem heutigen Volleyball. Lfloxchatl zu spielen war lediglich den Frauen des Stammes gestattet. Ziel des Spiels war es, einen Neugeborenen, stets Abkömmling einer adeligen Dame, so über das geflochtene Netz zu heben, zu werfen, zu pritschen (*pritscholatl*), dass der adelige Spross das eigene Spielfeld wohlbehalten verließ und drüben genauso wohlbehalten ankam. Pro Mannschaft waren drei Berührungen erlaubt. König durfte folgerichtig nur werden, wer als Königssäugling mindestens sieben solcher Spiele ohne Schaden überstanden hatte. Erfunden wurde dabei das Pritschen, also das sambaweiche Aufnehmen des zukünftigen Regenten mit allen zehn Fingern und das blitzartige Weiterspielen zur nächsten Spielerin. Auch die Annahme von unten, das Baggern (*baqatl*), ist auf den Inkaterrassen Perus entstanden. In einigen Tälern um Pisaq und Cuzco wird heute noch Lfloxchatl gespielt, und der peruanische Volleyballverband stellt beim IOC immer wieder Anträge, auf dass die Disziplin des ursprünglichen Volleyballs olympisch würde. Vergeblich. Sture Beamtenköpfe.

Tom war unter den Seinen begraben. Mühsam machte er sich frei.

»Revanche!«, keuchte einer der PCler. »Wir mussten gegen die Sonne spielen. Wir hatten die Natur gegen uns.«

»Windows hatte von Anfang an die Natur gegen sich«, sagte einer.

Alle trabten die paar Meter über die Wiese zum Wasser und sprangen hinein. Nur die vergipste Mona blieb am Beckenrand stehen. Tom tänzelte um sie herum.

»Und? Was machen wir heute Abend?«

Die Antwort ging im Geschrei derer unter, die jetzt wieder aus dem Wasser auftauchten und sich an den Beckenrand prusteten.

Tom, Mona, Bastian, Leon, Finn, die unbewegliche Meyer und all die anderen – sie trafen sich nur einmal im Jahr, meist im August, und meist hier im Freibad des Kurorts. Das hatte inzwischen Tradition. Begonnen hatte es vor Jahren. Damals, als sie noch Kinder waren, waren sie von ihren Eltern mitgeschleppt worden zu deren Abi-Treffen. Der Vater von Tom Fichtl organisierte die Treffen, die Eltern hatten immer ihren Spaß, für die Jungen war es der blanke Horror: Wanderungen, kirchenhistorische Exkursionen, literaturgeschichtliche Spaziergänge. Und immer wieder Geschichten und Anekdoten von früher. Alles, was überhaupt nicht samba war. Gespräche über Karrierestau, Verbeamtung, Börsencrash, sicheren Vermögensaufbau mit ukrainischen Immobilien. Superätzend. Doch dann der Umschwung: Viele von ihnen waren Freunde geworden. Sie begannen sich schließlich auf die Klassentreffen der Alten zu freuen. Als sie abrupt ins Teenageralter stolperten, war ihnen erlaubt worden, sich abzusondern von der Gruppe der vierzigjährigen Greise, und irgendwann hatten sie die Gelegenheit genutzt, zur gleichen Zeit, aber völlig getrennt von den Erzeugern, ein eigenes, viel cooleres Treffen abzuhalten. Das meiste wurde ganz anders, diametral entgegengesetzt gestaltet, aber einiges wurde auch übernommen. Das Volleyballspiel zum Beispiel. Die Eltern waren wegen einiger Bandscheibenvorfälle kaum mehr spielfähig. Die jungen Wilden schon. Samba, rumba, tango.

Klatschnass stiegen sie aus dem Wasser. Tom, Leon und Torsten teilten sich eine Liege. Nnpf, Nnpf. Mona Gudrian, die mit dem Gipsarm, sprang von ihrem Handtuch auf.

»Ich ruf mal meinen Vater an«, sagte sie. Sie kramte in ihrer Badetasche. »Ach, verdammt, ich hab ja das Smartphone gar nicht bei mir.«

»Verloren?«

»Nein, nicht verloren. Ich weiß schon, wo es ist. Mein altes Handy liegt in Toms Auto.«

»Eigentlich *die* Idee!«, rief Bastian Eidenschink und hob die Bierflasche prostend hoch. »Lasst uns mal alle unsere Alten anrufen, dann sind die wenigstens beruhigt und stressen später nicht.«

Alle griffen zu ihren Handys.

»Hallo, Dad, wie siehts aus? – Warum gehst du nicht ran? – Wenn du am Gipfel bist, mach mal ein paar Bilder und schick sie uns runter. Wir machen jetzt noch ein Spiel. Tschüs.«

»Hier ist Sven. Mutter, ruf zurück, damit wir wissen, dass ihr nicht in irgendeine Felsspalte gefallen seid. Tschüs.«

STAATSANWALTSCHAFT MÜNCHEN II
Antonia Beissle ./. Jahrgang 82/83
Aktenzeichen 45.85C/f
Erneute Wiedervorlage

Sehr geehrte Damen und Herren,
in Bezug auf das Schreiben von Herrn Harald Fichtl vom vergangenen Monat und im Vorgriff auf die am Freitag, den 9. August dieses Jahres stattfindende Gedenkveranstaltung zum 30. Jahrestag der Erlangung der Hochschulreife mache ich eine diesbezügliche Zusage meinerseits abhängig von der Rücknahme einer beleidigenden Äußerung im letzten Jahr, wobei die von mir in gutwilliger Absicht zur Verfügung gestellten (und in mühevoller Handarbeit verfertigten) Apfel-Maracuja-Muffins als (Zitat) »hart und ungenießbar«, später auch als »sauhart« oder, noch beleidigender, als »arschhart« bezeichnet wurden. Das entspricht dem Tatbestand der Beleidigung (§ 185 StGB), das wiederholte Absingen des Spottliedes (Zitat) »Marmor, Stein und Eisen bricht, aber Antonias Muffins nicht«, gesungen zu später Stunde, entspricht sogar dem Tatbestand der Üblen Nachrede (§ 186 StGB), der Alkoholeinfluss kann nicht strafmildernd herangezogen werden, denn wie sagt der Lateiner: In vino veritas. Bei einer Beleidigung vor einem größeren Auditorium ist sogar von Verleumdung (§ 187 StGB) auszugehen. Keine Rolle spielt in diesem Fall auch die Darbietungsform all dieser Beleidigungsdelikte, nach einem Urteil des BGH aus dem Jahre 1963 ist es unerheblich, ob sie gesungen, gereimt oder sonst künstlerisch dargebracht werden. Die Freiheit der Kunst (Grundgesetz, Artikel 5, Absatz 3) ist hier nicht ins Feld zu führen, da das von Herrn Gunnar Viskacz interpretierte Lied jeglichen künstlerischen Werts entbehrte.

Eine diesfällige Entschuldigung (im Sinn einer tätigen Reue) würde mich allerdings dazu bewegen, von einer Anzeige abzusehen und erneut eine Lage Apfel-Maracuja-Muffins zu backen.

In Erwartung der raschen Beantwortung dieses Schreibens –

Dr. jur. Antonia Paula Beissle, leitende Oberstaatsanwältin am Landgericht der Landeshauptstadt

> (Kein Kommentar zu den Muffins. Zahnarztrechnung anbei. Harry Fichtl)

16

Der Mann blutete. Die eine Hand war am Boden gefesselt, mit der anderen Hand befühlte er die Platzwunde an der Augenbraue. Er trug keine Maske mehr. Der Geiselnehmer hatte sie ihm heruntergerissen. Man konnte dem Mann ansehen, dass er normalerweise den ganzen Tag am Schreibtisch saß und auf sein äußeres Erscheinungsbild achtete. Es war der Typ gemütlicher Knuddelbär. Jetzt japste er und rang nach Luft.

»Was wollen Sie von mir?«, keuchte er. Sein Hemd hing in Fetzen herunter, der Geiselnehmer hatte ihn vorher kurzerhand am Kragen und an der Hemdbrust gepackt und ihn die zwanzig Meter vom Gipfelplateau bis zu dieser abgelegen Stelle geschleift. Dann hatte er ihn wieder am Boden fixiert. Alles war vorbereitet gewesen.

»Du weißt genau, was ich von dir will! Rede endlich!«

Pistolenlauf am Hals, Stiefel auf dem Fußknöchel.

»Ich habe es Ihnen doch schon fünfmal gesagt: Ich weiß es nicht! Ich! Weiß! Es! Nicht!«

»Wo finde ich das Zeugs?«

Der Mann am Boden hustete und sprotzte. Der Geiselnehmer riss ihn am Kragen hoch, so dass die Fessel schmerzhaft in sein Handgelenk schnitt.

»Natürlich weißt du es, du sturer Bock. Spucks endlich aus. Dann hast dus hinter dir.«

Verstärkter Druck mit dem Stiefel. Ein Schlag ins Gesicht. Der Mann am Boden schrie auf.

»Wer sind Sie?«

Noch ein Schlag ins Gesicht.

»Ich weiß nicht, was Sie von mir wollen!«, wimmerte er verzweifelt.

Ausholen mit der Maschinenpistole. Andeutung eines Schlags.

»Stell dich nicht dümmer als du bist.«

»Ich weiß nichts! Ich weiß nichts!«

Der Geiselnehmer beugte sich noch weiter zu ihm hinunter.

»Du sagst mir jetzt sofort, wo das Zeugs zu finden ist«, zischte er ihm ins Ohr. »Ich habe genau recherchiert. Bei dir laufen alle Fäden zusammen. Du bist mein Mann. Mit deinem Schweigen gefährdest du nicht nur dich, du gefährdest die ganze Gruppe.«

»Und wenn ich es sage – was geschieht dann?«

»Also, es geht doch. Du weißt also was. – Wenn du redest, passiert gar nichts. Ich lasse euch alle gefesselt hier oben liegen und verschwinde. Nach einer Stunde rufe ich die Bergwacht. Die kommt in fünf Minuten. Du hast es in der Hand.«

Der Mann am Boden richtete sich ein Stück weit auf. Sein erschrockenes Gesicht war kreidebleich.

»Jetzt weiß ich, wer Sie sind! Ich bin mir ganz sicher! Du bist – das ist doch nicht möglich! Was ist aus dir geworden! Warum machst du das?«

Noch ein Tritt, ein Schlag mit der Pistole. Ein Ächzen.

»Ich gebe dir jetzt noch eine Minute Bedenkzeit.«

Der Geiselnehmer stand schnell auf und blickte sich um. Er hatte dort hinten auf dem Plateau bei den anderen Gefesselten ein Geräusch gehört. Er beugte sich abermals über sein Opfer.

»Jetzt pass mal genau auf. Ich gehe dorthin zu den anderen und werfe einen deiner einstigen Mitschüler den Berg runter. Ganz einfach. Dann komme ich wieder zu dir – und du gibst mir eine Antwort. Eine Antwort, mit der ich was anfangen kann. Wenn nicht, dann wiederholen wir das ganze Spiel. Und das machen wir so lange, bis du redest. Du schweigst – ich werfe einen runter. Du schweigst – ich werfe noch einen runter. Möchtest du das wirklich?«

Der Maskierte riss den anderen brutal hoch, so dass dieser in eine sitzende Position kam. Dessen Gesicht war jetzt vollkommen blutverschmiert.

»Mach die Augen auf. Und schau mir zu.«

Der Geiselnehmer schwenkte seine Bison und stürmte los. Auf halber Strecke blieb er stehen. Er lauschte. Aus dem Sack, in den er die konfiszierten Handys gestopft hatte, hörte man ein Klingeln. Aber es war kein einsames Telefonklingeln eines einzigen Handys. Es waren mehrere Klingeltöne. Der ganze Sack rasselte und röhrte. Auch die Opfer hatten es bemerkt und hoben vorsichtig die Köpfe. Was war das? Eine erneute Schikane? Es war ein wildes Getöse: In die eintönigen Nokia-Schriller mischten sich Fetzen von Radiohits, bekannte Kracher der vergangenen Jahre, aber auch Oldies aus den Sechzigern. Die musikalischen Größen aus vielen Jahrzehnten kämpften grell und blechern um Aufmerksamkeit. Bei den meisten Geräten war der Klingelton auf den Modus Anschwellende Lautstärke eingestellt. Die Kakophonie wurde schriller und bedrohlicher. Der ganze Sack schien zu beben und zu hüpfen. Der Gangster war schwer genervt. Er fluchte.

»Mist«, murmelte er, »das können eigentlich nur die Kinder sein. Wenn die nicht bald zurückgerufen werden, holen sie am Ende noch die Bergwacht.«

Er griff sich den tönenden Beutel, trug ihn einige Meter weg und warf ihn hinter eine Bodenerhebung. Als das Getöse verstummt war, vernahm er aus einer anderen Richtung eine erschöpfte, brüchige Stimme.

»Bitte, hören Sie mich an, ich bin Arzt! Sie haben dem Mann da vorne die Hand zertrümmert. Er hat ein Kompartment-Syndrom, das sehe ich von hier aus. Es muss sofort behandelt werden – sonst bleibt nur die Amputation. Lassen Sie mich zu ihm!«

Der Gangster fuhr herum und starrte den tollkühnen Arzt an. Er riss das Megaphon an den Mund.

»Schnauze jetzt. Ich habe gesagt, es passiert was, wenn einer von euch redet. Und das passiert jetzt.«

Ruhig, furchtbar ruhig und gelassen schritt er auf einen ahnungslosen Teilnehmer der Wanderung zu. Es war nicht der Bärtige. Es war nicht Houdini. Es war nicht der Schlaumeier mit der Spritze. Es war nicht die betende Frau. Es war nicht der Flüsterer, der sich dem Bärtigen genähert hatte. Es war auch nicht der Arzt mit der erschöpften, brüchigen Stimme. Es war einer, der bisher noch überhaupt nicht in Erscheinung getreten war. Völlig in sich zusammengesunken saß er da, ziemlich in der Mitte des Gipfelplateaus, und er zeigte auch keine Reaktion, als der Gangster sich bückte und seine Handschellen öffnete, ihn hochriss und zum Abgrund schleppte. »Schau her, du Idiot!«, schrie er nach hinten. »Schau her, was ich jetzt mache.«

Ein böser kalter Wind pfiff. Kleine Steine fielen lautlos in den Abgrund.

CHRISTINE SCHATTENHALB-KENEALLY
Adelaide, Australien

Lieber ehemaliger Mitschüler am anderen Ende der Welt!
Lieber Harry, lieber Bernie, lieber Beppo! – Liebe Alle!

Wo Du auch immer sitzt und dies liest – meinst Du nicht, dass es in Deiner Umgebung Gerede gibt, wenn Du diese Klassenzeitung verkehrt herum in der Hand hältst? Und sie dabei auch noch aufmerksam studierst? Hast Du keine Angst, dass bei dem einen oder anderen Beobachter Zweifel an Deinem Geisteszustand aufsteigen?

Siehst du: So fühle ich mich ständig! Es kann natürlich auch sein, dass Du diese Zeilen am Computer liest. Aber dann ist es ja noch schlimmer! In der neuen Windows-Version gibt es leider keine Funktion mehr, mit der man einen Text schnell mal eben um 180 Grad drehen kann. Lieber Bernie, lieber Beppo, liebe Uta, liebe Antonia – ich sehe Euch alle vor mir! Es ist ein herrliches, antipodisches Bild: Jeder von Euch ist auf seinen Schreibtisch geklettert, macht dort einen Kopfstand, der Chef kommt herein ... Entlassung, Kündigung, Scheidung, Einweisung, Verarmung – und das alles nur wegen einem kleinen Gag in einer Klassenzeitung ...
Nein, ich finde, ein Brief, der von der gegenüberliegenden Seite der Welt kommt, der muss auch so fledermäusisch, baselitzisch und fliegenköpfig geschrieben werden, sonst wäre es ja kein Brief aus Australien. Ich habe nämlich sonst nicht viel Neues zu berichten.

Mir geht es gut. Ich kann wie immer nicht kommen, ich
bin einfach viel zu sehr hier verwurzelt. Einen Tag ohne
meine neunzig Schafe kann ich mir gar nicht mehr vorstellen.
Ich und mein Mann haben eine neue Rasse gezüchtet, eine
Kreuzung aus Türkischen Fettschwanzschafen und Armenischen Riesenwildschafen – es ist gar nicht so leicht, das
hinzubekommen. Aber irgendwann schaff ich es schon mal
zu einem Eurer tollen Treffen. Dann bring ich eines der
Wollmonster mit – zur Geheimen Stelle!

Feiert schön
Eure Christine

17

»Es wäre schon schön, wenn das klappen würde«, sagte Ignaz und legte den Arm um Ursel. »Die Sache fängt mir nämlich an, ziemlichen Spaß zu machen.«

Sie genossen die Mittagsstunde. Sie schlürften die champagnergetränkte Luft des Alpenvorlandes. Ursel hob den Kopf und schloss die Augen.

»Föhn«, sagte sie.

»Schaut so aus«, antwortete er.

Ehepaare.

Die Sonne schraubte sich hinter den Karwendelspitzen hoch wie eine alte, wütende Hexe, die sich ächzend auf ihren Thronsessel stemmt. Über den Ammergauer Alpen zogen jedoch schon die ersten Wolken auf. Ignaz stupste Ursel an und deutete den schmalen Bergweg hinunter, der das Restaurant *Bergpanorama* mit dem Kurort verband.

»Da, schau einmal! Hundertfünfzig Meter von hier, neben dem Kastanienbaum. Wenn mich nicht alles täuscht, ist das der Jennerwein.«

»Tatsächlich! Unser geschätzter Kommissar!«

»Jetzt schau halt nicht so auffällig hin.«

»Warum nicht? Was schadet das? Wir sind ja nicht auf der Flucht. Soviel ich weiß, ist es kein Verbrechen, auf einer Terrasse zu sitzen. Von mir aus kann er uns ruhig sehen. Soll er doch heraufkommen. Wir laden ihn zu einem Kaffeetscherl ein.«

»Ich frage mich bloß, was der da heroben will.«

»Spazierengehen wird er halt. Bergschuhe hat er an, ein rotkariertes Hemd, die Ärmel hochgekrempelt –«

»Fehlt bloß noch ein Trachtenhut mit Adlerfeder.«

»Jetzt spricht ihn einer an.«

»Kennst du den?«

Ursel kniff die Augen zusammen.

»Nein, den habe ich noch nie gesehen. Ein Einheimischer ist das jedenfalls nicht.«

»Da, schau, jetzt gehen sie weiter. Beide blicken sich unauffällig um, ob sie niemand beobachtet.«

»Geh zu, du bildest dir was ein.«

»Weißt du was: Das ist kein privater Spaziergang. Das ist ein konspirativer Treff, für den es keine Zeugen geben soll.«

»Und? Was geht uns das an?«

Ignaz ließ nicht locker.

»Der andere, das ist auch kein Polizist. Der sieht mir eher aus wie ein *ammignatu*.«

»Was – ein Polizeispitzel? Meinst du wirklich?«

»Ja, sicher. Der ist nicht so durchtrainiert wie einer von der Gendarmerie, der kommt ja kaum den Berg rauf. Der hat viel zu warme Kleidung an für die Jahreszeit. Der ist vor kurzem noch im Büro gesessen. Und dann schaut er sich viel zu oft und zu auffällig um. Eine Tasche hat er dabei. Er will dem Jennerwein sicher was übergeben. Ein paar Leitzordner vielleicht?«

»Der Jennerwein muss uns nicht mehr kümmern.«

»Aber wenn ich so zurückdenke, Ursel: Ein würdiger Gegner war er schon, das muss man ihm lassen.«

»In Zukunft brauchen wir so einen Gegner nicht mehr. Jetzt kriegen wir ganz andere Gegner. In der Politik.«

Wie aufs Stichwort erschien ein Mann in einem schlechtsitzenden Anzug und mit wehender Krawatte. Seine Schuhe waren staubig und abgelaufen, sein Teint wirkte ungesund. Er trat an den Tisch der Graseggers und verbeugte sich unmerklich.

»Ich will sofort zur Sache kommen.« Er redete leise und eindringlich. »Mein Name ist Gustav Stanjek, Standort- und Immobilienmanager der Firma CTZ. Sie sind sicherlich im Bilde, um was es geht?«

»Nein, eigentlich –«

»Wir müssen lediglich wissen, wie Sie im Fall Ihrer Wahl zum Bürgermeister zu einem eventuellen Ausbau unserer Filiale auf der grünen Wiese gegenüber vom Campingplatz stehen. Mit einer Genehmigung schaffen Sie viele Arbeitsplätze. Überlegen Sie es sich. Gustav Stanjek ist mein Name.«

Er wandte sich zum Gehen.

»Was ist CTZ?«, fragte Ignaz. Stanjek drehte sich nochmals um. Er lachte hohl.

»Das ist gut! Wirklich gut! Sie haben Humor, das muss ich schon sagen.«

»Jetzt warten wir erst einmal ab, bis wir Bürgermeister sind«, sagte Ignaz ungeduldig. »Dann sehen wir weiter.«

Stanjek beugte sich über den Tisch.

»Die jetzige Erweiterung, die wir vorhatten, ist vom Bauamt nicht genehmigt worden«, sagte er leise. »Bürgerproteste aufgehetzter Neider und bezahlter Radaumacher haben ein Übriges getan. Ich bin ganz inoffiziell hier. Unser Gespräch wird nirgends protokolliert.«

»Ja und?«, sagte Ursel frostig.

»Eine positive Entscheidung soll Ihr Schaden nicht sein.«

»Jetzt wird es Zeit, dass du dich schleichst!«, sagte Ignaz in scharfem Ton.

Gustav Stanjek hüstelte.

»Sie werden schon sehen, was passiert«, sagte er mit tonloser Stimme. »Ich melde mich wieder.«
Dann verschwand er.

»Das war wohl schon ein kleiner Vorgeschmack auf die Lokalpolitik«, sagte Ursel.
»Das ist ja schlimmer als in Sizilien.«
»In Sizilien hätte sich der *muffutu* wenigstens die Schuhe geputzt. Und wenn der Weg noch so staubig gewesen wäre.«
»Wie heißt es so schön: *Offerta indecente – scarpe polite*. Unanständige Angebote, saubere Schuhe.«
»Und umgekehrt.«
»Mit solchen Angeboten werden wir uns natürlich in der Politik öfters herumschlagen müssen.«
»Aber das ist der Preis, den man zahlen muss. Für ein geordnetes Leben.«
Die beiden lehnten sich entspannt zurück. Doch Ursel war plötzlich wieder hellwach.
»Du, jetzt aber!«
»Was ist denn?«
»Jetzt sind sie stehen geblieben.«
»Wer?«
»Ja, wer wohl? Der Jennerwein und sein *ammignatu*. Schade, dass wir nicht mehr im Geschäft sind. Mit einem guten Richtmikrophon –«
Ignaz unterbrach sie.
»Und du bist dir ganz sicher, dass wir das durchziehen sollten? Das mit der Forderung nach einem Amt als Ehepaar?«
»Da bin ich mir ganz sicher« erwiderte Ursel. »Eine kleine, verrückte Außergewöhnlichkeit braucht es schon. Mit einem 08/15-Wahlprogramm geht heutzutage gar nichts mehr. Das machen alle anderen auch. Immer dieselben Sprüche, immer

dieselben Versprechungen. Wir dagegen fangen gleich mit einem Paukenschlag an.«

»Ja, das stimmt schon. Wenn ich sehe, wie ein paar Großkopferte schon jetzt nervös geworden sind – und noch ist es ja nichts weiter als ein Gerücht.«

Ursel bat die Bedienung um die Rechnung.

»Der Chef lädt Sie ein. Und ein Schnapserl geht aufs Haus.«

»Wenn jemand schon Schnapser-*l* sagt!«, murmelte Ignaz.

»Nein, wir zahlen schon selber«, sagte Ursel. »Wir lassen uns von niemandem einladen.«

Die zwei Unbestechlichen zahlten und saßen noch eine Weile da, um die letzten Sonnenstrahlen zu genießen. Ein Gewitter war im Anzug, bald würde es über dem Talkessel losbrechen.

»Weißt du was, Ignaz, jetzt gehen wir heim und machen einen genauen Zeitplan für die nächsten Tage. Ich habe große Lust, gleich heute Nachmittag loszulegen. Ich werde ein paar Bibliotheken anrufen, einen Termin mit dem Heimatpfleger mache ich auch gleich aus. Aber zuerst gehe ich zum Pfarrer. Ich schau mir seine Kirchenbücher an.«

Ursels Wangen glühten vor Tatendurst.

Die Hundsnurscher Resi trat an den Tisch.

»Ja, wer hockt denn da! Die neuen Bürgermeister! Das ist ja ein Zufall – grade haben wir von euch geredet! Eines sage ich euch: Unsere Stimmen habt ihr ganz sicher. – Aber weil wir uns gerade treffen – darf ich mich hersetzen? Ich bin so außer Atem. – Wir haben da schon lange einen Antrag bei der Gemeinde gestellt wegen einem Neubau – und unser Nachbar, der Kleinhäusler, der ganz ausgschaamte –«

SIEGFRIED SCHÄFER
Dr. rer. forest.
Oberforstrat

Liebe Freunde!
Diesmal gibt es von mir eine naturkundliche Führung durch Afrika! Da druckts Euch die Schusser raus, oder? Ist aber so.
Der afrikanische Kontinent hat sich nämlich vor 50 Millionen Jahren über die europäische Platte *drübergeschoben*, bei der Gelegenheit haben sich auch unsere Alpen gebildet. Wo wir also geboren und aufgewachsen sind, ist Ur-Afrika, uriger gehts gar nicht mehr. Die Zugspitze ist ein echt afrikanischer Steinhaufen, der Bindestrich-Kurort ist der nördlichste Flecken von Tunesien.

Bis bald – Euer Geo-, Bio- und Öko-Sigi

18

»Das Bewegungssehen ist ein komplizierter und faszinierender Vorgang. Selbst wenn wir unsere Position schnell verändern, können wir ein bewegliches Objekt mühelos verfolgen – Kommissar! Hören Sie mir überhaupt zu?«

»Ja, Professor, natürlich. Ein bewegliches Objekt verfolgen. Aber warten Sie einen kleinen Moment, ich habe da zwei Bekannte entdeckt –«

Jennerwein waren die Graseggers sofort ins Auge gefallen. Wenn er irgendwohin kam und seinen Blick schweifen ließ, erkannte er seine Pappenheimer meist sofort. Auf der Terrasse des Bergrestaurants saßen sie, breit und fläzig, und sie bogen sich gerade vor Lachen. Die Bedienung kam und trug die Teller ab, sie schienen dort oben gebrotzeitelt zu haben. Momentan stand eine Frau in einheimischer Tracht vor ihrem Tisch. Sie nahm Platz. Sie redete auf die Graseggers ein. Eine Bittstellerin. Hielten die beiden Ganoven dort oben sogar schon Hof? Jennerwein wusste, dass ihn das überhaupt nichts anging. Aber andererseits: Schon die Tatsache, dass die ehemaligen kriminellen Bestatter ein Restaurant aufgesucht hatten, war bemerkenswert. Nach Auskunft von Polizeiobermeister Ostler aßen sie – wie viele Einheimische – so gut wie nie aushäusig. Das war auch nicht üblich im Kurort. Die Ureinheimischen waren ausgestattet mit holzgeschürten Eisenherden, auf denen sie üppige Gerichte nach uralten Rezepten zubereiteten, und der Loisachtaler

Spruch dazu lautete: *Oana vam Urt geaht it furt.* (Einer aus dem Kurort geht in kein Restaurant.) Jennerwein wandte den Blick von der Terrasse ab. Doch sein Instinkt war geweckt. Da war irgendetwas am Kochen, die saßen nicht einfach nur so zur Gaudi da. Aber anderseits: Warum sollte er sich groß Gedanken machen. Es lag nichts gegen sie vor.

Jennerwein schritt den Wanderweg entschlossen weiter bergaufwärts. Er ging zügig voran, Professor Köpphahn, der Bremer Flachlandtiroler, konnte ihm kaum folgen. Er war jedoch so in seinen medizinischen Vortrag vertieft, dass er schnaufend und schnaubend hinterherlief.

»Jedenfalls haben Sie sich die harmloseste Wahrnehmungsstörung ausgesucht, Kommissar!«, sagte er. »Da gibt es wesentlich schlimmere Agnosien. Zum Beispiel das *Capgras-Syndrom*. Schon mal gehört davon?«

»Nein.«

»Der Patient glaubt hier, dass nahestehende Menschen durch Doppelgänger ersetzt worden sind. Bei der *Prosopagnosie* wiederum können die Betroffenen die Gesichter von nahen Verwandten nicht mehr erkennen.«

Jennerwein blieb stehen und drehte sich um.

»Professor, sagen Sie mir nicht, was ich *nicht* habe. Sie können ruhig mit der Untersuchung beginnen.«

Was hatte der Arzt da alles in der Tasche? Fachbücher? Medizinische Untersuchungsapparate? In Feld und Wald einsetzbare Computertomographen? Ein bisschen Bammel hatte Jennerwein schon vor der ambulanten Untersuchung. Aber er wollte es jetzt endlich wissen.

»Eine ganz direkte Frage, Kommissar: Haben Sie Schwierigkeiten beim Lesen? Haben Sie Schwierigkeiten, Wort- und Zeilenenden zu finden?«

»Nein, nicht dass ich wüsste.«

»Der Verlust des parafovealen Gesichtsfeldes ist ganz typisch für akinetopsische Erkrankungen. Sie lesen eine Textzeile, und je weiter Sie an den Rand kommen, desto mühevoller wird es zu lesen.«

»Das ist bei mir nicht der Fall.«

»Hm. Das ist aber sehr untypisch für Akinetopsie.«

Der Professor notierte etwas in sein Notizbuch.

»Am besten wäre es, Kommissar, wenn wir mal da rüber zu dem Baum gehen würden, da ist ein schattiges Plätzchen. Ich will nur ein paar neurologische Untersuchungen vornehmen.«

Sie verließen den Weg. Jetzt wurde es ernst. Jennerwein setzte sich auf eine Baumwurzel, Dr. Köpphahn klopfte da- und dorthin, er führte einige Reaktionstests durch. Er ließ Jennerwein etwas schreiben. Er wedelte mit der Hand vor seinen Augen auf und ab. Dann holte er eine Pupillenleuchte aus der Tasche.

»Schauen Sie nach oben ins Licht, Kommissar.«

Der Arzt beugte sich über ihn und träufelte eine Flüssigkeit in beide Augen. Er beugte sich noch näher zu ihm, um den Augenhintergrund ableuchten zu können.

»Das gibts doch nicht! Da schau einmal hin!«, rief Ignaz und wies hinunter auf die Bergwiese, in deren Mitte ein prächtiger Kastanienbaum stand.

»Da also weht der Hase her!«, sagte Ursel kopfschüttelnd.

»Nicht dass man Vorurteile hätte, aber –«

»Komm, lass uns gehen. Du wolltest doch zum Pfarrer. Wir haben genug gesehen.«

»Das dachte ich mir schon«, murmelte Professor Köpphahn und beugte sich noch weiter über Jennerwein. »Das Westphal-Piltz-Phänomen bei der Lidschlussreaktion.«

»Und was heißt das?«

»Am besten wäre es, Kommissar, wenn ich Ihnen ein paar Fragen stellen dürfte. Ich schalte mal mein Aufnahmegerät an. Sie erlauben?«

»Natürlich, deswegen sind wir ja hier.«

»Sie bekommen die Anfälle immer bei großem Stress?«

»Ja.«

»Schon im Vorfeld, wenn sich der Stress ankündigt?«

»Ja. Inzwischen brauche ich nur an eine gefährliche Situation zu denken, dann ruckeln schon die ersten Bilder, wie bei einem gerissenen Film, früher im Kino. Schließlich bleibt eines ganz stehen.«

»Haben Sie das Gefühl, diese Anfälle bewusst herbeiführen zu können?«

»Ja, inzwischen schon.«

»Können Sie mir das jetzt und hier zeigen?«

»Ja, natürlich.«

»Dann versuchen Sie das einmal. Halten Sie die Augen dabei auf, und bewegen Sie sich möglichst wenig.«

Jennerwein konzentrierte sich. Er hatte eine autosuggestive Technik entwickelt, ein stehendes Bild zu erzeugen und so ins Vorfeld des Anfalls zu geraten. Er setzte diese Übung oft bewusst ein. Denn dann war es umso unwahrscheinlicher, dass er einen wirklichen, minutenlang andauernden Anfall bekam. Es war so ähnlich wie ein Gegenfeuer, das man entzündete, um einen größeren Brand zu verhindern. Er riss die Augen auf, versuchte an der Pupillenleuchte des Doktors vorbeizulinsen und eine kleine, flatterige Wolke am Himmel zu fixieren. Er konzentrierte sich auf das Bild, das sie ergab und stellte sich vor, dass sie sich langsam zur Seite bewegte. Dann fixierte er einen Ast des Kastanienbaumes, der im Wind hin und her schaukelte.

Und wieder funktionierte es. Ein Vogel, der sich eben noch von einem Ast erhoben hatte, schwebte nun mitten in der Luft, unbeweglich und starr wie auf einem Gemälde.

»Faszinierend«, murmelte Dr. Köpphahn. »Das Westphal-Piltz-Phänomen. Sie befinden sich mitten in einer akinetopsischen Wahrnehmungsstörung.«

»Ich hätte Maler werden sollen«, murmelte Jennerwein. »Da wären mir diese Zustände äußerst nützlich.«

»Wer weiß, welche Maler an dieser Krankheit litten! Ich tippe ganz schwer auf Vincent van Gogh. Schauen Sie sich einmal seine *Sternennacht* an. Und vergleichen Sie das mit Ihren eigenen Zuständen.«

Die Graseggers standen vor dem Pfarramt.

»Unglaublich!«, sagte Ursel kopfschüttelnd. »Der Jennerwein! Ob das einer weiß?«

Die Graseggers waren durchaus Träger einiger Geheimnisse. Sie kannten den wahren Grund, warum Papst Benedikt zurückgetreten war. Sie wussten jetzt schon, wer die nächste Fußballweltmeisterschaft gewinnen würde. Jetzt glaubten sie, ein weiteres Geheimnis entdeckt zu haben.

»Viel Glück beim Pfarrer«, sagte Ignaz und wandte sich zum Gehen.

Und dann, mitten in der ärztlichen Umarmung, ploddette es in Jennerweins Jackentasche. Der Signalton für eine eingegangene SMS ertönte. Sofort zog er das Mobilfunkgerät heraus, schob den Arm des Professors beiseite und richtete sich auf. Der künstlich herbeigeführte Anfall hatte sich schlagartig aufgelöst. Er starrte auf das Display:

Hallo Hu! War nur ein Spaß – Gruß Gu

Jennerwein begriff nicht gleich. Sein erster Impuls war es, das Gerät wieder in die Tasche zu stecken und den Professor zu bitten, mit der Untersuchung fortzufahren. Ein Spaß? Jennerwein starrte die Nachricht nachdenklich an. Mit Daumen und Mittelfinger der freien Hand massierte er die Schläfen – eine Angewohnheit, über die in Polizeikreisen schon milde gespottet wurde. Im Revier hing eine entsprechende Karikatur. Ein Piktogramm mit der Bildunterschrift: *Psst! Chef denkt nach.* Er starrte weiter auf die SMS. Das passte gar nicht zu Bernie Gudrian. Schon wieder hatte er dieses Kribbeln im Nacken. Diese Nachricht stammte nie und nimmer von seinem Freund. Gudrian war überhaupt nicht der Typ, der einen noch so derben Spaß zurückgenommen oder sich gar dafür entschuldigt hätte. Jennerwein war sich sicher, dass diese Nachricht jemand anderer geschrieben hatte. Und es wurde ihm schlagartig klar, dass das nichts Gutes bedeutete.

»Entschuldigen Sie, dass ich Sie unterbreche«, sagte Jennerwein zum Professor, der sich diskret abgewandt hatte, »aber ich habe grade eine außerordentlich wichtige SMS bekommen. Ich –«

Eigentlich musste er jetzt alles stehen und liegen lassen und den vorgeschriebenen Dienstweg beschreiten: Anruf in der Zentrale, Schilderung des Falls, Durchgabe der Grunddaten. Aber wenn es doch ein falscher Alarm war? Jennerwein entschloss sich, noch einen letzten außerdienstlichen Versuch zu wagen.

»Professor, leihen Sie mir bitte Ihr Tablet. Ich will nur schnell etwas im Netz nachsehen.«

Der Professor nickte. Bei einem Polizisten musste man wohl immer mit so etwas rechnen. Er schaltete das Aufnahmegerät aus.

Jennerwein schraubte sich ins Internet. Sein Plan war, einen der früheren Klassenkameraden zu erreichen. Er tippte den Namen des ersten ein, der ihm einfiel: Heinz Jakobi. Der war zwei Reihen links neben ihm gesessen. Es kamen die üblichen Stay-Friends-Auflistungen. Hierbei konnte man die Telefonnummer des Gesuchten meist nur erhalten, wenn man sich anmeldete. Dazu war jetzt keine Zeit. Harry Fichtl. Erste Reihe, direkt vor ihm. Bei Fichtl war die Handynummer angegeben. Die Mailbox sprang an, es wurde gejodelt. Typisch Fichtl, dachte Jennerwein genervt.

> ♪ *Hollareidrüeiho!*
> *Der Harry Fichtl ist nicht da.*
> *Aber legt's nicht gleich auf,*
> *sondern sprecht's noch was drauf – piep!*

»Hier ist Jennerwein«, sagte der Kommissar mit nachdrücklichem Ernst in der Stimme. »Harry, ich bitte dich dringend um einen Rückruf.«

Er sprach seine Nummer auf die Mailbox. Auch bei Prallinger, Eidenschink und Meyer III sprang nur die Mailbox an. Überall hinterließ er eine Nachricht. Er ging die Bankreihen seiner ehemaligen Klasse durch. Noch ein weiterer Name fiel ihm ein. Christine. Christine Schattenhalb. Aber war die nicht ins Ausland gegangen? Er tippte ihren Namen in die Suchmaschine ein. Eine Festnetznummer mit der Ländervorwahl 0061. Ein Land am anderen Ende der Welt? Egal. Er wählte. Die Verbindung war schlecht, mit einem Verzögerer von einer Sekunde.

»Hello, this is Christine speaking«, sagte eine Frauenstimme. Er war sich nicht sicher, ob das seine Klassenkameradin war.

»Hello. – Christine? Christine Schattenhalb? Bist du dran?«

»Das ist ja ein Ding«, sagte die Frau am anderen Ende der Leitung. »*Schattenhalb* – so hat mich schon lange niemand mehr genannt. Aber mit wem spreche ich denn?«

»Hauptkomm – Hubertus Jennerwein. Du erinnerst dich? Ein ehemaliger Klassenkamerad. Ich bin inzwischen –«

»Ja, logo erinnere ich mich an dich. Hubertus, was machst du? Wie geht es dir? Stehst du vor meiner Tür?«

Sie lachte ein glockenhelles, kleines Lachen. Ihr Deutsch klang nach Arnold Schwarzenegger. Sie sprach das r wie ein w aus: Ich ewinnewe …

»Wo bist du?«, fragte Jennerwein.

»Wo soll ich schon sein? In Australien, seit zwanzig Jahren.«

»Heute findet doch das Klassentreffen statt, nicht wahr? Und du bist nicht gekommen?«

»Natürlich nicht. Ich habe eine Herde Schafe zu hüten. Ich verfolge das alles übers Internet. Aber was willst du?«

»Ich erkläre dir alles später. Es ist ernst. Du weißt vermutlich, dass ich für die deutsche Polizei arbeite. Es ist außerordentlich wichtig. Hast du eine Ahnung, wo sich die Klasse gerade aufhält? Ich meine: heute und jetzt gerade?«

»Macht ihr eine Schnitzeljagd?«

»Nein, Christine, hör zu, es ist wirklich ernst. Du weißt, dass ich Polizist bin, ich brauche das wegen einer Ermittlung. Ich muss es unbedingt wissen.«

»Ach so, ja klar. Heute – was war da gleich noch mal geplant? Wie spät ist es denn jetzt bei euch?«

»Viertel nach zwölf.«

»Ich habe die Klassenzeitung grade nicht parat, aber ich glaube, die wollten eine Bergtour unternehmen.«

»Wohin?«

»Eine Fahrt in Blaue, eine Überraschungswanderung, so etwas in der Art.«

Sie sagte Wandewung. Sie sagte Awt. Aber sonst war ihr Deutsch noch astrein, wie damals im Leistungskurs Mathematik, als sie an der Tafel gestanden war und das Problem der grasenden Ziege gelöst hatte. Eine kreisrunde Wiesenfläche, die Ziege ist mit einem Pflock am Rand angebunden. Wie lang muss der Strick sein, dass sie genau die Hälfte der Rasenfläche abfressen kann? Jennerwein hatte das Tafelbild sofort vor Augen. Aber auch Christine Schattenhalb hatte er vor Augen, wie sie dastand vor der Tafel, das halbgeöffnete Fenster des Klassenzimmers, sogar ihre cremefarbene Bluse, den skeptisch danebenstehenden Mathematiklehrer Schirmer – alles war als Bild in seinem Kopf.

»Moment«, sagte sie jetzt. Das Bild der Formel bröckelte sofort und löste sich auf. »Ich habe ja vor zwei Wochen mit Harry Fichtl telefoniert. Ich glaube, er hat etwas von der Alpspitze erzählt. Ein Berg, auf den wir in unserem Alter gerade noch raufkommen, hihi. Aber sicher bin ich nicht mit der Alpspitze.«

»Weißt du, wer bei dieser Wanderung *nicht* mitgegangen sein könnte? Der also zu Hause hockt und jetzt erreichbar ist?«

»Nö, eigentlich nicht.«

»Danke. Ruf mich an, wenn dir was einfällt. Ich erklär dir alles später. Servus.«

»Seawus Hubewtus.«

Also die Alpspitze. Er hatte den Zeigefinger schon ausgestreckt, um die Nummer der Bergwacht einzutippen, doch dann überlegte er blitzschnell. Er betrachtete die erste Nachricht von Bernie Gudrian, die Nachricht, die er im Gegensatz zur zweiten höchstwahrscheinlich selbst abgesandt hatte, mit ganz anderen Augen:

hu!239b.gu

War das eine verkappte Botschaft? Zweihundertneununddreißig – zweihundertneununddreißig – was konnte diese Zahl bedeuten? Er tippte die Zahl in die Suchmaschine. Es erschienen verschiedene Angebote:

239 Eye Shader Brush. Weicher, dichter Pinsel zum Schattieren und Verblenden von Lidschatten ...

239. Infanterie-Division der Wehrmacht ...

Lukas 2,39 Und da sie alles vollendet hatten nach dem Gesetz des HERRN, kehrten sie wieder nach Galiläa zu ihrer Stadt Nazareth ...

Dann das Buchstabenspiel, eine einfache Art der Verschlüsselung von Texten. Jede Zahl bedeutete einen Buchstaben. 239 war dann BCI. Die BCI, die »Bat Conservation International« war eine Fledermausschutzorganisation. Verdammt nochmal! Das brachte ihn nicht weiter.

Professor Köpphahn beobachtete ihn neugierig.
»Darf ich eine Bemerkung machen?«
Jennerwein antwortete nicht. Er tippte einfach weiter.
»Für einen Menschen mit einer schweren Wahrnehmungsstörung arbeiten Sie erstaunlich konzentriert.«
Jennerweins Hirn arbeitete fieberhaft. Ein Datum? Irgendeine Anspielung auf die Schule? Eine Zimmernummer? Und dann der Hammer. Ganz einfach. Wie immer war die Lösung ganz einfach. Man konnte sie nur nicht sofort sehen. Bernie war Jurist. Ein Jurist beschäftigte sich mit Paragraphen. hu!239b.gu Das b.gu bedeutete nicht Bernie Gudrian, das b gehörte zum Paragraphen.

Jennerwein riss die Augen auf. § 239b StGB! Geiselnahme!

Jennerwein warf dem verdutzten Professor das Tablet fast vor die Füße.

»Ich erkläre es Ihnen später. Ich muss sofort aufs Revier.«

»Um was geht es?«

Jennerwein spurtete los. Schon nach wenigen Schritten verließ er den Wanderpfad und rannte querfeldein über die Wiese.

HEINZ JAKOBI

- Unternehmensberater
- Management Consultant
- Corporate Strategy Manager
- Leadership Coach
- Scope Manager
- Asset Manager
- Risk Manager
- Spezialist für Post-Merger-Integrationsprozesse
- Über 15 Jahre internationale Erfahrung in verschiedenen Industrien, Ländern und Branchen
- Breite und tiefe Erfahrung in Steuerungsrollen strategischer Projekte (Marketing, Evaluierung, Closing und Post-Merger-Integration globaler Business-Allianzen)
- Internationale Projektverantwortung (Deutschland, Japan, USA, China, Ukraine, Südamerika, Kanada)
- Verantwortung für Strategie-, Merger-&-Acquisitions-Projekte
- Führung im Rahmen unterschiedlichster Change-Prozesse
- Dismissal Manager

Hallo, Ihr Knechte,

sitze gerade im Flugzeug nach Boston. Wichtige Konferenz dort. Marketingstrategien, alle fünf Minuten ändert sich was. Ich muss wieder – bis zum Klassentreffen nächste Woche.

Euer Heinz Jakobi

19

Die maskierte Figur, die am Rand des Abgrunds stand, zitterte vor panischer Angst. Sie konnte sich kaum auf den Beinen halten, sie drohte in den Knien einzuknicken und dadurch von selbst über die Felsklippe in den Abgrund zu stürzen. Die am Boden Kauernden waren gezwungen, zuzusehen, ohne helfen zu können. Aber wer war das, der dort Todesängste ausstand? Wer um Gottes Willen war das, der sich dort mühsam aufrecht hielt, keinen Meter von der Felskante entfernt, den Kopf auf die Brust gepresst, die Arme krampfhaft seitlich von sich gestreckt, eine Maschinenpistole im Rücken? Kein Mensch konnte sich an die Bergkleidung der anderen erinnern. Kein Mensch hatte darauf geachtet, wer von ihnen diese wespenartig gestreifte, gelbschwarze Windjacke mit Kapuze getragen hatte. Natürlich nicht. Alle trugen sie ähnlich bunte Hemden, ähnliche Jacken, ähnlich erdfarbene oder jeansblaue Hosen, ähnliche Bergschuhe. Und in dieser schrecklichen Stresssituation war die Wahrnehmung zusätzlich grundlegend getrübt. Es konnte Uta Eidenschink sein, die dort stand – oder auch nicht. Der Geiselnehmer hatte mit seinen brutalen Aktionen ganze Arbeit geleistet. Spätestens seit dem Schuss aus der Maschinenpistole konnten sich die schreibtischgewöhnten Akademiker, die sie fast alle waren, nicht mehr auf ihre Sinne verlassen.

Nun zog sich auch noch ein dunkles Wetter zusammen, Donner grollte in der Ferne, dichte, schmutzig graue Fetzenwolken schoben sich rasend schnell ins Blickfeld. Im Gebirge, unter freiem Himmel, ohne schützendes Dach, war es kaum möglich, sich den Urgewalten zu entziehen. Gerade eben noch hatte die Sonne heruntergebrannt, jetzt pfiff ein eisiger Wind, der einen kalten Guss ankündigte. Die am Boden Kauernden schlotterten in Erwartung des Regens. Winde aus allen Richtungen rissen an ihrer Kleidung, verplusterten sich in den schicken Outdoorjacken und blähten die Hemden auf. Nur die Lady-Gaga-Masken-Gesichter starrten unbeteiligt ins Leere. Eine dunkle Wolke nahm schon ein gutes Drittel des Himmels ein. Erste Tropfen fielen. Der Bärtige zog die verletzte Hand instinktiv zurück.

Der Gangster stieß dem aufstöhnenden Opfer, das am Abgrund stand, mit der Maschinenpistole in den Rücken, so dass die bemitleidenswerte Gestalt noch einen Schritt nach vorne stolperte. Gesteinsbrocken rollten den abschüssigen Fels hinunter, polterten über die Kante und fielen lautlos in die Tiefe. Man hörte keinen Aufprall. Es musste schon sehr tief hinuntergehen. Der Gangster packte das Opfer an der Schulter und drückte es noch weiter zum Abgrund hin.

»Lass ihn los! Lass ihn endlich los! Ja, ich rede! Ich bin bereit zu reden! Ich sage, was du wissen willst! Lass ihn los, und komm her!«

Das war die Stimme des Mannes, den der Geiselnehmer vorhin weggeschleppt und malträtiert hatte. Ein paar drehten ihre Köpfe in die Richtung. Er war nicht zu sehen. Er war hinter dem Felsen wohl ebenfalls mit Handschellen gefesselt.

Der Geiselnehmer schien einen kurzen Moment unentschlossen. Er wandte den Kopf in die Richtung, in der der Rufer sich befinden musste, dann drehte er sich wieder zu der zitternden

Geisel. Und genau in diesem Augenblick fing es an, heftig zu regnen. Es waren dünne, scharfe Wasserduschen, die von allen Seiten, schräg, wild durcheinander, scharf einpeitschend auf die Maskengesichter der Geiseln trafen. Das Wasser spritzte in die Augenschlitze, viele hielten sich die freie Hand schützend vor das Gesicht. Abermals hörte man aus der Entfernung die Stimme des Mannes, der weggeschleppt worden war, diesmal abgedämpfter, aber umso verzweifelter.

»Lass ihn los!«, krächzte er. »Lass ihn sofort los! Um Himmels Willen! Komm her zu mir! Ich sag dir alles!«

Der Regenguss wurde stärker. Alle hielten den Atem an. Würde der Gangster die Geisel verschonen? Ließ er nun von ihr ab, und ging er zu dem Mann dort hinten? Der Geiselgangster trat einen Schritt zurück. Er nahm die Bison vom Rücken der Geisel. Bestand jetzt Hoffnung? Oder wollte er nur Schwung holen, um zuzustoßen?

Houdini sah den richtigen Zeitpunkt gekommen, zu handeln. Ob nun der Geiselgangster unentschlossen war oder vielleicht nur genervt von dem losbrechenden Regen – ganz sicher war er abgelenkt. Der Regen war inzwischen auch geräuschvoll genug geworden, um aufzuspringen, die vier oder fünf Schritte zu dem Gangster hinzustürzen, ihn von hinten zu umfassen und zu Boden zu werfen, in Richtung zweier anderer Geiseln, die in seiner Nähe saßen. Sie würden verstehen, sie würden helfen, ihn zu überwältigen, sie würden ihm die Pistole aus der Hand reißen. Sie würden schon wissen, was zu tun war. Der Gangster stand in einer Distanz von fünf Metern mit dem Rücken zu Houdini. Er würde nur zwei Sekunden brauchen, bis er bei ihm war, in seinem Rücken wollte er dann losschreien, kreischend losbrüllen, er wollte ein archaisches Kriegsgeheul anstimmen – eine große akustische Misdirection. Der Gangster würde mit solch einem Überraschungsangriff nicht rechnen. Houdini schloss die Augen. Jetzt oder nie. Er konzentrierte sich wie ein Hundertmeterläufer, der im Startblock zittert.

Auch der schmallippige Mann mit der abgeschabten Lederjacke, in dessen Rucksack sich die Spritze neben der Ampulle Dormicum befand, hatte einen Entschluss gefasst. Er befand sich in unmittelbarer Nähe des Geiselnehmers, er saß direkt vor seinen Füßen. Der Regen prasselte volltönend auf die Steine, auch er sah darin ein Zeichen, loszuschlagen. Zudem würden seine eigenen Vorbereitungsgeräusche dadurch überdeckt, abgeschwächt, vielleicht sogar ganz unhörbar gemacht werden. Er hatte nur eine Hand zur Verfügung. Er ging alles im Geiste noch einmal durch: Zuerst der schnelle Griff in den Rucksack, an allen Pullovern und Plastiktüten vorbei, das Herausholen der Spritze, das Aufbrechen der Ampulle, das Aufziehen zwischen den Knien, der Stich ins Bein des Gangsters. Der stand in Greifweite, solch eine Gelegenheit würde sich nicht wieder bieten.

Houdini setzte zum Sprung an, der mit der Lederjacke spannte die Muskeln. Doch ein Dritter hatte ebenfalls den Entschluss gefasst, zu handeln. Es war der Bärtige. Sein Plan war einfach. Er wollte das brutale Schwein mit der Wahrheit konfrontieren. Er wollte ihm zeigen, dass sein Plan gescheitert war. Er richtete sich auf, soweit es ging, schwang die verletzte, zu monströsen Ausmaßen angeschwollene Hand – und dann brüllte er, so laut er konnte:

»Jean-Jacques, verdammter Idiot!«, kreischte er. »Ich weiß, dass du es bist! Was willst du?! Warum machst du das! Dein Plan ist im Arsch! Lass uns in Ruhe!«

Im gleichen Augenblick, in diese zornige Kaskade hinein,

war Houdini aufgesprungen. Er setzte zu einem mächtigen Spurt an. Er hechtete, er explodierte. Die ersten paar Schritte seines Plans schienen zu funktionieren. Er vergaß sein Alter, seine Unbeweglichkeit, seine Angst. Die Verzweiflung verlieh ihm Riesenkräfte.

Im gleichen Augenblick hatte der mit der Lederjacke in seinen Rucksack gegriffen, die Spritze herausgeholt, sie zwischen die Beine geklemmt, die Ampulle aufgebrochen, die Spritze aufgezogen, mit der freien Hand ausgeholt zum Stich – da hörte er, dass jemand den Gangster mit dem Namen Jean-Jacques anschrie. Wer zum Teufel war Jean-Jacques? Jetzt war er selbst es, der abgelenkt war. Er stach nicht sofort zu, wie er es geplant hatte – und schon war der Gangster wieder außer Reichweite, denn er hatte sich blitzschnell zum Bärtigen umgedreht, der den Namen Jean-Jacques geschrien hatte, er lief drei, vier Schritte auf ihn zu und trat ihm mit voller Wucht ins Gesicht. Der Bärtige brüllte auf wie ein Tier. Der Gangster kam wieder zurück, in Reichweite der Spritze. Jetzt oder nie! Der mit der Lederjacke holte aus, wollte kraftvoll und mit ganzem Körpereinsatz zustechen, doch dann bekam er selbst einen derben Stoß, einen Schlag in die Seite, jemand stürzte über ihn. Er erschrak furchtbar. Die Spritze fiel ihm aus der Hand und zerbrach, er konnte sie gerade noch mit dem Körper bedecken. Sie war jetzt vollkommen wertlos. Sie bedeutete nur noch eine riesengroße Gefahr für ihn. Houdini robbte inzwischen hastig zurück zu seinem Platz. Der Bärtige hörte nicht auf zu schreien, der Regen biss sich in der hilflosen Truppe der verzweifelten Wanderer fest.

Der Mann am Abgrund stand immer noch wie gelähmt vor Angst da. Der Gangster näherte sich ihm lautlos von hinten. Er holte mit der Bison aus und stieß zu. Wortlos. Alle schrien schrill und hysterisch auf. Er rammte der Geisel die Waffe noch ein zweites Mal in den Rücken. Der Mann in der gelbschwarzen Windjacke ging in die Knie, strauchelte, stolperte und ruderte mit den Armen. Dann fiel er. Man hörte durch das Unwetter hindurch den markerschütternden Schrei, der immer leiser wurde und sich schließlich in der Tiefe verlor.

Dann zischte nur noch der Regen.

20

»Das wird heute nichts mehr. Das duscht sich ein.«

Sebastian Eidenschink, Schiedsrichter durch und durch, nahm eine Handvoll klebrigen, nassen Sand hoch, ließ ihn durch die Finger quellen und schüttelte den Kopf. »Macht wirklich keinen Sinn. Finito für heute.«

»Schade«, sagte einer der geschlagenen Windows-User. »Dann macht euch morgen auf eine Revanche gefasst.«

Nasser Sand ist fies für Beachvolleyballer. Niemand wusste das besser als Tom. Tom hatte ganze Sommer- und Semesterferien von früh bis spät mit Beachvolleyballspielen zugebracht. Das ging nachts, das ging bei größter Hitze, es ging bekifft, es ging auch nüchtern, aber es ging nicht auf nassem Sand. Wenn man zum Schmettern hochsprang, fühlte man sich wie ein Strahl heißer Lava, der aus dem Ätna schießt, aber im Endeffekt kam man über einen kümmerlichen Hopser nicht hinaus.

Die Nachfahren des Abiturjahrgangs 1982/83 hatte der plötzliche Regenguss im Freibad ebenso überrascht wie die Geiseln oben auf dem Gipfel. Jetzt spurteten die Jugendlichen zu ihren Badehandtüchern und verstauten ihre lebensnotwendigen Digitalia und Elektronika in wasserdichten Taschen. Motte (persönliches Profil: Hacker, Freak, Nerd) hielt die Nase in den Regen und schnupperte wie ein Neandertaler.

»Ich glaube, das dauert nicht so lang«, rief er. »Ein paar Tropfen, dann scheint die Sonne wieder. Das spür ich. Kommt von ganz tief.«

Alle lachten. Auch wenn er hier den wetterfühligen Naturburschen spielte, war Motte in Wirklichkeit der besessenste Computerfreak in der Clique. Er hackte viel und gut, und vor allem: Er hatte sich noch nie dabei erwischen lassen. Er bastelte Computerviren und besserte seine Urlaubskasse auf, indem er kleinere Bankfilialen damit bedrohte. Er brandschatzte digital. Die meisten Fische warf er jedoch wieder ins Wasser.

Der Regen hörte sich jetzt an wie eine gleichmäßig wummernde Percussion-Maschine. Der große Drummer am Horizont rief mit seinem speziellen Solo zum Tanz der Urgewalten. Das Nnpf, nnpf war verstummt, unter dem Fünfmetersprungbrett drängten sich quiekende Achtjährige, ihre Plusdreißiger-Eltern hatten sich schon ins Café des Freibads geflüchtet. Die jungen Wilden um Tom, Bastian und Motte fanden sich unter dem Dach der Imbissbude zusammen. Mona stand neben Tom. Tom stand neben Mona. Es knisterte. Joey packte seine Gitarre aus und jammte alte Regenlieder. Er spielte ♪ *Purple Rain ...*, und alle sangen den Refrain mit.

»Seid mal kurz still!«, rief Jeanette. »Bei dem Wetter werden unsere Alten auf dem Berg doch übelst nass. Ich ruf lieber mal meine Mutter an.«

»Und?«

»Wieder die Mailbox. Find ich langsam komisch.«

»Wieso, lass die doch auch ihren Spaß haben.«

»Aber warum geht keiner von denen ans Telefon?«

Unter dem Kastanienbaum saß Professor Köpphahn. Er war von den Ergebnissen der Untersuchung Jennerweins immer noch so fasziniert, dass er alles um sich herum vergessen hatte.

Er war unter dem Baum sitzen geblieben. Um ihn herum krachte, zuckte und prasselte es, der Professor achtete nicht darauf. Er bekritzelte Seite für Seite seines Collegeblocks und murmelte unverständliches Fachvokabular. Die Untersuchung war kurz gewesen, aber er hatte alles gesehen, was er sehen wollte. Erst jetzt blickte er auf. Regen hatte ihn vollkommen umzingelt. Er entschloss sich dazu, einen befreundeten Neurologen anzurufen. Die Verbindung war schlecht.

»... fgt ... wenn d... habe kein ...«

»Ja, jetzt ist es besser. Was gibts?«

»Darf ich Sie kurz stören, Herr Kollege?«

»Was rauscht denn da bei Ihnen so im Hintergrund?«

»Das? Das ist ein alpenländisches Gewitter.«

»Und da sitzen Sie wohl auf dem Balkon eines herrlichen Landhauses, wie?«

»Nein. Ich sitze unter einem Baum.«

»Es ist hoffentlich kein Weidenbaum. Sie wissen schon: Buchen sollst du suchen. Weiden sollst du meiden.«

»Weiden sollst du meiden? Ach so! Ich habe das immer auf die Stadt bezogen.«

»Jetzt aber zu Ihrem Patienten, Kollege. Muss ja ein absolut wichtiger Kandidat sein, wenn Sie ihn so inkognito untersuchen. Lassen Sie mich raten: ein Politiker?«

»Dazu sage ich jetzt nichts. Ärztliche Schweigepflicht. Ich habe bei dem Patienten eine leichte Form von temporärer Akinetopsie diagnostiziert. Ganz eindeutig ist der Befund jedoch nicht. Ich bezweifle, dass es sich um die klassische Akinetopsie handelt. Aber er hat ähnliche Symptome.«

»Naja, es könnte sich auch um andere neurologische Störungen handeln.«

»Ihr Tipp?«

»Ich denke da zum Beispiel an eine Migräne-Aura, die der eigentlichen Migräne vorausgeht.«

»Aber er spricht von stehenden Bildern, von Filmrissen, vom Fotoalbum-Effekt. Kann das Autosuggestion sein?«

»Durchaus möglich. Ich stelle mir vor, Ihr Patient bekommt eines Tages unspezifische Sehstörungen, mit Symptomen, die er nicht deuten kann. Er geht jedoch aus irgendwelchen Gründen nicht zum Arzt, er wälzt Fachbücher und schaut im Netz nach. Er stößt auf die Art von Bewegungsblindheit, die dort beschrieben wird. Die Krankheit ist wenig erforscht, eigentlich so gut wie gar nicht. Vieles bleibt im Unklaren, für den Laien ohnehin. Also baut er sich aus dem, was er liest und hört, ein Krankheitsbild zusammen.«

»Funktioniert das?«

»Natürlich. Der Projewkin-Effekt. Ein Patient liest alles von einer Krankheit und eignet sie sich an. In Wirklichkeit –«

»– hat er eigentlich nur eine Migräne-Aura.«

»Ich würde ihn ganz gerne selbst mal untersuchen. Ist er bei Ihnen? Kann ich ihn sprechen?«

Professor Köpphahn lächelte. Sein Patient war irgendwo da unten auf Verbrecherjagd. Vielleicht langweilte er sich auch nur, wenn er keinen Fall zu lösen hatte. Das stresste ihn. Und dann bekam er seine Anfälle. Faszinierend.

Christine Schattenhalb-Keneally sah aus dem Fenster und beobachtete ihre Schafherde. Was war denn das jetzt für ein eigenartiger Anruf gewesen? Sie setzte sich auf ihr Sofa und ließ ihre Gedanken zurückschweifen in die Abiturklasse. Es war verdammt lang her, an vieles konnte sie sich nur verschwommen erinnern. Doch Jennerwein war nett gewesen. Er war zwei Reihen vor ihr gesessen. Ein netter, interessanter, etwas introvertierter Typ. Sie hätte ihn gerne einmal wiedergesehen. Fichtl hatte am Telefon erzählt, er hätte Ähnlichkeit mit – wie hieß jetzt gleich noch mal der englische Schauspieler? Keine Hochzeit, nur Todesfälle? Egal. Sie stand wieder auf und blickte erneut aus dem Fenster. Auf der großen Wiese vor dem Haus grasten ihre Schafe. Fünfundzwanzig davon waren türkische Fettschwanzschafe. Diese Tiere waren ihr großes Kapital. Ihr riesengroßes Kapital. Jedes dieser Schafe war einige zehntausend Dollar wert. Sie brauchte nur noch wenige Deals mit ein paar Typen aus Adelaide durchzuziehen, dann hatte sie ausgesorgt. Dann konnte sie eine ganz normale, harmlose Schafzüchterin werden. Aber warum rief ausgerechnet jetzt jemand von der deutschen Polizei an? Das war doch nicht möglich, dass Hubertus Jennerwein etwas von ihren Geschäften wusste! Oder doch? Nein, völlig unmöglich. Ihr Plan, den sie zusammen mit ihrem Mann hundertmal durchgespielt hatte, war absolut wasserdicht. Trotzdem. Sie musste vorsichtig sein. Sie zückte das Telefon und wählte eine Nummer.

Der Talkessel verdunkelte sich zusehends, niemand im Kurort konnte sich vorstellen, dass vor einer halben Stunde noch ein herrlicher Sommertag gewesen war. Den rüstigen Geocacher allerdings störte der verregnete Mittag überhaupt nicht. Er hatte seine altmodische, aber immer noch nützliche eingefettete Pelerine übergestreift, er ging mit strammen und zielgerichteten Schritten in Richtung der Koordinaten 47° 30' 28'' nördlicher Breite und 11° 2' 52'' östlicher Länge. Das war sein nächstes Ziel. Er betrachtete das Display seines GPS-Empfängers und musste lächeln. Der Kurort hatte ausgerechnet die Koordinaten 47 11. Wenn das nicht ein Zeichen war. Franz Schuberts geheimnisvolle Musik, die aus den Kopfhörern quoll, lenkte seine Gedanken sogar in Richtung einer geheimen Verschwörung. Er rechnete aus, dass er in einer guten Stunde am Ziel sein würde.

Ursel Grasegger nahm den Regen kaum mehr wahr, nur von ferne, als anregende Geräuschkulisse für ihre Studien. Sie saß schon über das erste Kirchenbuch gebeugt.

»Ein Gläschen Wein?«, fragte der Pfarrer.

Ursel verneinte.

»Danke, erst nach Sonnenuntergang. Ich bin ja wegen der Kirchenbücher hergekommen.«

»Was genau suchen Sie denn, Frau Grasegger?«

»Ich möchte an die Namen aller Bürgermeister und Gemeindevorstände kommen, die es im Kurort gegeben hat.«

»Bis wie weit zurück?«

»Ja, bis wie weit zurück gibt es denn Aufzeichnungen?«

»Fast bis in die Steinzeit. Wir haben Glück in dieser Gemeinde. Die meisten der Aufzeichnungen sind noch erhalten. Keine Kriegsschäden. Keine Brände. Nur manchmal ein bisschen Hochwasser. Aber sonst: das Tal der Seligen.«

Wortlos legte ihr der Pfarrer ein paar verstaubte Dokumente auf den Tisch.

»Das ist nur ein kleiner Teil. Im Archiv habe ich mehr. Sie reichen zurück bis ins Jahr zwölfhundertsoundsoviel, bis zum Zeitpunkt, als ein gewisser Emicho von Freising das Werdenfelser Land in seinem Besitz hatte.«

»Sie reichen Hunderte von Jahren zurück? Respekt für Sie und Ihre Vorgänger.«

»Die Bürgermeister aus der Steinzeit bringe ich Ihnen gleich«, scherzte der Pfarrer.

Doch Ursel hörte es nicht. Sie war schon über eine Liste von Gemeindevorstehern aus dem neunzehnten Jahrhundert gebeugt. Sie hießen alle Sylvester, Balthasar, Fürchtegott und Quirin.

Auf dem Wochenmarkt ging es lebhafter zu. Die Besucher hatten sich vor dem Regen unter die Dächer der Stände geflüchtet. Plötzlich drehten sich einige in Richtung Straße. Dort sah man eine Gestalt rennen.

»Hopp, hopp, hopp!«, riefen einige Witzbolde.

»Hoffentlich gibts auf dem Revier trockene Klamotten!«

Jennerwein achtete nicht darauf. Er war froh, dass alle unter den Markisen Zuflucht gesucht hatten. Dadurch war die Marktstraße leer. Er war durchnässt bis auf die Haut. Und er war sehr in Eile.

PROF. DR. UTA EIDENSCHINK
Universität Mainz, Institut für Soziologie

Liebe Klassenkameraden!
Ja, ich komme sehr gerne zum Klassentreffen. Ihr wisst ja, dass ich inzwischen an der Uni Mainz in Soziologie habilitiert bin. Jetzt hätte ich eine Bitte. Eine Studentin von mir hat kein Thema für ihre Doktorarbeit gefunden, und ich habe ihr ›Das Klassentreffen – eine soziopathologische Konfliktsituation?‹ angeboten. Sie hat einen Fragebogen erstellt. Könnt ihr den bitte ausfüllen? Es geht natürlich alles vollkommen anonym vor sich. Es sind Fragen wie diese zu beantworten:

- Gehst du regelmäßig (und gern) zu den Treffen?
- Freust du dich auf jemanden besonders?
- Könntest du im Gegenteil jemanden erwürgen?
- Nimmst du dir jedes Mal wieder vor, *nicht* hinzugehen?
- Hast du damals in der Schule gespickt, geschummelt, gefälscht, gemobbt, geschlägert? ...
- Erkennst du noch alle wieder?
- Freust du dich, wenn es anderen schlechter geht als dir?
- Kommt es dir so vor, als sei es seit der Schulzeit nur abwärts gegangen?

Und so weiter. Die ausführlichen Fragebogen schicke ich jedem von euch einzeln zu.

Bis bald
Eure Sozio-Uta

21

Als Jennerwein losgelaufen war, hatten sich die asphaltschwarzen Wolken gerade aufgetürmt. Dann kam der Guss. Jennerwein musste sich beeilen. Er lief über abschüssige glitschige Wiesen, er sprang über Pfützen, er kürzte die Wege ab, schlidderte Abhänge hinunter und wich dabei den scharfen Kalksteinen aus, die überall aus der grünen Romantik stachen. Jennerwein kannte diese Gegend sehr gut, er war früher oft hier gewesen. Sein Mobiltelefon hielt er in der Hand, ab und zu, wenn er verschnaufen musste, blieb er stehen und wählte eine Nummer aus seinen Kontaktdaten. Keine Spur mehr von einem freien Tag, Jennerwein war hochkonzentriert, er hatte sich voll und ganz in einen energischen Ermittler verwandelt. Sein erster Anruf galt dem örtlichen Polizeirevier. Eine gemütliche Stimme meldete sich. Es war Polizeiobermeister Johann Ostler. Im Hintergrund erklang breite, langsame Blasmusik. Das Tempo des Landlers passte überhaupt nicht zu dem steilen, steinigen Hang, den Jennerwein gerade in rasendem Tempo hinunterspurtete. Eher hinunterrutschte.

»Grüß Gott. Hier ist Poli-«

»Hallo, Ostler, hier ist Jennerwein. Höchste Alarmstufe. Ich bin schon unterwegs ins Revier, in ein paar Minuten bin ich da. Ich versuche, ein Taxi zu bekommen.«

»Wo sind Sie genau, Chef? Soll ich Sie abholen?«

»Nein, bleiben Sie, wo Sie sind. Rufen Sie das Team zusammen. Machen Sie es dringend. Sie übernehmen Stengele, Schwattke und Hölleisen, um Maria kümmere ich mich.«

»Hölleisen ist krankgeschrieben, Chef. Aber Sie klingen so – was ist denn los?«

»Erklär ich Ihnen später.«

Jennerwein legte auf und rannte weiter. Er ärgerte sich. Warum hatte er seiner Unruhe nicht vertraut? Dann wäre ihm das mit dem Geiselnahme-Paragraphen viel früher eingefallen! Vermutlich hatte er durch seine Begriffsstutzigkeit wertvolle Zeit verloren. Es musste jetzt alles sehr schnell gehen. Für Geiselnahmen war ein bestimmter, in allen Details geregelter Dienstweg vorgesehen, die Ermessensspielräume waren klein. Wenn es sich wirklich um eine Geiselnahme handelte, dann hatte er ein großes Problem. Er würde sich für sein Zögern rechtfertigen müssen. Auf einem geraden Wegestück blieb er abermals stehen und rang nach Atem, während er die Nummer von seinem direkten Vorgesetzten wählte, Polizeioberrat Dr. Rosenberger. Dessen Sekretärin meldete sich.

»Dr. Rosenberger ist in Urlaub. Bis nächste Woche.«

»Wissen Sie, wo er ist?«

»Nein. Er hat nichts hinterlassen.«

»Kann ich seine Mobil –«

»Die habe ich nicht.«

»*Der Schmied von Kochel.*«

Der Schmied von Kochel, das war die Chiffre für allerdringendste Fälle von GiV, also Gefahr in Verzug: Bürgerkrieg bricht aus, Meteor rast auf die Erde zu, Bierpreiserhöhung. Offenbar war die Sekretärin in diese Chiffre eingeweiht. Sie gab ihm eine Telefonnummer. Jennerwein wählte und rannte wieder los. Im Laufen hörte er eine ihm unbekannte Stimme.

»El teléfono al que usted llama está apagado o fuera de cobertura ...«

Der Teilnehmer ist im Moment nicht erreichbar. Das war doch wohl Spanisch. Das auch noch. Jennerwein erhöhte das

Lauftempo. Dann musste er eben alleine handeln. Der Regen wurde stärker, die ersten Blitze zuckten schon über die Wettersteinwand. Doch er hatte keinen Blick für dieses Schauspiel. Hölleisen krank, der Chef im Urlaub, das war ja wie verhext. Er war jetzt bis auf die Haut durchnässt, aber er hatte das Zentrum des Kurorts erreicht und spurtete die große Hauptstraße entlang. Natürlich war jetzt kein Mensch unterwegs, der ihn mitnehmen konnte. Ein besonders wüster Blitz flammte auf. Er sah zwei Taxis in der Ferne, er winkte, sie bemerkten ihn nicht. Die verwinkelte und fußgängerzonenverstellte Innenstadt lag vor ihm, dort war es ohnehin nicht mehr sinnvoll, ein Auto anzuhalten. Zu Fuß kam man hier schneller weiter.

Er lief durch den Markt. Alle Besucher standen unter den Markisen der Stände. Jennerweins Blick fiel im Laufen auf das Kästchen mit dem Graffito, es wischte vorbei, er sah es aus den Augenwinkeln. Ein Gedanke durchfuhr ihn: Hatte er noch etwas übersehen? Am Ende der Fußgängerzone musste er verschnaufen. Er zückte nochmals das Telefon. Er wählte Marias Nummer.

»Hallo, Hubertus!«

Jennerwein war völlig außer Atem.

»Ach, sagen Sie bloß, Hubertus, Sie können heute Abend nicht!?«

»Nein, ich brauche Sie gleich.«

»Gleich? Jetzt sofort?«

»Ja, kommen Sie ins Revier. Der Schmied von Kochel.«

»Der schon wieder«, sagte Maria und legte auf.

Jennerwein hatte die Fußgängerzone verlassen. Der Autoverkehr zockelte hier langsam um eine Kurve und staute sich vor einer roten Ampel. Er lief zum ersten Fahrzeug und zeigte den Ausweis.

»Polizeieinsatz! Fahren Sie mich bitte sofort …«

Eine Dame mit frisch gestutztem Bubikopf (unverkennbar vom Friseursalon *Hairbert*) öffnete die Beifahrertür. Die Dame verstand sofort.

»Bei Rot drüber?«

»Bei Rot drüber.«

Sie fuhr wie der Henker. Mit kreischenden Bremsen hielt sie vor dem Polizeirevier.

»Viel Glück!«, rief sie ihm nach.

Aber das hörte Jennerwein schon nicht mehr.

N. N.

Hallo!

Ich schreibe anonym, und ich sags ganz direkt: Die Schule war für mich die Hölle. Es gibt mehrere Leute, die ich heute noch an die Wand klatschen könnte. Solch eine Ansammlung von Wichtigtuern, aufgeblasenen Gockeln und dummdreisten Krampfhennen habe ich nie mehr gesehen. Dass wir uns richtig verstehen: Ich habe jetzt nichts aufzuarbeiten. Ich bin damals weder gemobbt noch verprügelt worden, ich habe mich mit niemandem zerstritten, ich kann keinem etwas vorwerfen, ich fand die Ansammlung von euch üblen Dreckfressen einfach nur ekelhaft. Ich möchte meinen Namen nicht sagen. Ich schieße aus dem Hinterhalt, das ist mir klar. Damit jetzt nicht der Verdacht auf einen fällt, der dieses Jahr nicht am Klassentreffen teilnimmt, gehe ich vielleicht hin. Erst recht. Ihr könnt euch also nicht sicher sein, wer es ist. Ich werde hingehen und mir euch verlogene Bande nochmals aus der Nähe anschauen. Da wird groß auf Harmonie gemacht, und dann hat jeder Dreck am Stecken. Fichtl? Schlägt seine Frau. Eidenschink? Ist schwere Alkoholikerin, säuft wie ein Loch, meint, niemand bemerkt es. Gudrian? Besucht heimlich Spielhöllen in Tirol. Verspielt dadurch Haus und Hof. Irene? Hat vor Jahren bei einem Unfall Fahrerflucht begangen. Wiedergutmachung: Fehlanzeige. Oberforstrat Schäfer – der ist eine Gefahr für die Öffentlichkeit, der spinnt total. Gehört eigentlich in die Psychiatrie, und zwar so schnell wie möglich. Jakobi? Geilt sich daran auf, Mitarbeiter in seiner Firma fertigzumachen. Christine Schattenhalb? Völlig überstürzter Aufbruch nach Australien, seitdem kein Besuch mehr in Deutschland – das gibt zu denken. Prallinger – im Ministerium kaltgestellt und zurückgestuft wegen Verletzung von Dienstgeheimnissen. Jennerwein? Der dürfte seinen scheinheiligen Beruf gar nicht ausüben ... Ich könnte noch ewig so weitermachen, ich weiß, dass jeder von euch irgendetwas zu verbergen hat.

Euer N. N., ein ehemaliger Schüler des beschissenen Jahrgangs 82/83

> *(Liebe Freunde, ich habe mir lange überlegt, ob ich diesen Beitrag in die Klassenzeitung aufnehmen soll. Ich weiß wirklich nicht, wer das geschrieben hat. Der Brief lag unfrankiert bei mir im Postkasten. Aber ich denke mir, dass auch das zu einer in der Vergangenheit wild zusammengewürfelten Klasse gehört. Zu den einzelnen Vorwürfen? Ich schlage meine Frau natürlich nicht!!! (Ich bringe Karla mit. Sie wird es bestätigen.) Vielleicht können wir ja beim Klassentreffen darüber reden. Und derjenige sollte sich outen, das wäre meine Bitte. Euer Harry Fichtl)*

22

Die Geiseln saßen reglos auf dem Boden. Seit sie gesehen hatten, was geschehen war, wagte keiner mehr aufzublicken. Der grässliche Schrei klang allen noch in den Ohren. Wer von ihnen war das gewesen, der über die Klippe in den sicheren Tod gestürzt war? Wer hatte solch eine gelbschwarze Windjacke getragen? Keiner konnte sich mehr daran erinnern.

Jetzt kam auch noch das Geprassel auf die kupferne Abdeckung des Gipfelbuchkastens dazu. Einige versuchten zu erkennen, ob es nicht schon hagelte. Und tatsächlich: Unter den Regen mischten sich einige kleinere Eisgeschosse. Wenn der Hagel stärker wurde, dann waren sie ihm alle schutzlos ausgeliefert. Die meisten ließen die Köpfe sinken. Vom Geiselgangster hatten sie jetzt schon einige Minuten nichts mehr gehört oder gesehen. Aber jeder spürte es. Er war in der Nähe. Er beobachtete sie. Niemand wagte, etwas zu sagen, niemand unternahm etwas. Sie hatten ihre Lektion gelernt. Jetzt wussten sie, dass es um ihr Leben ging. Und da war es wieder, das verhasste Knacken, das sie jedes Mal vernahmen, wenn dieser Sadist das Megaphon einschaltete. Der Gangster kam eilig aus der Richtung des Mannes, der hinter dem Felsen abseits von ihnen lag. Er baute sich in ihrer Mitte auf und brüllte ins Megaphon. Der Regen schien ihn noch wütender zu machen.

»Der nächste, der irgendeinen Muckser tut, fliegt runter, genauso wie der da!«

Er zeigte in die Richtung der Felsklippe und polterte wieder nach hinten. Der Schmallippige mit der Lederjacke konnte sehen, dass seine Schuhe blutbespritzt waren.

Seine Dormicum-Spritze war ausgelaufen, sie lag zerbrochen am Boden, er hatte sie mit dem Oberkörper gerade noch bedecken können. Nach dem wilden Durcheinander vorhin war er so zu liegen gekommen, dass einige der maskierten Leidensgenossen in sein Blickfeld gerieten. Er spähte angestrengt durch die Augenschlitze, er versuchte an der jeweiligen Haltung zu erkennen, wer es war. Die zitternde Gestalt ein Stück vor ihm, das konnte durchaus Gustl Halfinger, die Hotelbesitzerin, sein. Immer gut gelaunt, manchmal ein rechtes Plappermäulchen – jetzt ein Häufchen Elend. Zwei Plätze links von ihm, starr zu Boden blickend, manchmal mit dem Oberkörper zuckend, wie wenn er weinen und aufschluchzen würde – wer war das? Harry Fichtl, der Organisator? Oder Heinz Jakobi, der Manager? Es war unter diesen Umständen nicht zu erkennen. Aber das war ja wohl genau der Plan des Gangsters gewesen. Sein Blick blieb an der nächsten Lady-Gaga-Gestalt hängen. Hier war er sich ganz sicher. Diese Gestalt war größer als alle anderen. Das musste der Zweimeterhüne Siegfried Schäfer sein. Er war Oberforstrat im Kurort, er kannte sich aus in Wald und Flur, er hatte ihnen beim Weg nach oben viele landschaftliche Besonderheiten des Berges erklärt. Ganz in seiner Nähe saß jemand, der sich die ungefesselte Hand an die Brust hielt, als würde er eine Demutsgeste einnehmen. War das Dietrich Diehl, der ewige Esoteriker? Aber klar: Der meditierte oder hatte sich sonst wie in Trance versetzt! Das war *seine* Taktik, die schreckliche Situation zu meistern. Wahrscheinlich war er gerade dabei, positive Energiefelder aufzubauen. Aber war das wirklich Diehl? Ganz sicher war sich der Mann mit der Lederjacke nicht.

Neben dem Holzkasten unter dem Gipfelkreuz lag das Gipfelbuch, in dessen nassen Seiten der Wind blätterte. Ganz in der Nähe befand sich ein kleines schwarzes Kästchen, das einer Filmdose oder einem kleinen Nähetui ähnlich sah. Es trug die Aufschrift CE1415. Bei genauerem Hinsehen hätte man die Aufschrift *Bitte nicht zerstören* lesen können. Aber heute Vormittag hatte noch keiner die Gelegenheit gehabt, genauer hinzusehen. Die Dose war ein Geocache-Kästchen, und der dazugehörige Geocacher war auf dem Weg nach oben, er befand sich auf halber Strecke der Bergtour.

Er kam gut voran. Das Unwetter machte ihm überhaupt nichts aus, wie viele begeisterte Bergsteiger fand er so ein Naturereignis eher erfrischend – Wanderwetter war etwas für Weicheier. Kurz nachdem er die halbe Strecke zurückgelegt hatte, kamen ihm drei Wanderer entgegen, sie sprachen ihn an, aber er hörte sie nicht, er hatte seine Ohrstöpsel eingesteckt. Er grüßte einfach zurück. Schuberts *Streichquartett Nr. 3* war zu monumental, um mittendrin abzubrechen. Er stapfte weiter, der Bergweg beschrieb eine enge Kehre, danach versperrte ihm ein Warnschild den weiteren Aufstieg. Jetzt erst nahm er die Ohrstöpsel ab. Missmutig drückte er auf Stopp.

WEGEN FORSTARBEITEN GESPERRT.
SPRENGUNGEN.
LEBENSGEFAHR!

Verwundert schüttelte er den Kopf. Er hatte im ›Rucksackradio‹ nichts von Forstarbeiten oder gar Sprengungen gehört. Er verließ den Pfad, schlidderte eine kleine Strecke bergab, fand einen Schotterabhang und kletterte diesen wieder hinauf. Er war jetzt froh, trotz des Unwetters losgegangen zu sein. Denn nun klarte das Wetter wieder auf, er hatte einen herrlichen Blick über das Tal hinüber zur Wettersteinwand. Es war ein plötzlicher Wolkenbruch gewesen, und genauso schnell war er wieder zu Ende. Er kannte sich hier aus. Er hatte diese Bergtour auf 47° 30' 28'' nB 11° 2' 52'' öL schon öfters gemacht, mindestens fünfmal, er kam auch ohne Wegweiser voran. Und mit dem GPS war es ein Kinderspiel. In einer halben Stunde würde er auf dem Gipfel sein.

Der Geocacher blickte ins Tal und hörte dazu weiter Schubert. Schubert passte immer. Er hatte Franz Schubert in den Rocky Mountains gehört, in einem norwegischen Fjord, in den endlosen Weiten der Taiga. Seit er Rentner war, reiste er viel. Und überall gab es tolle GPS-Schnitzeljagden. Schubert passt perfekt zum Geocaching. Er riss sich von dem Anblick des paradiesisch anmutenden Loisachtals los und setzte die Kletterwanderung nach oben fort. Plötzlich brach die Musik ab. Mitten im Stück? Mitten in einer herrlich raffinierten Modulation? Er holte sein Handy heraus, an das er die Kopfhörer angeschlossen hatte. Akku leer. Zum Kuckuck, wie ärgerlich! Er hob den Kopf, und wieder in der unromantischen Realität angekommen, bemerkte er in der Ferne einen bunten Fleck, der nicht in die Landschaft passte. Zunächst hielt er den Fleck für eine weggeworfene Plastiktüte und wollte sich schon verärgert abwenden, da stutzte er. Zu dem Fleck gehörte ein Körper. Und der Fleck war kein Fleck, sondern eine Jacke. Er zückte sein Fernglas. Der Körper lag auf einem Felsvorsprung. Das Gesicht war länglich und glatt, mit einer sauber geschnittenen Pagenfrisur. Es war das Gesicht einer jungen Frau. Ihre Lippen waren grellrot geschminkt, die Frisur saß fest wie Stahlbeton. Sie lag mit dem Rücken auf einem Stein. Ihre verdrehten Arme baumelten im Wind, doch ihre Miene veränderte sich keinen Millimeter.

23

»Jetzt setzen Sie sich erst einmal, Chef. Hier haben Sie ein Handtuch. Sie sind ja tropfnass.«

Polizeiobermeister Johann Ostler bot Jennerwein mit einer freundlichen Handbewegung einen Stuhl an, doch er bemerkte sofort, dass sich der leitende Kommissar im verschärften Turboermittlungsmodus befand. Im vschTEM war mit dem Chef nicht zu scherzen. Jennerwein informierte Ostler in kurzen Worten über die beiden SMS-Nachrichten auf seinem Mobiltelefon.

»Was?«, fragte Ostler erschrocken und ungläubig. »Eine Geiselnahme? Hier im Ort?«

»Ob sie hier im Ort stattfindet, kann ich nicht hundertprozentig sagen. Dieser Ausflug ins Blaue könnte auch zwanzig, dreißig Kilometer weit wegführen.«

»Gibt es eine Lösegeldforderung?«

»Nein, der Geiselnehmer hat sich noch nicht gemeldet. Wir müssen zuallererst das Handy orten. Rufen Sie Becker an.«

»Das ist sicherlich kein Problem für ihn«, beruhigte Ostler, als er die Nummer eintippte. »Aber vielleicht ist das alles ja auch nur ein übler Scherz. Mit der Polizei kann man ja seinen Spaß treiben heutzutage. Nicht, dass ich mir frühere Verhältnisse zurückwünsche, aber wer hätte sich noch vor –«

»Haben Sie die anderen benachrichtigt?«

»Die müssten jeden Augenblick da sein.« Polizeiobermeister Johann Ostler überreichte Jennerwein den Hörer. »Hansjochen Becker ist selbst dran.«

»Grüß Sie Gott, Becker.«
»Sehnsucht nach mir an Ihrem freien Tag?«
»So kann man das nicht sagen. Ich habe auf meinem Handy zwei SMS-Nachrichten, die dringend zurückverfolgt werden müssen. Wie schnell geht das?«
»Kommt drauf an. Normalerweise schaffen wir das in zehn Minuten.«
»Brauchen Sie mein Telefon dazu?«
»Nein, nur Ihre Mobilfunknummer.«

Der Allgäuer Hauptkommissar Ludwig Stengele und die Recklinghäuser Austauschkommissarin Nicole Schwattke traten gleichzeitig ein. Jennerwein erklärte kurz die Sachlage.
»Wenn ich da gleich mal einhaken darf«, sagte Nicole Schwattke. »Diese Christine Schattenhalb, was genau hat die von der Alpspitze erzählt?«

»Christine speaking.«
»Hier ist nochmals Hubertus Jennerwein. Entschuldige, dass ich dich schon wieder störe. Was ist denn das für ein Lärm im Hintergrund? Ich verstehe kaum etwas.«
»Schafe. Sie sind hungrig.«
»Das müssen ja Tausende sein.«
»Genau neunzig.«
Jennerwein hörte, wie ein Fenster geschlossen wurde.
»Weswegen ich anrufe: Wie sicher bist du dir, dass das Ziel der heutigen Klassenwanderung die Alpspitze ist?«
»Naja, ich glaube, dass es irgendetwas mit hm-hm-hm-spitze war. Könnte auch Almspitze oder Krottenkopfspitze gewesen sein. Kann auch gar keine Spitze gewesen sein. Aber ich denke schon, dass es ein Berg war.«
»Aber auch da bist du dir nicht ganz sicher?«

»Nein, ehrlich gesagt nicht. Tut mir leid.«

»Du hast ja nicht gewusst, dass es wichtig ist. Ich habe noch eine Frage. Hast du die diesjährige Klassenzeitung gerade griffbereit?«

»Nein, die habe ich – gelöscht.«

Jennerwein bemerkte sofort, dass Christine bei diesem Satz gezögert hatte. Polizeifortbildungsseminar *Vernehmungstechniken* bei Ausbilder Schmölzer, zehn Doppelstunden über Hänger, Versprecher, Zögerer, Kunstpausen, Schweigeminuten und andere Auffälligkeiten bei Verdächtigen. Christine hatte etwas zu verbergen.

»Wieso gelöscht?«

»Naja –«

»Sag schon.«

»Da ist was Blödes dringestanden. Vielleicht sollte es auch nur ein Scherz sein. Einer hat dieses Jahr einen anonymen Beitrag geschrieben und voll abgelästert. Jedem aus der Klasse hat er was angehängt. Schlimme Sachen zum Teil. Soviel ich gesehen habe, steht auch über dich was drin, Hubertus. Jedenfalls habe ich mich so geärgert, dass ich die komplette Mail samt Anhang als Junk gelöscht habe.«

Jennerwein bedankte sich und legte auf.

Christine Schattenhalb-Keneally legte ebenfalls auf. Nachdenklich starrte sie auf den Bildschirm, auf dem eine Seite der diesjährigen Klassenzeitung aufgeschlagen war. Sie dachte gar nicht daran, sie zu vernichten. Sie ging nochmals Zeile für Zeile des Briefs von N. N. durch.

... Christine Schattenhalb? Völlig überstürzter Aufbruch nach Australien, seitdem kein Besuch mehr in Deutschland – das gibt zu denken ...

Das konnte doch nur ein Schuss ins Blaue sein! Ein Schuss ins Blaue, der der Wahrheit allerdings verdächtig nahe kam. Sollte der N. N.-Spinner irgendetwas wissen? Unmöglich. Aber vielleicht war das ja ganz gut. Vielleicht lenkte dieser Vorwurf des unbekannten N. N. von ihrem wirklichen Bezoarstein-Projekt ab. Sie öffnete das Fenster und betrachtete ihre neunzigköpfige Herde. Dann ging sie hinaus und gab den fünfundzwanzig Türkischen Fettschwanzschafen ihr Spezialfutter. Jedes dieser Tiere war so wertvoll wie eine Villa am Stadtrand.

»Wir wissen also gar nichts«, sagte Jennerwein enttäuscht. »Trotzdem überprüfen wir das mit der Alpspitze natürlich. Und Becker meldet sich bezüglich der Handyortung sicher auch gleich.«

»Sollen wir schon das Spezialeinsatzkommando anfordern?«, fragte Nicole Schwattke.

»Davon würde ich abraten«, sagte Stengele. »Ich glaube nicht, dass es die Alpspitze ist. Da oben ist viel zu viel los. Da gehen Bergbahnen rauf, da gibts den Gipfelerlebnisweg mit geschnitzten Gemsen, den Genusserlebnisweg – und auf der Aussichtsplattform werden Glückskekse verteilt.«

Stengele schnaubte verächtlich.

»Jedenfalls sind da viel zu viele Touristen unterwegs. Die Alpspitze eignet sich überhaupt nicht für eine Geiselnahme.«

»Vielleicht eben deswegen!?«

»Nein«, sagte Jennerwein. »Stengele hat recht. Das hätte schon längst jemand bemerkt und gemeldet. Wir brauchen mehr Informationen. Warten wir ab, bis Becker sich meldet.«

Ludwig Stengele sprang vom Stuhl auf.

»Ich schlage vor, ich nutze die Zeit, schnappe mir ein unauffälliges, abgewetztes Hubschrauberchen und fliege mit meinem Bergwachtkumpel selber hin. Ich bin in ein paar Minuten dort.

Ich schau mich da mal um, das schadet ja nichts. Spezialeinsatzkommando – das ist Beethovens *Neunte*. Ich probiere es mit der *Kleinen Nachtmusik*.«

Und draußen war Stengele, der bergfexische Allgäuer und Mindelheimer Cliffhanger. Die Karikatur von ihm, die im Besprechungszimmer hing, stellte ihn als felsenstarrenden und abweisenden Dreitausender dar, der mit der scharfen Gipfelspitze die Wolken durchbrach. Ganz unten in der Steilwand kletterte ein muskulöser Bergsteiger nach oben. Der Bergsteiger war ebenfalls Ludwig Stengele. Darunter war zu lesen: *Ein Allgäuer entdeckt sich selbst.*

»Bis Becker sich meldet, werde ich das SEK trotzdem schon mal informieren«, sagte Jennerwein. »Ich will nicht, dass sie lospoltern, ich will, dass sie sich bereithalten. Ostler und Schwattke, hier ist die Liste mit meinen damaligen Mitschülern. Ich habe einfach mal alle aufgeschrieben, die mir eingefallen sind. Vielleicht erreichen wir ein paar davon. Irgendjemand der Zuhausegebliebenen muss doch ans Telefon gehen! Vielleicht erwischen wir auch Ehepartner, Freunde oder Kinder und erfahren von denen, wohin Fichtls Überraschungstour geführt hat.«

»Geht klar, Chef.«

»Franz Hölleisen soll – ach so, der ist ja heute krankgeschrieben. Schade, der fehlt uns jetzt natürlich. Gerade er mit seinem detaillierten Wissen über die Einheimischen hier.«

Ostler machte eine verlegene Geste.

»Ja, wie soll ich sagen – Hölli ist trotzdem unterwegs zu uns. Für den Außendienst und den Publikumsverkehr ist er allerdings nicht geeignet. Sein Gesicht schaut wegen einer allergischen Reaktion aus wie ein Streuselkuchen – und das ist noch milde ausgedrückt. Aber als er gehört hat, dass Sie, Chef, einen so dringlichen Fall an Land gezogen haben, hat er sich selbst für den Telefondienst angeboten. Er müsste bald da sein.«

Jennerwein musste lächeln über Ostlers Formulierung. *Einen dringlichen Fall an Land gezogen.* Nun ja, ob das so war, würde sich bald herausstellen.

»Na prima, wir können jeden hier gebrauchen. Außerdem finde ich das sehr anerkennenswert von Hölleisen.«

Jennerwein griff zum Hörer. Er versuchte es nochmals bei seinem Freund Bernie, auch in dessen Kanzlei Gudrian & Weckerle, auch bei seinem Kompagnon. Weckerle ging zwar ans Telefon, wusste aber nicht einmal, dass sein Partner zu einem Klassentreffen gefahren war. Nicole und Ostler hatten genauso wenig Glück.

Die zehn Minuten verstrichen ergebnislos. Becker hatte sich immer noch nicht gemeldet. Hansjochen Becker war der beste Spurensicherer, den Jennerwein kannte. Wann immer es bei den Fällen möglich war, ließ er sich mit ihm zusammen einteilen. Jennerwein war sich sicher, dass Becker bezüglich der beiden SMS-Nachrichten momentan auf Hochtouren arbeitete. Es musste einen besonderen Grund für die Verzögerung geben. Bevor er jedoch das SEK einschaltete, wollte Jennerwein seinen Chef informieren. Doch wieder ertönte nur die monotone Stimme:

»El teléfono al que usted llama está apagado o fuera de cobertura ...«

Warum ging Dr. Rosenberger nicht an sein Telefon? Es war doch eine Nummer für den Notfall! Das sah ihm gar nicht ähnlich. Jennerwein schüttelte ärgerlich den Kopf. Was war denn das für ein sonderbarer Fall! Er hatte keinen Tatort, er hatte kein Verbrechen, er hatte keinen Täter. Er hatte bloß die zwei Nachrichten. Einen vorgeschriebenen Dienstweg für ›Verdacht auf Geiselnahme‹ oder ›Vage Anhaltspunkte für eventuelle Geiselnahme‹ gab es nicht. Also musste er den Leiter des SEK dazu bringen, dass sich die Truppe lediglich bereithielt. Alarmstufe Orange, keine Presse, keine sichtbare Präsenz vor Ort. Jennerwein wählte eine Nummer. Der Mann am anderen Ende der Leitung hörte sich die Geschichte ruhig an. Robert Schimowitz stellte ein paar Fragen, die Jennerwein konzentriert beantwortete.

Maria Schmalfuß, die Polizeipsychologin, riss die Tür auf und stürzte herein. Alle drei im Raum blickten erfreut auf und grüßten, hielten aber dann verwundert und amüsiert inne. Maria war augenscheinlich heute Vormittag beim Friseur gewesen. Statt ihrer gewohnten glatten Haare trug sie jetzt eine gefönte Lockenpracht.

»Bevor Sie mich mit Fragen überschütten«, sagte sie mit geröteten Wangen. »Ja: Ich habe heute Abend eine Verabredung. Und ja: Dafür war ich beim Friseur. Wie Sie vielleicht wissen, ist gelocktes Haar einerseits ein Symbol für Verspieltheit und Kreativität, andererseits aber auch ein Symbol der Macht – denken Sie an die Perücke des Richters. Und nochmals ja: Das ist eigentlich mein freier Tag. Trotzdem bin ich bereit.«

Sie schenkte sich Kaffee ein, setzte sich mit an den Besprechungstisch und rührte unendlich lange in ihrer Tasse herum, bis Jennerwein warnend eine Augenbraue hochzog.

»Es ist sehr wichtig, Maria.«

»Das ist mir klar«, antwortete sie ernst. »Deswegen bin ich hier. Aber eine Geiselnahme? Ich wusste gar nicht, dass wir dafür zuständig sind.«

»Sind wir auch nicht. Wenn es sich wirklich um eine solche handelt, werden wir den Zugriff dem SEK überlassen. Unser Job ist es, den Ort herauszufinden, an dem sie stattfindet. Und spezielle Informationen zu liefern. Informationen über das Terrain und über meine Klassenkameraden.«

Jennerwein wandte sich an Nicole und Ostler.

»Haben Sie brauchbare Ergebnisse?«

Die beiden schüttelten den Kopf.

»Das verstehe ich nicht«, sagte Nicole. »Warum ist von Ihren ehemaligen Mitschülern überhaupt niemand erreichbar?«

»Klarer Fall für mich«, sagte Ostler, ohne von der Telefonliste aufzublicken. »Diejenigen, die bei der Wanderung mitgegangen sind, haben ihr Telefon leise gestellt und lassen sich auf die Mailbox sprechen. So gehört es sich auch bei einer zünftigen Tour. Nichts ist peinlicher als *Ich bin jetzt auf dem Gipfel, Mausi!* Das machen nicht einmal mehr Preußen und Japaner. Die anderen aber, das sind die Klassentreffenmuffel, die haben deswegen keine Ahnung vom Ziel der Wanderung. Wollen Sie ein Beispiel hören? Franziska Moersch, ortsansässig.«

Franziska Moersch, dachte Jennerwein, wer war denn das schon wieder? Er hatte den Namen schon gehört, er konnte ihn jedoch nicht einordnen. Das waren die schlimmsten Momente bei Klassentreffen. Leute, die einem gegenübersaßen und einem kreischend auf die Schulter schlugen, von denen man jedoch keine Ahnung hatte, wer sie waren. Ostler spulte das Aufnahmegerät zurück, aus einem mickrigen Lautsprecher erklang seine eigene Stimme und die einer ärgerlich klingenden Frau.

»Darf ich das Gespräch mitschneiden, Frau Moersch?«

»Nein, dürfen Sie nicht! Warum wollen Sie das mitschneiden? Wer sind Sie überhaupt?«

»Polizeiobermeister Ostler.«

»Das kann jeder sagen.«

»Hören Sie, es pressiert.«

»Weisen Sie sich aus!«

»Wie soll ich mich am Telefon ausweisen?«

»Geben Sie mir Ihre Nummer, ich rufe zurück.«

»Dazu haben wir jetzt keine Zeit. Ich kann Ihnen nebenbei gesagt große Schwierigkeiten machen, zum Beispiel wegen Behinderung von Ermittlungsarbeiten.«

»Also dann, ich kapituliere vor der rohen Staatsgewalt. Um was geht es? Aber schnell, ich bin grade beim Putzen.«

»Um das Klassentreffen Ihrer ehemaligen Abiturklasse.«

»Ach, *der* Schmarrn!« Frau Moerschs Stimme klang jetzt noch ärgerlicher. »Da bin ich nicht hingegangen. Da werde ich auch nie hingehen.«

»Das ist Ihre Sache, Frau Moersch. Aber Sie haben doch dieses Jahr eine Klassenzeitschrift zugeschickt bekommen?«

»Nein, habe ich nicht. Ich habe dem Fichtl schon vor zwanzig Jahren gesagt, dass ich die nicht will, und damit basta. Und jetzt hetzt er die Polizei auf mich!«

Ostler drückte die Stopptaste. Er blickte bekümmert drein. Er öffnete gerade den Mund, um etwas zu sagen, da flog die Tür auf, und Polizeiobermeister Franz Hölleisen stürzte herein. Er grüßte flüchtig und wandte sich sofort ab. Sein Anblick war mitleiderregend. Sein Gesicht glühte knallrot und war über und über von Pusteln und Quaddeln bedeckt.

»Sagen Sie nichts! Tun Sie so, als ob Sie mich gar nicht gesehen hätten!«, rief er. »Es ist nicht ansteckend, es ist nur eine lästige Allergie. Kirschkuchen! Es tut nicht weh, ich fühle mich wohl, es schaut nur blöd aus. Ist das Telefon im Nebenzimmer frei? Ja? Ostler hat mir schon alles erklärt.«

Und weg war er.

»Die Klassenzeitung ist also auf diese Weise nicht aufzutreiben«, sagte Jennerwein ungeduldig.

»Wie ist es mit Ihrer eigenen?«, fragte Maria.

»Die habe ich schon in den Papiermüll geworfen.«

»Sie haben Sie also ausgedruckt? Aber auf dem Computer ist sie doch noch?«

»Nein, ich – ja, also – ich habe keinen privaten Computer.«

»Das gibts doch wohl nicht!«, rutschte es Nicole heraus.

»Ja, so was gibt es. Fichtl schickt sie mir mit der Post. Ein paar von uns besitzen entweder keinen Computer oder sie wollen die Zeitung im Briefkasten haben.«

»Warum denn das?«, fragte Nicole kopfschüttelnd.

»Einfach so, in Erinnerung an alte, prädigitale Zeiten, keine Ahnung.«

Alle bemerkten, dass Jennerwein das Thema lästig, vielleicht sogar peinlich war. Nicole schien es, als schlichen draußen Neandertaler vorbei. Ihr war, als hörte sie den Flügelschlag eines ausgewachsenen Archäopteryx, während Farne und Urkiefern das Polizeirevier umwucherten. Tiefstes Jungpleistozän.

»Und Sie haben sie nicht gelesen?«, fragte Maria.

»Nein, leider nicht. Jedes Jahr wieder nehme ich mir vor, sie zu lesen, nach ein paar Tagen werfe ich sie dann doch weg.«

»Das Treffen findet jedes Jahr statt?«

»Ja, jedes Jahr. Und das ist vielleicht auch das Problem.« Jennerwein war ein Gedanke gekommen. »Moment, ich rufe mal meine Nachbarin an.«

Dann ging alles sehr schnell. Die Nachbarin war zu Hause. Die Nachbarin verstand sofort. Sie fischte die Zeitung aus der blauen Papiertonne. Sie scannte die Seiten auf ihrem eigenen Computer ein. Sie mailte. Während die Seiten der Klassenzeitung aus dem Drucker trudelten, schritt Jennerwein ungeduldig durch den Raum. Immer noch keine Nachricht von Becker. Warum dauerte das so lange? Die erste Seite wurde auf den

Tisch gelegt. Es war Harry Fichtls betont fröhlicher Einladungstext. Alle beugten sich über die Zeilen. Gespannt lasen sie den Programmpunkt, der für den heutigen Vormittag geplant war.

Freitag
7.30 Uhr Treffen am Marktplatz, übliche Stelle. Überraschung!!! (Kleiner Tipp: Uta und das rote Eichhörnchen ...) Festes Schuhwerk mitbringen! Fahrt ins Blaue! Ganzen Tag freihalten! Abends: »Felsenfest«. (Lechz!)

»Schade, hier steht auch nichts Genaues«, rief Jennerwein enttäuscht. »Die können überall hingefahren sein, auch nach Österreich. Die können sogar zum Kaffeetrinken an den Gardasee gebrettert sein. Zuzutrauen ist dem Fichtl das.«

»Aber was ist mit Uta und dem roten Eichhörnchen?«, fragte Nicole.

»Keine Ahnung. Uta – das wird höchstwahrscheinlich Uta Eidenschink sein. Sie hat Soziologie studiert, ist Professorin an irgendeiner Uni. An welcher, weiß ich nicht. Rotes Eichhörnchen? Damit kann ich nichts anfangen. Ich gehe schon seit Jahren nicht mehr zu diesen Treffen, ich habe zu kaum jemandem Kontakt. Rotes Eichhörnchen – das klingt nach einer Anekdote, die jeder kennt – nur ich nicht.«

Jennerwein schlug mit der Hand auf den Tisch.

»Diese Klasse geht mir schon wieder dermaßen auf den Senkel!«

24

Der Geocacher riss sich die Ohrstöpsel herunter und steckte sie in die Tasche. Ein Mensch befand sich in Bergnot! Es waren zwar nur dreihundert Meter Luftlinie, es war jedoch schwierig begehbares Gelände. Automatisch griff er zum Handy, um die Nummer der Bergwacht, die er auf einer Schnellwahltaste gespeichert hatte, zu wählen, als ihm einfiel, dass der Akku leer war. Franz Schuberts Streichquartette hatten ihn vollkommen ausgesaugt. Der alte Mann fluchte. Verdammte Technik! Nutzloses Zeugs gab es im Überfluss, wenn man die Technik aber wirklich einmal brauchte … Er hob sein Fernglas und richtete es auf die Gestalt in der wespenartig gestreiften, gelbschwarzen Windjacke. Es war für ihn gar keine Frage, dass er diesem Menschen half. Dazu musste er allerdings den ausgewiesenen Weg verlassen und über ein paar kleinere Felsen klettern. Er fuhr die Strecke nochmals mit dem Fernglas ab. Es ging ziemlich auf und ab, es waren etwa fünfzig Höhenmeter zu überwinden, darüber hinaus musste ein ausgetrockneter Bachlauf mit lockerem Geröll überquert werden. Er war alt, aber er war immer noch rüstig. Mit einem Griff in den Rucksack holte er einen kleinen Muntermacher heraus. Er nahm einen tiefen Schluck. Er hatte das Gefühl, es müsste zu schaffen sein. Schon beim ersten Graben, den er überqueren musste, knickte er um. Fluchend humpelte er weiter, bis er vor einem acht Meter hohen Felsaufschwung stand, den er erklettern musste. Dieser Weg war beschwerlicher, als er gedacht hatte. Zurückgehen und unten im Tal Hilfe holen? Er entschied sich dagegen. Der Geocacher kletterte und sprang, lief und stolperte. Er atmete schwer. Noch ein kleiner Muntermacher. Franz Schubert, der würde ihm jetzt helfen, das *Streichquartett Nr. 3* würde den richtigen Push bringen. Da würde er sein Alter vergessen ... Aber er musste auch ohne auskommen. Schließlich stand er am Rand des ausgetrockneten Bachlaufs, den er von Ferne gesehen hatte. Das Bachbett, sieben oder acht Meter breit, wies ein steiles Gefälle auf. Die hühnereigroßen Steine lagen lose übereinander. Jetzt nicht einfach losspringen! Er wäre nur mit dem Geröll in der Rinne hinuntergeschliddert. Er schnaufte tief durch und stampfte mit zehn festen Schritten über das lose Gestein. Schwer atmend, aber wohlbehalten kam er auf der anderen Seite der gefährlichen Rinne an. Der Gedanke an die Frau in Bergnot trieb ihn weiter. Er stützte sich an einer riesigen Lärche ab. Sein Blick fiel auf die Rinde, die bis Hüfthöhe vollkommen abgescheuert war. Steinböcke, fuhr es dem Geocacher durch den Kopf. Die Viecher richteten inzwischen mehr Waldschäden an als Borkenkäfer.

Der alte Mann schüttelte auch diesen Gedanken ab. Er übersprang einen kleineren Bach, kämpfte sich durch widerborstiges Unterholz, schließlich war die Gestalt in der gelbschwarzen Windjacke nur noch zehn Meter von ihm entfernt. Er hustete. Er griff sich an die Brust. Das Herz. Er beschleunigte seine Schritte noch ein letztes Mal. Die Frau lag mit dem Rücken auf dem Stein, kopfüber, in einer unnatürlichen, verdrehten Lage. Sie war an einem vorstehenden Ast hängen geblieben, sonst wäre sie abgerutscht und noch weiter hinuntergestürzt. Er musterte die steile Wand über dem Felsblock. Fünfzig oder sechzig Meter musste die Frau gefallen sein. Das konnte eigentlich niemand überleben. Doch als er schließlich am Felsen angekommen war, bemerkte er, dass sie sich bewegte.

Er beugte sich über sie. Ein leises Wimmern drang an sein Ohr. Erschrocken über ihren starren, unmenschlichen Gesichtsausdruck wich er zurück. Erst dann begriff er, dass sie eine Maske trug. Der künstliche Ausdruck der Maske war jedoch nicht das Furchtbarste. Aus dem schmalen Plastikmundschlitz lief ein dünnes Rinnsal Blut. Eine unsichtbare Faust bohrte sich in seine Magengrube, ihm wurde übel, er taumelte. Doch er riss sich zusammen.

»Keine Angst! Ich helfe Ihnen!«

Er wusste, dass seine Stimme brüchig klang. Das Wimmern der Frau verstärkte sich. Vorsichtig zog er ihr die Maske ab. Erstaunt blickte er in ein zerfurchtes Männergesicht. Die trüben Augen blickten hilflos ins Leere. Das Gesicht des Mannes schien noch starrer als das der Maske.

»Ich helfe Ihnen«, rief er dem Verletzten nochmals ins Ohr. Der Geocacher hatte keine Ahnung, wie.

25

Hundert Kilometer nördlich vom Kurort lag die große Stadt. Auf eine Wohnsiedlung brannte die Sonne besonders heiß herunter, hier wehte kein kühles alpines Lüftchen. Eine der Haustüren öffnete sich, und ein gepflegter junger Mann mit abstehenden Ohren trat heraus. Er kaute noch an seinem Marmeladenbrot. Zwei Nachbarinnen im Garten gegenüber, die unter einem Sonnenschirm Eiskaffee schlürften, stießen sich an und deuteten mit einer Kopfbewegung in seine Richtung.

»Schon mal gesehen?«, sagte die eine zur anderen.

Der junge Mann mit den abstehenden Ohren schloss die Tür und drehte den Schlüssel mehrmals herum.

»Nein, der muss neu eingezogen sein.«

»Was wird der wohl für einen Beruf haben?«

»Auf jeden Fall etwas Seriöses. Bankangestellter. Finanzbeamter. So etwas in der Art.«

»Dafür hat er zu unregelmäßige Arbeitszeiten. Mitten am Tag geht der erst aus dem Haus.«

»Vielleicht ein Künstler? Ein Architekt?«

»Zu ordentlich. Eher sowas wie Kindergärtner. Es gibt ja inzwischen auch schon Männer, die Kindergärtner sind.«

»Am Nachmittag?«

»Spätschicht.«

Der Kindergärtner ging die Straße entlang. Sein Ziel war die nahe gelegene S-Bahn-Station. Die S-Bahn fuhr ein. Er blickte auf die

Uhr. Sie würden schon auf ihn warten. Er hatte ein bisschen getrödelt. Aber die Erdbeermarmelade seiner Mutter ... Im Abteil saß ihm eine Frau gegenüber. Sie musterte ihn von oben bis unten. Sie kniff die Augen zusammen und stellte sich seinen Beruf vor. Arzt? Nein, nichts Soziales. Zu starrer, abweisender Blick. Lufthansapilot? Nichts Technisches. Nach zwei Stationen kam sie zu dem Schluss, dass er wie ein Abteilungsleiter aussah. Die Schuhe sauber gewienert, den Körper durch reichlich Sport fit gehalten. An der nächsten Haltestelle änderte sie ihre Meinung. Der ist Sportlehrer, dachte sie. Das ist ein Tennislehrertyp, Bademeister, Skilehrer, sowas in der Art. Oder Masseur. Greift hin, packt richtig zu, knetet einen durch.

Der Masseur stieg aus. Er betrachtete seine Hände. Er hatte das Gefühl gehabt, dass die Frau gegenüber dauernd auf seine Finger gestarrt hatte. Er fuhr die Rolltreppe hinauf. Oben auf dem großen Stadtplatz stand schon der Reisebus mit der Aufschrift: *Fröhlich's Fernreisen.* Langsam schlenderte er auf den Bus zu. Die Tür stand auf, er stieg ein und suchte nach einem freien Platz. Die Mitfahrer begrüßten ihn stumm nickend. Er setzte sich. Nach zehn Minuten hatten sie die Autobahn erreicht. Er sah aus dem Fenster: Sie fuhren also in den Süden. Niemand sprach etwas, niemand telefonierte. Jeder war hochkonzentriert. Niemand hatte eine Ahnung, ob es eine Übung oder ein knallharter Einsatz werden würde. Niemand wusste, ob im Gepäckraum Platzpatronen in den Gewehren steckten oder scharfe Munition.

Vorne neben dem Fahrer stand ein Mann mit olivgrüner Baskenmütze. Er griff nach dem Mikrophon, räusperte sich und drehte sich zu den Männern um.
»Es geht um einen Stand-by-Einsatz. Wir bereiten uns auf

eine Geiselbefreiung vor. Es gibt bisher nur vage Hinweise darauf. Ich kann euch deshalb leider nichts Konkreteres sagen. Nur so viel: Wir fahren bis zur österreichischen Grenze. Möglich, dass es beim Einsatz gebirgig wird.«

Der nette junge Mann mit den abstehenden Ohren, der eben noch ein Marmeladebrot gegessen hatte, griff jetzt in die Tasche, holte eine Cremedose heraus und begann, sich das Gesicht grünschwarz zu färben. Alle anderen netten jungen Männer taten es ihm gleich.

26

Hauptkommissar Ludwig Stengele drängte zur Eile.

»Ja, ja, ich mach ja schon«, grantelte der einheimische schnauzbärtige Bergwachtpilot. »Mehr als Rakete geht nicht.«

Doch dann drückte er den linken Steuerknüppel des Hubschraubers, der Motor jaulte hell und kreischend auf, sie hoben ab und gingen sofort in einen rasanten Steigflug über. Das Tal vergrößerte sich rapide unter ihnen, die Wiesen verwandelten sich in bunte, geometrische Figuren, die Loisach glich immer mehr einem kleinen, weißlichen Riss, der den Ort in zwei fleckige Hälften teilte.

»Vorsicht! Magen festhalten!«, warnte der Pilot. »Ich zieh uns jetzt ein paar Meter hoch!«

Es waren wohl mehr als nur ein paar Meter, der Bergwachtler startete dermaßen durch, dass Stengele meinte, er wollte mit dem Hubschrauber der Erdanziehung entkommen: Die Alpen erschienen in ihrer ganzen Pracht, ganz Südeuropa breitete sich unter ihnen aus, links der Ural, rechts der Atlantik, Grönland versank im Packeis, bald war die Erde nur eine kleine Kugel, das Sonnensystem funkelte und glitzerte … Stengele schüttelte sich. Das war wohl ein leichter Anflug von Höhenkoller. Sie befanden sich lediglich dreizehnhundert Meter über Normalnull. Jetzt flog der Pilot eine scharfe Kurve, und linkerhand erschien plötzlich eine Unmenge von weißem Kalksteinfels, so, als wenn ein paar Millionen Pfund Wettersteingebirge auf sie zugerast kämen. Dann war alles wieder im Lot. Majestätisch, aber auch bedrohlich und mahnend richteten sich die beiden Waxensteintürme auf.

»Das ist schon was anderes als eure Allgäuer Zahnstummel«, sagte der einheimische und schwer lokalpatriotisch gefärbte Pilot zu Ludwig Stengele. Auf seiner Jacke prangte das Wappen des Werdenfelser Landes: der schwarze Mohr und der gelbe Greifenlöwe.

»Wegen der paar Meter?«, konterte der Mindelheimer Kommissar durchs Funkmikrophon. Doch der Pilot ließ nicht locker.

»Eure Mädelegabel und die Hochfrottspitze, das macht aufeinandergestellt unsere Zugspitze«, stichelte er.

Stengele antwortete nicht darauf. Er musste sich jetzt voll und ganz auf seinen Erkundungsauftrag konzentrieren. Er hatte keine Hubschrauberstaffel angefordert, das wäre viel zu auffällig gewesen. Sein Ehrgeiz war es, die Sache alleine durchzuziehen.

»Ich möchte möglichst nahe an den Alpspitzgipfel ran, aber noch außerhalb der Reichweite von einem Schnellfeuergewehr.«

»Können wir machen«, antwortete der Pilot. »Am besten, wir umkreisen den Gipfel in genau diesem Abstand.«

»Ja, gut, aber ich möchte natürlich nicht gesehen werden, wenn ich mit dem Fernglas runterschaue. Der Hubschrauber soll nicht wirken wie eine Aufklärungsdrohne. Können wir irgendetwas veranstalten, damit wir harmlos aussehen? Ich meine: noch harmloser als jetzt?«

Ein Ruck ging durch den Helikopter. Auf dem Armaturenbrett des Cockpits zitterten und schlackerten Dutzende von Zeigernadeln. Noch einmal ein Neunzig-Grad-Schwenk, sie nahmen nun direkten Kurs auf die Alpspitze. Der Himmel war wieder klar, nur am Horizont verdrückten sich ein paar zerfaserte Wolken Richtung Mittenwald und Scharnitz. Genau diese Wetterentwicklung brachte den Piloten auf eine Idee.

»Manchmal nehmen wir Meteorologen mit. Die hängen dann ein Sackerl mit Messgeräten raus, mit einer Videokamera drin, die ihnen Bilder ins Hubschrauberinnere liefert.«

»Verstehe. Aber das ist mir zu naheliegend. Ein Profi weiß dann Bescheid.«

»Ein Profi? Um was geht es eigentlich?«

Stengele antwortete nicht. Der Pilot hatte auch gar keine Antwort erwartet. Stengele hatte auch gar nicht erwartet, dass der Pilot eine Antwort erwartet hätte.

»Ich hätte noch einen Bannerschlepp mit Werbeaufschrift zu bieten«, sagte der Pilot. »Den können wir hinterherflattern lassen. Das wirkt immer sehr beruhigend auf die Zuschauer, wenn wir einen gefährlichen Einsatz fliegen.«

Stengele kletterte in das Heck des Helikopters. Er befolgte die Anweisungen des Piloten und entließ den Bannerschlepp in die blaue Bergluft. Schade, dachte er. Das wäre ein herrlicher Tag für einen Hubschrauberausflug. Ein guter Tag, um den Himmel der Bayern zu erkunden.

Der Himmel der Bayern, der war nicht etwa zu finden auf den knarrenden Tanzböden ländlicher Bierzelte, auf denen Schuhplattler mit ihren Haferlschuhen festpappen, auch nicht an den Stammtischen, zwischen den gefüllten Salzbrezelkörberln, die so mancher Bierselige träumerisch umarmt, schon gar nicht hoch droben auf der sündenlosen Alm, bei starkem Föhn, oder tief drunten im Tal, beim Weißwurstwettessen und Goaßlschnalzen, und schon gleich zweimal nicht im weihrauchgeschwängerten Maria-hilf-Singsang der landesweiten Fronleichnamsprozessionen. Nein, der wirkliche Himmel der Bayern war nirgendwo anders als zweitausend Meter über Normalnull zu finden, dort, wo die Luft dünn und der Atem knapp wird. Genau dort, wo sie sich jetzt befanden.

Ein andermal, dachte Stengele. Jetzt hatte er sich auf seinen Einsatz zu konzentrieren. Er legte die Sicherungsgurte an, lehnte sich so weit als möglich aus der Tür und suchte mit dem Präzisionsfernglas die Gegend ab. Grüne Bergwiesen, idyllische Matten – plötzlich kam ein Seilbahnmast ins Bild. Stengele fluchte. Er musste hier mit sicherer Fernglashand nach auffälligen Bewegungen im Gelände suchen. Er fuhr den Ostgrat der Alpspitze ab, rutschte einen steilen Felsabbruch herunter, fokussierte auf einige Geröllhalden – und da stieß er auf das erste Dutzend Wanderer. Einige hatten den Hubschrauber auch schon entdeckt. Sie winkten oder zeigten nach oben. Andere öffneten ihre Fototaschen und brachten ihre Stative in Stellung. Von wegen Geiseln. Stengele schwenkte das Fernglas weiter. Er überflog ein paar steinbedeckte Heustadel. Da, bei dem einen: Hatte sich da nicht eine Gestalt schnell hinter einer Ecke verdrückt? Nein, das war nur ein blasenschwacher Belgier. Sie umflogen jetzt die Westflanke der Alpspitze. Ein Schwarm Dohlen drängte sich ins Bild. Fünfzig Meter nach rechts. An der grauen Felswand hingen ein paar Kletterer. Stengele zoomte näher. Keine Auffälligkeiten. Auf der anderen Seite konnte er eine Ameisenstraße von Bergtouristen erkennen, und auch der Draht der Seilbahn hatte einen herben Schmiss in den barocken Überschwang geschlagen. Stengele fluchte nochmals laut. Nicht mehr lange, dann würde es am Mount Everest genauso zugehen.

»Was hast du, Hauptkommissar? Ist alles okay?«, fragte der Pilot über Funk.

»Alles im grünen Bereich.«

Der Pilot war dem Alpspitzgipfel jetzt so nahe gekommen, dass er ihn umkreisen konnte. Es schien, als strömten die Menschenmassen nach dem Regenguss erst recht hinauf, von allen Seiten und in allen Geschwindigkeiten. Mit allem, was nach oben trug: Bergbahnen, Mountainbikes, Beine, Ehepartner. Die reine Luft nach dem Unwetter hatte sie übermütig gemacht. Stengele suchte zur Sicherheit nochmals alles mit dem Fernglas ab – keine Spur einer gewalttätigen Auseinandersetzung. Er wollte das Glas schon wieder sinken lassen, da blieb sein Blick an einer Stelle hängen, die nicht so leicht einsehbar war, denn ein mächtiger, gezackter Felsen verdeckte sie zur Hälfte.

»Zwanzig Meter hoch, auf zwei Uhr, schnell!«, schrie er dem Piloten zu.

Die Rotoren kreischten schrill auf.

Etwas seitlich vom Gipfel, auf einem Plateau in der Größe eines Tennisplatzes, saß ein Dutzend Menschen auf dem Boden. Mitten unter ihnen stand eine Frau und fuchtelte wild mit den Armen.

27

Einer dieser Idioten ist also schon tot. Ich habe ihn hinuntergestürzt, aber um den ist es nicht schade. – Stimmt schon, was in der Klassenzeitung über ihn steht: Er ist der letzte Abschaum. Ein Leuteschinder und rücksichtsloser Ausbeuter. Da habe ich mir schon den Richtigen ausgesucht. – Jetzt zum nächsten Punkt des Plans. Der Typ dort hinter dem Felsen, was für eine harte Nuss. Aus dem muss ich noch ein paar Informationen herausprügeln. – Was ist das in meiner Jackentasche für ein lästiges Geklingel? Schon wieder das Handy dieses superschlauen SMS-Idioten. – Weg damit, das kann jetzt auch in den Sack zu den anderen Handys.

Mit funkelnden Augen beugte er sich wieder über sein Opfer, das halb liegend am Boden kauerte. Schrecklich zugerichtet sah der Mann aus. Er war ein zäher Bursche, wie sich herausgestellt hatte. Ein äußerlich weich und knuddelig wirkender Typ, der aber offenbar dazu fähig war, erbitterten Widerstand zu leisten. Der sein kleines Geheimnis bis zum Äußersten verteidigte. Er musste aufpassen, dass er ihm körperlich nicht allzu sehr zusetzte. Sonst war alle Mühe umsonst gewesen. Zwei Jahre Vorbereitung. Ein Plan, der bis in die kleinsten Kleinigkeiten ausgetüftelt war. Ein Plan, der alle noch so unwahrscheinlichen Eventualitäten bedacht hatte. Er blickte auf den zerschundenen Mann. Vielleicht hatte er mit den Faustschlägen doch übertrieben. Vor allem mit denen ins Gesicht. Ein paar Zähne hatte er ihm ausgeschlagen, er hatte ihn danach aufrichten müssen, damit er sich nicht daran verschluckte. Das mit dem anderen Typen war allerdings gut gewesen. In seiner gelbschwarzen Jacke hatte der ausgesehen wie eine Wespe, als er hinuntergeflogen war.

»Hast du das gesehen? Willst du auch so runterfliegen?«, bellte er ihn scharf an.

Der Mann saß mit schreckgeweiteten Augen da. Er öffnete den Mund und spuckte Blut.

»Willst du?«

Der Mann schüttelte den Kopf. Es war ein trotziges, verächtliches Kopfschütteln, wie dem Gangster schien.

»Du sagst mir jetzt das, was ich wissen will.«

Der Mann hatte keine Kraft mehr zum Widerstand. Er war bald so weit. Er würde bald reden. Und das wurde auch höchste Zeit. Er beugte sich zu dem Mann.

»Willst du, dass ich Harry Fichtl als nächsten hinunterwerfe? Oder Bernie Gudrian? Du kannst dir einen auswählen, ich richte mich ganz nach deinen Wünschen.«

Der Mann schüttelte langsam den Kopf.

»Vielleicht nehme ich mir erst die Ärzte vor, dann die Juristen! Dann die Lehrer, dann die Oberforsträte. Wie du es haben willst. Dein Klassenzeitungsbeitrag hat mich übrigens sehr amüsiert. Ich musste furchtbar lachen drüber! Warte, ich sorge bloß mal kurz für Ruhe, dann bin ich wieder bei dir und – «

Der Geiselnehmer hatte bis dahin ohne Megaphon gesprochen. Jetzt nahm er es auf und sprach laut, langsam und deutlich, damit die anderen Geiseln es ebenfalls hören konnten.

»Und dann will ichs wissen, Freundchen! Dann will ich wissen, wo Susi Herrschl jetzt ist! Und was du mit ihr gemacht hast!«

Der Mann am Boden schüttelte entsetzt und verwirrt den Kopf. »Susi Herrschl?«, keuchte er. »Warum Susi Herrschl? Warum fängst du auf einmal mit Susi Herrschl an? Du hast doch die ganze Zeit etwas anderes ...«

Der Geiselnehmer wandte sich von dem Mann ab. Er hatte ihn gleich so weit. Und wenn er diesem todestapferen Mann sein Geheimnis entrissen hatte, dann würde er ihn leider töten müssen. Leider. Die nächsten Punkte des Plans waren fest in seinem Gedächtnis eingegraben: Aus der momentanen Kleidung schlüpfen. Ins Versteck damit. Die anderen Klamotten, mit denen er heraufgekommen war, wieder anziehen. Einen Notruf absetzen. Den Geiseln befehlen, das Gesicht auf den Boden zu pressen. Sich unter die Geiseln mischen, sich selbst anketten. Warten. Er würde sogar einen bequemen Flug mit dem Sani-Hubschrauber haben. Und eine Gratisbehandlung im Krankenhaus. Das war der Plan. Aber erst musste er natürlich an die Informationen ran. Warum hatte ihn einer vorhin mit Jean-Jaques angeredet? Ein Schuss ins Blaue? Er richtete das Megaphon hoch und stieß einige obszöne französische Flüche aus. Leistungskurs Französisch beim alten Kistler. Darüber sollten sie sich Gedanken machen.

Aber was war das? Da rührte sich etwas. Und zwar ganz weit drüben, zwei oder drei, vielleicht auch vier Kilometer entfernt, auf dem gegenüberliegenden Wettersteingebirge. Dort über dem Gipfel der Alpspitze kreiste ein Hubschrauber. Der Wind stand so, dass man das dumpf fräsende Geräusch bis hierher hören konnte. Er riss das Fernglas hoch. Verdammt! Das war kein Hubschrauber mit Ausflüglern. Das war keine Hummel des Roten Kreuzes oder des Forstamts. Das war ein getarnter Erkundungsflug, vielleicht schon vom SEK, vielleicht noch von der grünen Polizei. Saß Hubertus Jennerwein da drin? Gleichgültig, sie fingen jedenfalls da drüben mit der Suche an. Das hieß aber auch, dass sie bald hier sein würden. Er musste sich beeilen. Wenn dieser sture Dickkopf jetzt nicht sofort redete, dann würde es gleich noch ein Geiselopfer geben. Und noch eines. Und noch eines. Egal. Es würde ihm sogar höllischen Spaß machen, den Abiturjahrgang 82/83 komplett auszulöschen.

Er neigte sich wieder über seinen Informanten, der allerdings noch keiner war. Noch nicht. Er hielt kurz inne und blickte hämisch grinsend zum fernen Alpspitzgipfel hinüber. So eine miese Tarnung. Der Bannerschlepp trug die Aufschrift *Werde Mitglied im Alpenverein!*

28

»Ich habe schlechte Nachrichten, Chef.«

Hansjochen Becker schloss die Tür hinter sich, warf einen Stapel Papiere auf den Tisch und setzte sich. Dieses Gesicht von Becker kannten alle im Team. So schaute er drein, wenn ihm eine Spur entglitten war. Das kam äußerst selten vor, aber wenn, dann empfand er es als persönliche Beleidigung. Gespannt blickten ihn alle an.

»Wegen der Handy-Ortung?«, fragte Nicole.

»Ja, wegen dieser verdammten morschen Sendemasten hier in der Gegend, wegen einem ungeeigneten Mobilfunkgerät und wegen einem Haufen Rocker-Chaoten. Normalerweise ist die Handy-Ortung eine Sache von ein paar Minuten. Wir fragen beim Mobilfunkbetreiber nach, der stellt uns das Protokoll des HLR zu Verfügung, das ist das Home Location Register. Wir bekommen die Position – mit einer Ungenauigkeit von höchstens zweihundert Meter. Aber in diesem Fall haben wir es beim Handy des Absenders, also bei diesem – äh –«

»Bernie Gudrian.«

»– ja, hier haben wir es entweder mit einem uralten System zu tun, einem GSM ohne weitere Zusatzausrüstung. Oder der Schlaumeier hat die GPS-Ortungsdienste abgeschaltet, damit der Akku länger läuft. Das Zweite ist, dass die Sendemasten hier in der Gegend auch nicht auf dem neuesten Stand sind – von wegen mondäner Weltkurort. Zusammengenommen kann das zu einer Ungenauigkeit bis zu fünfundzwanzig Kilometer führen!«

»Wie bitte? So vage?«

»Damit nicht genug. Im Ort ist doch heute dieses Motorradtreffen. Dreißigtausend Teilnehmer im Skistadion. Udo Lindenberg als Gaststar. Natürlich ein Double von ihm. Aber Tausende dieser *Ich-bin-Rocker*-Typen greifen zum Handy und schicken das Foto nach Hause. Da ist das System ausgestiegen.«

»Was heißt das?«

»Im Klartext heißt das, dass mit einer Ortung erst in einer Stunde zu rechnen ist. Und wenn, dann wird sie vermutlich sehr ungenau werden. Tut mir leid.«

Becker klang, als hätte er Gudrian höchstpersönlich zum Ausschalten des Ortungssystems geraten und als hätte er allein fünfhundert Udo-Lindenberg-Ich-bin-Rocker-Grüße abgeschickt.

»Ich hätte trotzdem noch eine Frage«, sagte Maria. Sie versuchte eine lockige Strähne, die ihr dauernd ins Gesicht fiel, nach hinten zu streifen. »Sie sprechen von fünfundzwanzig Kilometern. Das kann ich mir vermutlich als einen Kreis auf der Landkarte vorstellen.«

»So ist es«, sagte Becker grimmig. »Das ist das komplette Werdenfelser Land.«

»Ganz laienhaft gesprochen: Ist dann der Mittelpunkt des Kreises der wahrscheinlichste Ort? Sollen wir dort anfangen zu suchen? Wird es sozusagen nach außen immer unwahrscheinlicher?«

»So verhält es sich leider nicht«, erwiderte Becker. »Das Handy kann sich zum Zeitpunkt des Sendens an jedem Punkt in diesem Kreis befunden haben. Wollen Sie technische Details?«

»Nein, nein, ich glaube Ihnen auch so!«

»Und wenn das Senderhandy inzwischen ausgeschaltet wurde?«, fragte Ostler.

»Dann läuft gar nichts mehr. Dann können wir nur hoffen, dass sie sich noch in diesem 25-Kilometer-Radius aufhalten.«

»Wenn es eine Geiselnahme ist«, warf Ostler ein, »wird der Geiselnehmer es doch nicht versäumt haben, die Akkus und die SIM-Cards zu entfernen!«

»Aber ich kann doch ohne SIM-Karte einen Notruf absetzen«, sagte Maria. »Also muss ich das Handy ja auch orten können.«

»Das ging früher mal, jetzt aber nicht mehr. Ist zu viel Unfug damit getrieben worden. Tut mir leid.«

»Danke, Becker«, sagte Jennerwein. »Wenn Sie doch noch was Neues erfahren, lassen Sie von sich hören.«

»Udo Lindenberg!«, fluchte der Spurensicherer beim Hinausgehen. »*Ich bin Rocker.* Das ist ausgesprochen wichtig, dass das die ganze Welt erfährt.«

Er schlug die Tür zu.

Der Geiselnehmer hatte die Akkus und SIM-Cards der Handys, die sich im Sack befanden, durchaus nicht entfernt. Er hatte selbstverständlich auch nicht *versäumt*, sie zu entfernen. Er hatte sich diesen Punkt lange überlegt: Sollte er die Handys gleich nach dem Überfall unbrauchbar machen? Nein! Denn dann riefen die Freunde und Partner an und hörten die Funkschatten-Ansage *Momentan nicht erreichbar.* Das wäre zumindest in dieser Häufung auffällig und deshalb verdächtig gewesen. Er hatte sich dafür entschieden, die Handys nicht auszuschalten. Dann meldete sich die Mailbox. Niemand käme auf die Idee, deswegen die Polizei zu rufen. Dann wollten die Herrschaften halt ungestört sein – ja und? Er hatte allerdings nicht mit so vielen Anrufen gleichzeitig gerechnet. Vor eineinhalb Stunden war er vor dem Sack klingelnder Mobiles gesessen, das wilde Gedudel hatte ihn ungemein genervt. Er hatte sich kurz überlegt, ob er diesen Punkt des Plans nicht spontan verändern sollte. Aber nein, es hatte schon genug Abweichungen gegeben: Da war der überraschend große Widerstand seines Informanten. Da waren die kleinen verzweifelten Gegenmaßnahmen der Klassenkameraden – bis hin zum kläglichen Versuch, ihn mit Jean-Jacques in Verbindung zu bringen. Und dann war da natürlich die SMS von diesem bärtigen Schnösel, gleich ganz am Anfang der Aktion. Das hätte ihm fast seinen ganzen Plan durcheinandergebracht. Dieser Hilferuf war viel zu früh gekommen. Und etwas anderes als ein Hilferuf konnte es ja nicht sein. Er war stolz auf sich. Als das Handy des Bärtigen geklingelt hatte, war das Problem mit einer zweiten SMS souverän zu lösen gewesen:

Hallo Hu! War nur ein Spaß – Gruß Gu

Das hatte funktioniert. Ansonsten wären schon längst fünf Hubschrauber einer mobilen Einsatztruppe am Horizont aufgetaucht. Waren sie aber nicht. Der Geiselnehmer verstieg sich zu einem Lächeln unter seiner Lady-Gaga-Maske. Es war kein richtiges Lächeln, er verzog nur das Gesicht. Er wandte sich wieder dem unkooperativen Knuddelbären zu.

Im Polizeirevier knisterte das Funkgerät. Stengele war dran. Im Hintergrund konnte man das schwere Motorengeräusch des Helikopters hören. Stengele wurde über die neuesten Entwicklungen informiert.

»Nachdem die Handyortung bisher nicht funktioniert hat«, rief der Allgäuer, »nehme ich jetzt die anderen Berge der Wettersteinkette ins Visier. Wir müssen doch etwas tun können!«

»Die Alpspitze ist es sicher nicht?«

»Ganz sicher nicht. Wir waren ganz nah dran. Es war aber nur eine harmlose Yoga-Truppe, die ihre Übungen gemacht hat. Wir fliegen weiter und gehen auf die Grießkarscharte runter.«

»Viel Glück, Stengele.«

Stengele lag festgegurtet auf dem Bauch und schwenkte sein Präzisionsfernrohr durch die offene Tür. Der Hubschrauber durchschnitt die Lüfte.

»Komisch«, sagte der Sekretär im Büro des Alpenvereins Sektion Oberland zu seinem Gegenüber. »Allein in den letzten zehn Minuten haben wir fünf Anträge auf Mitgliedschaft im Alpenverein gemailt bekommen.«

Jennerwein atmete tief durch.

»Nicole und Ostler, haben Sie schon alle meine Mitschüler und deren Anhang durchgeklingelt?«

»Wir haben etwa die Hälfte«, sagte Nicole. »Allerdings ohne Ergebnis. Viele sind ja wahre Klassentreffenverweigerer.«

»Ich habe mir schon gedacht, dass ich nicht der einzige bin.«

»Von denen haben wir zwar ein paar an den Apparat bekommen, aber die wissen von nichts. Und dementsprechend hat natürlich kein Mensch eine Ahnung, was mit *Uta und dem roten Eichhörnchen* gemeint sein könnte.«

»Ich habe vielleicht was!«

Das war Hölleisen, der sich aus dem Nebenzimmer gemeldet hatte. Die Tür stand offen, er hatte sich so gesetzt, dass man nur seinen Hinterkopf sehen konnte.

»Sie sind mit der Halfinger Gustl in die Klasse gegangen, Chef!«, fuhr Hölleisen fort. »Das ist vielleicht eine Ratschkathl! Aber so sind sie alle, die Halfingers. Die Gustl, die das Hotel hat, ist vom Halfinger-Zweig mit dem Hausnamen Jaggala und vollkommen zerstritten mit dem anderen Teil der Familie –«

»Kirschkuchen, jetzt komm zur Sache«, rief Ostler streng.

»Ja, gut. Also, da hab ich was Interessantes gefunden. Die Gustl hat das Hotel, ihr Bruder, der Blasi, der hat eine Autovermietung. Ich habe den Blasi erwischt, er sagt, dass sie ihn um zwei Jeeps gebeten hat, für heute, ganz in der Früh, und um halb sieben haben sie und ein anderer, den er nicht gekannt hat, die Autos abgeholt.«

»Danke, Hölleisen«, sagte Jennerwein. »Die Jeeps –«

»Ich habe sie schon zur Fahndung ausgeschrieben«, sagte Hölleisen stolz.

»Maria, haben Sie etwas Neues?«

»Ich habe die Klassenzeitung unter psychologischen Aspekten analysiert. Hängengeblieben bin ich an dem vorwurfsvollen Brief von jemandem, der sich betont geheimnisvoll als N. N. ausgibt.«

»Könnte das der Geiselnehmer sein?«

»Ich weiß nicht so recht. Ein Geiselnehmer legt doch nicht derart deutliche Spuren! Andererseits bekommt man bei diesem Brief das Gefühl, dass jeder aus der Klasse schwer was auf dem Kerbholz hat. Ist das so, Hubertus?«

»Keine Ahnung. Damals jedenfalls waren die alle ziemlich harmlos.«

»Auch über Sie, Hubertus, werden dunkle Andeutungen gemacht.«

Jennerwein verzog keine Miene.

»Welcher Art denn? Ich habe die Zeitung ja nicht gelesen.«

»Moment, ich zitiere:

Jennerwein? Der dürfte seinen scheinheiligen Beruf gar nicht ausüben ...

Von wem, glauben Sie, stammt dieser Beitrag?«

Jennerwein schüttelte genervt den Kopf. Dieser Fall war viel zu persönlich. Er hätte ihn abgeben sollen. Aber jetzt war es zu spät dafür. Jetzt steckten sie schon alle mittendrin.

»Keine Ahnung«, fuhr er fort. »Es ist ein Haufen von Verrückten.«

Er las sich den Brief von N.N. durch und runzelte dabei die Stirn.

»Können Sie sich an einen in der Klasse erinnern, der sowas schon einmal gemacht hat?«, fuhr Maria fort. »Anonyme Briefe geschrieben? Offene Vorwürfe und dunkle Andeutungen über alle möglichen Leute gestreut? Ein Mobber?«

»Das ist so lange her, ich weiß es nicht mehr.«

»Denken Sie nach, Hubertus. Bemühen Sie sich.«

»Das mache ich ja, aber ich kann mich beim besten Willen nicht mehr daran erinnern.«

»Gut, dann machen wir es anders: Wem in der Klasse trauen Sie das am ehesten zu?«

»Jedem und keinem.« Jennerwein lachte bitter. »Eigentlich bin ich doch der Einzige, der leichten Zugang zu Informationen hat, die in illegale oder auch kriminelle Richtungen gehen. Natürlich kann jeder polizeiliche Führungszeugnisse einsehen, aber ins Detail gehende Auskünfte über außergewöhnliche Vorfälle oder Einsicht in Zeugenaussagen bekomme nur ich. Vielleicht will mir jemand mit diesem Brief was anhängen. Vielleicht will er sogar, dass irgendwelche obskuren Ermittlungen in meine Richtung laufen.«

»So scheint es, Hubertus.«

Jennerweins Miene nahm den Ich-will-es-jetzt-wissen-Ausdruck an, den alle nur allzu gut kannten. Die verschärfte Turboermittlungsmodus-Mimik.

»Ich glaube, so kommen wir nicht weiter. Es gibt möglicherweise noch eine andere Spur. Ich habe im Ort zweimal das gleiche Graffito gesehen, eine Art Piktogramm. Ich kann nicht ausschließen, dass es etwas mit unserem Fall zu tun hat, denn unter einem stand das heutige Datum.«

Jennerwein nahm ein Blatt Papier und zeichnete den fliegenden Ikarus, der nach der Sonne griff.

»So etwa hat das ausgesehen. Beide Graffiti habe ich an Plätzen entdeckt, an denen wir uns zu Schulzeiten oft getroffen haben.«

»Vielleicht sind sie auch noch von damals?«, warf Ostler ein.

»Dreißig Jahre hält sich sowas nicht an einem Elektrohäuschen. Nein, das waren schon frische Zeichnungen.«

Alle betrachteten die Skizze.

»Volleyball«, sagte Maria plötzlich. »Das ist keine Sonne, sondern ein Ball.«

»Beachvolleyball«, präzisierte Nicole. »Das ist ein Piktogramm für Beachvolleyball.«

»Haben wir jetzt schon einen Beach im Kurort?«

»Im Loisachbad«, grunzte Ostler.

»Dann nichts wie hin«, sagte Jennerwein. »Nicole, Sie kommen mit mir. Ostler und Maria, Sie halten hier mit Hölleisen die Stellung.«

»Moment noch, Hubertus«, rief Maria. Jennerwein drehte sich an der Tür um. »Können Sie mir etwas über Susi Herrschl sagen? Ich kann sie nicht finden, sie ist nirgendwo gemeldet.«

Jennerwein zog die Augenbrauen genervt nach oben.

»Wo sie jetzt ist und was sie macht, weiß ich nicht. Damals war sie der Typ *Heißer Feger*. Hinter der waren alle her. Die meisten jedenfalls.«

SUSI HERRSCHL
irgendwo ... nirgends ... überall

Liebe Ehemalige,

auch dieses Jahr werde ich nicht kommen können. Warum? Manche von euch wissen es: Mir geht es nicht gut. Mein Leben ist ein einziges Chaos, es ist so ziemlich alles den Bach runtergegangen, Familie, Beruf, Geld, Gesundheit. Alles ist kaputt durch diesen verdammten ... Details erspare ich euch. Ihr hingegen habt alle viel Glück im Leben gehabt, ihr seid auf der Sonnenseite gelandet und habt euch da breit gemacht. Ich weiß, wie es dort ist – ich war auch schon mal ganz oben, mir ist das Glück allerdings wieder durch die Finger geglitten. Ihr wisst gar nicht, wie bitter das ist. Was soll ich sagen: Ich bitte euch um Unterstützung. Ja, so weit ist es schon gekommen mit mir, dass ich euch anschnorren muss. Ich habe keine Adresse, aber ihr könnt auf mein Konto überweisen. Versucht bitte nicht, herauszufinden, wo ich bin, es ist mir eh peinlich genug.

Danke – eure Susi Herrschl

> (Liebe Freunde,
> ich finde, wir sollten unserer kleinen »Sexy Hexy« helfen. Seid nicht zu kleinlich, wir waren schließlich mal dicke Freunde.
> Euer Harry Fichtl)

29

Nördlich von Brixen werden sie angegriffen. Am Zusammenfluss der Eisack und der Rienz brechen dreißig wilde Gestalten aus dem Wald und stürmen in ungeordneter Formation von allen Seiten auf den Tross von Graf Folkhart zu.

»Ja, leck mich fett!«, ruft Odilo, Folkharts treuer Diener. »Hört denn der Schmarrn nie auf!«

Ein Morgenstern kommt geflogen und zerschmettert einem der Rossknechte den Schädel. Die Angreifer tragen keine blitzenden Brustpanzer und bunten Helmbuschen, es fehlen auch die schmetternden Trompetenstöße und rollenden Trommelwirbel, sie rennen los in freier Formation, ohne sichtbare Rangordnung, ohne Befehlsketten, gleich einem Rudel blutdurstiger Werwölfe. Abermals wirbelt ein Morgenstern durch die Luft. Es ist kein kunstvoll geschnitzter Streithammer mit ledernem Handriemen, sondern ein einfacher Holzpflock, in den ein paar rostige Nägel eingeschlagen worden sind. Doch diesmal können alle rechtzeitig ausweichen. Der Regensburger, der für die Sicherheit aller mitgeführten Kontrakte, Schriften und Aufzeichnungen verantwortlich ist, wirft die kleine Reisetasche auf den Boden und begräbt sie unter sich. Alle Bewaffneten bilden einen schützenden Kreis um ihn. So war es vorher besprochen. Aber gilt der Angriff der Barbaren überhaupt den Dokumenten? Oder eher der großen Schatulle mit Geldmünzen, die sie mit sich führen?

»Herr Graf, so viele waren es noch nie«, ruft Odilo, und Angst schwingt in seiner Stimme mit.

Graf Folkhart von Herbrechtsfeld ist ein besonnener Mann. Aber jetzt ist er wütend. Drei Überfälle innerhalb der letzten Tage! Das kann doch kein Zufall sein. Schon in Rom hatte er ein ungutes Gefühl gehabt. Wegen des vielen Geldes. Aber vor allem wegen des FAVOR CONTRACTUS. Er ist sich sicher, dass es Mächte gibt, die alles daran setzen, dass der Vertrag nicht zustande kommt. Er springt vom Pferd und läuft über die Lichtung, direkt auf denjenigen zu, der den Morgenstern geschleudert hat.

»Aber Herr Graf!«, schreit ihm Odilo nach. »Das geht doch nicht! Bleib da! Das ist doch ein Sauhaufen, der keine Ehre nicht kennt!«

Auch die Regensburger Leibwächter rufen Folkhart entsetzt zu, umzukehren. Doch der Graf beachtet sie nicht. Er sieht keinen Grund, warum er sich nicht in den Kampf einmischen soll. Er ist zwar kein Ritter, wie alle in seiner Familie hat er aber das Schwertfechten gelernt. Da wird er es doch mit ein paar Halunken aufnehmen können. Kaum hat er ein paar Schritte getan, da zischt auch schon ein Pfeil knapp an ihm vorbei. Folkhart kann gerade noch ausweichen, surrend fährt das Geschoss hinter ihm ins Gras. Folkhart zieht das Schwert und läuft auf den großen, langmähnigen Blonden zu.

»Herrschaftszeiten!«, ruft Odilo erschrocken. »Mein Herr hat doch glatt seinen Schild vergessen!«

Odilo nimmt den Schild und rennt los. Einer der Barbaren will ihm in den Weg treten. Doch Odilo, der Bauernbursch aus Germareskauue, ist wendig. Das Bergsteigen, Fingerhakeln und Schuhplatteln haben ihn bärenstark gemacht. Er haut den Barbaren mit seinem Schild um und läuft zu seinem Herrn.

Der langmähnige Blonde hält ein zweihändig zu führendes Langschwert, einen Bihänder, hoch, eine erbeutete Waffe von irgendeinem Schlachtfeld, damit haut er wild um sich. Der Graf sieht sofort, dass dieser Wüstling kein Meister des Schwertkampfes ist. Deshalb ist er zuversichtlich. Er stellt sich in Position, die dem Gegner möglichst wenig Platz zur Attacke bietet. Er bereitet eine ablenkende *Battuta* vor.

»So ein Depp von Herr!«, ruft Odilo wütend für sich. »Wir sind doch hier nicht beim Turnier.«

Er ist jetzt hinter Folkhart angekommen.

»Ich bins«, schreit Odilo. »Herr Fürst, das ist ein Vogelfreier. Dem ist es gleichgültig, ob Ihr ritterlich kämpft.«

Um sie herum versuchen die Regensburger, die Räuber zu überwältigen. Folkhart und Odilo gehen gemeinsam auf den wilden Barbaren los, der Graf mit dem reichverzierten Schwert, das immer schwerer und schwerer wird, sein Diener mit dem Schild, mit dem er dem Riesen die Waffe aus der Hand schlägt. Es kommt zum Nahkampf, der Blonde kratzt, beißt und spuckt, schließlich zieht er einen verrosteten Dolch aus dem schmutzigen Umhang und sticht um sich. Folkhart lässt sein Schwert sinken, es ist ihm zu schwer geworden, die Verzierungen scheinen es nach unten zu ziehen.

»Leck mich fett, jetzt g'hörst der Katz!«, schreit Odilo mit der Wut der Berge, zieht sein altes Brotzeitmesser aus dem Brotzeitmessertascherl seiner Lederhose und geht dem blonden Barbaren damit an die Gurgel. Es kommt zu einem wilden Gerangel, das Brotzeitmesser zerbricht. Schließlich schlägt er ihn mit der Faust kampfunfähig und fesselt ihn.

»Es ist nicht leicht, eine tobende Bestie, die sich an keinerlei Regeln hält, zu besiegen«, sagt Folkhart von Herbrechtsfeld.

»Ja, so wirds sein, Herr«, sagt Odilo und setzt sich erschöpft auf den Boden.

Die Regensburger haben den Rest der Räuberhorde besiegt. Viele sind getötet worden. Der Anführer der Berittenen versucht, die Überlebenden darüber zu befragen, in wessen Auftrag sie den Überfall durchgeführt haben. Sie wissen nichts. Er befragt sie nochmals. Sie wissen wirklich nichts.

»Es könnte aber auch sein«, sagt Folkhart nachdenklich, »dass es die Auftraggeber verstanden haben, im Dunkeln zu bleiben.«

»Mir ist bei den Befragungen aufgefallen«, sagt der Anführer, »dass einige einen auffälligen Dialekt sprechen. *Schnoogerippsche. Geelerriewe. Zwiwwle.* Das ist kurpfälzisch – *kurpellsisch*. So redet man in der Gegend um Heidelberg. Ich weiß es deshalb, weil mein Schwager von dort kommt. So viele Kurpfälzer hier südlich der Alpen? Das kann kein Zufall sein.«

»Du meinst, es ist keine der üblichen zusammengewürfelten Räuberbanden?«

»Ich bin mir sicher, Herr, dass es gedungene Mörder sind. Wir haben bisher nur das Glück gehabt, dass sie schlecht oder gar nicht ausgebildet sind.«

»Heidelberger Mundart – ein Vertrag für die Ewigkeit – gedungene Mörder«, murmelt Folkhart kopfschüttelnd. »Wie geht das alles zusammen?«

»Das weiß ich nicht, Herr«, sagt der Anführer der Regensburger. »Jedenfalls müsst Ihr mächtige Feinde haben.«

Die Waffen der Räuber werden in der Mitte der Lichtung aufgehäuft. Die Schwerter und Lanzen sind zusammengeraubt auf den Schlachtfeldern des Landes. Davon gibt es zurzeit mehr als genug. Morgensterne, Reitlanzen, Schwerter, Streitäxte, schließlich ein auffallendes Gerät, eine fremdartige, sonderbar geformte, reichverzierte Hellebarde.

»Was wird das wohl sein?«, fragt einer der Regensburger, als er die Waffe hin und her dreht und von allen Seiten besieht.

»Das ist ein türkischer oder arabischer Estoc«, sagt der Mohr. »Ein Panzerbrecher. Er ist sehr wertvoll. Er hat einem Offizier gehört.«

»Welche Aufgabe hat er?«

»Es ist eine Waffe, um den Rüstungen der abendländischen Ritter beizukommen«, fährt der Mohr fort.

Der Mohr ist mitgezogen im Tross von Folkhart. Er hat sich verdient gemacht. In einem römischen Gasthaus ist vergifteter Braten gereicht worden, wie sich nachträglich herausgestellt hat. Alle waren mit schrecklichen Krämpfen am Boden gelegen, der Mohr kannte das Gegengift.

Der Estoc wird bestaunt.

»Und wie geht das vor sich? Kann man damit eine Rüstung durchbohren?«

»Nein, man kann sie aufbrechen.«

Der Mohr führt es vor. Einer der Reisigen stellt sich dafür zur Verfügung.

»Man setzt an einer Lücke des Harnischs an, am besten hier, bei einer Gelenkinnenseite. Wenn man festen Halt hat, hebelt man die Rüstung auf. Der Ritter ist an dieser Stelle ungeschützt.«

Die Regensburger staunen.

»Und woher kennst du das Kriegsgerät, Mohr?«

»In Rom habe ich so einen Estoc schon einmal gesehen«, antwortet der Mohr. Er blickt nachdenklich drein. »Ein übel aussehender Bursche hat mir den Gebrauch erklärt. Er wollte ihn mir verkaufen. Ich glaube, es ist kein Zufall, dass hier wieder so ein Estoc auftaucht.«

Der Anführer der Regensburger mischt sich ein.

»Hat der Bursche etwa so gesprochen: *Schnoogerippsche – Geelerriewe – Zwiwwle –?*«

Der Anführer schwatzt weiter im Pfälzer Dialekt.

»Genau so«, sagt der Mohr.

Der Graf befiehlt schnellen Aufbruch. Da gerade Vollmond ist, reiten sie die ganze Nacht durch. Sie versuchen im Eilmarsch voranzukommen. Sie überqueren die Alpen. Auf einem wuchtigen, eisig kalten Bergpass, auf dem sie frierend Rast machen, sagt einer der Regensburger zu Odilo:

»Wennst einmal aus den Diensten deines Herrn gehst, dann kannst bei uns anfangen.«

»Ich weiß nicht so recht«, sagt Odilo, was so eine Art Treueschwur zu Folkhart von Herbrechtsfeld ist.

Der Mohr war noch nie in den Alpen. Er sieht das erste Mal Schnee. Er denkt an seinen Vater und seinen Großvater, deren Spuren er folgt. Beide waren mehrmals im Land der Franken, der Thüringer und Baiern gewesen, und sie haben dort ihre Geschichten erzählt. Der Mohr zieht ein Blatt Pergament aus der Tasche, das schon der Großvater dem Vater und der Vater ihm selbst weitergegeben hat. Dort steht in abessinischer Schrift der Anfang der Geschichte mit der Tarnkappe, dazu die Übersetzung in die Sprache der Germanen. Er spürt den Geist seiner Vorfahren, wenn er das blutrünstige Lied auf den Marktplätzen des christlichen Abendlandes vorträgt.

Dann, nach Tagen der bittersten Kälte, sind sie endlich wieder in Germareskauue, der Heimat von Odilo. Der Burghüter der neuerbauten Burg Werdenfels (Wahlspruch: *fest wie vels, ja, velsenfest, sei insre treuw*) beherbergt Folkhart, der Tross nächtigt im Dorf. Die Einheimischen kommen, um den Mohren zu sehen. Der Mohr schnappt ein paar Brocken der melodisch klingenden, aber harten Sprache des Tales auf. Ein Begriff ist *darenndifeinet* – das gefällt dem Mohren besonders. Sie müssen ein paar Tage bleiben, um die Pferde zu wechseln, das Gerät instand zu setzen und die Waffen zu schärfen. Der Mohr steht auf dem Marktplatz, und viel Volk versammelt sich um ihn. Er erzählt, mit seinen paar Brocken Werdenfelserisch, ansonsten mit Händen und Füßen, abermals die Geschichte von den goldenen Schätzen im Niger, den Töchtern des Flusses, von den Mannen des Königs, die einer schönen starken Frau wegen ein Boot besteigen, um in den Krieg zu ziehen. Ein Priester wird ins Wasser geworfen. Die Zuhörer klatschen vor Freude.

Folkhart von Herbrechtsfeld fertigt für den reichen Buckelwiesen-Bauern aus dem Ort noch einen Grenzsteinvertrag, zudem verheiratet er die schwierig zu vermittelnden Söhne des Burghüters. Das sind Gefälligkeiten für gewisse Informationen, die er erhält, das geht schnell, das macht er nebenbei, bis er wieder aufbrechen kann. Doch dann fällt Folkhart auf, dass eine sonderbare Gestalt im Ort herumschleicht. Es scheint ihm, als würde ihn der Kerl heimlich beobachten. Offenbar hat er seine namenlosen Verfolger nicht abschütteln können. Er muss diesen Ort auf allerschnellstem Wege verlassen. Er muss die prall gefüllte Schatulle mit den Münzen, die er von Bischof Emicho erhalten hat, endlich an König Adolf übergeben. Dadurch wäre er schon einmal ein gerüttelt Maß seiner Sorgen los. Der letzte Teil seines Auftrags lautet, nach Frankreich zu reisen, um dort der Schutzmacht des Vertrags, dem französischen König, noch eine weitere Abschrift des Vertrages zukommen zu lassen. Folkhart hat zu seiner eigenen Sicherheit eine zusätzliche, vierte Abschrift des FAVOR CONTRACTUS angefertigt, die er hier im Ort zu lassen gedenkt. Aber wo verstecken? Wem vertrauen? Er geht zum alten Kerschner, dem Mesner von Germareskauue, einem Großonkel Odilos.

»In der Kirche?«, fragt Folkhart.

»Nein«, sagt der Mesner. »Das ist zu naheliegend. Da sucht man zuallererst.«

»Auf einem Bauernhof?«

»Ich weiß keinen Bauern, dem man voll und ganz vertrauen könnte.«

»Hoch droben auf dem Berg, in einer Felswand?«

»Schon besser. Aber dort ist so ein Dokument zu sehr den Unbilden der Witterung ausgesetzt.«

Der Mesner erzählt von einer anderen Idee. Die Winde, die Stürme, die Hagelschauer des Werdenfelser Landes, sie singen ihr Lied dazu. Folkhart und Odilo, sein treuer Diener, sind von der Idee des Mesners begeistert.

30

Der große bunte Bus mit der Aufschrift *Fröhlich's Fernreisen* fuhr zügig in den Kurort ein. Auf einem baumumstellten Hotelparkplatz hielt er an. Der Mann, dessen Aussehen zwischen einem Kindergärtner und einem Masseur pendelte, warf einen kurzen Blick aus dem Fenster. Dann winkte er der Baskenmütze mit dem Bürstenhaarschnitt. Er zeigte auf die Berge und fuhr mit dem Finger die gezackte Linie des Panoramas ab.

»Müssen wir da irgendwo rauf?«

»Sieht so aus«, sagte Robert Schimowitz.

»Geiselnahme?«

»Ich bin überzeugt davon. Ich kenne Kommissar Jennerwein. Er hat bisher immer richtig gelegen.«

Der Geocacher war verzweifelt. Bisher war alles schiefgegangen. Der Akku seines Handys war leer. Nach dem wilden Querfeldeinaufstieg hatte er rasende Herzschmerzen. Und er hatte keine Ahnung, wie er jetzt vorgehen sollte. Es war eine verdammt törichte Idee gewesen, diesen Alleingang zu wagen. Aber er konnte doch nicht tatenlos hier herumstehen! Er versuchte, den Blutfluss aus dem Mund des Mannes mit einem Taschentuch zu stoppen. Er wusste, dass das wenig brachte. Er drehte den Verletzten in eine stabile Seitenlage – oder was er dafür hielt. Der Mann reagierte kaum mehr darauf. Er stammelte unverständliches Zeug. Der Geocacher glaubte, die Worte ... scha ... oder ... jean ... herauszuhören, vielleicht auch ›chapeau‹.

Das ergab überhaupt keinen Sinn.

»Was meinen Sie? Sprechen Sie mir ins Ohr!«

»… scho … scha …«

Der Geocacher wurde nicht schlau daraus. Der Mann war mit dem Rücken auf den Felsen geknallt, er hatte am ganzen Körper schwere Verletzungen davongetragen. Seine Kleidung war zerfetzt, aus einer tiefen Wunde am Oberschenkel sickerte Blut. Er riss den Gürtel aus seiner Hose und band damit das Bein notdürftig ab. Er musste Hilfe holen. Aber wie? Kein Wanderweg war mehr in Rufweite. Mit dem GPS-Empfänger, der ihn zu seinen Geocache-Zielen führte, konnte er keine Signale senden. Aber der Verletzte musste doch ein Handy bei sich tragen – jeder hatte heutzutage eines! Vorsichtig durchsuchte er die Hosen- und Jackentaschen des Abgestürzten. Nirgends befand sich ein Mobilfunkgerät, auch nicht in dem Handytäschchen, das der Mann an seinem Gürtel trug. Aus der Geldbörse des Abgestürzten zog er kurzerhand den Ausweis. Der Name sagte ihm nichts. Der Name nützte ihm auch nichts. Vermutlich war das Telefon des Mannes oben liegen geblieben. Ganz sicher sogar. Dass er kein Handy bei sich hatte, konnte doch nur eines bedeuten: Kaum war er auf dem Gipfel angekommen, hatte er die übliche *Das-ist-ein-Ausblick!*-Grußbotschaft abgesetzt. Dann hatte es zu regnen begonnen, der Mann hatte versucht, ein trockenes Plätzchen zu finden, beim Herumklettern war er ausgerutscht und abgestürzt. Das Handy lag noch oben auf dem Gipfel. So musste es gewesen sein. Aber warum hatte der Mann sich diese lächerliche Maske übergezogen? Wahrscheinlich war das irgendein Jux. Die übrige Kleidung des Mannes sah jedenfalls nicht nach dem Outfit eines geübten Trekkers aus, es waren eher wetterbeständige Freizeitklamotten für einen Sonntagsausflug. Dann war er aber sicherlich nicht allein auf den Berg gegangen. Bestimmt hatten ihn noch andere begleitet, die vielleicht noch gar nicht bemerkt hatten, dass er abgestürzt war. Was für eine verfahrene Situation! Der Geocacher versuchte, klaren Kopf zu behalten. Ein Blick auf seinen GPS-Empfänger genügte, um zu sehen, dass er sich in achtzehnhundert Meter Höhe befand. Nach unten in den Kurort würde er gute zwei Stunden brauchen. Und nach oben? Wenn er die Wand hochkletterte, wäre er in zehn Minuten auf dem Gipfel. Aber er war keine zwanzig mehr. Er war seit acht Jahren Rentner. Und er hatte ein schwaches Herz. Er fuhr den Gipfelkegel mit dem Fernglas ab. Rechts und links zogen sich bewaldete Steilhänge hoch, die konnte er möglicherweise in Serpentinen schaffen. Dazu bräuchte er allerdings mehr als eine halbe Stunde. Also los. Auf gehts. Er riss sein Baumwollhemd in Streifen und stillte die Blutungen des Mannes, so gut es ging. Er konnte nichts weiter für ihn tun. Auf Berührungen und ins Ohr geschriene Worte reagierte er nicht mehr.

»Ich komme gleich wieder! Halten Sie durch! Ich hole Hilfe!«
Er begann mit dem Aufstieg. In weiten Serpentinenbögen umschlängelte er den Gipfel. Er marschierte stramm und konzentrierte sich auf den Weg wie nie in seinem Leben zuvor. Erst auf der Hälfte der Strecke fiel ihm das Schild wieder ein. SPRENGUNGEN. LEBENSGEFAHR! Aber es hatte keinen Sinn mehr, jetzt umzukehren.

Wo war er? Er lag auf einem rauen Felsen, so viel schien sicher. Ein alter, schweratmender Mann mit einer Schnaps- und Würschtlfahne hatte sich vorhin über ihn gebeugt, war dann aber genauso schnell wieder aus dem Blickfeld verschwunden. Wer war der Mann? Den hatte er noch nie im Leben gesehen. Ein Berggeist? Der Alpenkönig mit wurzeligem Haar? Der Wächter der diamantengefüllten Gumpen und Bergseen? Der Typ schien dem Märchenbuch entsprungen zu sein, aus dem ihm seine Großmutter immer vorgelesen hatte. Er versuchte, sich zu drehen. Unmöglich. Er konnte nicht einmal den Kopf bewegen. Er spürte keine Schmerzen, er spürte auch seinen Körper nicht mehr. Ein Versuch, die Hand zu heben – da war nichts. Aus dem hintersten Winkel seines Gehirns kämpfte sich ein Wort in den Vordergrund: Klassentreffen. Jeder einzelne Buchstabe des Wortes war aus Marmor geformt. Jeder einzelne Buchstabe strahlte und glänzte, wie wenn er stundenlang gewienert worden wäre. Klassentreffen? Was für ein Klassentreffen? Sein eigenes? War das überhaupt schon gewesen? Er lag in einem offenen Sarg, oben am Rand des Grabes standen zwei seiner Kameraden: Harry Fichtl und Helmut Stadler. Die beiden streuten Erde auf ihn herunter. Er wollte *Sehr witzig!* rufen, brachte aber kein Wort heraus. Jetzt erschien ein rotes Haarbüschel, darunter verbarg sich Uta Eidenschink, ganz in Schwarz gekleidet. Immer mehr Klassenkameraden traten an den Rand des Grabes, sie lachten und zeigten fröhlich auf ihn herunter. Alte Witze wurden gerissen. Er hob einen Fotoapparat und drückte ab. Er lag im Sarg auf dem Rücken, um ein Klassenfoto zu schießen! Erste Reihe, zweiter von links: Houdini! Manege frei für Houdini, dessen Kartentricks so öde waren, so abgrundtief öde und langweilig ... jeder zweite Trick misslang kläglich ... und man konnte immer sehen, wie er funktionierte. Zweite Reihe, halb verdeckt: Susi Herrschl. Susi Herrschl? Die war doch einen Sommer lang seine Freundin gewesen ... und hatte ihn dann verlassen wegen ...

KLASSENTREFFEN.
KL SSEN REFFEN.
KL SSEN REF N.
KL S N R F N.
KL   R F N.

Die Marmorsteine der Schrift begannen zu bröckeln. Die Buchstaben purzelten durcheinander. Oben kamen immer mehr Mitschüler an den Rand der ausgehobenen Grube, um fotografiert zu werden. Christine Schattenhalb, Hubertus Jennerwein ... Dann die Lehrer. Gott, was hatten sie für Giftzwerge und Gewitterhexen als Pauker gehabt! Musiklehrer Lorenzer beugte sich über die Schultern der anderen. Er hatte wochen- und monatelang versucht, ihnen den Tristanakkord zu erklären. Jetzt schon wieder! Er erklärte ihn schon wieder! Er hatte ein Akkordeon umgeschnallt und spielte den Tristanakkord, dass sich der Himmel verdüsterte. Die Trauergesellschaft sang mit, und Lorenzer dirigierte. Auch der alte Mann mit der Alkoholfahne stand da oben. Er war riesengroß.

»Ich komme gleich wieder«, rief der alte Mann. »Halten Sie durch. Ich hole Hilfe!«

Durchhalten? Wieso durchhalten? Wieso Hilfe holen? Er wollte den alten Mann fragen, aber er brachte kein Wort heraus. Der alte Mann trug keine Maske. Alle anderen trugen doch Masken, bunte Masken von irgendeiner Popsängerin. Auch der mit der Maschinenpistole. Der zuallererst. Der wollte nicht erkannt werden. Trotzdem war ihm an dem etwas aufgefallen. Die Wut. Der Jähzorn. Vieles konnte man mit einer Maske verbergen. Aber nicht den Jähzorn. Vor allem den nicht. Der kam direkt aus dem tiefsten Körperkeller. Die Verkrampfungen bei Jähzorn waren eindeutiger als ein Fingerabdruck. Was hatte der Geiselnehmer mit ihm gemacht, nachdem er so zornig geworden war? Er hatte seine Handfessel gelöst, hatte ihn vom Boden hochgerissen und zum Abgrund gezerrt. Dann war das Unwetter losgebrochen. Es hatte wie aus Kübeln geschüttet. Hässliche Worte waren gefallen. Der Mann mit der Maschinenpistole ... Das war genau die Zornexplosion von damals ... derselbe schrille Ton ... ein schreiender, tobender, cholerischer Typ ...

Die grässliche Klarheit kam zum Schluss ... Er wusste, dass er nicht mehr lange durchhalten würde ... Weichmacher durchströmten seinen Körper, milde Substanzen, die die Evolution zusammengemixt und eingepflanzt hatte, um die Schreie der Kreaturen nicht hören zu müssen ... Er wusste ... wer ihn da ... mit der Waffe ... den Abgrund hinunter ...

Sein letzter Gedanke hatte jedoch auch etwas Hoffnungsvolles und Tröstliches: Er hatte dem alten Mann noch den Namen des Mörders ins Ohr geflüstert.

Der alte Mann mit der Schnapsfahne, der Franz-Schubert-Liebhaber und Geocacher, kletterte den Steilhang hinauf. Er nahm all seine Kräfte zusammen, er fasste schnell Tritt, es war vermutlich nicht mehr weit.
»Hallo! Ist da oben jemand?«, rief er. Doch es war sinnlos. Ein plötzlicher Wind riss ihm die Worte aus dem Mund. Er blickte nach unten zu dem Mann, den er zurückgelassen hatte. Das Zittern, das er vorher beobachtet hatte, hatte aufgehört. Bis hier herauf sah er, dass der Mann die Augen aufgerissen hatte, so, als ob er gerade etwas Schreckliches erblickt hätte.

31

Die sogenannte Geheime Stelle lag etwas außerhalb des Kurortes, in südlicher Richtung, schon fast in Österreich, aber eben noch nicht ganz. Es war ein felsen- und waldumgebener Grill- und Lagerfeuerplatz, direkt an der oberen Loisach, die dort noch wildwässrig gischtsprühend vorbeischoss. Die Nachfahren des Abiturjahrgangs 82/83 hatten sich spontan dazu entschlossen, dorthin zu fahren, nachdem der Sand-Court des Freibads von Bastian Eidenschink nach dem Regenguss geprüft und als zu nass zum Volleyballspielen befunden wurde.

Es war eine blickgeschützte Lichtung, früher hatten die Alten hier herumgehangen und peinliche Musik gehört, was dem Platz etwas schaurig Historisches gab, etwas Verwittertes und geheimnisvoll aus der Zeit Gerissenes. Doch das war Geschichte. Momentan trudelte die hippe Echtzeit-Clique ein, brach aus allen Richtungen durch die dichten Holunderbüsche, und bald war die Geheime Stelle fest in der Hand der Abkömmlinge. Wie jedes Jahr waren Tobel und Torsten zum Brotzeitholen eingeteilt worden, Anatol und Murat zur Getränkeversorgung. Mona, die anerkannte Spezialistin für Feuermachen, war wegen ihres Gipswinkepfötchens heute freigestellt.

Joey, der Troubadix, jammte schon wieder munter auf der Gitarre herum, Ronni Ploch jun., Sohn der internationalen Hüftoperations-Koryphäe, imitierte Kochgeräusche.

»Blubbff-schrak«, flüsterte er gerade Uta Dudenhofer ins Ohr. »Das ist Nudelwasser, kurz bevor es kocht.«
»Ganz toll.«
»Brdlbdrdlll ... fch! ... fch! ...«
»Lass mich in Ruhe, setz dich woanders hin«, sagte Uta, die Architektentochter.

Jetzt aber brach die Getränkeabteilung knackend und prustend durchs Unterholz, Anatol und Murat wurden mit einem *Samba! --- Rumba! --- Kalypso!!!* begrüßt. Kalypso war das Allerneueste, hatte sich erst vor einer Viertelstunde, beim Herfahren, entwickelt. Tobel und Torsten kamen mit einer halben Sau herunter. Kreischend stoben die Veggies auf und setzten sich naserümpfend möglichst weit vom Lagerfeuer weg. Motte, der Computerfreak, hatte seinen Rechner auf den Knien aufgeklappt. Er war ihm dort festgewachsen. Letztes Jahr war er genau an der gleichen Stelle gesessen und hatte abwesend auf den Monitor gestarrt. Auf einmal waren alle Gespräche schlagartig verstummt. Ein Steinbock war zwischen den Bäumen aufgetaucht, die Urinstinkte von zwei Dutzend jungen Leuten wurden um dreißigtausend Jahre zurückkatapultiert. Ein Steinbock, der von den Bergen auf siebenhundertfünfzig Höhenmeter herunterkam, das war ein seltener Anblick. Der Steinbock schnupperte und schnaubte. Provozierend langsam fraß er ein paar Blätter von einem Baum. Dann rieb er seine Hörner an der Rinde einer Lärche. Bei einigen brodelte schon das Werdenfelser Wildererblut. Sie machten sich Zeichen des Hinhechtens und Erwürgens. Zeichen des Speerschleuderns, des Tellseins und Armbrustschießens. Motte, der Computerfreak, hatte eine andere Idee. Er lud per Audiodatei den klagenden Lockschrei einer Steingeiß herunter. Er ließ ihren kehligen Ruf erklingen. Der Steinbock sah verdutzt auf. Er schüttelte den Kopf, als wollte er sagen: *Wie? Außerhalb der Brunftzeit?* Er riss noch ein Blatt vom Baum und trabte davon. Das war letztes Jahr gewesen. Die Kids hatten sich also auch schon Geschichten zu erzählen, die ihre Kids wiederum später unglaublich peinlich finden würden.

Mona blickte genervt hinüber zum Rand der Lichtung. Vier Unentwegte spielten dort schon wieder Volleyball, Tom war natürlich dabei. Sie hatten ein kleines Netz zwischen zwei Bäumen gespannt und sprangen nun hoch wie die ersten Spritzer aus einem Feuerwehrschlauch. Das Netz hing schief, der Boden war schräg, wenn der Ball sich in den Ästen verfing, wurde gerüttelt und weitergespielt. Bastian Eidenschink saß oben im Baum, auf einem improvisierten Schiedsrichtersitz. *Samba! --- Rumba! --- Tango!!!* schrien einige, und Tom schmetterte. Er nahm Anlauf, sprang hoch – und sein Blick fiel auf Mona, die auf der anderen Seite der Lichtung mit diesem laschen Tastenheini, diesem Motte, herumalberte. Tom verfehlte den Ball. Mona gab sich viel zu viel mit Motte ab. Dauernd hing sie in der Nähe seines ewig aufgeklappten Notebooks herum, obwohl sie sich gar nicht für Computerkram interessierte. Jetzt schrieb er ihr gerade etwas auf den Gipsarm – ganz toll.

»Spielen wir nun Volleyball, oder glotzen wir nur in der Gegend herum?«

Eidenschinks Pfiff riss ihn aus seinen eifersüchtigen Gedanken.

Kaum hatte Motte seinen Namen auf Monas Gipsarm geschrieben, setzte er sich wieder vor seinen Rechner. Mona entfernte sich schmollend, Motte war ganz froh darüber. Er war an einem ganz anderen Ding dran. Er tippte so etwas wie /{entercvz= {{bankof;gh ein, und es funktionierte auf Anhieb. *Lieber Herr*

Sparkassendirektor Frühwein ... schrieb er jetzt, die Mail ging zunächst ein paarmal um die ganze Welt, bevor sie bei Herrn Frühwein landete. Es kam gut Geld rein bei seiner Brandhackerei, aber das meiste verschenkte er. Er hatte natürlich kein Konto auf der Bank. Er wurde cash bezahlt und bunkerte das Geld an einer todsicheren Stelle. Motte ging die Mails durch, die er heute bekommen hatte. Ein bisschen Sorgen bereitete ihm diese australische Schafzüchterin, eine ehemalige Klassenkameradin seines Vaters. Christine Schattenhalb hatte ihn angemailt und ihm durch die Blume ein unanständiges Angebot gemacht. Es klang ganz nach Rauschgifthandel, damit wollte er nichts zu tun haben. Am besten, er ging gar nicht drauf ein. Keine Ahnung, woher die seine Adresse hatte.

»Vorsicht, Bullen!«

Die bunte Party kam abrupt zum Stillstand. Gespräche brachen ab, Gesänge verstummten, Gelächter verebbte, denn plötzlich waren da zwei Typen aus den Holunderbüschen gebrochen, die was Oberfaules ausstrahlten. Als Motte, der Hacker, sie sah, drückte er hektisch eine Tastenkombination auf seinem Rechner, die für solche überraschenden und zweifelhaften Fälle vorgesehen war. Der eine von den Eindringlingen war eine Frau. Nicht viel älter als sie alle hier: Mitte zwanzig vielleicht, drahtig, sportlich, tatendurstig. Motte hatte den Eindruck, dass sie sofort einen prüfenden Blick auf seinen Rechner geworfen hatte. Der andere war wesentlich älter, ebenfalls in Zivil, aber selbst hier in der urwüchsigen Natur verbreitete er eine wahrhaft staatstragende Aura. Das konnten nur zwei Polizisten sein. Deshalb auch Mottes allererste Reaktion. ›Strg‹plus›Alt‹ ‹plus›:erase!‹. Wenn er jetzt innerhalb von zwanzig Minuten nicht das Gegengift in Form eines anderen Befehls gab, dann wurde die Festplatte seines Rechners gelöscht. Und zwar nix

Papierkorb, vorläufiger Trash, sondern unwiederbringlich gelöscht. Eigenhändig hatte er vier kleine Löcher in die Abdichtung seines Motherboards gebohrt und dort Säureampullen platziert. Sie würden die Daten im Fall einer Nicht-Entwarnung zerstören. Das Programm hieß LETHE 1.0, auch das hatte er schon gewinnbringend verkauft. Doch auch die anderen Kids blieben nicht ungerührt. Manche zuckten nervös und warfen sich bedeutungsvolle Blicke zu, als Jennerwein und Nicole auftauchten, wieder andere begruben etwas unter sich oder steckten es hastig in die Tasche. Nicole und Jennerwein waren die verstohlenen Blicke und schnellen Handbewegungen nicht entgangen. Sie traten beide ein paar Schritte auf die Lichtung.

»Wow! Was haben wir denn da!«, sagte Nicole zu Motte, um das Eis zu brechen. »Das ist ja ein wasserunempfindlicher GetacX500-Rechner mit militärischer E/A-Schnittstelle!«

Sie hatte es bewundernd sagen wollen, sie hatte locker sein wollen, sie hatte einen kleinen Small-Talk-Puffer vor die Befragung setzen wollen, um Vertrauen zu schaffen, aber den zweiten Teil des Satzes hörte Motte schon nicht mehr. Er sprang auf, klappte seinen Rechner zu und spurtete damit zur Überraschung der Polizisten in den Wald. Ein Mädchen mit einem Gipsarm war ebenfalls aufgesprungen und lief ihm nach.

HELMUT STADLER
Maschinenbauingenieur

Liebe Freunde,
hier der Beitrag meines Jüngsten:

Gell, da schaut Ihr! Tobi wäre auch gerne dabei, vielleicht nehme ich ihn bei der Wanderung im Rucksack mit, grins, hüpf-auf-den-Baum-vor-Lachen! – Euer Helmut!

SIMON RICOLESCO

Liebe Frotts von damals, hört,
wer euch hier schon wieder stört!
Simon meldet sich zu Wort,
Null in Mathe, Ass in Sport.
Kommen kann ich leider nicht,
darum schreib ich dies Gedicht.
Was es zu vermelden gibt:
Bin nicht verlobt, bin nicht verliebt!
Hab das alles hinter mir,
trink mit Daddy jetzt ein Bier,
rauch mit Mao, meinem Freund
ab und zu nen Riesenjoint.
Doch ich seh, ich krieg ein Zeichen
auf Wolke sieben mich zu schleichen.
Jetzt feiert schön, und habt viel Spaß,
erhebt auf mich heut Nacht das Glas
da drunten im Geheimen Wald –
Ich prost zurück: Auf dann, bis bald!

S. R.

32

»Was ist denn mit dem los?«, murmelte Maria Schmalfuß im Polizeirevier, als sie diesen gereimten Beitrag las. Sie loggte sich ins System ein, um die Person zu überprüfen: Fehlanzeige. Ein Mann mit dem Namen Simon Ricolesco ergab keine Ergebnisse. »Schon wieder jemand, der ausgewandert oder abgetaucht oder was weiß ich ist«, sagte sie in Richtung Ostler. »Ich muss schon sagen: Hubertus hat ausgesprochen seltsame Klassenkameraden. Langsam scheint es mir so, als ob er der einzig Normale wäre.«

Maria hatte es mehr für sich gesagt, aber Ostler nickte zustimmend. Er saß auf der gegenüberliegenden Seite des Schreibtisches und überprüfte gerade einen gewissen Beppo Prallinger, Dr. jur., Oberregierungsrat, verheiratet, eine Tochter, zwei Enkel. Ostler rief bei ihm zu Hause an. Dort sprang nur der Anrufbeantworter an. Prallinger hatte eine tiefe, sonore, gewissermaßen bayrische Stimme, so eine, wie sie der Volksschauspieler Walter Sedlmayr gehabt hatte. Prallingers wohltönendes Organ strahlte Ruhe und Gemütlichkeit aus. Es gab also doch nicht nur Verrückte in der Klasse, dachte Ostler. Der Ansagetext war schlicht und schnörkellos. Prallinger war Oberregierungsrat, also musste er eine Dienststelle haben. Er hatte eine. Er arbeitete im Bayrischen Finanzministerium.

»So!«, sagte die Dame in der finanzministerialen Telefonzentrale, und sie bog das So! spitz nach oben. »So! Für den Prallinger interessiert sich also die Polizei! Ja, da schau her!«

»Nein, so ist es nicht. Es geht nur um eine Personenauskunft. Er hat nichts verbrochen –«

Die Dame mit dem spitzen So! unterbrach Ostler mit einem perlenden, herzhaften Lachen.

»So! Nichts verbrochen! Der Prallinger, mei, wenn *den* die Polizei suchen würde, das täte mich dann schon wundern!«

»Warum?«

»Das ist der harmloseste Mensch, den es gibt. Ein Knuddelbär, wenn ich das so sagen darf. In der Kantine sitze ich ihm manchmal gegenüber. Ein ganz liebenswürdiger Mensch! So was von nett! So was von zuvorkommend! Wenn wir mehr von solchen hätten! Warten Sie, ich schau gerade in der Präsenzliste nach, ob er im Haus ist. – Nein, ich muss Sie enttäuschen, Herr Ostler. Der hat heute frei. Muss ja auch mal sein!«

»Was hat denn der Herr Prallinger für eine Funktion im Haus?«

»Ach, das darf ich eigentlich nicht sagen. Und ich weiß es ja auch nicht so genau, Herr Polizeiobermeister.«

Wenigstens einmal eine, die sich seinen Dienstgrad merken konnte.

»Soviel ich weiß, ist er für Sonderaufgaben zuständig. Das sind jetzt aber wirklich Interna. Also zum Beispiel für spezielle Verwaltungsprobleme in den bayrischen Schlössern, Gärten und Seen. Er telefoniert oft mit dem Innenministerium, immer hinter verschlossener Tür.«

»Und Sie wissen auch nicht, wo er jetzt sein könnte? Oder unter welcher Nummer man ihn erreichen könnte?«

»Tut mir leid.«

Ostler legte auf.

»Das ist ein vielleicht ein Geheimniskrämerverein! Interna! Und dann Schlösser- und Seenverwaltung. Die tun ja grad so, als wäre James Bond im Zimmer.«

Maria war schon dabei, zum Hörer zu greifen und es mit dem nächsten Klassenkameraden zu versuchen, da wurde sie von Ostler unterbrochen.

»Aber sagen Sie einmal, Frau Doktor, was habe ich da gerade für einen Namen gehört?«

»Sie meinen Simon Ricolesco«, antwortete Maria beiläufig. »Nirgends gemeldet. Natürlich nicht erreichbar.«

»Simon Ricolesco?«, wiederholte Ostler verwundert. »Ich habe gar nicht gewusst, dass der in Jennerweins Klasse gegangen ist. Schön, dass seine Spezln immer noch an ihn denken.«

»Wie meinen Sie das, Ostler?«

»Der Simon Ricolesco ist vor zwanzig Jahren bei einem Motorradunfall tödlich verunglückt. Er hatte damals gerade mit dem Viskacz Gunnar eine Band gegründet –«

»Aber da gibt es einen Klassenzeitungsbeitrag, von ihm selber geschrieben. Wenn das wahr ist, was Sie sagen, dann ist das aber äußerst makaber.«

»Geben Sie mal her.«

Ostler las die Botschaft aus dem Jenseits.

»Der Chef hat schon recht. Lauter Verrückte.«

33

Nicole und Jennerwein waren einen Moment perplex. Sie hatten beide nicht damit gerechnet, dass das hier in eine Verfolgungsjagd ausarten würde. Aber bei der Kombination *Polizist stellt dem Bürger eine Frage / Bürger antwortet nicht, sondern flieht* blieb ihnen gar nichts anderes übrig, als hinter Mona und Motte herzuspurten, die im dichten Wald verschwunden waren.

Dabei war alles bisher nach Plan verlaufen. Jennerwein und Nicole waren vor einer Viertelstunde mit quietschenden Reifen zum Loisachbad gefahren, sie waren herumgerannt zwischen verwunderten Badenden, hatten Ausweise gezeigt und Fragen gestellt. Doch Jennerwein hatte dort keinen seiner Klassenkameraden entdecken können.

»Darf ich fragen, was Sie hier tun?«, fragte der Bademeister, Mister Nnpf, Nnpf, der auf zwei Sittlichkeitsverbrecher tippte. Auch ihm zeigten sie die Polizeiausweise.

»Wurde hier Beachvolleyball gespielt?«

»Ja, vorhin.«

»Wohin sind die Spieler verschwunden?«

»Hab was von einer Geheimen Stelle gehört.«

Die Geheime Stelle. Sie lag nur eine Viertelstunde von hier entfernt. Jennerwein kannte sie gut. Dort draußen an der Loisach hatten sie oft gesessen. Fichtl hatte Gitarre gespielt. Susi Herrschl hatte Bademoden vorgeführt. Ploch, der gute alte Ploch, war einmal so blau gewesen, dass man ihn aus dem Wald hatte tragen müssen. Oder war es Prallinger gewesen? Natürlich: Prallinger war es gewesen. Beppo Prallinger vertrug nichts.

Mit noch erheblich krasserem Reifenquietschen fuhren sie aus dem Kurort heraus, Richtung Österreich, Richtung Geheime Stelle. Beim Parkplatz sahen sie schon die Autos. Die Anzahl deutete ganz klar auf Klassenstärke hin. Jennerwein führte durchs Gestrüpp, Nicole eilte hinterher. Sie hörten das Getöse schon von weitem. Sie blieben stehen und blickten sich verwundert an.

»Das klingt aber gar nicht nach einer hochgefährlichen Geiselnahme«, sagte Nicole Schwattke und steckte ihre Dienstwaffe wieder ein. »Das klingt eher nach Party.«

Jennerwein nickte. Wenn sich das Ganze jetzt als Scherz von Bernie herausstellte, dann würde er zum Tier werden. Aber was war das für Lärm? Das war keine abgestandene Mittvierzigerdröhne mit Police und Pink Floyd, das war junger, hipper Lärm, vermischt mit den typischen Schmetterklatschgeräuschen eines schnellen Volleyballwechsels.

»Was ist das für ein Song?«, fragte Jennerwein.

»Robin Thicke«, antwortete Nicole. »*Blurred Lines*, der Sommerhit schlechthin.«

Als Jennerwein die Zweige zurückgebogen hatte, hätte er trotz aller Anspannung fast losgelacht. Auf der Waldlichtung blickte er in die überraschten und misstrauischen Augen von Harry Fichtl, Ronni Ploch und Heinz Jakobi – diese aber lediglich in ihren jüngeren Ausgaben. Sie waren auferstanden aus den Ruinen der Ü-40-Generation. Uta Eidenschink saß auf der Astgabel eines Baumes – nur eben als junger Mann.

Da Jennerwein kinderlos war, da es keinen Hubertus junior (Profil: unauffällig) gab, hatten die Kids nicht den umgekehrten Eindruck, dass in dem Holunderbusch ein Alterungsprozess vonstattengegangen war. Sie hatten vielmehr den starken Eindruck, dass es Polizisten waren, die dort ihren plötzlichen und unangemeldeten Auftritt hatten. Und dann hatte die junge Polizistin Motte angesprochen und seinen Rechner identifiziert – das konnte doch nur bedeuten, dass sie Bescheid wussten. Hatte ihm das vielleicht sogar dieses verflixte Känguru, diese Christine Schattenhalb eingebrockt?

Jennerwein kam bei der Verfolgung von Mona und Motte gut voran. Er hielt die Unterarme vor die Augen, um sie vor den zurückschnellenden Zweigen zu schützen. Das Unterholz war dicht und stachelig, aber wenn man nicht stur geradeaus stürmte, sondern kleine Schlangenlinien lief, kam man schnell vorwärts. Die Recklinghäuserin hingegen, ends-ebene westfälische Flächen gewohnt, fiel leicht zurück. Jennerwein war in diesem Gelände zu Hause, er erinnerte sich an die Umgebung der Geheimen Stelle, er kannte die Steigungen und Felsabbrüche, und er wusste, dass die beiden Ausreißer nicht weit kommen würden, wenn sie in diese Richtung weiterliefen. Links brodelte die reißende Loisach, rechts fuhren steile Felsen in die Höhe. Jennerwein hatte Sichtkontakt zu den beiden, er konnte ihre bunten T-Shirts zwischen den Büschen aufblitzen sehen, und er bemerkte bald, dass sie eine leichte Kurve liefen. Er durchschaute ihre Absichten: Sie wollten ihre Verfolger müde rennen, im Kreis laufen und zur Geheimen Stelle zurückkehren, von dort zum Parkplatz durchbrechen, um mit dem Auto zu entkommen. So hätte ich es auch gemacht, dachte Jennerwein.

»Aber nicht mit mir!«, rief er halblaut.

Die Äste peitschten ihm immer wütender ins Gesicht, er war

über und über bedeckt mit roten Striemen, seine Hände wurden zerkratzt, aber er stürzte sich trotzdem ins noch dichtere Gebüsch. Jetzt ging es darum, den beiden den Weg abzuschneiden. Er winkte Nicole.

»Hier lang!«

»Sind Sie sicher?«, fragte Nicole schwer atmend.

»Ja, ganz sicher. Und stecken Sie die Waffe wieder ein.«

Motte und Mona hatten den Vorteil ihrer Jugend und ihrer jugendlichen Kräfte. Ob das aber ausreichen würde, den beiden Polizisten zu entkommen, wurde immer fraglicher. Mona hätte nicht gedacht, dass ein simpler Gipsarm so beim Laufen behinderte. Motte, der unsportliche Nerd, hielt den zugeklappten Rechner mit beiden Händen am Körper, auch damit lief es sich schlecht. Doch er hatte einen Plan. Er schwenkte scharf nach rechts.

»Was soll denn das!«, japste Mona. »Du läufst ja zurück!«

»Was geht dich das an? Warum rennst du mir überhaupt nach?«

»Ich wollte dir helfen, Mann.«

»Bei was denn?«

»Du bist in Schwierigkeiten, das sehe ich doch.«

»Wenn du was tun willst für mich, dann renn in die andere Richtung. Um sie abzulenken.«

Motte fand es cool, während des Redens weiterzulaufen. Prompt stolperte er über eine hervorstehende, glitschige Baumwurzel. Er konnte sich noch ein paar Schritte auf den Beinen halten, rödelte einige Meter weiter, rutschte dann aber schließlich aus und fiel mit einem jämmerlichen Schrei auf den nassen Waldboden. Der Schrei galt mehr dem GetacX500-Rechner als seinen eigenen Knochen, die sicher irgendwo im Internet nachzubestellen waren. Er wälzte sich auf dem Boden. Er stützte sich nirgends ab, er hielt den Rechner fest umklammert. Mona hielt mitten im Lauf inne und kam zu ihm gerannt. Sie beugte sich über ihn.

»Alles o. k.?«, fragte sie und wollte gerade die Hand auf seine Schulter legen, da fiel noch ein zweiter Schatten auf Motte. Und dann noch ein dritter.

»Warum lauft ihr davon?«, keuchte Kommissar Jennerwein. »Wir haben doch nur eine einzige Frage: Wo sind Eure Eltern in diesem Moment?«

Die schwer nach Luft ringende Mona setzte sich auf den Boden und lachte. Warum war sie eigentlich mitgelaufen? Lust am Abenteuer? Bock auf Gefahr? Eher, um Tom eifersüchtig zu machen. Doch da hörte sie den Lärm der anderen. Die Gruppe stürmte durch die Büsche, und rasch bildete sich ein hitziger Kreis um Jäger und Gejagte. Zwei lagen hilflos am Boden, zwei standen aufrecht über ihnen.

»Polizeiwillkür!«, schrie Bastian Eidenschink.

»Brutale Foltermethoden!«, setzte Jeanette nach.

»Wenn wir nicht gekommen wären –«

»Jetzt macht mal einen Punkt«, sagte Jennerwein ruhig, aber bestimmt. Die Jugendlichen reagierten mit trotzigem Schweigen.

»Wir sind nicht wegen euch gekommen, sondern wegen eurer Eltern. Und ich habe auch nur eine einzige Frage: Hat jemand eine Ahnung, wohin diese Fahrt ins Blaue geführt hat?«

»Wenn wir das wüssten!«, sagte Bastian mürrisch. »Wir versuchen die schon seit Ewigkeiten zu erreichen, aber es meldet sich niemand.«

Große Explosion in Jennerweins Hirn. Kein Gedanke mehr an einen Scherz. Höchste Alarmstufe.

»Aber das sind eigentlich die Spielregeln«, sagte Joey. »Die Alten machen, was sie wollen.«

»Haben es sich auch redlich verdient!«, stimmte Tobel ein.
»Haben ja schon alles hinter sich. – Oh, Entschuldigung!«

Einige kicherten. Ein schlaksiger Junge mit gelockten Haaren, der nach einer 2.1-Version von Schorsch Meyer aussah, zeigte mit dem Finger auf den Kommissar.

»Aber Sie sind doch – Sie waren doch auch in der Klasse –«

Viele stupsten sich jetzt lachend an. Jennerwein, klar *der* Kommissar Jennerwein, der Wildschütz, der Girgl, von dem ihre Eltern immer erzählt hatten, lachend, abschätzig, auch oft mitleidig. Dass er ein unauffälliger Schüler gewesen war. Und dass er nie zu einem der jährlichen Treffen kam. Jetzt erschien einigen der Jugendlichen die Sache ganz klar: Die Alten hatten es endlich geschafft, diesen widerspenstigen Kommissar aufs Glatteis zu führen! Da und dort platzte unterdrücktes Gelächter auf. Auch die Volleyballspieler waren neugierig näher gekommen.

»Was ist denn hier los?«, fragte Tom gespielt dramatisch. »Polizei? Vielleicht haben wir ja gegen die Spielregeln verstoßen?« Er überkreuzte die Hände und reckte sie Jennerwein entgegen. Beifallsheischend blickte er in die Runde. »Am besten verhaften Sie mich gleich!«

»Du hast jetzt mal Sendepause«, unterbrach ihn Jennerwein schroff. »Wir sind in Eile. Wir haben keine Zeit für Spielchen. Ich will nur noch eines wissen: Was bedeutet *Uta und das rote Eichhörnchen*?«

Er stellte die Frage dringlich, vielleicht eine Spur dringlicher, als er es vorgehabt hatte. Er wollte die jungen Leute nicht beunruhigen. »Hat Frau Uta Eidenschink –«

Bastian Eidenschink trat zu Jennerwein und gab ihm die Hand.

»Grüß Gott, Herr Kommissar. Uta mit dem Eichhörnchen – das hat mit meiner Mutter, Uta Eidenschink, nichts zu tun. Da geht es um *unsere* Uta, die da drüben. Uta Dudenhofer. Uralte

Sache. Grundkurs Biologie. Klassenwanderung auf den Kramer.«

»Nicht die Geschichte schon wieder!«, kreischte die kleine, schmächtige Uta.

»Sie musste ein nerviges Referat dort oben halten«, fuhr Bastian fort. »Über den Rückgang der Population des Roten Eichhörnchens. Wir alle haben zugehört und –«

»Kramerspitze, sagst du?«

Jennerwein versuchte seine angespannte Erregung zu verbergen.

»Ja, unsere Biologielehrerin geht immer auf den Kramer. Mit jeder Klasse. Seit Jahren schon. Aber warum wollen Sie das wissen?«

Jennerwein zögerte. Er wollte keine Angst schüren. Es stand ja noch nicht einmal hundertprozentig fest, dass seine Klassenkameraden, die Eltern von diesen Jugendlichen, wirklich einer Geiselnahme zum Opfer gefallen waren. Es stand lediglich zu neunundneunzig Prozent fest. »Seid ihr euch sicher, dass dieser Ausflug ins Blaue auf die Kramerspitze geführt hat?«

»Ganz sicher.«

»Danke. Damit ist meine Frage schon beantwortet.«

»Herr Jennerwein?«

»Ja, was ist?«

»Sie machen dieses Jahr tatsächlich beim Klassentreffen mit?«

»Äh, ja. Sozusagen. Wartet einen Moment, wir haben was zu besprechen.«

Jennerwein und Nicole traten einige Schritte beiseite. Als sie außer Hörweite waren, sagte Jennerwein in bestimmtem Ton: »Wir machen es so. Sie rufen das SEK an, geben die Information durch. Ort: Kramerspitze. Dann fahren Sie, Nicole, ins Polizeirevier und koordinieren alles wie besprochen. Informieren Sie bitte auch Stengele. Jetzt sofort. Er muss mich abholen. Wir brauchen einen geeigneten Hubschrauberlandeplatz in der Nähe.«

Nicole zückte ihr iPhone und rief den Helipadfinder auf. Nach drei Sekunden hatte sie das Ergebnis.

»Hier, auf der Brandgrabenwiese, da könnte er runtergehen.«

»Wenn ich Sie und Ihr Spielzeug nicht hätte, Nicole.«

»Ich weiß schon. Hätten Sie Ostler mitgenommen, hätten Sie jetzt sauber dagestanden!«

Jennerwein nickte, gab aber dann gleich weitere Anweisungen:

»Stengele soll sich sofort hinfliegen lassen und mich dort auflesen.«

Während Nicole wählte, trat Jennerwein nochmals zu den Jugendlichen.

»Ist was mit unseren Eltern?«, fragte die mit dem Gipsarm misstrauisch. Tom, der wohl ihr Freund war, funkelte ihn böse an.

»Kein Grund zur Panik. Eine Schnitzeljagd. Nichts weiter.«

Das Mädchen hatte strahlend blaue Augen, wie sein Freund Gu. Mona blickte ihn prüfend an. Er sah es sofort: Sie glaubte ihm nicht. Um davon abzulenken, sagte er:

»Du bist wohl die Tochter von Bernie und Irene?«

Mona zog genervt die Augenbrauen hoch.

»Die Tochter von Bernie und Irene? So hat mich noch niemand definiert. Ich bin Mona. Warum fragen Sie?«

»Entschuldige, Mona. Ich war mal ein Freund deines Vaters. Und deiner Mutter. Gib mir deine Handynummer. Ich ruf dich an, wenn was ist.«

»Es ist also doch was?«

»Keine Panik. Ich ruf dich an.«

Nicole und Jennerwein eilten wieder zurück zum Auto. Als sie die Geheime Stelle überquerten, spürte Jennerwein Monas aufmerksame Augen in seinem Rücken.

»Haben Sie das gerochen?«, fragte Nicole im Laufen. »Einige Verstöße gegen das Betäubungsmittelgesetz.«

»So riecht es immer an der Geheimen Stelle. Seit ich denken kann.«

»Wahrscheinlich ist es der Werdenfelser Bärlauch«, sagte Nicole Schwattke grinsend.

Spätestens als sie im Auto saßen und mit Blaulicht zur Brandgrabenwiese rasten, waren sie wieder mitten im verschärften Operations-Modus. Im vOpMod.

»Hört mal her«, sagte Mona zu ihren Freunden, als sie wieder zusammen zurück zur Lichtung gingen. »Da stimmt was nicht. Die haben uns nicht alles gesagt. Der Kramer ist nicht weit. So wie ich unsere Alten, die faulen Säcke, kenne, sind die, soweit es geht, mit dem Auto gefahren, nämlich den Forstweg bis zum Gelben Gwänd. Dann sind sie zu Fuß weitergegangen. Ich will mir das mal anschauen. Wer geht mit?«

Tom meldete sich. Er war stocksauer. *Du hast jetzt mal Sendepause*, das hatte noch niemand zu ihm gesagt. Was bildete sich dieser kleine, blasse Beamtenkopf eigentlich ein!

»Wer geht noch mit?«, fragte Mona.

Bastian, Uta und Jeanette nickten. Die meisten meldeten sich. Motte winkte ab. Er hatte die Hose ausgezogen und tupfte sich Bauch und Oberschenkel mit einem Taschentuch ab.

»Salpetersäure«, sagte er. »Ist zwar bloß verdünnte, brennt aber höllisch. Geht ihr mal. Ich bleib lieber hier.«

»Der Kramer also«, sagte Jennerwein im Auto. »An den Kramer hätte ich zuletzt gedacht.«

Name:	Kramerspitz, Kramer
Etymologie:	Das mundartliche *Krouma* könnte vielleicht auf Kroum, ein altes Wort für Ruß, rußig, finster zurückgehen, vielleicht als Bezeichnung für den dunklen Hauptdolomit, aus dem der Berg besteht, im Gegensatz zum hellen Wetterstein auf der Südseite vom Tal.
Höhe:	1985 Meter über Normalhöhennull
Lage:	47° 30' 28'' N 11° 2' 52'' O
Entstehung:	Obertrias
Aufstieg:	Für geübte Wanderer leicht zu begehen, lediglich die letzten 100 Höhenmeter zum Gipfel erfordern etwas Erfahrung im Umgang mit Kletterhilfen.

Geschichte:
1855 Max II. lässt Reitweg auf den benachbarten Königstand aussprengen
1856 Offizielle Erstbesteigung
1865 Erste Winterbesteigung
1896 Beginn der Arbeiten für einen Bergweg
1899 Erstes Foto mit Blick ins Tal
1899 Erste Frau
1901 Erster europäischer Ausländer
1904 Erste Barfußbegehung
1905 Errichtung eines Holzkreuzes durch den örtlichen Volkstrachtenverein
1914 Erster Japaner
1923 Erster Bergtoter
1924 Erste Auffahrt mit dem Fahrrad
1940 Zerstörung des Holzkreuzes durch Sturm und Blitzschlag
1941 Errichtung des heutigen, inzwischen mit Eisen beschlagenen Holzkreuzes, Einweihung mit 700 (!) Menschen auf dem Gipfel
1945 Erste Auffahrt mit dem Motorrad
1972 Erste Überlegungen zum Bau eines Tunnels
1986 Erstbegehung im Handstand
2006 Beginn der Bauarbeiten zum Kramertunnel
2013 Erste Geiselnahme

35

Es herrschte absolute Stille in knapp zweitausend Meter Höhe. Das Gipfelbuch lag aufgeschlagen da, und federleichte Windstöße bewegten die Blätter. *Schön hier oben ... herrliche Aussicht ... grandioses Panorama ...* Doch auch das geisterhafte Steigen, Stehen und Fallen der Gipfelbuchseiten geschah langsam und lautlos. *Paradiesisch ... Göttlich ... Himmlisch ...* Und jetzt, mitten in die furchtbare Stille hinein, platzte ein furchtbar kleines Geräusch.

Zzzzing ...

Houdini horchte auf. Was verdammt nochmal war das gewesen? Houdini öffnete die Augen und linste vorsichtig durch die Maskenschlitze. Der Geiselnehmer war nicht zu sehen. Der Stein, auf dem er in Herrscherpose gethront hatte, war leer. Stand er hinter ihnen und beobachtete sie mit einem hämischen Grinsen? Zuzutrauen war es dem sadistischen Schwein. Oder beschäftigte er sich mit dem verdammten Typen, den er weggeschleppt hatte und der ihnen das alles vermutlich eingebrockt hatte? Vielleicht war der Gangster ja auch schon über alle Berge und hatte sie hier gefesselt zurückgelassen. Diese Möglichkeit bedeutete allerdings auch einen kleinen Hoffnungsschimmer. Die Qual hatte dann ein Ende. Aber andererseits: Es wusste doch niemand, dass sie hier oben waren! Wie lange würden sie auf Rettung warten müssen? Die Lage schien aussichtslos.

Zzzzing ...

Der Mann mit der Lederjacke lag bäuchlings am Boden, in unbequemer und verdrehter Haltung, er hatte das Spritzbesteck, dieses nutzlose Zeug, unter sich begraben. Er kniff den Mund noch mehr zusammen als sonst und lugte vorsichtig aus den Schlitzen seiner Maske. Unmerklich drehte er den Kopf. Was war das für ein Geräusch gewesen? Woher war es gekommen? Er stellte sich schaudernd vor, dass der verfluchte Gangster seinen dreckigen Springerstiefel jeden Augenblick in seinen Rücken bohren und ihn anbrüllen würde: *Wen haben wir denn da? Unser Freund hier ist wohl ein ganz Schlauer! Will wissen, was das für ein Geräusch war!* Dicht vor ihm auf dem Boden hatte sich eine kleine Vogelfeder zwischen den Steinen verfangen, winzige Windböen rissen an ihr. In seinem ganzen Körper breiteten sich allmählich Muskelkrämpfe aus, lange konnte er in dieser Stellung nicht mehr verharren. Er richtete sich langsam, unendlich langsam auf, er stemmte sich mit den Armen in einer Geschwindigkeit hoch, in der vermutlich auch Gras wuchs. Er hob den Kopf – und hätte fast entsetzt aufgeschrien. Fünf oder sechs der anderen Geiseln richteten sich ähnlich langsam und vorsichtig auf, ein halbes Dutzend Lady-Gaga-Zombies stieg in Superzeitlupe aus den Gräbern. Ein bizarres Bild.

Zzzzing ...

Houdini, der magische Mittelpunkt jeder Party, versuchte sich zu konzentrieren. Was war das nur für ein Geräusch? Es klang bedrohlich. Hatte der Gangster etwas zurückgelassen, was sie weiter in Angst und Schrecken versetzen sollte? War es am Ende eine Zeitschaltuhr, oder eine Maschine, die explodierte, wenn sich nur einer vom Fleck bewegte oder ein Wort sagte?

Ging das jetzt ewig so weiter? Hörte die Folter nie auf? Oder gab es eine natürliche Erklärung? Houdini drehte seinen Oberkörper langsam, um das Gipfelkreuz in den Blick zu bekommen. Erst jetzt fiel ihm auf, dass das untere Viertel abgewetzt und verschrammt aussah. Vielleicht kam das Geräusch von einem Tier, das sich dort zu schaffen machte, vielleicht von einem Specht. Ein Specht in dieser Höhe? Eine Dohle. Aber gab eine Dohle solche Laute von sich? Er behielt, zwischen den anderen Geiseln hindurch, den aufgerissenen Gipfelkasten und das Kreuz im Blick. Er starrte angestrengt hin.

Zzzzing ...

Es kam genau aus dieser Richtung, aber er konnte keinerlei Bewegungen erkennen. Er war sich nun sicher, dass eine Zeitbombe hinter dem Kreuz versteckt war. Der Gangster hatte sich entfernt, um nicht selbst Opfer der gewaltigen Explosion zu werden, die sie alle in die Luft sprengen würde. Nur er allein, der magische und entfesselte Houdini, konnte jetzt aufspringen, zum Gipfelkreuz sprinten, nachsehen, wo sich das explosive Kabelgewirr verbarg, und die Höllenmaschine hinunterschleudern über die Felsklippe. Ja, er musste es tun. Er musste seine Kameraden retten. Er atmete tief durch, um Kräfte zu sammeln. Er spannte seine Muskeln, er zog ein Bein in Sprungposition, richtete sich halb auf, sandte noch ein kurzes, stummes Stoßgebet zum Himmel, da dröhnte von links hinter dem Felsen plötzlich wieder die verhasste Megaphonstimme:

»Mannomann, kapiers doch endlich: Die verdammten Koordinaten genügen mir nicht! Ich will die genaue Stelle wissen.«

Ein Klatschen, ein Schlag, ein lautes Aufstöhnen. Dann sich nähernde Schritte auf dem Geröll. Bedrohlicher als je zuvor, brutaler als je zuvor. Schweratmend und keuchend stand der Geiselgangster unter ihnen, die Maschinenpistole im Anschlag.

»Und was habe ich zu euch gesagt! Habe ich was von Aufrichten und gemütlich Rumsitzen gesagt? Alle knien sich hin, alle legen die Unterarme auf den Boden, alle verbergen das Gesicht in den Händen! Und zwar dalli!«

Sie taten wie befohlen. Houdini zögerte noch einen kurzen Augenblick, nahm jedoch dann ebenfalls diese unbequeme Position ein. Er zitterte am ganzen Körper. Das war gerade noch einmal gutgegangen.

Was für ein Stress! Ich stürze zurück zu dem Mann hinter dem Stein. Viel Zeit bleibt mir nicht. Ich muss mehr Druck machen. Weg mit dem Megaphon, ich zische dem Mann ins Ohr:

»Die Koordinaten allein nützen mir wenig. Ich brauchs schon genauer!«

Keine Antwort. Schlag ins Gesicht.

»Los, los, los, sag, wie komme ich dort hin? Red endlich, und du und deine Klassenkameraden sind frei.«

Der alte Geocacher nahm einen tiefen Schluck. Es war der letzte in seinem Fläschchen. Die Sonne stach schon wieder heiß und grausam herunter, doch er setzte Schritte vor Schritt. Bald war er am Ziel. Er wusste, dass hinter der nächsten Serpentinenkehre der Felsen begann, der zum Gipfelplateau führte. Er hatte nur noch eine kleine Strecke zu überwinden, fünfzig oder sechzig Meter. Mühsam setzte er Tritt und Griff, und Tritt und Griff, und im Höhersteigen war ihm, als hörte er Stimmen auf dem Gipfel. Und Griff, und Griff, und Tritt, und Griff. Er kam näher. Es war eine hitzige, anfeuernde Stimme, die aus einem Megaphon kam. Ein Megaphon auf einem Berggipfel deutete auf eine sportliche Veranstaltung hin. Wahrscheinlich war es einer der vielen Gipfelläufe, und gerade fand die Siegerehrung statt. Klar, so fügte sich alles zusammen! Bei einem Berglauf kannten sich die Teilnehmer untereinander nicht, wenn einer fehlte, fiel es zunächst nicht weiter auf. Und Schritt, und Griff, und Schritt, und Griff. Jetzt hörte er ein Stöhnen, abgerissene Wortfetzen:

»… über beide Häuser! Ich habe … Teil …«

Was war das? Dem Geocacher schmerzten die Hände von der ungewohnten Kletterei, er spürte ein Brennen in den Schultern, sein schwaches Herz klopfte, aber er schöpfte seine letzte Kraft daraus, dass er gleich oben sein würde. Endlich war es so weit. Er stemmte sich über die Felskante, und unter dem Gipfelkreuz sah er sie sitzen: eine erschöpfte Truppe von Bergmarathon-Teilnehmern, kniend, das Gesicht am Boden. Sie waren beim frommen Gipfelgebet. Löblich, dachte der Geocacher. Er richtete sich auf, ging ein paar Schritte auf die Gruppe zu. Sollte er sie beim Beten stören? Aber selbstverständlich musste er das, einer ihrer Kameraden war abgestürzt und brauchte Hilfe.

»Hallo!«, rief er.

Alle fuhren herum.

Der Geocacher, der feingeistige Schubert-Liebhaber, blickte in ein Dutzend hässlicher und gleichförmig dreinblickender Fratzen. Sie trugen alle dieselbe Hexenmaske wie der Verletzte. Sie blickten ihn mit ausdruckslosen, leeren Augen an. Sie schwiegen. Die Szenerie war gespenstisch, entsetzlich. Sein Herz hämmerte wild. Er bekam kaum noch Luft, mit einem kehligen Laut griff er sich an den Hals. Dann stürzte er zu Boden und blieb wie tot liegen.

Endlich! Endlich habe ich das, was ich wollte! Der Mistkerl war stur und bockig, er hat sich gewehrt, er hat tapfer gekämpft bis zum Schluss. – Jetzt habe ich ihn endlich zum Reden gebracht! Halleluja! – Ich bin im Besitz der Information. Das wurde höchste Zeit. – Ich öffne die Handschelle des Mannes und ziehe ihn hoch. Ich schleife ihn zum Rand der Klippe.

»Damit wirst du nicht durchkommen«, krächzt er.

»Halts Maul, Mopsi!«

Mopsi war sein Spitzname in der Schule gewesen. So hat ihn wahrscheinlich schon lange niemand mehr genannt. Er will noch etwas sagen, doch mein Faustschlag nimmt ihm den Atem. Dann stürzt er in die Tiefe.

Ohne einen Laut.

Ich streife meine Kleidung ab und stopfe sie ins vorbereitete Versteck. Ich streife auch die Stiefel ab und ziehe Bergschuhe an. Jetzt kommt der schmerzhafte Teil des Plans: Muss mich mit dem Kopf voraus auf den Boden werfen, muss mein Gesicht blutig aufschürfen. – Ich nehme Anlauf und springe mehrmals gegen den Felsen, um mir am ganzen Körper Prellungen und Stauchungen zuzufügen. Ich umfasse den kleinen Finger der einen Hand mit der anderen, um ihn zu brechen. Ich halte inne. Die Geiseln. Warum haben sich die Idioten schon wieder aufgerichtet?

»Oberkörper runter, das Gesicht zur Erde! Los, schnell!«

Wieder fahren alle zu Boden. Wieder ducken sich alle. Ich greife zur Bison und schieße noch einmal eine Salve über ihre Köpfe. Jetzt wird es keiner mehr wagen, nochmals hochzusehen. Was sind das für Geräusche? Ein Hubschrauber? Verdammt, viel zu früh! Ich habe doch den geplanten Notruf noch gar nicht abgesetzt – egal. Improvisation ist alles. Weg mit der

Bison, Schutzhandschuhe zu den abgelegten Klamotten. Ich hechte an meinen Platz und lasse die Handschellen einrasten. Gerade noch rechtzeitig.

Wie ein Urzeitvogel stieg ein Hubschrauber über die felsige Klippe des Kramergipfels und füllte den halben Himmel aus.

36

In einem hochgewölbten, engen gotischen Zimmer. Ursel Grasegger, unruhig auf ihrem Sessel am Pulte.

Ursel Grasegger *(seufzt)*
Habe nun ... *(es klopft)*

Nein, keine Sorge, es war nicht der Teufel. Geklopft hatte vielmehr der ehrenamtliche Heimatpfleger Eugen Mahlbrandt, in dessen Studierstube Ursel jetzt saß und Blatt um Blatt wendete. Beim Pfarrer hatte sie nichts mehr gefunden, was ihr weiterhelfen konnte. Er hatte sie zum Heimatpfleger weitergeschickt. Mahlbrandt legte ihr gerade Stöße von hochinteressantem Material auf den Tisch. Es handelte sich um Kopien von uralten Handschriften aus dem Archiv des Heimatvereins. Wegen der hochlöblichen Ehrenamtlichkeit Mahlbrandts und auch wegen des reichlichen Materials verkniff sich Ursel eine Bemerkung über den schlechten Kaffee.

»Haben Sie schon was herausgefunden, Frau Grasegger?«
»Ja, allerdings, Herr Mahlbrandt. Ich komme langsam in Schwung. Sie haben mir ja wirklich genau das Material gegeben, das ich brauche! Und in so einer Geschwindigkeit – Hut ab!«

Und tatsächlich: Mahlbrandt hatte von Anfang an begriffen, um was es Ursel ging und welche Dokumente sie vielleicht interessieren könnten. Er hatte die Akten quasi griffbereit gehabt. Sie hatte mit mehr Rückfragen und Wartezeiten gerechnet.

»Der Grund dafür liegt eigentlich eher in meiner Faulheit, Frau Grasegger«, sagte Mahlbrandt lachend. »Vor ein paar Wochen war schon mal jemand da, der nach geschichtlichen Dokumenten aus dem Werdenfelser Land gefragt hat. Es hat ein paar Tage gedauert, das alles rauszusuchen. Ich habe es damals zusammengestellt – und bisher keine Zeit gehabt, es wieder zurückzuordnen.«

»Das ist ja praktisch für mich.«

Ursel war so im Entdeckerfieber, dass sie dieser Bemerkung Mahlbrandts keine größere Bedeutung zumaß. Zunächst nicht. Aber dafür hat man ja den präfrontalen Cortex, der im Hirnkastel alleine weitergrübeln kann, während man sich mit anderen Dingen beschäftigt. Die Graseggerin stürzte sich auf das Material und fand auch gleich Schriften, die sich auf Verwaltungsentscheidungen rund um die Tätigkeitsbereiche von Gemeindeoberen bezogen. Sie musste sich zuerst daran gewöhnen, dass das Amt des *burgemeisters* immer wieder neue Bezeichnungen trug: Dorfmeister, Heimberger, Meier, Flurrichter, *sculdheizo*, Fronbote, Gemeindebüttel, Ratsleut-Vorsteher, Moar, Obermoar, Waldmoar und schließlich *magister civium*. Dieser letzte Ausdruck gefiel ihr am besten. Sie sah schon das Visitenkärtchen vor sich:

URSEL UND IGNAZ GRASEGGER
MAGISTRI CIVIUM

Oder musste es in diesem Fall Civi-i heißen? Ursel schwor sich, das nächste Mal ihr altes Lateinlexikon mitzunehmen, so viele lateinische Vokabeln hatten die damaligen Schreiber und Archivare verwendet. Je weiter es zurückging Richtung Urknall (oder Eden, wie man will), desto lateinischer wurde es, selbst bei einfachen Berichten über simple Vorfälle. Das altertümliche Deutsch wiederum – selbst Mittelhochdeutsch – war für die Graseggerin kein größeres Problem, zu ähnlich waren die Vokabeln hier dem Altbayrischen.

»Wie schaut es aus mit dir?«, fragte Ignaz am Telefon. »Altes Sauschwanzerl! Kommst du um sechs zum Abendessen heim? Es gibt Wirsing mit Speckknödel.«

Ursel lief das Wasser im Mund zusammen. Wirsing mit Speckknödel! Ignaz war heute schon in aller Teufelsfrüh, lang vor dem Treffen mit Rechtsanwalt Nettelbeck, zum Wochenmarkt gegangen und hatte eingekauft. Natürlich war er beim supergrantigen Gemüsemann gewesen. Dort gab es den besten Wirsing weit und breit. Es musste am Grant liegen.

»Ich weiß es noch nicht«, erwiderte Ursel. »Ich habe mich hier gerade richtig gut eingearbeitet.«

»Und der Wirsing?«

»Der schmeckt doch dreimal aufgewärmt erst so richtig gut.«

»Da hast du recht. Hast du eigentlich gehört, was auf dem Kramer los ist?«

»Auf dem Kramer? Warum?«

»Auf dem Gipfel ist ein Hubschrauber gelandet, die Bergwacht ist mit mehreren Jeeps hinaufgefahren – ein Riesentrara.«

»Wahrscheinlich so ein Halbschuhtourist. Der Kramer ist ja nun wirklich kein gefährlicher Berg.«

»Bist du denn schon weitergekommen?«

»Ja, sogar schneller, als ich gedacht habe. Es macht richtig Spaß, in der Vergangenheit herumzuschnüffeln. Und du, Ignaz, ich habe schon einen interessanten Fall aus dem Jahr 1612 ausgegraben. Da hat es einen Großbauern gegeben in einem niederbayrischen Ort, den Schmidt Lorenz, und der war Obermoar –«

Ursel unterbrach sich. Ihr war etwas aufgefallen.

»Ich ruf dich gleich zurück, Ignazl«, sagte sie und legte auf. Was hatte Mahlbrandt da vorhin gesagt? Vor ein paar Wochen wäre schon einmal jemand dagewesen? Das konnte doch nur einer gewesen sein –

»Herr Mahlbrandt«, rief sie ins Nebenzimmer. »Darf ich noch eine Tasse von Ihrem ausgezeichneten Kaffee haben? Ich kann gar nicht genug davon bekommen!«

Mahlbrandts gerötetes Gesicht erschien im Türrahmen. Er war sichtlich geschmeichelt.

»Ach, Herr Mahlbrandt, eine Frage noch«, sagte sie beiläufig. »Wegen dem Mann, der vor ein paar Wochen da war und der sich auch für dieses Material interessiert hat. Das war doch sicher der Bürgermeister?«

»Ich habe ihn selber nicht gesehen. Da war meine Vertretung, die Frau Schrittenloher, da. Aber der Bürgermeister war es auf gar keinen Fall. Den hätte sie erkannt.«

»War es ein Einheimischer?«

»Die Frau Schrittenloher hat ihn jedenfalls nicht gekannt.«

Komisch, dachte Ursel. Aber vielleicht hatte der Bürgermeister ja auch jemanden vorgeschickt. Ursel rief wieder zu Hause an.

»Was war denn?«, fragte Ignaz.

»Nichts Besonderes. Also weiter. Da hat es 1612 einen Großbauern gegeben in dem niederbayrischen Ort, den Schmidt Lorenz, der war Obermoar, also verwaltungstechnisch so etwas wie ein Bürgermeister. Er ist vom Landvogt für die kleine Gerichtsbarkeit eingesetzt worden. Jetzt hat dieser Schmidt Lorenz natürlich einen Bauernhof gehabt. Also hat seine ganze Familie bei der Amtsausübung mitgeholfen. Frau, Geschwister, sogar Opa und Oma. Das geht aus den Berichten des damaligen Pfarrers hervor. Auf einem Bauernhof macht sich ja die Feldar-

beit während den Gemeinderatssitzungen nicht allein, also haben die Schmidts alle miteinander angepackt. Und das –«
»– ist so etwas wie ein erster Präzedenzfall?!«
»Genau.«
»Was haben die denn damals in dem Moar-Amt zu entscheiden gehabt? Hat nicht alles der Fürstbischof bestimmt?«
»Die größeren Sachen schon. Aber die kleinen, aber trotzdem wichtigen – die haben die Schmidts gemanagt. Stallneubauten, Wegeveränderungen, bis hin zur Festsetzung der Bierpreise – da hat der Obermoar ein Wörtchen mitzureden gehabt.«
»Verstehe. Glaubst du wirklich, dass das als Vorzeigefall brauchbar ist – eine Bauernfamilie, die vor vierhundert Jahren gelebt hat?«

Ursel rief Rechtsanwalt Nettelbeck an und schilderte ihm den Fall.
»Sie sind ja wirklich sehr fleißig, Frau Grasegger«, sagte der Rechtsanwalt seufzend – etwas zu seufzend für Ursels Geschmack. Sie hörte reichlich rechtsanwältliche Genervtheit heraus. Nettelbeck nahm den Fall wohl nicht ernst genug. Das missfiel ihr.
»Ein einzelner Fall ist gut«, fuhr Nettelbeck fort. »Mehrere wären noch besser, aber am allerbesten wäre, wir hätten eine festgeschriebene Verwaltungsentscheidung in dieser Sache, ein möglichst fürstliches oder sogar bischöfliches Dekret, das über die Jahre hin gültig ist. Allgemeingültig, nicht nur befristet für diesen einen Fall, sondern darüber hinaus. Früher gab es natürlich keine Grundsatzentscheidungen des Bundesgerichtshofs. Aber es gab Entscheidungen, die die Jahrhunderte überdauert haben. Ewigkeitsentscheidungen.«
»Nach was genau soll ich suchen?«
»Nach ausdrücklich unbefristet gültigen Verträgen. Nach

Klauseln wie *von itz ab immerdar*. Nach Amtseinsetzungen von höchster Stelle. Verstehen Sie: Dass der Schmidt Lorenz das vor vierhundert Jahren so gemacht hat, überzeugt einen heutigen Verwaltungsrichter nicht so, als wenn ein Fürstbischof das entschieden hätte. Meistens haben die Bischöfe die Bürgermeister eingesetzt, darüber müsste es Aufzeichnungen geben. Schauen Sie mal, ob es von den Freisinger Bischöfen Anordnungen bezüglich der Grafschaft Werdenfels und speziell bezüglich den Bürgermeistern dort gibt. Ich denke an eine Art Arbeitsplatzbeschreibung für Gemeindevorstände.«

Ursel bedankte sich und legte auf. Sie war wieder versöhnt mit dem Rechtsanwalt. Er war genervt, aber er war auch gut. Ursel trank jetzt schon die dritte oder vierte Tasse des schrecklichen dünnen Kaffees, so sehr war sie im Forscherfieber gefangen. Der Heimatpfleger Mahlbrandt brachte immer wieder neue Schriftstücke. In einem ging es um einen verstorbenen Bürgermeister, dessen Witwe die Amtsgeschäfte eine gewisse Zeit weiterführte. Interessant war auch der Fall eines anderen Bürgermeisters, der den damals zeitraubenden Beruf des Baders ausübte und deshalb ab und an auf Hilfe von Verwandten angewiesen war. Ursel notierte alles. Sie stand vom Tisch auf und schlenderte ein paar Schritte in der Stube umher, um sich zu lockern. Der Wirsing, den Ignaz immer zubereitete, war so sensationell gut, dass sie eigentlich auf der Stelle heimgehen sollte. Ihr Gatte war imstande und verputzte alles alleine. Andererseits – jetzt war sie richtig in Faust'scher Forscherstimmung. Sie setzte sich wieder. Wenn nötig, würde sie die ganze Nacht durcharbeiten.

Sie rief im Bayerischen Staatsarchiv an, sie recherchierte im Internet, sie ließ sich Bücher und Akten bringen. Heimatpfleger Eugen Mahlbrandt bemühte sich wirklich rührend, aber sie kam hier in seiner Studierstube nicht weiter. Der Computer war zu langsam, sie brauchte ein gutes Lateinlexikon, zudem Einblick in ein paar geschichtliche Standardwerke, die noch nicht digitalisiert waren. Sie entschloss sich, in die Staatsbibliothek in der Landeshauptstadt zu fahren.

»Wir fahren ins Boarnland 'naus«, sagte Ursel zu Hause anstatt eines Grußes zu Ignaz.

Ignaz Grasegger fragte nicht lange. Wenn Ursel solch glühende Augen hatte, Augen wie Kohlen, Augen wie schwelende Flächen nach einem Großbrand – dann war jeder Widerstand zwecklos. Bald saßen sie im Auto und fuhren in nördliche Richtung. Sie erklärte ihm alles.

Der Grund für den plötzlichen Aufbruch war ein lateinisch abgefasster Text über den Freisinger Fürstbischof Emicho und den deutschen König Adolf von Nassau, die einen Vertrag über die Grafschaft Werdenfels geschlossen hatten, dessen Original als verschollen galt. Und dessen Wiederauftauchen die Grundfesten der politischen Ordnung in Europa erschüttern würde.

Es handelte sich um einen FAVOR CONTRACTUS.

37

Wie ein Urzeitvogel war der Hubschrauber über der felsigen Klippe des Kramergipfels aufgestiegen und hatte den halben Himmel ausgefüllt. Diese große Verdunkelung des Himmels war zehn Minuten zuvor von Jennerwein eingeleitet worden.

»Ostler, lassen Sie alles andere stehen und liegen«, rief der Kommissar ins Telefon, als er und Nicole die Geheime Stelle verlassen hatten. Schon an Jennerweins Stimme erkannte Ostler, dass dramatische Bewegung in die Sache gekommen war.

»Ich habe das SEK bereits informiert«, fuhr Jennerwein fort. »Zwanzig Mann bewegen sich kreisförmig auf den Gipfel zu. Einsatzleiter ist Schimowitz. Wir brauchen einen zweiten Ring darunter. Geländekundige Leute.«

»Die Bergwacht.«

»Gut, organisieren Sie das. Verständigen Sie den Chef der Bergwacht, und schließen Sie ihn mit Schimowitz kurz. Wir müssen es schaffen, dass niemand nach unten durchschlüpft.«

»Geht klar, Chef.«

»Nicole ist schon unterwegs zu Ihnen ins Revier. Ich fliege mit Stengele zur Kramerspitze. Maria, hören Sie mit?«

»Natürlich, Hubertus.«

»Stellen Sie sich auf eine Verhandlung mit dem Geiselnehmer ein. Bisher keine Forderungen. Auch kein erkennbares Motiv. Ich rufe Sie an, wenn es so weit ist.«

Maria legte die Klassenzeitung beiseite, die sie studiert hatte.

Ein harter, professioneller Zug erschien in ihrem Gesicht. Auch sie befand sich im Turboermittlungs-Status.

Die Anhöhe wurde immer steiler. Der Kindergärtnermasseur erkletterte sie rasch. Seine Kondition war hervorragend. Er sah sich um. Noch hatte er keinerlei Sichtkontakt zu seinen Kameraden, die waren jeweils hundertfünfzig oder zweihundert Meter von ihm entfernt. Er würde sie erst oben wiedersehen. Eine neue Anweisung über Funk: *Tarnmodus*. Jetzt schien es ernst zu werden. Tarnmodus hieß: gebückte, sprungbereite Haltung, vorläufige Einstellung des Funkverkehrs, Deckung, Maßnahmen zur Eigensicherung, Reduzierung der Schrittgeräusche auf das Allernotwendigste. Rauchgranaten bereithalten. Sein bürstenhaariger Chef, Kommandant Schimowitz, war ein großer Fan von Rauchgranaten.

»Die Türken vor Wien mit Rauchgranaten«, pflegte er immer zu sagen, »und alles wäre anders gekommen.«

Noch zehn Minuten bis zum Gipfel, jetzt war allerhöchste Aufmerksamkeit geboten. Schimowitz hatte beim Training immer wieder darauf hingewiesen, dass bei solch einem Zugriff die größte Gefahr davon ausging, dass der oder die Kidnapper, wenn sie einmal eingekesselt waren, die Nerven verloren und wild um sich ballerten. Auch darauf war er vorbereitet, das hatten sie tausendmal geübt. Er glaubte felsenfest an den Erfolg dieser Aktion. Denn ein Geiselnehmer war selten ein Profi. Geiselnahme war das riskanteste Verbrechen in der dunklen Reihe der kriminellen Handlungen. Geiselnahme rechnete sich nie. Also war das da oben ein Laie. Ein Spinner. Ein Psychopath, dem eine innere Stimme etwas befohlen hatte. Der übliche Wahnsinn. Er verließ das dichte Latschengestrüpp und betrat einen Streifen mit Felsgeröll. Er achtete darauf, keine Steine loszutreten. Wieder eine Stelle mit dichtem Latschenbewuchs –

hier konnte sich theoretisch jemand verbergen. Er richtete seine Waffe auf die Latschen. Doch niemand war zu sehen. Als gedämpftes Murmeln hörte er die leisen, beruhigenden Befehlskürzel im Kopfhörer. Er fühlte sich vollkommen sicher in seiner Routine. Er konzentrierte sich auf den Angriff. Deshalb achtete er nicht weiter auf den Stich im Nacken. Es war ein kleiner Piekser, wie bei der Blutabnahme. Er stapfte weiter. Es war sicher nur eine Mücke gewesen.

Über der flachen Brandgrabenwiese senkte sich der Hubschrauber bis auf zehn Meter herunter. Kommissar Jennerwein griff mit bloßen Händen nach dem Zugseil, das Stengele aus dem Hubschrauber heruntergelassen hatte, er gurtete sich fest, wurde rasch hochgezogen – und in rasendem Steigflug ließen sie die grüne Wiese unter sich.

»Willkommen an Bord, Chef«, sagte Stengele, als Jennerwein in den Hubschrauber kletterte. »Es ist also die Kramerspitze.«

»Mit hoher Wahrscheinlichkeit.«

»Trotzdem komisch. Die Kramerspitze ist genauso wenig ein geeigneter Berg für eine Geiselnahme wie die Alpspitze. Sie ist von drei Seiten erstürmbar. Die vierte Seite ist eine glatte, leicht einsehbare Steilwand. Um den Gipfel herum gibt es flachen Latschenbewuchs, aber keine unübersichtlichen Wälder, in denen man sich verstecken kann. Ich glaube –«

»Jetzt nicht«, unterbrach Jennerwein und wandte sich an den Hubschrauberpiloten.

»Wann sind wir dort?«

»In fünf Minuten«, antwortete der stramme Oberbayer. »Aber können Sie mir sagen, um was es geht, Kommissar? Geht es tatsächlich um eine Geiselnahme? Dann darf ich eigentlich nicht –«

»Notfall, Gefahr im Verzug«, sagte Jennerwein. »Und ich kenne alle Geiseln persönlich.«
»Aber –«
»Ich übernehme die Verantwortung.«
»Was haben Sie vor, Chef?«, fragte Stengele.
»Wir fliegen ran und verschaffen uns von oben einen Überblick. Dann versuchen wir eine Kontaktaufnahme.«
»Sie wollen das nicht dem SEK überlassen?«
»Die Zeit haben wir nicht. Ich habe schon mit Kommandant Schimowitz gesprochen. Das SEK und die Bergwacht schließen zwei Kreise um den Gipfel. Sie sind schon unterwegs. Wir kommen von oben und nehmen Kontakt auf. Ich werde versuchen, dem Geiselnehmer die aussichtslose Situation vor Augen zu führen. Wenn er ein Profi ist, wird er aufgeben.«
»Wenn er ein Profi wäre, hätte er den ganzen Scheiß gar nicht erst angefangen«, raunzte Stengele. »Wer heutzutage noch so was versucht, der ist ein größenwahnsinniger Selbstmörder. Passen Sie bloß auf, Chef.«
»Ich bin Ihrer Meinung, Stengele. Doch ich glaube, dass da etwas anderes dahintersteckt als ein größenwahnsinniger Selbstmörder.«

In rasender, schrägliegender Fahrt ging es Richtung Norden. Die Gebirgskette war schon zu sehen, sie waren jedoch noch zu weit entfernt, um Einzelheiten erkennen zu können. Der Helikopter zog eine Schleife, und jetzt konnte Jennerwein durchs Fernglas das Gipfelkreuz des Kramers orten. Er stellte schärfer. Am Boden des Gipfelplateaus lagen dreizehn Personen, alle in bunter Bergkleidung, alle vollkommen bewegungslos.
»Fliegen Sie näher hin!«, rief Jennerwein. Er hatte Mühe, das leichte Zittern in seiner Stimme zu unterdrücken.

Niemand regte sich dort unten, niemand winkte, niemand schien den näherkommenden Hubschrauber zu bemerken.

»Die sind alle tot!«, rief der Pilot entsetzt.

»Das könnte auch eine Falle sein«, gab Stengele zu bedenken.

Jennerwein konnte durchs Fernglas bereits einige insektenartige SEKler erkennen, die den Steilhang zum Gipfel hochrobbten. Sie waren keine hundert Meter vom Rand des Plateaus entfernt. Die Geiseln – seine Klassenkameraden? – lagen mit dem Gesicht nach unten auf dem Boden. Alle waren mit einem Arm am Boden fixiert, die metallisch schimmernden Handschellen hoben sich vom Felsgestein ab.

»Fliegen Sie noch näher ran«, schrie Jennerwein. »Und zwar zuerst zur Steilwand. Ich will sichergehen, dass dort niemand absteigt. Dann ziehen Sie hoch, bleiben genau über dem Plateau stehen und lassen mich runter.«

»Chef, wollen Sie das wirklich riskieren?«, rief Stengele. »Wollen wir nicht erst über Lautsprecher –«

»Nein, Stengele. Die übliche Lautsprecheransage machen Sie, während ich absteige. Wenn der Geiselnehmer sich noch bei der Gruppe befinden würde, hätte er sich schon längst bemerkbar gemacht. Geben Sie mir Deckung, ich geh runter.«

Der Abstieg in die Hölle begann.

38

Status am Kramergipfel: Dreizehn Opfer. Genauer gesagt: elf Opfer, ein opfergewordener Täter – und ein unbeteiligter Geocacher. Letzterer stellte eine jener personellen Begleitschäden dar, den es in jeder Auseinandersetzung gab.

Alle dreizehn lagen bewegungslos am Boden. Manche kauerten, mit dem Gesicht nach unten, in grotesk anmutenden Körperhaltungen. Manche knieten im Najadensitz, das Gesicht am Boden, manche lagen bäuchlings hingestreckt. Antonia Beissle war eine von ihnen. Sie hatte eine Art von muslimischer Gebetsstellung eingenommen. Doch sie betete nicht. Oberstaatsanwältin Dr. jur. Antonia Beissle hatte noch nie in ihrem Leben gebetet, und sie sah nicht ein, warum sie jetzt auf einmal damit anfangen sollte. Sie fluchte lautlos. Was war das vorhin für ein Typ gewesen, der abgehetzt den Weg heraufgestolpert war und sein blödes und unpassendes »Hallo« gerufen hatte? Ein unbeteiligter Spaziergänger? Es waren doch die ganze Zeit keine Wanderer heraufgekommen! Warum jetzt auf einmal? Oder war das gar ein Polizist gewesen? Unwahrscheinlich, denn es war schwer vorstellbar, dass die Polizei einen abgewrackten Tattergreis an einen hochbrisanten Tatort schickte, der sich dann angesichts der angeketteten Opfer dramatisch und mit rollenden Augen ans Herz griff, um zum Schluss theatralisch niederzusinken. Nein, das konnte nicht sein. Wer aber war es dann gewesen? Antonia Beissle verharrte weiter in ihrer Salāt-Haltung.

Houdini lag wie ein eingerollter Fötus am Boden, immer darauf bedacht, seine geöffnete Handschelle zu verbergen. Auch er hatte überrascht aufgeblickt, als jemand aus einer gänzlich unerwarteten Richtung »Hallo« gerufen hatte. Sein erster jäh einschießender Gedanke war der gewesen, dass es der Geiselgangster selbst war, der sich seiner bisherigen Kleidung und seiner Maske entledigt hatte. War sein dramatisches und schlecht gespieltes Zusammensinken nur ein neuer, fieser Trick? In Houdinis Kopf rotierten die Spekulationen und Mutmaßungen wie Jonglierbälle. Er konnte keinen klaren Gedanken fassen. Er presste das Gesicht auf die Erde, genauso, wie er es heute schon oft gemacht hatte. Doch jetzt war etwas anders. Er spürte, dass der Boden vibrierte. Dass die Luft über ihm zitterte. Er vernahm die mächtig anschwellenden Motorengeräusche eines großen Fliegers. Trotzdem blickte er nicht auf. Auch von den übrigen Geiseln wagte niemand aufzublicken. Die letzten Schüsse aus der Maschinenpistole waren so überraschend gekommen, die gebrüllte Drohung des Gangsters war so hasserfüllt und zornig gewesen, dass niemand mehr riskierte, die Aufmerksamkeit auf sich zu lenken. Niemand wollte das nächste Opfer sein. Alle verharrten reglos. Vielleicht konnte man den Wahnsinn auf diese Weise lebend überstehen. Dann eine Stimme. Eine laute, klare, deutlich alemannisch eingefärbte Lautsprecherstimme.

»Hier spricht die Polizei!«

Das war nicht die Stimme des Gangsters.

»Bleiben Sie ruhig liegen. Mein Name ist Ludwig Stengele. Ein Beamter kommt jetzt zu Ihnen herunter. Die Bergspitze ist vollständig in der Hand von starken Polizeikräften. Sie sind nicht mehr in der Gewalt des Geiselnehmers. Sie sind außer Gefahr.«

Die Hubschraubergeräusche waren jetzt direkt über ihren Köpfen zu hören, das dröhnende Knattern mähte alle Rufe und Schreie nieder, die Geiseln spürten den drückenden, kalten Wind der Rotoren, sie rochen den beißenden Kerosingestank. Jetzt wagte erst recht niemand mehr aufzusehen. Nur ein Kopf hob sich vorsichtig in die Höhe. Eine kleine, müde Gestalt stützte sich unsicher und zögernd auf. Es war der Bärtige. Die rasenden Schmerzen in der Hand hatten ihn benommen und apathisch gemacht, die dramatischen Ereignisse der letzten Stunde hatte er nur bruchstückhaft mitbekommen. Aber jetzt rüttelte ihn der fegende Wind der Rotoren wach. Die Hubschraubertür öffnete sich, eine dünne silberne Nabelschnur wurde herausgelassen, daran hing ein Mann. Der Mann glitt langsam herunter, sprang auf den Boden, machte ein Zeichen nach oben. Die Nabelschnur schlackerte hin und her und peitschte den blauen Himmel.

»Bleibt alle in der Position liegen, in der ihr euch befindet«, schrie der Mann durch den Hubschrauberlärm hindurch. Und jetzt erkannte der Bärtige seinen alten Kameraden. Es war Hubertus, sein Freund aus vergangenen Tagen, der Stille aus der mittleren Reihe, das Ass in Sport, die Flasche in Mathematik. Er hatte ihn vor ein paar Stunden mit einer verschlüsselten Nachricht gerufen, Hu hatte seine Botschaft verstanden und war endlich gekommen. Plötzlich breitete sich dichter, wolkiger Rauch um Jennerwein herum aus, der himmlische, wattige Nebel quoll über das ganze Gipfelplateau und verschluckte schließlich auch ihn selbst. Jennerwein stand nur wenige Meter von ihm entfernt, schien ihn jedoch nicht zu erkennen oder ihn gar nicht zu bemerken. Trotzdem. Sein Plan war aufgegangen. Mit einem erleichterten Seufzer sank er zurück. Er verlor erneut das Bewusstsein.

Jennerwein hatte gehofft, sich die Gesichter der Geiseln einprägen zu können, bevor alles im Nebel der Rauchgranaten versank. Doch schon beim Abseilen aus dem Hubschrauber sah er, dass sie alle Masken trugen. Ein raffinierter Kerl, dieser Täter, dachte Jennerwein. Etwas abgesondert, vor der Gruppe der Geiseln, lag ein Mann, der keine Maske trug. Vielleicht war es ein besonders Mutiger oder ein Unvorsichtiger, der sie sich bereits abgestreift hatte. Jennerwein versuchte, ihn zu identifizieren, doch das war aus dieser Entfernung und vor allem nach all den Jahren, die vergangen waren, unmöglich. Was er noch im Heruntergleiten gesehen hatte, war ein Stoffsack und eine kleine Maschinenpistole. Ihr Lauf war auf die Geiseln gerichtet. Der Gipfelkasten stand offen, das Gipfelbuch war auf den Boden geworfen worden. Jennerwein versuchte, sich noch mehr Details einzuprägen, doch die Nebelkerzen ließen ihren wattigen Vorhang über die bizarre Szenerie fallen.

Die Männer des Spezialeinsatzkommandos stürmten den Gipfel hochprofessionell und effektiv. Als er auf den Boden gesprungen war, konnte Jennerwein die Arbeit der martialisch ausgerüsteten Männer aus nächster Nähe beobachten. Er sah zwar nur Schemen und Schatten, aber er sah genug. Es war erstaunlich, wie schnell sie operierten und wie genau sie selbst im dichtesten Nebel wussten, wo sie hinzugreifen hatten. Sie waren mit hochauflösenden Wärmebildkameras ausgestattet, mit denen sie sich ein schnelles Bild von der Position der Geiseln machen konnten. Der Nebel störte sie überhaupt nicht. Im Gegenteil. Die dicke Watte war ihr Element. Zudem wussten sie von Jennerwein, dass die Opfer gefesselt auf dem Boden kauerten. Das machte die Sache leichter. Oft stellten die Opfer den größten Störfaktor bei einer Befreiung dar.

Es war eine mit voller Absicht herbeigeführte chaotische und unübersichtliche Lage. Wenn ich Geiselnehmer wäre, dachte Jennerwein, dann würde ich genau das ausnützen. Dann wäre für mich jetzt der richtige Zeitpunkt, um zu verschwinden. Vielleicht hätte er Schimowitz die Rauchgranaten doch ausreden sollen. Andererseits vertraute er dem Kommandanten und seinen Männern. Jeder einzelne stand schon mit gespreizten Beinen über einer der dreizehn violettgrün pulsierenden Figuren, die er durch die Wärmebildkameras erkennen konnte. In Sekunden lief ein oft eingeübtes Programm ab: Eigensicherung, Opfersicherung, Suche nach Verletzten und Toten, Kurzdiagnosen, Anweisung zum Abtransport der Verletzten in der Reihenfolge der Schwere der Verletzungen. Man hörte es: Zwei Sanitätshubschrauber kreisten schon in der Luft.

Drei Meter von Jennerwein entfernt hatte solch ein SEK-Mann seine Arbeit gerade beendet. Er hatte den Liegenden auf Waffen durchsucht, den Puls gefühlt, beruhigend auf ihn eingesprochen und ihn schließlich von den Handschellen befreit. Gerade zog er ihm vorsichtig die Maske vom Gesicht. Jennerwein erkannte ihn sofort, trotz des erschöpften und zerschrammten Gesichts und trotz der dreißig Jahre, die vergangen waren. Es war Dietrich Diehl.

»Öffnen Sie die Faust!«, sagte der SEK-Mann plötzlich zu dem zerschrammten Mann. Er sagte es ruhig, aber mit eisiger Strenge. Doch jetzt wurde er lauter.

»Öffnen Sie sofort die Faust!«

»Der neunte August!«, keuchte der Mann am Boden. »Der Tag des Zorns!«

Er öffnete die Faust, und ein kleiner Chalzedon-Stein glitt durch seine Finger.

Dr. Dietrich Diehl
Veterinärmedizinische Praxis
für Klein- und Kleinsttiere

Stein des Tages:
Chalzedon, ein heiliger Stein der Indianer, fördert Brüderlichkeit und Wohlwollen. Chalzedon lindert Feindseligkeit, Reizbarkeit und Melancholie.

Liebe Freunde,
wie freue ich mich auf den Ausflug ins Blaue! Fichtl wird das alles sicher wieder hervorragend organisieren. Ich habe natürlich sofort ein ausführliches Tageshoroskop für den neunten August erstellt. Ich bringe es euch mit – ihr werdet staunen! Mir geht es gut. Ich überlege gerade, ob ich meine Tierarztpraxis aufgebe und mich voll und ganz meinen Horoskopen und dem Pendeln widme. Ich freue mich auch schon auf das Felsenfest – und werde wie immer Nudelsalat mitbringen!

Also auf bald –
Euer Diehl Dietrich, Pendler zwischen den Welten

PS: Wenn einer von euch mal ein ausführliches Horoskop braucht – ich mache einen Sonderpreis für alte Klassenkameraden!

39

Auf der Kramerspitze.

Hauptkommissar Ludwig Stengele saß in der offenen Tür des Hubschraubers, die Füße auf den Kufen, gut fünfzehn Meter über dem Gipfel des Kramerhochplateaus, um seinem Chef mit der Dienstwaffe Deckung zu geben. Für alle Fälle. Er war zwar genauso wie Jennerwein der Meinung, dass es in dieser Angelegenheit zu keinem Schusswechsel mehr kommen würde – Stengele nahm an, dass der Geiselgangster schon über alle Berge war, diesmal im wahren Sinn, und dass er auch schon erreicht hatte, was er wollte. Aber trotzdem. Sicherheit ging vor. Der Hubschrauber hielt sich starr in der Luft, wie eine dicke, unschlüssige Hummel angesichts einer zweifelhaft riechenden Blüte. Stengele blickte auf den Rauchpilz, aus dem jetzt nur noch das Gipfelkreuz – und die Gestalt Kommissar Jennerweins ragten. Er kannte die Vorliebe von Schimowitz für dichte Vernebelungen des Angriffsziels. Es hatte eine Auseinandersetzung zwischen dem SEK-Einsatzleiter und Jennerwein über Funk gegeben.

»Lassen Sie das doch mit den Rauchschwaden«, hatte Jennerwein gesagt. »Der Täter ist schlauer als wir denken. Der rechnet genau damit und entkommt uns noch im Nebel.«

»Dann kann ich für die Sicherheit der Geiseln nicht garantieren. Opferschutz geht vor Fahndungserfolg.«

Das hatte Jennerwein überzeugt.

Auch Stengele hatte versucht, sich noch einige Einzelheiten einzuprägen, bevor die ersten Rauchgranaten in hohem Bogen aufs Plateau geworfen wurden. Die Geiseln waren in sehr großem Abstand voneinander am Boden fixiert worden. Außergewöhnlich, dachte Stengele. Man kann Geiseln wesentlich besser kontrollieren, wenn man sie eng zusammenpfercht. Sie gehen sich gegenseitig auf die Nerven, sie sind leichter manipulierbar. Pfuscher oder Genie? Hm. Das Zweite, was ihm auffiel, waren die Masken. Hexenmasken. War hier eine sadistische Perversität im Spiel? Oder war es vielmehr ein geschickter Schachzug? Der Rauch löste sich langsam auf. Trotzdem konnte er nicht erkennen, ob eines der Opfer verletzt war. Das festzustellen war der Job der Männer dort unten. Stengele beugte sich weiter vor. Von einem Gewalttäter keine Spur. Etwas entfernt von den Geiseln lagen ein Stoffsack, eine Waffe und ein Megaphon. Er schoss ein paar Fotos. Dann suchte er die nähere Umgebung des Bergplateaus ab. Die Männer des SEK waren zwar gut getarnt, olivfarben und braungrün gefleckt, aber Stengele konnte sie trotzdem ausmachen. Sie hatten sich schnell und dennoch mit größter Vorsicht auf das Plateau zubewegt, waren lautlos in den sich ausbreitenden Rauch geschlüpft und waren im Moment dabei, die Aktion abzuschließen. In einiger Entfernung zum Gipfelkreuz fiel Stengele eine Stelle auf, die sich durch ihre hellere Färbung vom Felsgrund abhob. Es war eine flache Mulde, die die Größe eines ausgebreiteten Picknicktuchs für zwei Personen hatte. Dort war kaum Geröll zu sehen, es schien, als ob jemand die Steine weggescharrt hätte, um die Sandschicht darunter freizulegen. Und jetzt war Stengele hellwach. Eine Adrenalinwelle durchflutete seinen Körper. Er nahm das Fernglas auf, das um seinen Hals baumelte, und richtete es auf die kleine ockerbraune Mulde. So etwas hatte er schon mehr als einmal gesehen. In Französisch-Guayana, auf den Tafelberg-Klippen.

Dann in Südfrankreich, im Ausbildungslager in Laudun-l'Ardoise. Stengele war hochgradig erregt. Genau so könnte der Geiselnehmer geflohen sein. Er musste sofort absteigen und die Stelle untersuchen.

Kramerspitze – die zweite.

Hundert Kilometer weiter nördlich, in der Hauptstadt der Bayern, in den ehrwürdigen Gemäuern des Bayrischen Staatsministeriums für Wirtschaft, Infrastruktur, Verkehr und Technologie (Originalabkürzung: BStMWIVT), beschäftigte man sich ebenfalls mit der Kramerspitze, dort jedoch in verkehrstechnischer Hinsicht. Denn nunmehr war es beschlossene Sache: In naher Zukunft sollte unter dem ganzen Kramergebirge ein Autotunnel durchführen, der die Urlauber schnell von Hamburg nach Palermo, jedenfalls auf die südliche Seite der Alpen bringen sollte. Der Bau des Kramertunnels hatte inzwischen schon einiges an Unterhaltungswert geboten, eine bunte Mixtur aus Baufeststellungsverfahren, Raumordnungsbeschlüssen, Erörterungsterminen, Klagen und Gegenklagen hatten die Bohrungen verzögert. Vor fünfunddreißig Jahren waren die ersten Entwürfe vorgelegt worden, aus vielen Gründen war dann lange nichts weitergegangen. Die Naturschützer. Die einheimische Hotellerie. Die Olympischen Spiele. Die Bauern. Der Bayrische Verwaltungsgerichtshof. Der Landkreis. Die Verkehrsstrategen. Die amerikanische Garnison. Jahrzehntelang wurde das Bauvorhaben aufgeschoben, jetzt aber war es endlich so weit. Der Bürgermeister hatte den kühnen Schlag getan. Mit dem Ruf »O'bohrt is!« hatte er den Meißel in den Stein getrieben, er hatte, angetan mit der silbernen Amtskette, die ersten Zentimeter freigelegt, ohne dass er auch nur eine Wasserader getroffen hätte. Schon Tage später wurde der Fels mit schwerem Gerät bearbeitet. Ein paar hundert Meter ging es gut. Doch dann: Wie wenn ein namenloser Berggott gezeigt hätte, wo der Hammer hängt, war man bei den Probebohrungen auf Lockergestein und Grundwasser gestoßen. Aber sei's drum: Irgendwann würde sich ein Tunnel unter dem Kramer hindurchschlängeln, und er würde, so viel stand schon fest, den Namen einer bekannten (und hoffentlich bis dahin immer noch bekannten) Skirennläuferin tragen. Einen Namen hatten die Strategen also schon, dann würde zu den Bohrungen nicht mehr viel fehlen. Zu den *offiziellen* Bohrungen, wohlgemerkt. Denn es gab darüber hinaus auch inoffizielle Bohrungen, von denen die Öffentlichkeit und auch der Bürgermeister nichts wussten.

Kramerspitze – die dritte.

Diese inoffiziellen Aktivitäten wurden tausend Kilometer weiter südlich gelenkt.
»Und? Wie sind deine Arbeiten vorangegangen, lieber österreichischer Freund?«, fragte ein dicker, heiserer Mann im fernen Italien. Er wandte sich an einen kleinen, drahtigen Mann mit unruhig von Punkt zu Punkt springenden Augen. Der Angesprochene legte Messer und Gabel beiseite, tupfte sich den Mund und sagte nur:
»Narrisch guat.«

Der Österreicher Karl Swoboda, Problemlöser der Ehrenwerten Familie, hatte eine brillante Idee gehabt. Wenn der Kramer schon angebohrt wurde – warum sollte man da nicht mitmachen!
»Wir waren schon immer gut im Kurort präsent«, sagte Swoboda. »Wir sollten es bleiben. So ein Tunnel hat viele Vorteile. Zum Beispiel ist er unerreichbar für jegliche Funkortung.«

»Was hast du vor, Swoboda? Wahrscheinlich etwas, was mich viel Geld kostet!«

»Ja, aber es wird sich lohnen. Wir zapfen den Kramertunnel an. Wir machen eine Querbohrung. Am Kramerhang gibt es einen Haufen Häuschen mit Grundstücken zum Berg hin. Viele davon sind harmlose Fremdenpensionen. Vorne gehen Touristen in grobkarierten Hemden ein und aus und pfeifen Wanderlieder. Hinten stehen Schupfen und Garagen, die sich diskret an den Kramerhang schmiegen.«

»Das klingt interessant.«

»Ich habe auch schon mit den Probebohrungen begonnen.«

»Wie viele Leute brauchst du im Endeffekt dazu?«

»Nicht viel. Ein halbes Dutzend vielleicht.«

»Gut, bene, machen wir.«

Padrone Spalanzani ließ sich einen Teller Pasta kommen. Sie mussten genauso schmecken wie bei Mama Spalanzani. Pappardelle, natürlich nur selbstgemacht. Die Sauce dazu, das *Ragù alla Mama Spalanzani*, musste so lange auf dem Herd stehen, wie Vincenzo Bellinis Oper *Il pirata* dauerte, nämlich mit Pause dreieinhalb Stunden. Die heiße Nachmittagssonne Siziliens brach durchs Fenster, Alessia Spalanzani, die Nichte des Padrone und seine designierte Nachfolgerin, schwebte wie ein gemalter Engel von Botticelli herein. Der azurblaue Himmel bebte, die Luft stand dick wie Blut. Draußen auf der Wiese bildete ein strenger *addestratore* ein paar neue Killer aus.

»Wenn ich schon so viel Geld investiere«, sagte der Padrone, »dann muss ich genau wissen, was da geschieht.«

»Ich stelle mir das so vor«, erwiderte Swoboda. »Ein Lastwagen fährt in den Tunnel, an einer nur uns bekannten Stelle wird er langsamer, ein Spalt öffnet sich in der Decke, irgendetwas wird in den Lastwagen geworfen, der Lastwagen fährt weiter.«

»Wie sieht es mit Personen aus?«

»Geht genauso. Die Personen tragen im Tunnel eine Straßenbauarbeiterkluft, sie verschwinden spurlos, sie tauchen aus dem Nichts auf, wie mans braucht. Wir richten die alte Nord-Süd-Achse der Familie wieder auf.«

Padrone Spalanzani hatte das Projekt daraufhin genehmigt. Das war jetzt fast fünf Jahre her. Der Tunnel, den Swoboda angepackt hatte, war fertiggestellt. Das war auch nicht weiter verwunderlich: Er musste sich ja nicht mit Planfeststellungsverfahren und Wasserwirtschaftsämtern herumschlagen. Der Tunnel war fertig, die internationale Nachfrage war enorm. Der Witz dabei war, dass die süditalienische Mafia jetzt schon seit Monaten darauf warten musste, dass der legale Kramertunnel endlich gebaut wurde.

40

Status am Gipfel: dreizehn Geiseln liegend, gefesselt, Täter vermutlich geflüchtet. Alle dreizehn Personen unbewaffnet, eine Maschinenpistole der Marke Bison liegt herrenlos auf dem Boden. Keine Kampfhandlungen, keine Gegenwehr. Eigenverluste: ein Mann.

Der Kindergärtnermasseur mit der Kennnummer F-15 hatte schon einige Minuten nicht mehr auf Befehle und Fragen reagiert. Auch darauf war man natürlich vorbereitet. Mit Ausfällen durch gegnerische Einwirkung musste man rechnen. Aber andererseits: Es hatte weder einen Schusswechsel noch einen Kampf gegeben – warum meldete sich F-15 nicht mehr? Hatte der Geiselnehmer ihn angegriffen und war durch diese Lücke im Kordon entkommen? Schimowitz funkte den Einsatzleiter der nachrückenden Bergwachtler an.

»Ausschau halten nach einem flüchtigen Täter.«
»Beschreibung?«
»Nicht möglich. Frau, Mann – groß, klein – dick, dünn – könnte alles sein.«
»Verstehe.«
»Zusätzlich Ausschau halten nach einem Verletzten. Es ist einer unserer Männer. Letzter Funkverkehr vor zehn Minuten.«

Sie waren auf Widerstand gefasst gewesen, sie hatten feststellen müssen, dass es keinen gab. Keine um sich schießenden, schreienden, hysterisch tobenden Geiselnehmer, keinen Gangster, der die Waffe an die Schläfe eines Opfers oder an seine eigene hielt. Schimowitz war für eine Millisekunde verwirrt. Er überlegte, was das bedeutete. Hatte der Geiselnehmer eine Tretmine oder eine Bombe platziert? Sie mussten so schnell wie möglich hier weg. Die zwei Sanitätshubschrauber näherten sich, die SEKler standen immer noch breitbeinig über den Geiseln. Ihre Aufgabe war es nicht, die Opfer zu befragen, das war Jennerweins Sache.

Status: Alle dreizehn Geiseln sind desorientiert, nur bedingt ansprechbar, müssen sofort ausgeflogen werden. Zwei sind schwer verletzt, drei ohne Bewusstsein.

Eile war geboten. Jennerwein wollte den Abtransport der Opfer auf keinen Fall verzögern. Während sie für den Hubschrauberflug vorbereitet wurden, lief er rund um das Plateau und versuchte, Gudrian unter den apathischen Gestalten zu entdecken. Reste von Nebelschwaden behinderten seine Sicht, die Männer von Schimowitz waren teilweise noch über die Opfer gebeugt, um sie zu beruhigen – zudem war es dreißig Jahre her, dass er seine Kameraden das letzte Mal gesehen hatte. Er umkreiste das Plateau noch ein zweites Mal: Keine Spur von Gudrian. Angst und Wut stiegen in ihm auf. Er war vermutlich zu spät gekommen. Er versuchte, jemanden ausfindig zu machen, der einigermaßen auskunftsfähig war. Keine Chance. Alle hatten sie diesen unbeweglichen, starren Blick, der auf eine posttraumatische Belastungsstörung hindeutete. Eine Befragung wäre jetzt sinnlos gewesen. Er versuchte es trotzdem. Er erhob die Stimme.

»Hier spricht Jennerwein. Hört mal zu! Ich habe eine wichtige Frage an alle: Gibt es außerhalb dieses Gipfelplateaus noch Verletzte? Ich wiederhole: Weiß jemand von einer verletzten Person außerhalb dieses Bereichs?«

Als eine Frau, die schon halb in den Tragesack eingewickelt war, ungezügelt losweinte und lauthals aufschluchzte, schien das für viele der Anlass zu sein, ihren Gefühlen freien Lauf zu lassen. Sie schrien wild und unverständlich durcheinander.

»Die Waffe liegt dort hinten!«, brüllte Antonia Beissle, und ihre Stimme überschlug sich. »Die Waffe liegt dort hinten!«

»Das Zzzzing!, das Zzzzing! Achtet auf das Zzzzing!«, kreischte Houdini. »Es ist eine Zeitbombe, sie wird jeden Augenblick explodieren! Bringt uns hier weg! Bringt uns in Sicherheit!«

Einer hielt sich die Hand vor den Kopf und fluchte laut, als man versuchte, ihm die Maske vom Gesicht zu lösen, ein anderer trat und schlug um sich, ein dritter versuchte, sich aus der Trage zu wickeln und zu fliehen.

»Hört mal kurz zu. Ich bin Hauptkommissar Hubertus Jennerwein. Ihr kennt mich alle gut. Ich will wissen, ob sich außerhalb –«

Er fand kein Gehör. Die tobende Antonia Beissle, die er inzwischen als solche erkannte, musste intramuskulär mit 10 mg Diazepam beruhigt werden, und auch die anderen Befreiten waren entweder stumm und apathisch oder im Gegenteil außer Rand und Band. Sie deuteten in verschiedene Richtungen, redeten von Maschinengewehren und tickenden Zeitbomben, von Säcken mit klingelnden Handys und vom Heiligen Geist, der vom Himmel herabgestiegen war. Der Chor der Wimmernden und Verzweifelten wurde von Hustenanfällen erstickt. Sie konnten nicht mehr deuten und zeigen, denn sie wurden jetzt in Decken gewickelt, festgeschnallt und abtransportiert.

»Hier ist er!«, schrie einer von Schimowitz' Männern plötzlich. »Ich habe ihn! Männlich, unverletzt, allem Anschein nach unbewaffnet!«

Houdini hatte es kommen sehen. Zunächst war alles gutgegangen. Doch jetzt wurde ihm ein Arm äußerst schmerzhaft auf den Rücken gedreht. Ihm blieb gar nichts anderes übrig, als sich in sein Schicksal zu ergeben. Drei, vier, fünf, sechs Gewehrläufe richteten sich von allen Seiten und aus nächster Nähe auf ihn, viele Hände packten ihn und entkleideten ihn vollständig.

»Wir haben den Geiselnehmer!«

»Sind Sie sicher?«, rief Jennerwein.

»Ziemlich sicher«, schrie der Mann zurück. »Er ist nicht gefesselt. Er hat beim Zugriff versucht, sich eine Handschelle anzulegen.«

»Warum haben Sie ihn entkleidet?«

»Er hätte am Körper Plastiksprengstoff tragen können.«

Das Wort ›Plastiksprengstoff‹ verursachte erneute Panik unter den Geiseln. Sie tobten jetzt. Die Rettungstücher, in die sie eingewickelt waren, zuckten und zitterten, die plumpen Bergesäcke schienen mit einem burlesken Tanz beginnen zu wollen. Die Männer zogen Houdini, nackt, wie er war, hoch, sie luden ihn im Gegensatz zu den anderen nicht auf eine Trage, sie stützten ihn von beiden Seiten und zerrten ihn reichlich unsanft, aber noch im Rahmen der Polizeivorschriften zu einem der Sanitätshubschrauber.

»Wenn alle dreizehn drin sind«, brüllte Schimowitz, »dann sofort bei mir sammeln. Wir sind hier fertig, wir werden schnellstmöglich ausschwärmen. Wir steigen ab und durchkämmen das Gelände nach eventuellen Helfern des Geiselnehmers.«

Jennerwein konnte es nicht fassen. Die Männer hatten dem Nackten die Maske abgenommen. Es war Ronni Ploch, der Hüftchirurg! Die internationale Koryphäe, der strahlende Stern am medizinischen Himmel. Der Partyzauberer und Gaudibursch! Hatte der das Zeug dazu, eine brutale, blutige Geiselnahme durchzuführen? Jennerwein sah den beiden davonfliegenden Sanitätshubschraubern nach. Er würde ihn befragen. Schon bald.

Prof. Dr. Ronni Ploch
Facharzt für Chirurgie

Liebe Freunde,

gerne komme ich zum Klassentreffen, ich freue mich schon wahnsinnig drauf. Da werden wieder ein paar alte Sprüche fallen und viele Korken knallen! Ich habe gerade letzte Woche meine tausendste künstliche Hüfte eingesetzt, und ich bin stolz darauf. Die Hüfte – was für ein Körperteil! Es macht den Menschen erst zu einem intelligenten Wesen. Der aufrechte Gang, der Blick zum Horizont, hinauf zu den Sternen – das alles ist erst durch diese evolutionäre Sensation, die Hüfte, möglich. Liebe Kardiologen, Pulmologen, Neurologen und wie ihr alle heißt – seid mir nicht böse, aber eure Organe und Körperteile sind lediglich kleine, untergeordnete Rädchen im Vergleich zu dem Gelenk, das den Weg zur menschlichen Kultur bereitet hat. Was ist das Herz schon anderes als eine unförmige Pumpe, die sich von der der Wildsau kaum unterscheidet? Was ist das Gehirn? Ein störanfälliger Knecht, der sich die Welt schönrechnet und, wenn er ausnahmsweise einmal was Nützliches erfindet, es für Raub, Mord und Krieg einsetzt. Aber dann der Hüftknochen! Er macht so viele geschmackvolle Dinge erst möglich: Die elegante Drehung einer Balletttänzerin, die verführerische Pose der Geliebten, das vertrauliche Vorbeugen, das entspannte Zurücklehnen ... Wie heißt es bei Elvis Presley, bei dem die Revolution aus der Hüfte kam: »Close your lips, swing your hips ...« Und wie heißt es bei Shakira: »Hips don't lie!« – das ist natürlich mein Handyklingelton!

Euer Ronni, der vom Klassenclown zum hippen Hüfthippo aufgestiegen ist

(Anmerkung von Harry Fichtl: Hat es nicht zwei von uns schon erwischt, rein hüftmässig? Genauer gesagt: hüftprothesenmäßig? Da kommt doch so eine Ode an die Hüfte grade recht, meint ihr nicht? Jetzt aber im Ernst: Behandelt ihn mit Respekt, unseren Freund Ronni. Ich habe in einer stillen Stunde mal mit ihm über seine Rolle als ›Klassenclown‹ geredet. Er muss damals sehr darunter gelitten haben. Er leidet heute noch darunter. Vielleicht findet sich ein Stündchen beim Klassentreffen, wo wir darüber reden können.)

41

Der Rauch hatte sich verzogen, die leichten Windstöße bliesen die letzten Reste davon. Ein Schlachtfeld lag vor Jennerwein. An vielen Stellen waren Blutspuren zu sehen. Die Befreier hatten die Handschellen mit Bolzenschneidern aufgezwickt, die verbogenen und zerrissenen Stahlschienen wuchsen aus dem Felsboden wie Disteln aus Draht und Eisen. Jennerwein bückte sich. Es waren Handschellen, wie sie die Polizei verwendete. Verwendet *hatte*, denn dieser Typ von Handfesseln war schon lange nicht mehr in Gebrauch. Jennerwein fiel auf, dass noch einmal doppelt so viele Ringhaken in den Boden eingelassen worden waren, an denen keine Handschellen hingen. Hatte der Geiselnehmer mit mehr Geiseln gerechnet?

Jennerwein umkreiste das Areal und entfernte sich von der Fläche, auf der die Klassenkameraden gefangen gehalten worden waren. Er suchte den ganzen Berggipfel ab. Zehn Meter entfernt, in einer Kuhle, stieß er auf einen Stoffsack aus grobem Leinen, in dem sich elf Mobilfunkgeräte befanden, ferner zwei kleine Tablets, ein Krankenhauspiepser, mehrere Digitalkameras und ein paar andere elektronische Geräte, die er auf die Schnelle nicht identifizieren konnte. Über zwanzig Schritt vom eigentlichen Tatort entfernt, hinter einer kleinen Felserhöhung, bemerkte er noch einen weiteren Haken, der in die Erde geschlagen oder eingegipst worden war. Rund um diesen Haken verliefen starke Blutspuren, die ganze Stelle schien zertrampelt zu sein. War hier jemand aus der Gruppe herausgegriffen und gefoltert worden?

Die beiden Sanitätshubschrauber, die die Verletzten und unter posttraumatischem Schock Stehenden ins Krankenhaus brachten, hatten sich entfernt und waren nicht mehr zu hören. Schimowitz lief zu Jennerwein und gab ihm die Hand.

»Gut gemacht, Kommissar«, sagte der Kommandant. »Hut ab! Eine Geiselnahme auf der Kramerspitze – darauf wäre ich nicht gekommen. Eigentlich ein völlig ungeeigneter Berg für so was. Sie müssen mir bei Gelegenheit erzählen, wie Sie das rausgefunden haben.«

»Das Lob kann ich zurückgeben, Schimowitz«, sagte Jennerwein lächelnd. Erst jetzt steckte er seine Dienstwaffe wieder in das Holster. Die kleine, verkratzte Heckler & Koch nahm sich sehr bescheiden aus gegenüber der überall herumbaumelnden und herausragenden Artillerie der SEKler und speziell der von Schimowitz.

»Wie viele Geiseln haben Sie gesichert?«, fragte Jennerwein.
»Dreizehn.«

Schimowitz grüßte militärisch, machte sogar eine Andeutung des ehrfurchtsvollen Hackenzusammenschlagens und ging zu seinen Leuten, die schon auf ihn warteten. Er bellte einige Instruktionen, dann schwärmten sie im Halbkreis aus. Jennerwein wandte seinen Blick zu Stengele, der sich gerade aus dem Bergwachthubschrauber abseilte. Nichts zeugte mehr von einer Geiselnahme, wenn man von den bösen Blumen aus Stahl absah, die hier blühten. Und wenn man von einer Bison PP-19, ein paar herumliegenden Lady-Gaga-Masken und einem Kindermegaphon absah. Jennerwein suchte den Boden ab. Viele verwertbare Spuren gab es wohl nicht mehr, die wilde Zugreiftruppe hatte den Boden vermutlich vollkommen plattgestampft. Aber die Gesundheit und das Leben der Geiseln gingen natürlich vor.

Jennerwein schüttelte den Kopf. Ronni Ploch! Unvorstellbar! Ronni Ploch, der Witzbold, der Klassenkasper, der immer einen guten Spruch draufgehabt hatte. Seine tiefe Bassstimme und die große Nase hatten ihm einige Spitznamen eingetragen. Schon seine Eltern waren Ärzte gewesen, es lag nahe, dass auch er diesen Beruf ergriff. Seine Zauberei nervte manchmal, aber sie war auch irgendwie lustig. Jennerwein bezweifelte, dass Ronni Ploch der Täter war. Er glaubte nicht daran, dass jemand solch einen logistischen Aufwand trieb, um sich dann derart leicht überwältigen zu lassen. Er ging zu der Stelle, an der einer der Männer *Hier ist der Geiselnehmer!* geschrien hatte. Er bückte sich und besah sich die Handschelle, die als Einzige nicht aufgezwickt worden war. Sie hing unversehrt an dem Haken. Jennerwein betrachtete den Boden rings um den Haken genauer. Bald fand er, was er gesucht hatte. Ganz klein und winzig, fast in einer Erdspalte verborgen, lag das abgebrochene Ende eines Brillenbügels. Er steckte es in einen Beweissicherungsbeutel. Ploch vulgo Houdini schied damit schlagartig aus dem Kreis der Verdächtigen aus. Ploch hatte lediglich versucht, sich zu befreien. Houdini hatte gezaubert.

Kaum war er vom Seil abgesprungen, lief Ludwig Stengele zu der hellen Stelle, die ihm vom Hubschrauber aus aufgefallen war. Dort bückte er sich und ließ den feinen Sand zwischen den Fingern durchrieseln. Er gab eine Prise in den Beweissicherungsbeutel. Dann kroch er auf allen vieren um die Stelle herum, prüfte ihre Festigkeit und Härte. Dazu hob er seine Faust und schlug mehrmals kurz auf die sandige Stelle.
»Treibsand, Chef!«, rief er in Richtung Jennerwein.

»Treibsand? Was soll das bedeuten?«

»Ich dachte mir schon, dass es so etwas auf einem Berg gibt, der hauptsächlich aus Dachsteindolomit besteht. Es sind Felslöcher voll Sand, in denen kleine Gegenstände schon mal versinken können.«

»Wie weit versinken können?«

»Nicht weit, vielleicht einen halben Meter.«

»Meinen Sie –«

»Nein, das ist kein Treibsandloch, durch das ein Mensch fliehen kann. Das nicht. Leider. Ich will damit bloß sagen, dass es hier im Kramergebirge solche Stellen gibt. Auch größere.«

»Wie groß?«

»Dass sich der Geiselnehmer darin verstecken könnte.«

»Da erstickt er doch.«

»Wenn das sein Plan war, hat er einen Luftschlauch dabei.«

Jennerwein blickte ungläubig auf die Stelle.

»Sie halten mich wahrscheinlich für verrückt, Chef«, sagte Stengele lächelnd. Er lächelte selten. »Das Prinzip von Treibsand ist erstaunlich. Ein schneller, harter Schlag, zum Beispiel durch Draufspringen oder Drüberstampfen – und es passiert gar nichts. Fest wie Beton. Wenn ich mich aber vorsichtig draufstelle, dann sinke ich ein. Das ist ein Effekt bei allen Nicht-Newtonschen Fluiden. Becker kann es Ihnen sicher besser erklären – ich machs mal vor.«

Stengele demonstrierte es. Er sprang mit voller Wucht auf die Stelle, der Sand gab keinen Zentimeter nach. Dann setzte er vorsichtig und langsam einen Fuß nach dem anderen darauf. Und er sank. Und sank. Bis zu den Knöcheln. Er zog die Hosenbeine hoch. Er sank weiter. Bis zu den Waden.

»Wir sollten die Umgebung absuchen«, sagte Stengele, stieg wieder auf festen Boden und schüttelte den Sand von den Schuhen. »Ich übernehme das. Die Bergwachtler stehen ein paar hundert Meter von hier. Sie bilden immer noch einen Ring um den Gipfel. Sie sollen noch zusätzlich nach solchen Stellen suchen.«

»Ja, tun Sie das, Sten–«

Jennerwein brach mitten im Wort ab.

»Sehen Sie dort, Stengele!«

Von einem der Haken, an denen keine Handschelle hing, führte eine Schleifspur zehn Meter weit direkt bis zum Abgrund. Sie war unregelmäßig unterbrochen durch die Trampelspuren der SEKler. Es war eindeutig eine Schleifspur, die auf ungute Weise bis zur Felsklippe führte. Stengele hielt die Luft an. Schnell stürzten die beiden Beamten zur Felskante. Sie legten sich auf den Bauch, robbten vorsichtig vor und blickten hinunter. Dort unten, ganz klein, lag ein Mensch. Er bewegte sich. Es konnte aber auch nur der Wind sein, der sich in der gelbschwarzen Jacke verfangen hatte. Jennerwein konnte das Gesicht auf diese Entfernung nicht erkennen.

»Ist das Bernie Gudrian?«, stieß er flüsternd hervor.

42

Oberforstrat Siegfried Schäfer kannte die Studie. Sie war erst 2008 herausgekommen, und sie wies nach, dass ein Sechstel aller Menschen schon einmal Stimmen gehört hat. Wenn man zu diesem Sechstel zählte, wäre es ein Leichtes, sich damit abzufinden, doch stattdessen redete man sich sein Leben lang ein, zu den anderen fünf Sechsteln zu gehören. Es ist einfacher so. Der Polizei sagt man natürlich nicht, dass einem eine Stimme befohlen hätte, seine Ehefrau mit siebenundzwanzig Messerstichen niederzustrecken. Man verschweigt es auch gegenüber dem Untersuchungsrichter, lässt sich für den Oberstaatsanwalt und den Gefängnispsychologen ein plausibleres, nachvollziehbareres Motiv einfallen, auch die Mitglieder der Außervollzugsetzungskommission lenkt man auf eine andere Fährte. Am Ende gibt man es sogar vor Gott nicht zu. Gott nickt und schickt einen in den neunten Kreis der Hölle. Man wird hinausgeführt aus dem Jüngsten Gerichtssaal, steht draußen im Flur und hört durch die halbgeöffnete Tür, wie Gott sagt:

»Wenn er wenigstens zugegeben hätte, Stimmen gehört zu haben!«

Man will sich gerade umdrehen, um etwas zu erwidern, aber da ist es schon zu spät.

»Der Nächste bitte!«, sagt Gott.

Oberforstrat Schäfer riss sich von seinen Gedanken los und blickte aus einem der kleinen Fenster des Sanitätshubschraubers. Schöne sattgrüne Bilder flogen vorbei. Er reckte sich. Die Liegepritschen waren bequemer, als er gedacht hatte. Er hatte alles gut überstanden. Von größeren körperlichen Blessuren war er verschont geblieben, eine Ärztin hatte ihn erst vor ein paar Minuten untersucht und nichts festgestellt, was dringend hätte behandelt werden müssen. Außer ein paar schmerzhaften Abschürfungen im Gesicht war er wohlauf. Schäfer hob den Kopf und linste zu den anderen Insassen des Hubschraubers hinüber. Die meisten schienen in einem erbärmlichen Zustand zu sein. Gleich nebenan bekam jemand eine Sauerstoffmaske angelegt. Er selbst war vermutlich derjenige, der am glimpflichsten davongekommen war. Trotzdem hatte ihm die Ärztin empfohlen, wenigstens eine Nacht zur Beobachtung im Krankenhaus zu bleiben, sicherheitshalber, wegen des posttraumatischen Schocks, der durchaus körperliche Folgen wie einen Kreislaufzusammenbruch oder heftige Atemnot nach sich ziehen konnte. Die Ärztin war sympathisch, Schäfer sah keinen Grund, abzulehnen. Seine Stimmen hatten ihm ebenfalls zu einem stationären Aufenthalt geraten.

Er war alles andere als ein pendelnder und kartenmischender Esoteriker wie Dietrich Diehl. Das Paranormale war seine Sache nicht. Oberforstrat Siegfried Schäfer hörte schlicht und einfach Stimmen. Die meisten begleiteten ihn schon sein ganzes Leben lang. In der Schulzeit war das plötzlich losgegangen, in einer Mathematikstunde beim alten Schirmer.

Hallo, hatte die Stimme gesagt, als Schirmer das Problem mit der grasenden Ziege an die Tafel zeichnete. *Hallo, ich habe die Lösung für dich.* Schäfer war gar nicht einmal besonders überrascht gewesen. Und die Lösung war gar nicht einmal so falsch gewesen.

Er war ein großgewachsener Kerl, ein Riesentrumm Mannsbild, das alle anderen um Haupteslänge überragte. Auf den ersten Blick machte er einen durchaus erdverbundenen, bodenständigen Eindruck. Kein Mensch ahnte etwas von seinen ungebetenen Dauergästen. Manchmal meldeten sich die Stimmen wochenlang nicht. Dann tauchten sie plötzlich auf und gaben ihm Anweisungen. In diesem Fall war es einfacher, sie zu befolgen. Er hatte sich arrangiert, er empfand die Stimmen nicht als Behinderung. Nein, sie waren eher eine Art Zweitmeinung. Er hatte keiner Menschenseele je davon erzählt. Dann war vor ein paar Wochen auf einmal der beunruhigende Eintrag von diesem mysteriösen N. N. in der Klassenzeitung aufgetaucht.

Oberforstrat Schäfer – der ist eine Gefahr für die Öffentlichkeit, der spinnt total. Gehört eigentlich in die Psychiatrie, und zwar so schnell wie möglich.

Wie war das möglich? Es war ausgeschlossen, dass irgendjemand etwas von diesem Teil seines Lebens erfahren hatte. Es gab ja nicht einmal einen wissenschaftlichen Namen dafür. Die Psychologen qualifizierten Stimmenhören als Symptom einer paranoiden Schizophrenie ab. Der Zustand, in dem er sich befand, hatte mit Schizophrenie überhaupt nichts zu tun! Aber überhaupt nichts! Er hatte sich im Griff, er führte ein meganormales, im bürgerlichen Dasein fest verwurzeltes Leben. Das musste ein Schuss ins Blaue gewesen sein. Jeder war doch in irgendeiner Weise eine Gefahr für die Öffentlichkeit. Jeder gehörte *eigentlich* in die Psychiatrie. Mister N. N. hatte keine Ahnung.

Siegfried Schäfer löste seinen Blick von der hochsommerlichen Landschaft vor dem Fenster, zog ein Buch aus der Jackentasche, blätterte darin herum und blieb an einer bestimmten Seite hängen.

»Was liest du denn da?«, fragte sein blasser Nebenmann im Sanitätshubschrauber.

»Hermann von Barth«, antwortete Schäfer. »*Aus den nördlichen Kalkalpen*. Berichte von Barths Bergwanderungen. Er ist übrigens der Erstbesteiger der Kramerspitze. Hat sie sich 1856 vorgenommen. Wusstest du das?«

»Nein«, sagte Harry Fichtl.

Harry Fichtl lag auf der Pritsche neben Schäfer. Er hatte wie dieser keine größeren körperlichen Schäden erlitten, das war jedenfalls der Befund der Ärztin gewesen. Fast fünf Stunden Hitze, Kälte und Nässe hatte auch er einigermaßen gut überstanden. Ein kleiner Anflug von Stolz überkam ihn: Er konnte so etwas locker wegstecken, er war anscheinend in hervorragender körperlicher Form. Er hatte zwar brennende Schmerzen im Gesicht, denn die scharfkantige Plastikmaske hatte sich zum Schluss immer tiefer ins Fleisch gedrückt. Aber sonst? Ohne weiteren Befund. Als Arzt wusste er zwar, dass die psychischen Folgen solch großer physischer Anspannungen noch kommen konnten. Aber darüber wollte er sich jetzt nicht den Kopf zerbrechen. Er betrachtete Schäfer, der neben ihm lag. Der hat die Ruhe weg, dachte Harry Fichtl. Liegt da und liest. Als ob nichts geschehen wäre.

Fichtl nahm sich vor, seine Gedanken ebenfalls auf ein anderes Thema zu lenken. Das war sicherlich eine gute Taktik, etwas Stress abzubauen und zur Ruhe zu kommen. Er ließ das Klassentreffen noch einmal Revue passieren. Die ersten beiden Tage waren richtig harmonisch verlaufen! Na ja, bis auf das Volleyballspiel am Donnerstagabend. Uta Eidenschink, die rücksichtslose Soziopathin, hatte es nach all den Jahren immer noch nicht begriffen, dass man den Ball nicht wild übers Netz rüberlöffelte, sondern dass es so etwas wie einen dreistufigen Spielaufbau gab. Meyer III hatte sich darüber aufgeregt – typisch Lehrer. Die beiden waren aneinandergeraten, hatten wutentbrannt die Turnhalle verlassen und draußen weitergestritten. Wie in alten Zeiten. Aber sonst: Gespräche, Gelächter, neue Witze, alte Witze, gute Witze, schlechte Witze. Wie viele Stunden hatte er in die Planung dieses Wochenendes investiert! Es würde sicher das letzte Treffen dieser Art werden, kein Mensch würde nach so einer Katastrophe noch große Lust dazu haben. Schade eigentlich. Aber er selbst, Harry Fichtl, würde als derjenige in Erinnerung bleiben, der die ganzen Jahre über für ein Wochenende voll Entspannung und Freude gesorgt hatte. (*Fichteln* war unter den Freunden schon ein Synonym für *etwas gut organisieren* geworden.) Er blickte wieder hinüber zu Schäfer. Was war das für ein Eintrag von diesem komischen N. N. über seinen Freund Sigi?

Oberforstrat Schäfer – der ist eine Gefahr für die Öffentlichkeit, der spinnt total. Gehört eigentlich in die Psychiatrie, und zwar so schnell wie möglich.

Das war wirklich starker Tobak. Sein harmloser Sigi? Was sollte mit dem sein? Was bildete sich dieser verdammte N. N. ein! Und wer war er überhaupt, der feige Heckenschütze? Fichtl musterte Schäfers konzentrierte Miene. »Lies laut«, sagte er zu ihm.
Der Oberforstrat räusperte sich und lächelte.

»Ich spähte ratlos umher. Drüben, unter schwarz überwölbender Mauer, zieht sich wohl eine schräge Kluft durch's Gewände und in sie spitzt auch ein Schuttstreifen des Oedskarls sich am weitesten herein. Aber die 20–25 Schritte dort hinüber – jeder Zoll ein Fragezeichen des Lebens.«

Du gehörst wirklich in die Psychiatrie, dachte Fichtl.

Uta Eidenschink strich ihre zerzauste rote Mähne aus dem Gesicht und warf sich stöhnend auf die andere Seite. Sie hatte Krämpfe in den Beinen, rasende Kopfschmerzen, und das war wohl erst der Anfang einer verdammten Grippe, die sie sich eingefangen hatte. Ihr Hals zog sich zusammen, ihre Bronchien fühlten sich unangenehm rau und pelzig an, alle paar Sekunden musste sie dem schmerzhaften Hustenreiz nachgeben. Das hatte gerade noch gefehlt! Sie würde die Grippe im Krankenhaus auskurieren müssen, dabei hasste sie Krankenhäuser. Eine Grippe! Und sie wollte doch am Montag schon wieder mit ihrer Arbeit fortfahren. *Das Klassentreffen, eine soziopathische Konfliktsituation.* Fast alle vom Jahrgang 82/83 hatten den Fragebogen ausgefüllt, die Erhebung war ein voller Erfolg gewesen. Sie hatte vorgehabt, heute Abend eine Kontrollbefragung durchzuführen – aber das ging ja nun leider nicht mehr. Sehr schade, denn der Jahrgang 82/83 war aus soziologischer Sicht eine richtige Goldmine gewesen, es wimmelte von hochaggressiven Verhaltensweisen, soziopathischen Mustern und unbewussten Traumata. Laut Fragebogen empfand fast ein Viertel ihres Jahrgangs die Schulzeit als ›blanken Terror‹, knapp die Hälfte als ‹eher schlecht›, nur ein Einziger schilderte die Schulzeit als schön, die Klasse als harmonisch, die Lehrer als gut, die Mitschüler als angenehm. Ein Einziger! Uta Eidenschink hatte daraufhin etwas getan, was unter Statistikern streng verpönt war, sie hatte nachgesehen, wer denn dieser glückliche Ausreißer war. Eigentlich hatte sie ja auf Harry Fichtl getippt, aber zu ihrer Verwunderung war es Beppo Prallinger gewesen, der gemütliche Prallinger, der jetzt einen Verwaltungsjob im Ministerium innehatte. Finanziell hatte er zwar ausgesorgt, aber alle anderen aus dem Jahrgang waren auf der Karriereleiter höher geklettert. Ein typischer Phlegmatiker, der leicht zufriedenzustellen war. Das war bei ihr natürlich ganz anders. Sie war der

Ehrgeiz in Person. Genervt stöhnte sie auf. Helmut Stadler neben ihr brabbelte schon wieder, hustete und schniefte.

»Aus der Mittelreihe!«, murmelte er. »Der Mörder kommt immer aus der Mittelreihe.«

Auf dem Gipfel hatte doch auch dauernd jemand gebrabbelt, vielleicht gebetet, vielleicht geflucht. War das Gustl Halfinger gewesen? Oder Antonia Beissle? Uta Eidenschink mochte beide nicht. Die eine war eine geschwätzige Ratschkathl, die keine Sekunde Ruhe geben konnte, die andere eine eingebildete und hochmütige Kuh, die alles besser wusste. Oberstaatsanwältin! Uta Eidenschink nieste. Sie hatte mal in einer soziologisch-kriminologischen Untersuchung gelesen, dass Geiseln ihre Aggressionen nicht gegenüber dem Geiselnehmer, sondern gegenüber ihren Mitgeiseln auslebten. Sie verstand jetzt, warum.

Im Hubschrauber, der als Erster landete, waren diejenigen mit den schwereren Verletzungen untergebracht. Der Heli setzte eben mit den Kufen auf dem Landeplatz auf. Der zweite Hubschrauber drehte noch eine Schleife. Die Nachmittagssonne stach herunter. Bisher war alles nach Plan verlaufen. In ein paar Minuten würden sie, vermutlich säuberlich getrennt voneinander, in einzelnen Krankenhauszimmern liegen.

Ob die Polizei noch heute Abend mit den Vernehmungen beginnt? Je schneller, desto besser. Zwei Jahre Vorbereitungszeit haben sich gelohnt. – Erstaunlich, wie einfach sich die Waffe hatte besorgen lassen. Die war innerhalb von zwei Tagen geliefert worden, anonym, an einen geheimen Ort, gegen einen kleinen Aufpreis selbstverständlich. – Jetzt nur noch die Befragungen und Verhöre abwarten. – Dann in die Endstufe des Projekts eintreten. – Alles läuft wie geschmiert. Es ist ein perfekter Plan. Bald hab ichs geschafft. Bald bin ich stinkreich.

43

»Wie weit ist es?«, fragte Jennerwein.

»Bis dort hinunter?« Stengele kniff die Augen zusammen und schätzte die Entfernung ab. »Sechzig Meter. Sollen wir nicht auf den Sani-Hubschrauber –?«

»Nein«, sagte Jennerwein bestimmt. »Wer weiß, wann der kommt. Wir klettern jetzt hinunter, machen die Erstversorgung. Mit Ihnen als Cokletterer wird das kein Problem sein.«

Die Bergwachtler und die SEK-Leute hatten den Berg an seinen drei sanfter geschwungenen Flanken gründlich durchkämmt, die südliche Steilwand jedoch war nur vom Hubschrauber aus beobachtet worden, das zerklüftete Gelände ließ sich allerdings nicht an allen Stellen einsehen. Die Gestalt in der wespenartig gestreiften, gelb-schwarzen Windjacke mit Kapuze war vom Helikopter aus nicht erkennbar gewesen. Stengele warf Jennerwein die Kletterausrüstung zu, die er aus dem Bergwachthubschrauber mitgenommen hatte.

»Wir dürften es in zehn Minuten schaffen.«

Jennerwein nickte schweigend. Ohne Seilsicherung wäre es noch schneller gegangen, aber beide wollten nichts riskieren. Sie vergurteten sich gegenseitig und stiegen ab.

Stengele war ein hervorragender Kletterer, Tritt für Tritt stieg er nach unten, sicherte Jennerwein und sich selbst. Jennerwein hatte im Revier angerufen und die Sachlage kurz erklärt. Maria hatte zur Vorsicht gemahnt und viel Glück gewünscht. Da der

Fels nicht ganz senkrecht, sondern leicht schräg nach außen abfiel, musste das Opfer an manchen Stellen aufgeschlagen sein. Sie suchten nach Spuren, doch es war nichts zu finden. Stengele sprang als Erster auf den Boden. Als sie bei der Unglücksstelle ankamen, gab es keine Zweifel. Der Mann auf dem Stein war tot. Der Wind hatte seine Jacke bewegt.

Er hatte die Augen starr nach oben gerichtet, der Mund stand leicht offen, als ob er noch etwas hätte sagen wollen. Jennerwein erkannte den Mann auf dem Stein nicht. Mit Sicherheit war es nicht Bernie Gudrian. Jennerwein konnte jedoch keine Erleichterung darüber verspüren. Er betrachtete das Gesicht genauer. Der Tote hatte eng beieinanderliegende Augen und ein energisches, vorgeschobenes Kinn.

»Genickbruch«, sagte Stengele. »Er ist genau an der Stelle heruntergestoßen worden, an der wir abgestiegen sind. Wenn er allerdings sechzig Meter weit direkt auf diesen Stein gefallen wäre, dann würde er sich in einem viel schlimmeren Zustand befinden. Sehen Sie die Spuren dort: Er war nicht sofort tot. Er ist noch eine kleine Strecke gerobbt. Das ist unmöglich, wenn man ganz von oben runterfällt.«

»Wie ist Ihre Theorie?«

Stengele wies hinauf.

»Er wird gestoßen, dann fällt er ein paar Meter, kann sich allerdings an dem vorspringenden kleinen Felsen festhalten. Er entschließt sich, nach unten weiterzuklettern. Hätte er das nur nicht getan! Wäre er nur dort geblieben, wo er war. Denn er ist kein geübter Kletterer, er ist erschöpft, er ist bestimmt schon verletzt. Er steigt weiter ab, im unteren Drittel verlässt ihn die Kraft. Oder er bekommt Muskelkrämpfe. Er kann sich nicht mehr halten, er stürzt ab, fällt noch zwanzig Meter, verfängt sich vielleicht sogar noch in einem Busch.«

»Er hätte gerettet werden können. Verdammt nochmal. So ein Sturkopf.«

Die beiden Beamten beugten sich über den Mann. Stengele griff in seine Taschen, dort waren keinerlei Hinweise auf seine Identität zu finden. Sie sahen sich um. In ein paar Metern Entfernung fand Jennerwein die Brieftasche. Er streifte sich Plastikhandschuhe über und öffnete sie. Der Mann war Heinz Jakobi. Und jetzt erinnerte sich Jennerwein. Ein eifriger, strebsamer Typ. Sehr gute Noten, aber kein geselliger Zeitgenosse, eher ein unnahbarer Einzelgänger. War mal mit Susi Herrschl zusammengewesen, hatte BWL studiert, hatte dann in der freien Wirtschaft Karriere gemacht. Viele Auslandsaufenthalte. Topmanager. Mehr wusste Jennerwein nicht.

»Kennen Sie ihn?«, fragte Stengele.

»Ja, und ich schäme mich ein wenig, ihn nicht sofort erkannt zu haben.«

»Der Tod verändert einen, Chef, das sage ich Ihnen.«

»Er hat allerdings damals nicht zu meinem engeren Freundeskreis gehört.«

»Chef, ich schlage vor, ich bleibe hier. Ich kümmere mich um den Abtransport der Leiche. Klettern Sie alleine zurück auf den Gipfel. Später holen wir Sie dann ab.«

Jennerwein war schnell oben. Er wollte die Zeit nutzen. Er sah sich nochmals genau auf dem Plateau um. Was war ihm vorher aufgefallen, vor der großen Vernebelung? Die Geiseln, verteilt über das ganze Plateau. Das Gipfelkreuz wie zum Hohn fröhlich blitzend. Der etwas erhöhte Stein. Der Ring der SEKler, der sich langsam dem Gipfel näherte und durch den es kein Entkommen gab. Ein Geiselnehmer, der trotzdem entkommen war.

Plötzlich hielt er inne. Er blickte nochmals genauer hin. Der Schreck fuhr ihm in die Glieder. Die hindrapierte Maschinenpistole, die kleine Bison, die mit dem Lauf auf die Geiseln gezeigt hatte – sie lag nicht mehr da. Der Geiselnehmer! Er war hier oben.

»Alles in Ordnung?«, schrie Stengele durch das Funktelefon. Jennerwein antwortete nicht. Das war jetzt viel zu riskant. Er schaltete das Gerät aus, zog seine Dienstwaffe, warf sich hinter einen Stein und nahm das ganze Gipfelplateau in den Blick.

Er war bereit.

44

Konzentrier dich. Gönn dir keine Verschnaufpause. Du hattest bisher einen guten Lauf. Einen perfekten Lauf. Du musst so weitermachen. – Die kleinste Unachtsamkeit könnte zum Schluss noch alles versauen. Willst du das? Nein, das willst du nicht! – Sei auf der Hut. Jetzt schützt dich keine Lady-Gaga-Maske mehr. Jetzt musst du vom Täter zum Opfer werden, mit schreckgeweiteten Augen, zitternden Händen und fahrigen Bewegungen. Du musst dich in einen dieser Idioten verwandeln. – Übertreibe es aber nicht. Mach nicht zu viel, quatsch vor allem nicht zu viel. Sei dir lieber unsicher, verwickle dich ein paarmal in Widersprüche! Das ist ganz typisch nach solch einem Erlebnis, das die Psychos ›traumatisch‹ nennen. Fühl dich einfach ein in so ein verdammtes Opfer. Sei geschlagen worden. Sei angeschrien worden. Spiel das Opfer nicht, sei es! Du hast einen solch brillanten Lauf hingelegt bisher – jetzt kommt der letzte, entscheidende Akt! – Erinnere dich an Mathelehrer Schirmer, der damals die Schultheatergruppe geleitet hat. Du hast mitgespielt. *Es war die Nachtigall, und nicht die Lerche ...* Der Schirmer hat damals einen guten Satz gesagt. Denk nicht zu viel nach, was du machst. Mach es. Sei es. Seit du diesen Plan hast, weißt du, dass ein Lehrer auch mal was Sinnvolles gesagt hat. – Gleich landen wir. Die Nerven liegen blank. Jemanden um eine Zigarette anschnorren? Nein, reiß dich zusammen. Bleib cool. Bleib locker. Gleich hast dus geschafft.

Die Rotoren des ersten Sanitätshubschraubers verlangsamten sich und kamen zum Stillstand, die Schwerverletzten wurden rasch herausgeschoben. Erst die Herzattacke, dann die Schusswunde, dann das Kompartment-Syndrom, danach die anderen Verletzten. Der zweite Helikopter stand noch in der Luft und wartete, bis das Areal frei war.

»Hast du eine Ahnung, was die ganze verdammte Kacke sollte?«, fragte Schorsch Meyer, der Oberstudienrat für Deutsch, Geschichte und Sozialkunde.

»Keinen blassen Schimmer«, sagte der Architekt Jerry Dudenhofer, der auf der Liege neben ihm lag. »So dramatisch ist wahrscheinlich noch kein Klassentreffen den Bach runtergegangen.«

Eine Pause entstand.

»Warum landen wir nicht?«, fragte Jerry Dudenhofer.

»Vielleicht fliegen sie uns in ein anderes Krankenhaus.«

Meyer musterte Dudenhofer prüfend.

»Ist der Geiselnehmer etwa einer von uns?«

»Wie kommst du denn darauf?«

»Warum sonst der Aufwand mit den Masken?«

»Da hast du recht. Wir haben alle in etwa die gleiche Statur. Könnte sein. Sogar eine der Frauen könnte es sein.«

»Wer von uns hat so viel Kohle, dass sich eine Geiselnahme lohnen würde? Kannst du dir da jemanden vorstellen?«

»Ich weiß nicht. Jakobi vielleicht. Der ist doch fett drin im ganz großen internationalen Geschäft. Aber ich glaube nicht, dass es bei dieser Sache um Kohle ging.«

»Um was ging es dann?«

»Ich glaube, dass der Name Susi Herrschl gefallen ist.«

»Du meinst, dass es um Susi ging?«

Wieder Pause. Über Funk hörte man die Stimmen der Notärzte.

… Schussverletzung … innere Blutungen durch Gefäß- oder Herzläsion … Verletzung parenchymatöser Organe wie Milz und Leber …

»Hast du das gehört?«, fragte Schorsch Meyer, plötzlich sehr aufgeregt. »Eine Schussverletzung? O Gott! Ich habe gar nicht mitbekommen, dass einer von uns so schwer verletzt ist!«

»Das muss der Typ hinter dem Felsen sein«, stieß Dudenhofer entsetzt hervor. »Der Typ, der weggeschleift worden ist.«

»Aber mit einer Schusswunde? Wir haben doch da hinter dem Felsen gar keine Schüsse gehört. Geschossen hat der Gangster nur ganz am Anfang und ganz am Schluss.«

Pause. Medizinisches Fachvokabular, das keiner verstand, das aber äußerst beunruhigend klang. Jerry Dudenhofer richtete sich ruckartig auf.

»Kurz bevor der Hubschrauber über dem Gipfel aufgetaucht ist, da ist der Gangster an mir vorbeigerannt«, rief er. »Er ist fast über mich gestolpert. Dann hat er um sich geschossen, hat aufgestöhnt, hat sich dann auf den Boden geworfen … Mein Gott, jetzt verstehe ich … er hat sich selbst verletzt … um den Verdacht von sich abzulenken! … Der mit der Schusswunde, das muss der Gangster sein. Der mit der Schusswunde! Er hat sich ins Bein geschossen!«

Er fuchtelte wild mit den Armen.

»Hört alle her! Es ist der mit der Schusswunde!«

Die Ärztin kam und beruhigte den tobenden Dudenhofer. »Posttraumatische Reaktion«, murmelte sie.

In der Notfallabteilung des Krankenhauses herrschte Hochbetrieb. Spätestens jetzt musste es jeder mitbekommen haben, dass eine größere Katastrophe geschehen war. Das Personal, die herumrollenden und -hinkenden Patienten, die Besucher. Der Huberbauer Toni saß im Wartebereich der Notaufnahme.

Er war hierhergekommen, um sich eine Zecke entfernen zu lassen. Plötzlich wurden die Türen aufgerissen und viele grellbunte Sanitäter hasteten mit Schockraum-Liegen durch den Gang. Der Huberbauer Toni schlurfte zur Empfangsdame.

»Was ist da los?«

»Sie müssen leider warten. Dreizehn Schwerverletzte.«

»Ich bin Privatpatient.«

Noch einmal wurde die Schwungtür aufgerissen, und wiederum fuhren sie ein wie die verwegene Schar. Einige der Roll-Liegen schossen direkt am Huberbauer vorbei, und er konnte sogar ein paar Gesichter der Verletzten erhaschen. Sie waren schmerzverzerrt und blutverschmiert, er konnte keinen einzigen identifizieren. Eine Frau erkannte er dann doch. Es war Gustl Halfinger vom *Hotel Bergblick Halfinger*. Und ausgerechnet der schien es sehr schlecht zu gehen.

»Was ist denn da los, jetzt reden Sie halt!«

Die Krankenschwester hatte keinerlei Anweisungen zum Stillschweigen bekommen.

»Ein Klassenausflug auf den Berg. Wahrscheinlich ein Bergunfall. Keine echten Bergsteiger, Halbschuhtouristen. Wie immer.«

»Aber ich habe was von einer Schusswunde gehört.«

»Ja, ich weiß auch nicht. Wahrscheinlich hat es mit den Sprengungen zu tun.«

»Sprengungen?«

»Ja, am Kramer sind Sprengarbeiten wegen dem Tunnel im Gange – und die haben trotzdem ihren Ausflug gemacht.«

Die Zecke konnte er sich morgen auch noch entfernen lassen. Der Huberbauer eilte in den Kurort, um die Nachricht zu verbreiten.

45

Graf Folkhart von Herbrechtsfeld ist gerade knapp einem Mordanschlag entgangen. Der eigensinnige Folkhart verdankt sein Leben einem fuchsteufelswilden Ochsen. Der Graf hat in der ebenerdigen Gästekammer der Burg Werdenfels geschlafen, er schnarcht, er liegt weich, er träumt selig. Er ahnt nicht, dass die Wachen schon überwältigt sind, dass drei der Regensburger bereits leblos und steif in ihrem Blut liegen. Er weiß nicht, dass der Mörder schon über ihm steht, dass der Mörder den Dolch aus dem Gewand gezogen und mit beiden Händen gefasst hat, um im Schein des Mondlichts zuzustechen. Folkhart wäre gar nicht mehr aufgewacht aus seinem seligen Schlaf, wenn nicht plötzlich ein Getöse und Gerumpel sich erhoben hätte in der ebenerdigen Kammer, wenn nicht durch die dünne Holzverkleidung ein Ungetüm hereingebrochen wäre, wutschnaubend, bärenstark, sprühend vor Zorn und Muskelkraft. Der Mörder steckt angesichts dieses Ungetüms seinen scharfgeschliffenen Dolch wieder in die Manteltasche. Er mischt sich geschickt unter die in die Stube stürzenden Knechte und tut so, als würde er mithelfen, schlimmeres Unheil zu verhüten. Der Mörder ist schlau. Er ist kein wilder, blondmähniger Barbar wie der beim Brixener Überfall, er ist ein gedungener, gut ausgebildeter Heidelberger Mörder, einer der besten seiner Zeit, in allen Kniffen und Ränken bewandert. Man nennt ihn den *Mörder aus Kurpfalz*. Doch dieser Zwischenfall kommt auch für ihn überraschend. Er kann den Auftrag heute

Nacht nicht mehr durchführen, das ganze Haus ist schon auf den Beinen, seinen gutbezahlten Stich kann er nicht mehr zu Ende bringen. Er muss sich etwas anderes einfallen lassen.

Odilo und der Mohr, die in der Nebenkammer schlafen, rumpeln sofort auf, als sie das Getöse hören, sie greifen zu den Waffen, eilen zu ihrem Herren und ducken sich erschrocken vor einer dampf- und feuerspeienden Bestie, die aufbockt, in die Höhe steigt und die ganze Gerätschaft des Raumes zerschlägt.
»Leck mich fett!«, ruft Odilo blass vor Schreck. »Ein Drache!«
»Nein, das ist kein Drache«, ruft der Mohr, der deutlich weniger Angst hat als Odilo. »Drachen gibt es in diesen Breiten nicht. Die kommen nur bei uns vor, in den sumpfigen Urwäldern Abessiniens. Das ist ein Ochse, der ausgekommen ist.«
Folkhart ist aus dem Fenster gesprungen, er sucht Schutz in einer Regentonne. Odilo zerrt ihn wieder heraus.
»Das ist doch kein Schutz vor einem narrisch gewordenen Ochsen, du Depp von Herr!«, schreit Odilo.

Der Ochse ist durch die dünne Wandverkleidung gebrochen, er zertrampelt den Großteil des Hausrats, bevor er wutschnaubend hinausstürzt und die Straße hinunterdonnert. Alle Burgbewohner sind jetzt wachgeworden und stürmen dem Ochsen, mehr oder weniger angekleidet, hinterher.
»Was is?«
»Da Ochs is auskemma!«
Der Ochse macht sich über den Garten des Metzinger Bauern her, einen gepflegten Bauerngarten mit wunderschön anzuschauenden Blumen und wohlriechenden Kräutern. Der Ochse rennt in südliche Richtung, er kennt keine Grenzsteine und Gemarkungen, er reißt sich durch die frisch gewaschene Wäsche

der Haggele Bäuerin, und als es langsam dämmert, da ist der tolle Ochse immer noch unterwegs, er hat auch schon einige Stallungen niedergetrampelt, viele der befreiten Kühe und Stiere folgen dem Ochsen, auch Hunde und halbgezähmte Pferde. Das wilde Heer nähert sich dem Marktplatz von Germareskauue, da wird am Freitag in aller Frühe schon der Wochenmarkt aufgebaut. Der Ochse und mit ihm die ganze zerstörungswütige Schar der Bestien erschnuppern das erntefrische Gemüse des grantigen Tandlers. Niemand wagt sich den Muskelmassen entgegenzustellen. Der Leitochse bäumt sich auf und stampft mit den Vorderhufen den Stand nieder. Er schüttelt den Kopf, und rechts und links fliegen die Kohlrabis nur so davon. Er stampft alles zu Brei. Warum ist der Ochse nur so wütend? Kein Mensch weiß es. Er lässt ab von dem völlig verwüsteten Stand. Am Ende des Markts steht eine Bude, an der Würste feilgeboten werden, feinste *pratwürschter*, verfertigt von Godewin, dem Würschtlmo – der Ochse zerstört auch sie. Als er endlich eingefangen werden kann, liegt der Wochenmarkt in Trümmern.

Odilo sieht in dem Vorkommnis ein Zeichen. Ein Untier ist aufgetaucht und hat ihm mit seinen Hörnern den Weg gewiesen. Das hat etwas zu bedeuten. Nur weg von hier! Odilo kann schließlich auch seinen Herrn von diesem Wink des Schicksals überzeugen. Folkhart entschließt sich, den Ort so schnell als möglich zu verlassen. Doch zuvor muss er die Vertragskopie, die seiner Sicherheit dient, gut verstecken. Es gibt nur eine Person, der er vertrauen kann.

»Wann werden wir die Papiere zum Versteck bringen?«, fragt Odilo.

»Gleich heute, sobald es dunkel ist!«, ruft Folkhart. »Und morgen in aller Frühe ziehen wir weiter.«

Mitten in der Nacht schleichen Folkhart und Odilo hinaus. Sie gehen zunächst in die entgegengesetzte Richtung. Sie schlagen noch ein paar Haken. Sie wollen keine Zeugen. Das Wetter ist günstig, es regnet leicht, es wird keine Spuren geben. Sie haben die Pferde natürlich im Stall gelassen, sie gehen zu Fuß zum Versteck. Sie überqueren die liebliche Loisach ein paarmal, gelangen dann in ein großes, breites Tal. Sie besteigen einen Hügel und sehen schon von weitem die Kapelle und den Friedhof. Sie machen einen großen Bogen um beides, dort wollen sie nicht gesehen werden. Jetzt klettern sie eine steile Wand hinauf, bis sie am Einlass des Geheimgangs angelangt sind. Odilo öffnet das Gitter vor der Heiligentafel, nimmt den FAVOR CONTRACTUS und den wertvollen Estoc und kriecht damit hinein in den engen Gang. Der Kerzenschein erhellt am Ziel einen winzig kleinen, mit Kalkbruchsteinen gemauerten Raum, in dem eine eiserne Schatulle steht. Er kann sie öffnen. Sie ist leer, er legt den Vertrag und die Waffe hinein. Der Mohr hat ihm noch eine Pergamentrolle mitgegeben, die legt er ebenfalls hinein.

»Leck mich fett, ist das gruselig«, sagt Odilo, als er wieder an die frische Nachtluft kommt.

MAX SCHIRMER
Mathepauker, Ziegenproblematiker
Leiter der Theatertruppe ›Die Rampensäue‹

Liebe Schüler Abi 82/83,

das ist ja schön, dass Ihr mich eingeladen habt zu Eurem Treffen! Ich komme natürlich gerne, vor allem zum Wandern. Ich wollte an dem Tag eigentlich auf die Köglalm gehen, aber ein Ausflug ins Blaue – warum nicht! Ich kann mir natürlich schon denken, wo es hingehen soll. Aber die halbe Strecke mit dem Jeep rauffahren, das ist meine Sache nicht. Ich werde also zu Fuß von der anderen Seite aufsteigen – auf den Spuren des alten Hermann von Barth.

Habt Ihr noch Eure Texte aus *Romeo und Julia* drauf? Den Abstieg könnten wir uns doch mit ein paar herrlichen Dialogen versüßen: *Es war die Nachtigall, und nicht die Lerche ...*

Hals- und Beinbruch – Euer Max Schirmer

46

Maria Schmalfuß starrte auf die Karikatur an der Wand. Es war eine Karikatur von ihr selbst. Sie konnte sie nur bedingt witzig finden. Aber sie hatte mitgelacht, um sich keine Blöße zu geben. Die Karikatur zeigte ein zehnstöckiges Hochhaus, im obersten Stockwerk sah man das Büro von Jennerwein. Er hockte konzentriert am Schreibtisch, sich die Schläfen mit Daumen und Mittelfinger massierend. Maria Schmalfuß stand auf dem Parkplatz vor dem Gebäude, sie war spindeldürr und riesenhaft gezeichnet, sie war so groß wie das ganze Hochhaus und blickte durch das Fenster in Jennerweins Zimmer. Ihre Sprechblase lautete: »Ich störe doch wohl nicht, Hubertus?« In Jennerweins Denkblase stand: »Warum nehmen Sie nicht die Treppe, Maria?«

Draußen auf dem Hof des Polizeireviers kreischten die Bremsen, ein Jeep hielt, die Türen flogen auf, Jennerwein und Stengele kamen über den Parkplatz gerannt.

»Chef, Sie haben vielleicht ein Gesicht gemacht!«, rief Stengele Jennerwein im Laufen zu. »Als ich auf den Gipfel zurückkam, dachte ich zuerst, Sie selbst sind am Ende der Geiselnehmer und wollen mich jetzt wegputzen!«

»Das tut mir leid«, entgegnete Jennerwein. »Aber ich dachte, Sie sind der Täter, der die verschwundene Bison im Anschlag hat.«

»Wahrscheinlich hat sie einer von Schimowitz' Männern sichergestellt und uns nichts davon gesagt. Das sähe dem SEK ähnlich.«

Sie stürmten ins Besprechungszimmer. Beide waren staubig, ihre Kleidung war zerrissen.

»Die Geiselnahme ist zu Ende?«, rief Nicole. »Keine Forderungen? Keine Verhandlungen? Wie kann das sein? Und wie geht es den Geiseln?«

»Gott sei Dank, Hubertus«, sagte Maria. »Sie sind wohlauf. Auch Sie, Stengele!«

Trotz der dramatischen Lage konnten sich doch alle ein Schmunzeln nicht verzwicken. Im Nebenraum saß schon der kirschkuchige Hölleisen, Nicole Schwattkes Wangen waren vollständig mit Pflastern verklebt – und jetzt kam auch noch der Chef mit einem über und über verschrammten Gesicht herein.

»Das Brombeergebüsch an der Geheimen Stelle«, sagte er schulterzuckend. »Das hat einem schon vor dreißig Jahren so zugesetzt. Am besten wäre es, wenn mir jemand von Ihnen ein paar Pflästerchen draufklebt, dann gehts schneller. Maria?«

Wer sonst. Maria tupfte, träufelte und klebte. Jennerwein verzichtete darauf, bei jedem Tupfer laut aufzuschreien.

»Den Geiseln geht es gar nicht gut«, sagte er. »Sie sind jetzt im Krankenhaus, von einer Befragung kann natürlich noch keine Rede sein. Die Ärzte benachrichtigen uns, sobald die ersten vernehmungsfähig sind. Sie wimmeln die Verwandtenbesuche so weit wie möglich ab.«

»Wenn der Schimowitz nicht seine Rauchbomben geschmissen hätte«, sagte Stengele grimmig, »dann wären wir schon viel weiter.«

»Das SEK und die Bergwacht durchkämmen das ganze Kramergebiet«, fuhr Jennerwein fort. »Bisher ohne Ergebnis. Wir werden informiert, sobald sich die Lage ändert.«

»Wir haben einen Toten?«, stellte Ostler entsetzt fest.

»Ja, so ist es leider«, erwiderte Jennerwein ernst. »Es gab also vierzehn Geiseln. Es hat sich zwar herausgestellt, dass der Tote nicht mein Freund Gudrian ist –«

»Also der, der Ihnen die SMS geschickt hat?«

»Ja, aber das macht die Sache nicht weniger schlimm. Heinz Jakobi war schließlich auch ein Klassenkamerad von mir. – Und ich hätte ihn vielleicht retten können.«

Einen Moment lang herrschte Schweigen. Ostler schüttelte ungläubig den Kopf.

»Aber eine Geiselnahme ohne eine Forderung? Hat es der Täter nicht mehr geschafft, eine Forderung zu stellen? Oder hat er schon erreicht, was er wollte?«

»Alles spricht dafür, dass unser Täter das erreicht hat, was er wollte«, sagte Stengele. »Er ist ziemlich professionell vorgegangen. Es sieht so aus, als hätte er das lange vorbereitet. Ich glaube nicht, dass er abbrechen musste. Langsam kommt es mir so vor, als *wollte* er, dass wir auftauchen.«

»Kannten Sie Heinz Jakobi gut, Hubertus?«, fragte Maria einfühlsam.

»Nein, nicht besonders gut. Er war damals nicht in meiner Clique. Er hat BWL studiert, ist Manager geworden, ein großer, international operierender Manager. Ich habe mal gehört, dass er Geschäftsführer bei einer spanischen Hoch- und Tiefbaufirma geworden sein soll. Er ist wohl in der ganzen Welt unterwegs gewesen, ich bin überrascht, dass er an dem Treffen in der tiefsten Provinz teilgenommen hat.«

»Ich habe deswegen im Netz recherchiert«, rief Hölleisen aus dem Nebenzimmer. »Heinz Jakobi: keine Auffälligkeiten, weiße Weste. Er ist aber ein ziemlicher Angeber gewesen. Entschuldigung, Chef. Ich weiß schon: über die Toten nichts außer Gutes. Aber er ist nur ein kleiner Bereichsleiter in dieser spanischen Firma gewesen. Seine ganzen Titel und Bezeichnungen im Klassenzeitungsbeitrag stimmen hinten und vorne nicht. Oder sie sind zumindest total übertrieben.«

»Er ist also den Abgrund hinuntergestoßen worden?«, fragte Nicole Schwattke.

»Höchstwahrscheinlich«, antwortete Jennerwein. »Hansjochen Becker und sein Team untersuchen gerade Unfallstelle und Gipfel. Aber große Hoffnungen machen sie sich nicht. Es hat geregnet, gehagelt, das SEK-Team hat alle Spuren zertrampelt.«

»Könnte es sein«, fuhr Nicole fort, »dass die Geiselnahme nur den einen Sinn hatte, Heinz Jakobi zu ermorden?«

»Ich weiß nicht so recht«, sagte Stengele. »Warum solch einen Aufwand treiben? Da gehe ich doch ganz normal beim Klassentreffen mit, mache die Wanderung auf den Berg, nehme ihn mal kurz beiseite, ein kleiner Schubser, und schon ist der Käse gebissen. Keine Spuren, keine Zeugen, nichts.«

»Die Aufgabenverteilung sieht so aus«, sagte Jennerwein. »Das SEK und die Bergwacht werden weiter nach dem Flüchtigen suchen, sie geben Bescheid, wenn etwas Auffälliges geschieht. Ostler, Sie halten die Verbindung zu denen und informieren uns. Becker und sein Team arbeiten am Tatort bis zum Einbruch der Dunkelheit. Wer übernimmt dann die Bewachung des Tatorts?«

»Das wird wohl mein Job sein«, ertönte eine kläglich Stimme aus dem Nebenzimmer.

»Danke, Hölleisen. Die Befragung der Geiseln starten wir morgen früh gemeinsam. Nicole, Sie fahren ins Krankenhaus, schieben dort Wache und achten darauf, dass alle schön getrennt bleiben. Stengele, Sie gehen Ihrer Treibsandspur nach.«

Alle standen auf und machten sich an die Arbeit. Jennerwein und Maria streiften sich mit Blicken. In einer Stunde hätte ihr gemeinsamer Abend beginnen sollen. Maria seufzte leise. Hätte man ganz genau hingehört, dann hätte man auch einen kleinen Seufzer von Jennerwein vernommen. Jennerwein suchte sich ein leeres Zimmer und setzte sich dort. Er wählte die Nummer von Schimowitz.

»Kommissar?«

»Gibts was Neues?«

»In Bezug auf den Täter nicht. Wir durchkämmen das Gebiet noch immer, aber es ist natürlich sehr groß. Allerdings haben wir unseren vermissten eigenen Mann gefunden. Er lag bewusstlos zwischen den Latschen. Es waren jedoch keine Kampfeinwirkungen zu sehen. Wir haben ihn ins Krankenhaus gebracht.«

»Na, hoffentlich erfahren Sie bald, was da passiert ist! – Ach, eines noch: Hat einer Ihrer Leute die Tatwaffe, die kleine Bison, sichergestellt und vom Tatort entfernt? Sie war geladen. Und einsatzfähig.«

»Nein, natürlich nicht.«

»Danke, Schimowitz.«

Eine verschwundene Tatwaffe. Das hatte Jennerwein gerade noch gefehlt.

47

Eine Hand streckte sich aus. Keine jähzornige, hart zupackende Hand, die eine angstvolle Geiselgurgel umfasst, um ihr noch mehr Todesangst einzujagen. Keine Hand, die ein Messer umfasst, um hinterrücks zuzustechen. Es war eine zärtlich streichelnde, gütige Hand, die jetzt das flauschige Gefieder des Steinadlerweibchens durchkämmte.

»Ja, gurr, gurr, Mausi, gurr, gurr, du Gute«, sagte der Leiter der Vogelwarte und beugte sich zu dem majestätischen Tier, das den Kopf schon erwartungsvoll in die Luft reckte und die Flügel ungeduldig lockerte. Es war jedes Jahr dasselbe: Die Bereifung solch großer Vögel musste schnell vonstatten gehen. Der Ornithologe wusste, dass man den Raubvogel am besten durch sonderbar klingende Laute ablenkte.

»Ja, gurr, gurr, Mausi, du Gute, gurr, gurr«, wiederholte er, und das Steinadlerweibchen blickte starr geradeaus. Es schien den Sinn des Gesagten begreifen zu wollen.

Das dazugehörige, schon beringte Steinadlermännchen schwebte bereits hoch über dem Talkessel in fünfhundert Meter Höhe. Beide waren vor ein paar Jahren ausgewildert worden, beide kehrten in regelmäßigen Abständen wieder zurück zum Ziehvater.

»Jetzt flieg, Mausi, gurr, gurr, flieg weg, gurr!«

Dann musste der Leiter der Vogelwarte ein paar Schritte zurücktreten, denn die Flügelspannweite eines solchen ausgewachsenen Prachtexemplars betrug gut zwei Meter. Die Luft erzitterte. Mächtiges Rauschen war zu hören. Rasch erhob sich die königliche Gurrmausi und folgte ihrem Männchen.

Es war August, und das berühmte und oft fotografierte Werdenfelser Steinadlerpärchen, das in den Lüften kreiste, befand sich mitten in Reparaturarbeiten ihrer sieben Horste. Alle waren hoch droben im Fels gebaut. Sie sammelten dazu allerlei Zweige und Geäst. Sie verschmähten auch Rohre und Stangen nicht, verlorengegangene Wanderstöcke oder weggeworfene Nordic-Walking-Sticks. Sie krallten sich alles, was brauchbar war zum Stützen und Befestigen des Geheges.

Momentan blinzelte gerade ein süßes flauschiges Steinadlerjunges durch den Abzugsring einer russischen Bison PP-19.

JERRY DUDENHOFER
Architekt

        Klassentreffen Klassentreffen
        Klassentreffen Klassentreffen
        Klassentreffen Klassentreffen
        Klassentreffen Klassentreffen
Klassentreffen Klassentreffen Klassentreffen
Klassentreffen Klassentreffen Klassentreffen
Klassentreffen Klassentreffen Klassentreffen
Klassentreffen Klassentreffen Klassentreffen
Klassentreffen Klassentreffen Klassentreffen
Klassentreffen Klassentreffen Klassentreffen
Klassentreffen Klassentreffen Klassentreffen
        Klassentreffen Klassentreffen
        Klassentreffen Klassentreffen
        Klassentreffen Klassentreffen
        Klassentreffen Klassentreffen
        Klassentreffen Klassentreffen
        Klassentreffen Klassentreffen
        Klassentreffen Klassentreffen
        Klassentreffen Klassentreffen
        Klassentreffen Klassentreffen

Es ist schon ein rechtes Kreuz mit dem Klassentreffen!
Trotzdem freue ich mich. Bis bald –
Euer Jerry

48

Jennerwein wollte nicht bis morgen früh warten. Was sprach dagegen, seinem alten Freund noch heute Abend einen kleinen Besuch abzustatten, ganz privat? Er ließ sich den Weg zu Gudrians Krankenzimmer zeigen. Als er vor der Tür stand, versuchte er, das mulmige Gefühl, das ihn beschlichen hatte, zu verscheuchen. Nie und nimmer hätte er den Fall übernehmen sollen. Es war alles viel zu persönlich. Aber jetzt blieb ihm nichts anderes übrig, als die Ermittlungen richtig durchzuführen.

Gudrian schlief nicht. Er saß aufrecht im Bett. Das Tablett mit dem Abendessen stand unberührt auf dem Nachttisch. Er lächelte, als er Jennerwein sah. Sein Gesicht war zerkratzt, sein Unterarm war mit einem Knochenfixateur stillgelegt, die Hand war geschwollen und schillerte in allen Farben.

»Hallo, Gu. Wie gehts dir?«

»Sie haben mich mit Schmerzmitteln vollgepumpt. Ich bin also ein wenig sediert.«

»Wo ist denn dein berühmter Bart geblieben?«

»Vor ein paar Stunden noch war ich der bärtige Bernie. Sie haben ihn mir abrasiert, bevor sie mein Gesicht geflickt haben. – Aber du siehst ehrlich gesagt auch nicht besser aus – Was ist denn mit deinem Gesicht passiert?«

»Ein Brombeergebüsch. Um eines gleich vorweg zu sagen, Bernie: Ich bin nicht dienstlich hier. Dies ist keine Vernehmung, keine Befragung, nichts dergleichen. Das packen wir morgen an. Ich bin nur hergekommen, um zu sehen, wie es dir geht.«

»Das freut mich natürlich. – Du hast also meine SMS erhalten. Und den Geiselnahme-Paragraphen entschlüsselt.«

»War Irene schon da?«, fragte Jennerwein, um das Thema zu wechseln.

»Ja, die war schon da. Sie hat Kekse mitgebracht. Die kann ich aber nicht essen, weil ich wegen dieser vielen Medikamente überhaupt nichts schmecke.«

Jennerwein lächelte schwach. Irenes Kekse, die kannte er noch. Und wie er die kannte! Es waren herrliche Kekse gewesen! Zitronig, aber honigsüß, vom Geschmack her perfekt, vom Aussehen her verführerisch, und wenn man mit geschlossenen Augen leise knirschend hineinbiss ... Irene war Jennerweins erste Freundin gewesen. – Doch er musste jetzt diese ganzen privaten Dinge aus dem Kopf bekommen.

»Hubertus, du bist nicht dienstlich hier, das ist klar. Aber meinst du, ich kann heute Nacht ruhig schlafen? Ich schiebe einen Riesenzorn auf den Typen, der uns drangsaliert hat. Schau her: Ich kann bei mir keinerlei Anzeichen für einen posttraumatischen Schock erkennen. Deshalb will ich so schnell wie möglich wissen, was da oben auf dem Gipfel los war. Was ist mit dem, den er runtergestoßen hat? Und wer ist es?«

Jennerwein atmete tief ein und aus. Er sah Gudrian ernst an.

»Heinz Jakobi ist tot. Er ist abgestürzt, wir haben ihn sechzig Meter weiter unten auf einem Stein gefunden.«

Gudrians Augen weiteten sich.

»Was? O Gott. Das – das wusste ich nicht.«

»Wir reden morgen weiter, Bernie.«

»Halt, warte. Hu, ich sehe doch, wie es in dir arbeitet. Du kannst den Ermittler nicht einfach abschalten. Ein Vorschlag von mir: Du stellst keine Fragen. Du hörst dir lediglich meine Fieberphantasien an.«

»Dann phantasiere mal. Fünf Minuten, dann muss ich weiter.«

Gudrian richtete sich etwas weiter im Bett auf, Jennerwein setzte sich auf den Besucherstuhl. Und dann erzählte Gudrian von der Wanderung nach oben. Er erzählte von seiner geflüsterten Unterhaltung mit Helmut Stadler, als sie über den Grund für die geheimnisvollen Masken gerätselt hatten. Dadurch konnte er Stadler aus dem Kreis der Verdächtigen ausschließen. Er erzählte von seinem Versuch, die Identität des Maskenmannes zu knacken, vom Abschicken der SMS und von seiner Vermutung, dass der Gangster ein Franzose war.

»Zuerst dachte ich, er spricht Hochdeutsch, aber dann kam es mir vor, als ob ein französischer Akzent durchblitzte. Und dann habe ich ihn angesprochen. Mit dem Namen Jean-Jacques, um ihn zu provozieren. Wenn mich nicht alles täuscht, hat ihn das einen kleinen Moment aus der Fassung gebracht. Alles deutet auf Jean-Jacques hin.«

»Unser Jean-Jacques? Arsenault? Bist du sicher?«

»Ziemlich sicher.«

»War er denn bei eurer Wandergruppe dabei?«

»Nein, vermutlich hat er oben auf uns gewartet.«

Jennerwein entschuldigte sich bei Gudrian, ging auf den Gang hinaus und wählte Ostlers Nummer. Er bat ihn, den Französischschweizer Jean-Jacques Arsenault zu überprüfen. Während des Wartens versuchte er, sich an Einzelheiten bezüglich dieses Mitschülers zu erinnern. Jean-Jacques Arsenaults Vater war ein Genfer Diplomat gewesen, der sich im Kurort zur Ruhe gesetzt hatte. Villa in Top-Lage, Swimmingpool, richtig großbürgerliches Milieu, mit einem Original von Kandinsky über dem Kamin. Über dem Kamin! Arsenault junior war in der Schule immer wieder mal durch illegale Aktivitäten aufgefallen. Nichts Größeres: Urkundenfälschung, Hehlerei, kleinere Sachbeschädigungen, später kamen dann noch Versicherungsbetrug und Trickdiebstahl dazu.

»In Deutschland ist er nicht mehr gemeldet, Chef«, sagte Ostler am Telefon. »In den letzten paar Jahren ist er mehrfach verurteilt worden. Hat aber keine große kriminelle Karriere gemacht.«

»Bislang nicht.«

»Ich probier es weiter im Ausland.«

Jennerwein trat wieder ins Zimmer von Gudrian.

»Wir versuchen, ihn zu finden. Wer war denn überhaupt alles mit dabei bei der Wanderung?«

»Wir waren beim Aufstieg genau vierzehn Personen –«

Jennerwein hatte einen Notizblock gezogen und notierte sich die Namen.

»Ich, Fichtl, Prallinger. Dann Eidenschink, Ploch und Beissle.«

»Antonia Beissle? Die Staatsanwältin?«

»Genau die. Ferner Schorsch Meyer III. Der ist Lehrer.«

»Ja, ich weiß.«

»Gunnar Viskacz und Gustl Halfinger. Wer noch? Ja: Siegfried Schäfer, Jerry Dudenhofer, Stadler. Dann noch Diehl und Jakobi.«

»Kannst du dir eine Verbindung zwischen Arsenault und Jakobi vorstellen?«

Zögern. Stille. Nur die medizinischen Apparate summten ihr gleichgültiges und mitleidsloses Lied.

»Nein. Keine Ahnung.«

Das EKG, das Geblubbere und Gekeuche des Sauerstoffschlauchs, das Schmatzen des Infusionsbeutels, das Schweigen der beiden Männer.

Zzzzing ...

Ein kleines Geräusch, das genauso technisch war wie die anderen Sounds der Gerätemedizin, das aber auf unerklärliche Weise überhaupt nicht hierherpasste.

»Hast du das gehört?«, fragte Jennerwein nervös.

»Das Zzzzing? Ja, das war meine Medizinuhr. Ich muss zweimal am Tag Tabletten schlucken. Nichts Schlimmes, nur der Blutdruck. Jetzt fällt mir ein: Ich habe die Ärzte gar nicht gefragt, ob diese Tabletten zu all dem anderen Zeugs, das ich hier kriege, passen. Aber kannst du mal eben die Uhr abstellen? Es ist lästig, wenn man mit einer Hand nichts machen kann.«

Jennerwein tat Gudrian den Gefallen. Wieder entstand eine Pause. Jennerwein wartete darauf, dass Gudrian fortfuhr. Er wollte ihn nicht drängen. Aber eine Frage ließ ihn nicht los: War Bernie Gudrian ehrlich zu ihm? Konnte er ihm vertrauen?

»Ich weiß schon«, sagte Gudrian plötzlich in die eiskalte Symphonie der lebenserhaltenden Technik hinein.

»Was weißt du?«

»Dass ich wie alle anderen als Täter verdächtig bin.«

Jennerwein nickte.

»Da liegst du vollkommen richtig, Bernie. Und das macht mir die Sache so schwer. Außerdem frage ich mich: Was wollte der Geiselnehmer eigentlich?«

»Vielleicht brauchte er von jemandem eine Unterschrift? Oder ein Dokument? Ein verfängliches Foto? Was weiß ich. Aber wenn er eine Unterschrift erpresst oder ein Dokument geraubt hat – dann hättet ihr diese Dinge doch bei uns gefunden.«

»Vielleicht ging es gar nicht um Gegenstände. Vielleicht wollte er jemanden unter Druck setzen. Oder er wollte lediglich eine Information von ihm.«

»Jedenfalls war es etwas, wofür Jakobi sterben musste.«

Hatte da so etwas wie Befriedigung aus Gudrians Stimme herausgeklungen? Jennerweins Misstrauen flackerte wieder auf.

»Ich muss jetzt gehen.«

Gudrian versuchte eine Abschiedsgeste und bewegte dabei unwillkürlich die Unterarme. Er schrie schmerzvoll auf.

»Pass auf deine Hand auf«, sagte Jennerwein. »Wir machen morgen weiter.«

Auf dem Krankenhauskorridor kam ihm Nicole Schwattke entgegen.

»Besondere Vorkommnisse?«

»Nein, Chef, sie liegen jetzt alle in ihren Zimmern. Sie wissen, dass sie heute nicht mehr befragt oder anderweitig gestört werden. Sie sind in guter ärztlicher Behandlung, wenn sie es wünschen, bekommen sie psychologische Betreuung.«

»Hat jemand dieses Angebot angenommen?«

»Die psychologische Betreuung? Nein, soviel ich weiß, nicht. Es scheint ein harter Jahrgang gewesen zu sein.«

»So kann man es auch sehen. Nicole, Sie achten bitte darauf, dass die Geiseln keinen Kontakt miteinander aufnehmen.«

»Ich werde es versuchen. Allerdings kann ich sie nicht daran hindern, aufzustehen oder zu telefonieren. Dazu bräuchten wir einen richterlichen Beschluss. Bisher sind sie ja nur Zeugen. Und Opfer. Es ist eine delikate Situation.«

»Wie wahr.«

»Wollen Sie heute noch jemanden befragen?«

»Ich glaube, das ist keine gute Idee. Wir lassen sie jetzt in Ruhe. Und ich muss mir ernsthaft überlegen, ob ich morgen überhaupt selbst an den Befragungen teilnehme.«

»Sie denken, dass es einer von ihnen war?«

»Ja, davon bin ich felsenfest überzeugt.«

»Ich spekuliere jetzt mal«, sagte Nicole.

»Ich höre.«

»Für mich gibt es fünf Möglichkeiten. Eins: Der Geiselnehmer ist über alle Berge, er ist durch die Ringe aus SEK und Bergwacht geschlüpft. Zwei: Er ist, bevor das SEK zugegriffen hat, geflohen, er befindet sich also jetzt noch irgendwo im weitläufigen Gelände. Drei, eine ganz verwegene Variante: Es ist jemand von den Hilfskräften. Von der Bergwacht, von uns Polizisten, von den SEKlern. Es ist Schimowitz –«

»Da hätte ich noch eine verwegenere Variante«, unterbrach Jennerwein. »Drei a: Er ist in einem von Stengeles Treibsandlöchern versunken.«

»Dann vier: Er befindet sich unter den dreizehn, die hier auf Station liegen.«

»Und fünf?«

»Sie lügen uns alle an. Alle Ihre Klassenkameraden lügen.«

Jennerwein schüttelte zweifelnd den Kopf.

»Sie meinen, dass sie Jakobi gemeinsam ermordet haben?«

»Vielleicht ist es an den vorherigen Tagen zu einem Streit unter den Klassenkameraden gekommen. Alte Wunden sind aufgebrochen, der Streit ist eskaliert, einer wurde hinuntergestürzt. Das wird jetzt als Geiselnahme getarnt.«

Jennerwein wählte die Nummer Monas. Nur die Mailbox war dran. Er fluchte leise. Er hatte eine vage Vermutung, so eine Idee, die ins Befürchtungsmäßige hinüberreichte.

»Probleme?«, fragte Nicole Schwattke.

Jennerwein runzelte die Stirn.

»Die jungen Wilden von der Geheimen Stelle bereiten mir Sorgen. Ich hoffe, dass die nichts auf eigene Faust unternehmen.«

49

Doch genau das taten sie. Einige von ihnen hatten schon längst damit begonnen und waren befürchtungstechnisch quasi mittendrin. Gleich nachdem Jennerwein die Geheime Stelle verlassen hatte, hatten sie Motte zum Hüten des Feuers eingeteilt, der war ganz froh darüber gewesen. Ein paar Weichlinge waren auch noch dort geblieben: Joey, der Gitarrenklimperer, die unbewegliche Meyer und noch ein paar andere Beckenrandschwimmer mit Wahlfach Altjapanisch. Die meisten jedoch waren sofort, nachdem die Polizisten verschwunden waren, in Richtung Kramer marschiert, weniger wie ein organisierter Suchtrupp, eher locker im Sinne der Chaostheorie, mit einer gewissen Schwarmintelligenz. Samba eben. Es war drei Uhr gewesen, als sie sich dazu entschlossen hatten, und um diese Zeit hatten sie noch nichts von SEK-Einsätzen, Hubschrauberdröhnungen und ausschwärmenden Bergwachtlern gewusst. Auch nichts von Treibsandlöchern und flüchtigen Geiselgangstern.

Das Stichwort *Uta und das rote Eichhörnchen* deutete fraglos auf die Wanderstrecke hin, die die phantasielose Biolehrerin immer gewählt hatte, weil da die Waldbienen *besonders* eifrig sammelten, die wilden Rosen *besonders* dominant oder rezessiv mendelten und schließlich die guten roten Eichhörnchen *besonders* stark von den bösen schwarzen bedroht und verdrängt wurden. Eine Route, die richtig *besonders* für biologische Vorträge war. Eine richtig nervige Route eben. Tom Fichtl, Arztsohn, Medizinstudent im dritten Semester, löste sich von den anderen und stieg, beflügelt durch seine neuen Trekkingschuhe, allein voran. Außerdem hatte er sich ganz bewusst von Monas Gruppe abgesetzt. Er war sauer auf sie. So ein Herumgetue mit diesem Motte! Der Tag war gut losgegangen, doch dann war plötzlich dieser Digitalknödel aufgetaucht. Wann eigentlich? Der war doch nicht von Anfang an dabei gewesen. Der hatte sich doch den ganzen Vormittag nicht blicken lassen, die Lusche! Tom blieb stehen, drehte sich um und blickte hinunter ins Tal. Mehr als zwei Stunden hatten sie jetzt herumgesucht. Die Sonne ging schon hinter den Waxensteinen unter, man konnte ihr dabei zusehen, wie sie sich ins Höllental hineinfraß wie eine heißglühende Flex in den kühlen Marmorgrabstein. Die Suche nach den alten Herrschaften hatte länger gedauert, als sie gedacht hatten. Ein paarmal hatten sie sich verlaufen. Ein paarmal waren sie in die Büsche gesprungen, um von Wander- oder Bergwachttrupps nicht gesehen zu werden. Es sollte doch eine Art Undercovereinsatz werden. Sie wollten es dem Polizeiteam schon zeigen, wie man verlorengegangene Eltern sucht und findet! Jennerwein, das war auch so eine unsportliche Flasche. Tom hatte sich einen Kriminalhauptkommissar wesentlich größer, durchtrainierter und muskulöser vorgestellt. Und was hatte der zu ihm gesagt? *Du hast jetzt mal Sendepause.* Das war bitter. Der Satz kratzte immer noch an seinem Ego. Tom blickte hinunter auf seine Super-Speedshell-Trekkingschuhe mit extra verstärktem Fersenleder, Absprungfederung, Plastikversteifungen am Spann fürs supersofte Aufkommen auf hartem Boden und noch einigen anderen schweineteuren Extras. Voll bequem, voll sportlich, voll stylisch. Sambaschuhe. Tom verließ den Weg und legte einen Fünfzigmeterspurt talwärts ein. Von oben hatte er ein kleines Seitental gesehen, vielleicht hatte es sie ja hierher verschlagen, und sie waren dabei, ein paar der mitgeschleppten

Bierchen hinunterzukippen. Nein, nichts, keine Spur von den Alten. Da klingelte sein Handy. Als er aufs Display schaute, stutzte er ungläubig. Was war denn das jetzt wieder? Mona rief ihn an!? Die supertolle Mona Gudrian, Juristentochter und Jurastudentin? Da hatte sichs wohl momentan ausgemottet. Aber nicht mit Tom Fichtl, meine Liebe! Er drückte sie weg und machte sich weiter an den Aufstieg. Die würde er schmoren lassen. Vielleicht würde er sie vom Gipfel aus zurückrufen.

»Aber ja, ich mache mir durchaus Sorgen«, sagte Mona Gudrian zu Uta Dudenhofer, die neben ihr herstapfte. »Ich mache mir sogar große Sorgen. Was dieser Jennerwein für einen erschrockenen Ausdruck in den Augen hatte, das hat mir gar nicht gefallen. So ein erfahrener Bulle, und dann so ein Blick. Und wehe – wehe! –, wenn sich herausstellt, dass das nur eine blöde Schnitzeljagd war. Wehe!«

»Mach dir keinen Kopf – die sitzen sicher an einem lauschigen Plätzchen und lachen sich einen ab. Oder die sind gar nicht raufgegangen. Und haben den Jennerwein aufs Glatteis geführt. Wahrscheinlich treffen wir hier den Kommissar noch, wie er sie verzweifelt sucht. Und dann rufen sie plötzlich aus einer Kneipe an.«

»Ja«, lachte Mona. »Aus einer von den Kneipen, wo man im Hintergrund einen Song von ABBA hört. Iiiih!«

Die Sonne war inzwischen hinter den Bergen verschwunden. Mona und Uta bückten sich über ein Rinnsal und tranken frisches, klares Quellwasser. Monas Handy klingelte. War das Tom? Sie nahm ab. Nach einigen Sekunden wurde sie kreidebleich.

»Was? Aber Herr Jennerwein! – Soll das ein Witz sein? – Geiselnahme? – Wo? – Alle im Krankenhaus? – Und wie geht es meinem – – – wirklich? – Klar, wir geben den anderen Bescheid.«

Uta hatte mitgehört. Auch sie war kreidebleich geworden.

Als Erstes ließen sich Mona Gudrian und Uta Dudenhofer mit ihren jeweiligen Vätern verbinden. Jennerwein hatte ihnen die Nummer vom Krankenhaus gegeben, die Handys lagen noch im Sack, der in der Asservatenkammer der Spurensicherung lag. Großes Aufatmen, sie lebten, und es ging ihnen gut. Heute Abend bräuchten sie noch ihre Ruhe, aber morgen würden sie sich über einen Besuch freuen. Mona und Uta riefen die anderen an. Uta erwischte schließlich auch Tom. Der Spaß war schlagartig zu Ende, alle unterbrachen ihre überstürzte und planlos begonnene Suche und machten sich an den Abstieg. Alle? Nicht alle. Tom Fichtl rief seinen Vater lediglich im Krankenhaus an.

»Aber sag mal, Dad, du weißt nicht, wer die ganze Sache auf dem Gewissen hat?«

»Nein, wir wissen es alle nicht. Der Saukerl ist geflohen.«

»Und die Polizei hat ihn nicht erwischt?«

»Bislang nicht. Wir reden morgen weiter. Ich bin ziemlich kaputt.«

»Bis dann.«

»Und, Tom –«

»Ja?«

»Mach keinen Unsinn.«

Tom schaltete sein Telefon aus und spurtete weiter bergauf. Wut überkam ihn. Er verschärfte seine Geschwindigkeit. Dieser Bürohengst von Jennerwein unternahm nichts, um den Täter zu fassen. Rein gar nichts. Na warte, Jennerwein.

Mona und Uta waren schon unterwegs ins Tal. Sie liefen, so schnell sie konnten. Immer wieder mussten sie Rast machen.

»Hast du ihre diesjährige Jahrgangszeitung gelesen?«, fragte Uta atemlos.

»Nur flüchtig. Ein Haufen Insidergags unserer Alten, die

niemand versteht außer sie selbst. Dann die Geschmacklosigkeit mit dem Simon Ricolesco, der schon zwanzig Jahre tot ist. Ist doch so richtig voll daneben.«

»Ich fand das gut. Keine Seite mit schwarzem Rand und hohlen Trauersprüchen, sondern was Originelles und Witziges.«

»Mag sein«, sagte Mona schulterzuckend. »Meinst du, in der Zeitung steht was, was so ein gemeines Verbrechen erklärt?«

»Dieses Jahr gab es einen anonymen Brief von einem gewissen N. N. – und der geht richtig ab. Voll mies. Klingt wie ein pickliger Zehntklässler, der einen Hass auf die Alten schiebt. Und bei denen an den Karton klopfen will.«

»Einen Hass auf die Alten? Du meinst, einer von uns hat das geschrieben? Da wäre ja echt episch.«

Das Feuer, an dem Motte saß, war längst heruntergebrannt. Aber es glühte noch warm. Die anderen waren ins Krankenhaus gefahren. Er hatte seinen Vater angerufen, der lebte noch. Es hätte ihn gewundert, wenn der sich aus dieser Situation nicht irgendwie herausgemogelt hätte. Wie sonst auch immer. Er würde ihn morgen besuchen. Motte war ganz froh darüber, dass er nicht mit den anderen mitgegangen war. Erstens hatte er dadurch diese nervige Mona vom Hals, die glaubte Wunder wer zu sein und die ihn so was von nicht interessierte. Zweitens war er beim Gehen salpetersäuremäßig stark eingeschränkt, drittens war einer seiner beiden Computer im Arsch. Motte starrte in die Glut. Viele unergründliche schwarze Augen starrten zurück. Er hatte die Klassenzeitung ebenfalls gelesen, der Artikel von diesem geheimnisvollen N. N. hatte ihm am besten gefallen. Wahrscheinlich zog der eh wie alle eine Show ab, trotzdem fand es Motte krass, was der anonyme Denunziant so alles über seinen Alten schrieb. Mit Schmackes! Motte stocherte zwischen den verkohlten Holzstücken herum. Und dann diese Christine

Schattenhalb! Machte einen auf witzig, dabei war sie eine so große Nummer in der Szene. Klar, die Idee mit den Schafen war gut. Darauf musste man erst mal kommen. Aber das war ihm zu heiß. Er würde ihre Anfrage ablehnen. Als kleiner Sparkassen-Brandhacker blieb man doch mehr auf der sicheren Seite.

Die Dunkelheit brach mit Wucht über das Werdenfelser Land herein. Eine scharfkantige, käseweiße Mondscheibe durchschnitt ein paar flüchtige Schäfchenwolken. Die ersten Sterne blinkten, und auch der Talkessel glitzerte totenstill wie ein tausendköpfiges gefräßiges Glühwürmchen. Tom hatte den Kramergipfel fast erreicht. Ab und zu schaltete er das Display seines Mobiltelefons an, um es als Taschenlampe zu benutzen. Er sah auf die Uhr. Jetzt war es gleich halb zehn, noch fünf Minuten rauf, dann würde er sich nach Spuren umsehen.

Tom war wenige Meter vom Gipfel entfernt. Nichts regte sich. Er ging weiter, ließ einen Display-Leuchtschwall los und sah schon von weitem ein Band im Wind flattern. Er ging näher hin. Polizeiabsperrung. Das wollte er sich genauer ansehen. Er überstieg das Band und pirschte zum Gipfel.

»Haben wir dich, Bürscherl!«

Ein Stück Stahl in seinem Rücken, schmerzhaft hineingebohrt, eine kräftige Hand, die seinen Unterarm packte. Der Versuch, seinen Arm auf den Rücken zu drehen. Aber nicht mit Tom Fichtl, dem Volleyballcrack! Er schlug das Stück Stahl mit der freien Hand weg, entwand sich dem Griff und richtete den Strahl des Displays auf das Gesicht des Angreifers. Eine Welle heißer Angst überkam den coolen Tom. Das war kein menschliches Gesicht. Es war ein Zombie-Gesicht mit roten, quaddeligen Pestbeulen und Striemen, aus dem weiße Glutascheaugen starrten. Der Zombie wankte nach dem Abwehrschlag, doch sofort versuchte er einen zweiten Angriff. Er startete einen Ausfallschritt, doch Tom war schneller und entkam dem Griff des Zombies. Tom floh.

Er stürzte den Weg zurück, er hörte das *Halt, stehenbleiben, Polizei!* von Polizeiobermeister Hölleisen nicht mehr, er rutschte eine steile Halde hinunter, und die tollen Trekkingschuhe taten ihm dabei gute Dienste. Was war denn das für ein Wahnsinniger gewesen? Was hatte der denn für eine üble Maske getragen? Tom wollte schnellstmöglich zum Kreuzweg laufen, er kannte ein paar Abkürzungen, auf den Kramer war er schon öfters gegangen. Das Handy hatte er beim Gerangel verloren, das war ihm jetzt egal, er wollte nur noch weg von hier. Ein schöner Ermittler war er! Die totale Lusche! Er schämte sich vor sich selbst, dass er so feige ausgebüxt war, aber jetzt war es zu spät, jetzt war er schon mal am Flüchten und Laufen. Der stolze Mond hatte die lästigen Wolken nun vollständig abgeschüttelt, der Wald erstrahlte in seinem fürstlichen Schein. Tom blickte den Abhang hinunter. Dort sah er schon den Kreuzweg. Er musste nur noch ein paar Schritte laufen – da war er auch schon ausgerutscht. Er hatte das Gleichgewicht verloren, er konnte sich nicht mehr halten, er stürzte und rasselte einen steilen Geröllhang hinunter. Er versuchte, sich an ein paar Latschen festzukrallen, aber er hatte schon zu viel Fahrt aufgenommen, er überschlug sich, knallte auf dem harten Boden auf, mehrmals, immer wieder, dann rutschte er über einen Felsabbruch und befand sich plötzlich im freien Fall.

Er ruderte mit den Armen, bekam ein paar Zweige zu fassen, doch er konnte sich nicht an ihnen festhalten, er glitt polternd durch die Äste eines Baumes. Mit der Kraft der Verzweiflung krallte er sich fest, seine Füße scharrten knirschend am Stamm entlang, dann endlich kam er auf einem Ast zu stehen. Er war total außer Atem, vollkommen benommen, und er japste nach Luft. Von diesem tiefsten Ast der Riesenlärche bis zum Boden waren es vielleicht drei Meter, kein Problem für Tom mit seinen 1a-Schuhen. Er ließ den Ast der Riesenlärche los, er fiel und erwartete weichen Waldboden. Er landete noch weicher, als er gedacht hatte. Er landete in etwas Matschigem, und bei dem nassen, glitschigen Landegeräusch war auch noch ein verräterisches Knacken und Krachen dabei gewesen. Egal jetzt – er saß auf sicherem Boden. Er atmete auf. Er sandte ein Stoßgebet zum Himmel: Dschisas! Als er hinuntergriff, um sich aufzurichten, griff er in weiche Masse und in etwas abgebrochenes Scharfes. Er war Medizinstudent. Er erkannte sofort, dass das eine Rippe war. Er war in den Brustkorb eines verendeten Hirschen gesprungen! Er griff tiefer in die weiche, warme Masse. Das mussten die Lungenflügel sein, die bei allen landlebenden Wirbeltieren vom Brustkorb umschlossen wurden. Er holt ein Taschentuch heraus, um sich die Hände abzuwischen. Aber seine Schuhe! Seine guten Trekkingschuhe! Mit denen stand er jetzt im blutigen Brustkorb dieses bescheuerten Hirschen. Die waren versaut! Tom schrie seinen Frust in die stahlschwarze Nacht hinaus. Sein Schrei verhallte im Wald. Warum musste dieser saublöde Hirsch ausgerechnet hier an dieser Stelle sein Leben aushauchen!

Es war kein Hirsch.

50

(Werbeclip für Bürgermeisterwahl Ursel und Ignaz Grasegger, produziert von *Tatzelwurm Events*)

Prächtige bayrische Landschaft. Weißblauer Himmel, saftige Wiesen, sanft geschwungene Hügel, pralle Milchkühe. In der Ferne verlockend schimmernde Gebirgszüge mit verschneiten Felsen und vereinzelt blinkenden Gipfelkreuzen. Am Himmel ein Hubschrauber, der einen Bannerschlepp mit der Aufschrift *Werde Mitglied im Alpenverein!* zieht. Ganz vorn im Bild ein Ehepaar in den besten Jahren. Sie sind gut genährt und tragen Werdenfelser Tracht. Sie blicken direkt in die Kamera, und ihre tiefblauen Augen strahlen Ruhe, Erdverbundenheit und Zuversicht aus. Die Kamera zieht auf. Man erkennt jetzt, dass die beiden auf einem Friedhof vor einem frischen Grab stehen. Eine Kranzschleife trägt die Aufschrift *Letzter Gruß von Deinen Schuhplattlern*. Auf der Trauerweide hüpft ein rotes Eichkätzchen von Ast zu Ast, ein Adler erhebt sich flatternd in die Lüfte. Acht Gebirgsschützen schießen Salut, die Blaskapelle setzt schmetternd ein. Der Pfarrer schwenkt den Weihrauchkessel, und ein unwirklicher, romantischer Dunst legt sich über das Bild. Das Ehepaar spricht freudestrahlend in die Kamera:

»WIR SIND DIE GRASEGGERS –«
Beide werfen eine Schaufel Erde ins Grab.
»– UND DA SAN MIR DAHOAM!«

51

Dass die Staatsbibliothek des Freistaats Bayern bis vierundzwanzig Uhr geöffnet hatte, lag nicht etwa an den bienenfleißigsten, sondern an den stinkefaulsten Studenten. Das waren diejenigen, die ihre akademischen Arbeiten auf den allerletzten Drücker hinfetzten, nicht selten drohte der endgültige und unwiderrufliche Abgabetermin am nächsten Morgen. Deswegen stießen Ursel und Ignaz Grasegger, als sie bei Einbruch der Nacht den großen prächtigen Lesesaal betraten, auf viele hohläugige und nägelkauende Kandidaten der Geisteswissenschaften – auf künftige Pädagogen zum Beispiel, die ihren Schülern dereinst einbläuen werden, die Schularbeiten rechtzeitig anzufangen und nicht auf den allerletzten Drücker ... aber die Graseggers achteten nicht darauf, denn sie waren im Forscherfieber. Ursel hatte im Archiv des Heimatvereins einen Hinweis auf einen wichtigen, verschollenen Vertrag bezüglich ihrer Heimat gefunden. Einen Vertrag aus dem Jahre 1294, der also über siebenhundert Jahre alt war.

Ignaz spielte die Rolle des Wagner, Ursel die des Faust. Ignaz war demzufolge der Zuträger, Kopierer, Bücherherholer, Googler und unbekannte-lateinische-Vokabeln-Nachschauer. Ursel hatte es sich zum Ziel gesetzt, das Geheimnis, das ihre Heimat umgab, bis Mitternacht aufzudecken. So wälzten sie dicke historische Schinken und rechtsgeschichtliche Lexika, im Internet gaben sie immer wieder den Suchbegriff FAVOR CONTRACTUS ein, immer in neuen Kombinationen mit den Zusätzen

›Werdenfelser Land‹, ›Fürstbischof Emicho‹, ›König Adolf von Nassau‹ – aber so einfach ging es natürlich nicht. Das Ganze war so verdammt lange her, dass die neuen Medien darüber kaum etwas Brauchbares ausspuckten. Ursel war sich sicher, dass sie hier einem Geheimnis auf der Spur war, das mehr politische Bedeutung hatte als ein bürgermeisterliches Ehegattensplitting. Ihr angestrebtes gemeinsames Amt, das heute Morgen noch das große Thema gewesen war, spielte jetzt kaum mehr eine Rolle. Die beiden witterten Aufsehenerregenderes.

»Da, schau her, hier hab ich noch ein Beispiel für einen Ewigkeitsvertrag gefunden«, sagte Ursel, und sah von einem Buch auf. »Wenn die katholische Kirche zum Beispiel von einem weltlichen Besitzer Grund gekauft hat und ein sakrales Gebäude wie einen Friedhof oder eine Kapelle draufbaut, dann darf die Kirche diesen Grund nie mehr verkaufen, und der Grund und Boden ist für einen profanen Besitzer tabu – bis in alle Ewigkeiten. Selbst wenn sich die Kirche und der weltliche Kaufinteressent einig wären – so ein Kauf wäre nichtig und könnte jederzeit angefochten werden.«

»Ja, das hab ich jetzt schon verstanden«, brummte Ignaz und wuchtete einen neuen Stapel verstaubter Kladden auf den Tisch. Schweigend suchten sie weiter.

Sie fielen natürlich auf, die beiden urwüchsigen und beleibten Trachtenjankerträger, inmitten all der dürren Krischperln von Studenten und wissenschaftlichen Hilfskräften. Bald schlurfte ein kleines, verhutzeltes Männchen an den Lesetisch. Ignaz wollte schon die Geldbörse ziehen und ihm einen Euro zustecken, weil er dachte, das wäre jetzt endlich ein Vertreter des berühmten akademischen Proletariats, den man auf diese Weise unterstützen konnte. Aber das kleine verhutzelte Männchen stellte sich als Professor Hartmut Kling vor.

»Mir ist aufgefallen«, hauchte er im Bibliotheksflüstermodus, »dass Sie sich für mittelalterliche bayrische Geschichte interessieren. Wenn die Herrschaften etwas Bestimmtes suchen, dann kann ich Ihnen vielleicht behilflich sein. Es ist mein Spezialgebiet.«

»Das trifft sich gut«, zischelte Ursel zurück. »Wir suchen nach einem Vertrag, der 1294 zwischen Bischof Emicho von Freising und dem deutschen König Adolf bezüglich des Werdenfelser Landes geschlossen worden ist. Wir sind an einem Punkt angelangt, an dem wir nicht weiterkommen.«

Professor Kling musterte die beiden. Sie schienen ihm vertrauenswürdig zu sein.

»Folgen Sie mir.«

»Wohin?«

»Waren Sie schon mal in der Handschriftenabteilung?«

Sie mussten sich eine Art Krankenhauskittel umbinden, weiße Baumwollhandschuhe überstreifen und eine Plastikhaube aufsetzen. In einem klimatisierten Raum brachte eine ähnlich vermummte Gestalt – alt oder jung, Mann oder Frau war nicht zu erkennen – auf Anfrage weitere Kladden und Schriften. Sie lasen. Sie blätterten. Sie übersetzten. Sie staunten. Und irgendwann kurz vor Mitternacht kam der Hammer. Es waren nur ein paar Seiten, und die waren in einem desolaten Zustand: angekohlt, zerknittert, nicht fortlaufend, Verfasser unbekannt, Herkunft unklar, noch nicht katalogisiert – das Bündel Blätter schien aus der Altpapiersammlung zu stammen. Doch diese auf den ersten Blick unzusammenhängenden Seiten wiesen an mehreren Stellen auf einen Vertrag hin, der im Jahre 1294 geschlossen worden war. Der unbekannte Verfasser klagte darüber, dass der Vertrag selbst nicht mehr aufzufinden war. Er spekulierte, dass er vielleicht bewusst vernichtet worden war, zu dem Zeitpunkt, als sich andere politische Konstellationen mit anderen Interessen gebildet hätten. Im Kern besagte er –

> dasz die Graffschaft verdenfells die nächsten 720 jar reichsunmittelbar ist vnd keiner Herr sein kunt als der graff selbst.

Ignaz und Ursel sahen sich stumm und erschrocken an.
»Damit ist unser FAVOR CONTRACTUS gemeint!«
Sie riefen Professor Kling. Der vertiefte sich in das Schriftstück und runzelte die Stirn.
»Hier geht es um die Reichsunmittelbarkeit eines Gebiets«, erklärte Kling. »Mit anderen Worten: Die ehemalige Grafschaft Werdenfels wäre, so wie meinetwegen San Marino, auch heute noch als eigenständiger Staat zu sehen.«
»Der jetzige Landkreis hätte also theoretisch das Recht, zur Selbstständigkeit zurückzukehren?«
Kling lachte.
»Im Grunde schon, dazu müsste man allerdings den verschollenen Originalvertrag vorlegen. Nur hat man in den letzten siebenhundert Jahren nichts von diesem Vertrag gehört.«

»Was hat denn der deutsche König damals mit dem Werdenfelser Land zu tun gehabt?«, fragte Ignaz.
»Nun, der historische Hintergrund ist der: Emicho, der Fürstbischof von Freising, hat die reiche und einträgliche Grafschaft Werdenfels in seinem Besitz. Der deutsche König, Adolf von Nassau, ist schwach, unbeliebt, er sitzt politisch nicht sehr fest im Sattel, er braucht Geld. Deshalb bittet er Emicho um Hilfe. Der wittert ein gutes Geschäft und lässt sich im Gegenzug die Reichsunmittelbarkeit für die Grafschaft Werdenfels aussprechen. Er entzieht das Territorium dadurch dem bayrischen Herzog –«

»– das ist zu der Zeit Ludwig der Strenge«, warf Ursel ein. »Geboren 1229 in Heidelberg. Also ein Kurpfälzer.«

»– das Land wird aber dadurch auch den Tirolern entzogen, den Salzburgern – sie können alle keinen Anspruch mehr darauf geltend machen. Auch der Kirchenstaat kann nicht darauf zugreifen. Ein kompliziert ausgehandelter und juristisch wasserdicht formulierter FAVOR CONTRACTUS sorgt dafür.« Die Augen des Professors leuchteten. »Das Originaldokument würde ich furchtbar gerne in Händen halten!«

»Aber was hat denn so ein Blattl Papier damals genutzt?«, fragte Ignaz dazwischen. »Die Tiroler oder Salzburger konnten sich das Land doch mit Gewalt nehmen! Das haben sie ja dauernd gemacht.«

»Üblicherweise gibt es für diesen Fall eine Schutzmacht, die den Vertrag garantiert. Davon ist in diesem Fragment leider nirgends die Rede. Es muss ein Land sein, das zur damaligen Zeit schnell und ohne Probleme ein großes Heer aufstellen konnte.«

»Und der Vertrag gilt tatsächlich heute noch?«

Kling lachte erneut. Es war das Lachen des Fachmanns über die Unwissenheit von interessierten Dilettanten.

»Im Prinzip schon. Interessant ist, dass er dieses Jahr ablaufen würde! Aber erstens müsste man das Originalmanuskript in seinem Besitz haben. Ferner müsste sich der Rechtsnachfolger des Fürstbischofs an den Rechtsnachfolger des deutschen Königs wenden. Also stellen Sie sich vor: Bis Ende dieses Jahres müsste der Bürgermeister des Kurorts beim deutschen Bundeskabinett vorsprechen und die Mitglieder über seine Sezessionsabsichten informieren.«

»Wieso nicht bei der bayrischen Staatsregierung?«

»Die ist außen vor, als Rechtsnachfolgerin des Herzogtums Bayern hat sie in dieser Sache nichts zu sagen.«

»Und wenn sich das Bundeskabinett weigert?«

»Dann könnte der Bürgermeister die Schutzmacht um Hilfe bitten.«

Die Graseggers standen mit offenem Mund da. Man konnte es nicht erkennen, weil sie Mundschutzmasken trugen. Kling lachte erneut.

»Alles theoretisch natürlich. Denn selbst wenn das Originalmanuskript auftauchen würde, an solch einer territorialen Ablösung hat natürlich heutzutage kein Mensch mehr Interesse. Die Bildung dieses Ministaates würde zum Beispiel dem Vereinigungsprozess von Europa völlig zuwiderlaufen. Es gibt sicher noch weitere kleine Überbleibsel von unwichtigen Grafschaften – oh, Entschuldigung, Sie kommen ja von dort unten!«

»Ja, wir kommen von dort unten«, sagte Ursel spitz. »Darum interessiert uns das.«

Der fränkische Dialekt von Kling war unverkennbar. Die freundliche Herablassung, mit der dieser Historiker vom Werdenfelser Land sprach, brachte in den Graseggers etwas zum köcheln. Kling hatte, ohne es vielleicht gewollt zu haben, den Werdenfelser Grant geweckt, einen mächtigen Geist, der zu weitreichenden Handlungen antreiben konnte.

»Ich hoffe, ich habe Ihre lokalpatriotischen Gefühle nicht verletzt.«

»Nein, nein, überhaupt nicht«, sagte Ignaz ruhig. »Reden S' nur zu!«

»Stellen Sie sich einmal die Sprengkraft dieser Idee vor«, sagte Kling in versöhnlichem Ton. »Ein Land löst sich aus der Bundesrepublik – damit wäre eine Lawine losgetreten, die von niemandem mehr zu kontrollieren wäre. Europaweit. Weltweit.«

»Und auch in Bayern wäre einiges los. Es gibt ja vermutlich noch mehrere Grafschaften, die einen Anspruch auf Selbständigkeit geltend machen könnten. Bayern würde auseinanderfallen.«

»Ja, vermutlich«, sagte Professor Kling. »Man kann sich vorstellen, dass sich viele staatliche Gebilde auflösen würden. Die Originalurkunde wäre eine Bombe. Man bräuchte sie nicht einmal werfen. Man bräuchte sie nur hochzuhalten.«

»Aber wo ist sie? Haben Sie eine Ahnung, wo die aufbewahrt werden könnte?«, fragte Ignaz.

Professor Kling schüttelte den Kopf.

»Sie wird wohl verlorengegangen sein. Und das ist vielleicht auch besser so.«

Professor Kling erlaubte ihnen, das Schriftstück zu kopieren. Sie verabschiedeten sich, versprachen, eine Ladung selbstgemachten Wurstsalats für die professorale Hilfe zu schicken, und verließen die Staatsbibliothek. Es war schon weit nach Mitternacht. Lange fuhren sie schweigend dahin. Als sie wieder den Kurort erreichten, sagte Ursel:

»Das wäre doch was!«

»Was?«

»Herrscherpaar eines Zwergstaates mitten in Europa zu werden! So San-Marino-mäßig, weißt. Stell dir vor, wir sorgen dafür, dass das Werdenfels unabhängig wird.«

»Da wüsste ich keinen mehr, der uns *nicht* zum Bürgermeister wählen würde.«

»Und wir brauchen die Bombe ja nicht zu werfen. Wir brauchen sie nur hochzuhalten.«

»Jetzt gehen wir frühstücken, altes Sauschwanzl.«

Ein Mitternachtssüppchen war es nicht mehr, aber auch noch kein Frühstück. Vielleicht ein auf den Kopf gestellter Dämmerhappen. Sie holten Stück für Stück aus dem Kühlschrank. Eine Hasenragoutsülze in Rotweinaspik. Gedünstete Rehlinge getrüffelt. Hundert Tage eingelegte Eier nach Art des Grafen von Montgelas.

»Eure Eminenz?«

»Ja, Hochwohlgeboren?«

»Haben wir noch einen kalten Schweinsbraten? Der tät gut zum Erdäpfelsalat passen.«

Kalbsleberpastete mit dunklem Bauernbrot. Topfennudeln mit Eibseeforellenfilets. Werdenfelser Steinpilzgröstl mit Kasbratnockerln. Ursel prustete plötzlich los vor Lachen.

»Weißt du, wer sich als Polizeipräsident des Freistaates Werdenfels hervorragend eignen würde?«

Die Antwort ging im Knistern des Grillfeuers und im schallenden Gelächter der beiden ministerpräsidialen Eminenzen unter.

52

Tausend Kilometer weiter südlich saß man ebenfalls im Morgengrauen auf der Terrasse und spielte *crimine, arma, pena*, eine Mafia-Variante von Stadt, Land, Fluss. Padrone Spalanzani und Karl Swoboda unterhielten sich über das Projekt Kramertunnel.

»Mit dem Buchstaben L gibt es kein Verbrechen!«, sagte Enrico, der Terminatore, gerade.

»Wohl gibts welche!«, rief sein Bruder Antonio.

»Ruhe jetzt!«, rief Padrone Spalanzani. Er wandte sich wieder zu dem österreichischen Problemlöser.

»Hast du die Familie Grasegger bei unserem Kramer-Projekt eingespannt, Swoboda?«

»Padrone, die kann man nicht mehr einspannen, die sind ausgestiegen.«

»Bei mir steigt niemand aus.«

»Die wollen in die Politik.«

»Ah, das ist gut, da werden sie uns noch mehr nutzen.«

»Ich weiß nicht so recht. Die meinen es ernst. Mal abwarten, ob sie es überhaupt schaffen, Bürgermeister zu werden.«

Im Kurort hatte sich der Talkessel schon wieder aus der pechschwarzen Klammer der Nacht befreit. Zeit zum Frühstück für die Graseggers. Die Luft war lau, die allerfrühesten Vögel zwitscherten, irgendwo jodelte ein Spätheimkehrer einen rauschigen Sehnsuchtsjodler. Abrupt schwieg auch er. Ursel und Ignaz genossen auf der Terrasse den würzigen Duft der Nebelschwaden.

»Was ist eigentlich aus dem guten Wirsing mit Speckknödeln geworden, Ignaz?«, fragte Ursel.

»Von gestern Abend?«, antwortete Ignaz. »Davon ist nichts mehr da. Leider.«

Jennerwein wälzte sich schlaflos im Bett. Genervt erhob er sich und ging ein paar Schritte auf und ab. Er blickte aus dem Fenster. Er versuchte die Erinnerung an den Geschmack von Irenes Keksen zurückzudrängen. Sie hatte damals genau an dem Abend mit ihm Schluss gemacht, als er ihr mitgeteilt hatte, dass er sich bei der Polizeischule angemeldet hatte. Sie beteuerte, dass das eine nichts mit dem anderen zu tun hatte. Jennerwein hatte ihr nicht geglaubt. Dann hatte er nie mehr etwas von ihr gehört. Bis zum gestrigen Tag. Er hatte sie selbst nicht gesehen, aber auf dem Tischchen von Gudrian war eine Schale mit ihren zitronigen Keksen gestanden. Jetzt tat es ihm leid, dass er keines mitgenommen hatte.

Türkisfarbenes Meer, schimmernder weißer Sand, handwarmes Wasser – Trinidad. Am Strand lag Susi Herrschl in einer Hängematte, die zwischen zwei Palmen gespannt war, und schlürfte an ihrem Sundowner. Sie steckte die Kontoauszüge zurück in ihre Badetasche. Aus der Strandbar wummerte Merenguemusik in voller Lautstärke, sie wippte mit dem Fuß im Takt dazu. Das hat ja wunderbar geklappt, dachte sie. Ihre Klassenkameraden! Mit so einer großen Summe hatte sie gar nicht gerechnet. Ein bisschen waren sie wohl alle in sie verliebt gewesen.

Landeshauptstadt. Früher Morgen. Professor Kling saß an seinem Schreibtisch. Er sah übermüdet aus. Er hatte die ganze Nacht nicht geschlafen. Er griff zum Telefon.

»Darf ich den Herrn Minister sprechen? Es ist wichtig.«

53

Die Nachricht von Beppo Prallingers Tod erreichte die Polizeiinspektion, als es gerade hell wurde, und innerhalb von zehn Minuten hatte sich das vollständige Team Jennerweins im Revier versammelt. Nur der arme entstellte Franz Hölleisen schob immer noch Wache auf der Kramerspitze.

Die ersten Ergebnisse der gerichtsmedizinischen Untersuchung hatten noch keine großen Erkenntnisse über die Todesumstände gebracht, so zerfetzt und zerstampft war der Körper Prallingers, einst Oberregierungsrat in der Besoldungsgruppe A14, nunmehr nach dem Bayerischen Beamtengesetz (»Das Beamtenverhältnis endet mit dem Tod des Beamten«) – tot, allerdings in diesem besonderen Fall mit einem Anspruch auf ein Begräbnis mit militärischen Ehren.

»Waren Sie mit ihm befreundet, Hubertus?«

Jennerwein antwortete nicht gleich. Er schien in Gedanken versunken.

»Auch ihn kannte ich nicht sehr gut«, sagte er schließlich leise. »Beppo Prallinger saß immer rechts, und meistens in der zweiten Reihe. Er war ein ruhiger, unauffälliger Mitschüler, er hat meines Wissens dann Jura studiert und einen Job im Ministerium angenommen.«

»Stimmt«, warf Ostler ein. »Im Finanzministerium. Da habe ich gestern schon angerufen. Eine freundliche Dame hat mir gesagt, dass er dort Sonderaufgaben innehat, irgendetwas bei der

Schlösser- und Seenverwaltung. Liegenschaftsrecht. Grenzmarkierungen. Aber das ist ja jetzt nicht mehr wichtig.«

Es entstand eine Pause. Alle waren sichtlich schockiert über die Tatsache, dass ein weiterer Klassenkamerad Jennerweins zu Tode gekommen war. Stengele brach das Schweigen.

»Die Bergwacht hat mir mitgeteilt, dass Prallinger in eine Art Felstasche gestürzt ist, die man schwer einsehen kann. Wenn da nicht dieser Tom Fichtl herumgeklettert wäre –«

»Mit dem werden wir noch ein Hühnchen zu rupfen haben!«

»Die Bergwacht hat die Suche jedenfalls nicht abgebrochen. Die Suche nach weiteren Opfern und – sicherheitshalber – nach dem flüchtigen Täter. Und nach größeren Treibsandstellen.«

»Die Gerichtsmedizinerin steckt auch noch mitten in den Untersuchungen«, sagte Ostler. »Sie hofft, doch noch brauchbare Spuren bei Prallinger zu finden. Sie meldet sich, wenn sie Ergebnisse hat.«

Nicole schüttelte verwundert den Kopf.

»Dann sind also fünfzehn und nicht vierzehn Personen bei der Klassenwanderung mitgegangen? Wie kann uns das denn eigentlich entgangen sein?«

»Nein, es waren schon vierzehn«, sagte Jennerwein. »Einer der Verletzten hat mit dem Klassentreffen gar nichts zu tun. Es ist ein alter Herr. Er hatte einen Herzanfall und ist noch immer nicht bei Bewusstsein.«

»Könnte das nicht dieser Lehrer sein?«, sagte Maria. »Dieser Mathelehrer Max Schirmer? Der hat doch auch einen Beitrag für die Klassenzeitung geschrieben.«

Maria blätterte die entsprechende Seite auf und las:

... Ich kann mir natürlich schon denken, wo es hingehen soll ... Ich werde also zu Fuß von der anderen Seite aufsteigen ...

»Nein, nein, Max Schirmer kenne ich«, sagte Jennerwein, »den habe ich selbst als Lehrer gehabt. Der im Krankenhaus ist nicht unser Max Schirmer von den *Rampensäuen*. In der Tasche dieses Mannes steckte ein Navigationsgerät, wie es Geocacher verwenden. Wir konnten seine Identität noch nicht klären, er hatte keinen Ausweis bei sich.«

»Der harmlose Geocacher – das könnte doch seine Tarnung sein?«

»Denkbar wäre es. Er war wie Ronni Ploch nicht an den Boden gefesselt. Er ist zwar alt, aber sehr rüstig. Möglich ist alles. Wir werden ihn vernehmen müssen, wenn er wieder bei Bewusstsein ist.«

Maria erhob sich.

»Ich tippe trotzdem auf ein Schuldrama. Nach der Analyse der Klassenzeitung haben wir es mit einer hochpsychotischen Aggressionsmelange zu tun. Vielleicht hat dieser angeblich harmlose Geocacher eine Rechnung mit jemandem aus der Klasse offen?«

Der harmlose Geocacher lag auf der Intensivstation. Seine Lippen waren zyanotisch blau, seine Augen geschlossen, er bekam das Getöse der Geräte um ihn herum kaum mit. Im hintersten Winkel seines alten, rüstigen Schädels jedoch rumorte es. Eine kleine Szene stieg an die Oberfläche seines Bewusstseins. Er hatte sich über den gelbschwarzen Mann gebeugt, und der hatte ihm etwas ins Ohr geflüstert. Aber was? Und jetzt stiegen die Silben vollends in sein Bewusstsein, … scho … schan … Er versuchte es zu formulieren, er versuchte, die blauen Lippen zu bewegen.

»Ja, was hamma denn?«, flüsterte die Krankenschwester beruhigend und tupfte ihm die Lippen ab.

Jennerwein stand auf. Er schien wieder gefasster als vorher. Alle konnten es bemerken. Kampfeswille stand in seinen Augen.

»Ich habe eine Liste der Opfer aufgestellt, deren Zustand so gefestigt ist, dass wir sie am frühen Vormittag schon vernehmen können. Wir bleiben natürlich im Rahmen der ärztlich und polizeilich erlaubten Befragungsbedingungen, das ist ganz klar. Aber die Vernehmungen sollten nach der provokativen Methode gestaltet werden. Wenn der Täter unter ihnen ist, dann hat er sich auch auf diese Befragung gut vorbereitet. Wir versuchen ihn also mit Fragen zu packen, die abseits des Kernmotivs liegen. Er muss sich zu unüberlegten Aussagen hinreißen lassen.«

»Teilen wir den Geiseln die beiden Todesfälle mit?«, fragte Nicole.

»Ich würde sagen: ja«, antwortete Maria. »Es ist besser, sie erfahren es zuerst von uns.«

Alle nickten zustimmend.

»Ich bin mir inzwischen sehr sicher«, sagte Jennerwein, »dass sich der Geiselnehmer unter den zwölf Lebenden befindet – den Geocacher lasse ich mal außen vor. Bedenken Sie das bitte bei den Befragungen. Bitte geben Sie keine Ermittlungsergebnisse preis. Ich bin auch ganz sicher, dass dieser Geiselnehmer sein Projekt noch nicht zu Ende geführt hat. Er hat zwei Menschen umgebracht. Aber wir wissen nicht, was er eigentlich vorhat. Es ist durchaus möglich, dass sich die anderen Geiseln in großer Gefahr befinden. Platzieren Sie also nebenbei die Information, dass sich immer jemand von uns auf der Etage befindet. Übertreiben Sie die Polizeipräsenz lieber ein wenig.«

»Es liegt übrigens auch ein SEK-Mann auf der Station«, sagte Nicole. »Er hat sich mir zu erkennen gegeben.«

»Eingeschleust?«, fragte Ostler. »Ohne dass wir es wissen?«

»Nein, er ist wirklich als Patient dort. Er war beim Einsatz auf dem Kramer dabei, er war bewaffnet wie Rambo, umgehauen hat ihn dann ein Mückenstich, der bei ihm eine anaphylaktische Reaktion ausgelöst hat. Derzeit nicht einsatzbereit. Er hat mir gesagt, dass er trotzdem die Augen offen halten will.«

Maria Schmalfuß war aufgestanden, sie schritt unruhig im Raum umher.

»Was mir nicht aus dem Kopf geht: Warum dieser große kriminelle Aufwand? Warum eine Geiselnahme? Der Täter will etwas erpressen oder erzwingen. Warum geht er nicht hin, passt sein Opfer ab, holt sich seine Sache oder seine Information und bringt das Opfer dann zum Schweigen?«

Jennerwein stand ebenfalls auf, blickte aus dem Fenster und betrachtete einen fernen Bergkamm, der sich langsam in der Morgensonne zu röten begann.

»Vielleicht, weil uns solch ein Mord zu schnell auf die richtige Fährte führen würde. Mit der Geiselnahme soll etwas verdeckt und hinausgezögert werden. Der Täter braucht offensichtlich Zeit, er will uns hinhalten. So wie er uns gestern den ganzen Tag schon hingehalten hat.«

Die Tür sprang auf, und der Chef Jennerweins, Polizeioberrat Dr. Rosenberger, betrat den Besprechungsraum.

»Entschuldigen Sie, dass ich so unangemeldet hereinplatze.« Seine sonore Stimme dröhnte durchs Zimmer. Er begrüßte alle Anwesenden. Auch von ihm hing eine Karikatur an der Wand. Er hatte darüber sehr gelacht – ›Rosi‹, wie er genannt wurde, war durchaus mit der Gabe des Humors gesegnet. Er war sitzend an seinem Schreibtisch gezeichnet worden. Die eine Hand war weit ausgestreckt, mit ihr packte er einen Ganoven mit Schiebermütze am Kragen, mit der anderen Hand schrieb er an seiner Untersuchung *Kriminalgeschichte des Werdenfelser Landes*. Sein Kopf war nach oben gerichtet, dort strahlte in glorioser Leuchtschrift das Wort POLIZEIPRÄSIDENT. Jeder wusste, dass das sein Ziel war. Doch jetzt blickte Polizeioberrat Rosenberger ernst.

»Ich habe die Nachricht gerade bekommen. Heinz Jakobis Tod berührt mich sehr. Ich habe ihn gekannt. Er war Geschäftsführer bei einer spanischen Hoch- und Tiefbaufirma. Ich habe ihn einmal bei einem Empfang getroffen.«

In Jenrweins Hirn klingelte etwas. Er blickte schnell zu Nicole hinüber und konnte an ihrem Gesichtsausdruck erkennen, dass sie den gleichen Gedanken wie er hatte. Nicole tippte etwas in den Rechner. Jennerwein wusste, wonach sie suchte. Diese Polizistin hatte das Gespür, das man brauchte, um einen Fall zu lösen, das wurde ihm von Mal zu Mal deutlicher. Die würde es ganz nach oben schaffen. Er wandte sich wieder an Dr. Rosenberger.

»Ich habe mehrfach versucht, Sie zu erreichen, um mir Ihr Okay für den Einsatz geben zu lassen – vergeblich. Ich habe mich trotzdem entschlossen, den Fall zu übernehmen und zu Ende zu führen, obwohl ich persönlich involviert bin.«

»Sie haben meine nachträgliche Zustimmung«, sagte Dr. Rosenberger schnell. Etwas zu schnell für Jennerweins Gefühl. Irgendetwas kam ihm hier äußerst merkwürdig vor. Aber vielleicht war er auch bloß übermüdet.

»Ich gehe wieder zurück zu den Bergwachtlern«, fuhr der Oberrat fort.

»Sie waren schon droben auf der Kramerspitze?«

»Ja, ich war schon von Anfang an bei der Suche dabei. Gerade vom Urlaub zurückgekommen – und gleich rein in die Bergstiefel.« Er wandte sich zum Gehen. »Ein tolles Team haben Sie da, Jennerwein. Das wollte ich Ihnen schon lang einmal sagen.«

Irgendetwas war auffällig an Dr. Rosenbergers Ton. Doch zum Überlegen blieb jetzt keine Zeit. Ostler kam mit einem Computerausdruck aus dem Nebenraum.

»Endlich habe ich etwas Brauchbares über diesen Jean-Jacques Arsenault in Erfahrung bringen können. Die Schweizer Kollegen waren äußerst hilfsbereit. Er ist zweimal wegen kleinerer Delikte eingesessen. Nach der letzten Freilassung hat er das Land verlassen, aber die CH-ollegen haben in Erfahrung bringen können, dass er momentan in einem mexikanischen CH-nascht sitzt. Übrigens schon seit zwei Jahren. Er hat also ein perfektes Alibi.«

»Und was haben Sie herausgefunden, Nicole?«

Nicole blickte von ihrem Rechner auf.

»Bei mir hat es ebenfalls geklingelt, als Dr. Rosenberger etwas von Hoch- und Tiefbau gesagt hat. Heinz Jakobi war nicht Geschäftsführer, sondern ein kleiner Standortmanager bei *Construcciónes Romper Barcelona*. Und genau diese Firma ist eine der Hauptbeteiligten beim Kramertunnelbau.«

»Hat denn Jakobis Tod gar nichts mit dem Klassentreffen, sondern mit dem Kramertunnel zu tun?«

Und dann kam Jennerwein ein noch viel schlimmerer Verdacht. Erst jetzt fiel ihm ein, dass eine spanische Ansage zu hören gewesen war, als er versucht hatte, seinen Chef zu erreichen. Wo war Rosenberger gewesen? Und war es nicht merkwürdig, dass er so schnell auf der Kramerspitze aufgetaucht war? Praktisch gleichzeitig, wenn nicht sogar noch vor ihm selbst? Konnte er nicht einmal mehr seinem Vorgesetzten trauen?

»Wir gehen jetzt folgendermaßen vor«, sagte er, wie um diese Gedanken abzuschütteln. »Wir konzentrieren uns voll und ganz auf die Vernehmungen der Geiseln. Bedenken Sie: Wir haben keinerlei Handhabe, die Leute hier festzuhalten. Auch der Täter wird bald freikommen. Und wir haben nicht genug Leute, um so viele Personen unauffällig zu beschatten. Also an die Arbeit.«

54

Plan bisher gut verlaufen. Benötigte Information erhalten, dafür nur zwei Tote. Hätte schlimmer kommen können. – Sitze auf dem Krankenhausbett, hasse Kliniken. – Einzelzimmer, Bergblick, Pfefferminztee. – Mir ist übel. Hätte Lust auf eine Zigarette. Was spricht dagegen? Dass ich das Rauchen aufgegeben habe, das spricht dagegen, Idiot! – Schwester war da, Blutdruck, Puls. – Ob ich psychologischen Beistand bräuchte? Ob ich noch ein Kännchen Pfefferminztee wollte? Nein, habe ich gesagt, und ich habe versucht, freundlich zu sein. – Freundlichsein, eine rauchen wollen, den Deppen spielen, das ist anstrengend. – Sonst hat alles perfekt geklappt. Ich bin stolz. Hätte niemand gedacht, dass aus mir noch was wird. Niemand hätte mir so ein Ding zugetraut.

Jakobi: Idiot. Hat verdient, was er bekommen hat. Wäre früher oder später sowieso im Abgrund gelandet. – Prallinger: Hat gekämpft wie ein Soldat. Aber Mitleid: Fehlanzeige. Hat den Job angenommen, hat gewusst, was auf ihn zukommen könnte. – Trotzdem schade. Kleine Erinnerung: War bei einem Felsenfest mal total besoffen, musste heimgetragen werden.

Jennerwein: Der Oberidiot. Überlegt jetzt, wer der Täter sein könnte: Gschaftlfichtl? Die versoffene Uta Eidenschink?! Phurbadiehl? Winselschorsch? Jennerwein geht alle durch. Einen nach dem anderen. Immer wieder. Findet nichts. Genial.

Gleich beginnen die Verhöre. Größte Aufmerksamkeit, höchste Konzentrationsstufe. Dann hat Jennerwein nicht den Hauch einer Chance. Ob er sich für das Verhör mit mir einteilen lässt? Ihm läuft die Zeit davon, ich hingegen muss nur darauf warten, bis ich aus dem Krankenhaus entlassen werde. Jennerweinchen! Wildschützigstes Gendarmenbubi, du! Vertändelst deine Zeit mit Telefonaten, untersuchst Gewebeproben, kämpfst, machst, tust. – Alles umsonst.

Nerv-Schwester kommt rein. Was will denn die schon wieder? Wenn ich eine rauchen will, sagt sie, dann WENIGSTENS zum Fenster raus. Dann eben WENIGSTENS zum Fenster raus, blöde Zicke.

Zwei, drei Züge tun gut. Jetzt volle Konzentration. Ich kann sie schon hören, wie sie den Krankenhauskorridor herunterkommen wie die Glorreichen Sieben beim Einzug in das mexikanische Dorf. Toller Film übrigens – wobei mir jetzt erst die Ähnlichkeit von Jennerwein mit Steve McQueen auffällt. Jennerwein, jetzt bekommst du dein Klassentreffen der besonderen Art.

Amüsier dich gut, Hu.

55

Ausschnitte aus den Vernehmungsprotokollen

Dietrich Diehl
Veterinärarzt
gesch., ein Kind
Vernehmender Beamter: Ostler

»Grüß Gott, Herr Diehl. Mein Name ist Johann Ostler. Öha, Sie haben sich aber Ihr Krankenzimmer ganz schön gemütlich eingerichtet, das muss ich sagen!«

»Ich habe mir einige Fetische und Mondsteine bringen lassen, weiter nichts.«

»Was ist denn das auf dem Tischerl?«

»Ein Phurba. So ein Phurba führt auf den guten Weg, setzt positive Energien frei, bündelt verborgene Kräfte. Habe ich von meinem Tibet-Urlaub mitgebracht.«

»Sie wirken gefasst, das freut mich. Sie haben das ganze Desaster auf der Kramerspitze relativ gut überstanden, das muss ich schon sagen.«

»Ich hatte Glück. Und ich hatte meine Strategien zur Konfliktbewältigung. Okkulte Strategien, wie Sie sich denken können. Als schließlich die Kälte, die Nässe, die Demütigungen und Bedrohungen nicht mehr zu ertragen waren, habe ich versucht, mich in eine körperlose Voodoo-Trance zu versetzen.«

»Und so was hilft?«

»Ich bin sogar noch einen Schritt weitergegangen. Ich war drauf und dran, diesem Banditen einen Zustand der willenlosen Erschlaffung zu verpassen. Die Krieger der Ghamao-Indianer arbeiten damit.«

»Und hat es funktioniert, Herr Diehl?«

»Aber ja, natürlich: Ich habe den Gangster zum Wanken gebracht! Er muss unangenehme Schwingungen gespürt haben, und die sogenannte *große Lustlosigkeit* ist in ihn eingefahren. Ich hatte ihn am Schlafittchen, aber dann haben mir diese Idioten alles ruiniert! Plötzlich war da ein Aufruhr, und einer hat blöd rumgeschrien, irgendwas von Jean-Jacques, jedenfalls ist durch dieses Tohuwabohu das ganze mühsam aufgebaute energetische Feld wieder zusammengebrochen.«

»Herr Diehl, eine letzte Sache noch: Haben Sie von dem Gespräch hinter dem Felsen etwas mitbekommen?«

»Eigentlich nicht.«

»*Eigentlich* nicht? Was heißt das?«

»*Verderben* ... habe ich verstanden, *beide Häuser* ... oder so was. Vorher habe ich den Namen Susi Herrschl gehört. Ein- oder zweimal.«

»Wann haben Sie Susi Herrschl das letzte Mal gesehen?«

»Das ist schon mehrere Jahre her. Aber ich weiß, dass sich damals einige unserer Jungs für sie interessiert haben.«

»Ach ja? Wer?«

»Jakobi. Prallinger. Jennerwein.«

»So, so. Sie nicht?«

»Nein, ich habe an ihr so eine ultraviolette, skorpionische Aura gespürt.«

(*handschriftliche Bemerkung von Ostler:*)

Jerry Dudenhofer
Architekt, wohnhaft in New York
gesch., eine Tochter (Uta Dudenhofer)
Vernehmender Beamter: Stengele

»… Wie? Prallinger und Jakobi!? Ist ja schrecklich! Ich hatte schon befürchtet, dass es Fichtl ist, der alte Gschaftlhuber, der muss doch überall mit vorn dabei sein. Entschuldigen Sie, Herr Stengele, die Geschmacklosigkeit, nicht wahr, aber ich bin ganz durcheinander. Ganz schrecklich ist das mit Prallinger und Jakobi. Ganz schrecklich, wirklich. Aber Herr Stengele, ich habe Ihnen etwas Wichtiges mitzuteilen.«

»Ja, das Band läuft, sprechen Sie nur.«

»Ich habe ihn gesehen.«

»Wen? Den Geiselnehmer?«

»Den Verbrecher, ja. Wir haben alle schreckliche fünf Stunden durchgemacht. Doch dann, ganz am Schluss, als schon alles fast vorbei war, da habe ich ein sonderbares Geräusch gehört. Es waren Schritte, ein Knirschen auf den Steinen, aber die Schritte kamen aus einer ganz ungewohnten Richtung. Ich blickte auf, und stellen Sie sich vor: Der Geiselnehmer spazierte ohne Maske – überhaupt ohne jede Vorsichtsmaßnahme – den Weg herauf! Er hat dann so getan, als ob er gestrauchelt und hingefallen ist. In Wirklichkeit hat er sich nur auf den Boden geworfen, um sich unter uns zu mischen.«

»Ein Klassenkamerad?«

»Nein, der war viel älter. Ich wusste sofort, dass das der Typ war, der uns die ganzen Stunden vorher bedroht hat. Ein alter Knacker, zwanzig, dreißig Jahre älter als wir, aber gut durchtrainiert! Typus Rentner, die haben ja Zeit für so was. Das sind die Schlimmsten. Sie haben ihn doch in sicherer Verwahrung?«

»Ja, das haben wir, Herr Dudenhofer.«
»Dann haben Sie doch alles, was Sie brauchen. Kann ich jetzt gehen?«

(handschriftliche Bemerkung von Stengele:)
unangenehm, verdächtig

Ronni ›Houdini‹ Ploch
Chirurg
verh., zwei Kinder (Ronni Ploch junior, Jeanette Ploch)
Vernehmende Beamtin: Schmalfuß

»... aber warum beherrschen Sie das Öffnen von Schlössern?«
»Ich zaubere so nebenbei, das ist mein Hobby, und das *lockpicking* ist eine magische Disziplin.«
»Gut, Sie haben die Handschelle also geöffnet – und da hat sich in den nachfolgenden Stunden keine Gelegenheit ergeben, weitere Aktionen zu unternehmen?«
»Nein, was sollte ich auch tun? Der Typ war bewaffnet, alle außer mir waren angekettet.«
»Aber Sie sagten doch vorhin, der Täter hat sich ab und zu entfernt.«
»Ja, aber er ist immer wieder zurückgekommen und hat Terror gemacht. Aber hören Sie mal: Was soll das überhaupt?! Nach all dem Horror auch noch Vorwürfe! Das war ein gut durchtrainierter Hüne von einem Mann, niemand von uns hätte da eine Chance gehabt.«
»Ein großer Mann? Größer als Sie?«
»Sicher einen Kopf größer.«
»Wie konnten Sie das in Ihrer Lage erkennen?«

»Jetzt machen Sie aber mal einen Punkt, Frau Kollegin. Ich habe tausend Hüften repariert, ich kann die Größe eines Menschen abschätzen. Eine Unverschämtheit ist das. Erst die rohe Behandlung durch die SEK-Rambos, dann jetzt Sie mit ihren zweideutigen Fragen.«

»Wissen Sie denn, wer den Abgrund hinuntergestürzt wurde?«

»Ja, natürlich weiß ich das. Uta Eidenschink. Der helle, verzweifelte Schrei von ihr klingt mir noch immer in den Ohren.«

»Und der hinter den Felsstein geschleppt worden ist, wer war das?«

»Den habe ich nicht erkannt. Es könnte Gudrian gewesen sein. Ja, ich bin mir jetzt sicher, dass es Gudrian war. Es ging jedenfalls um Susi Herrschl. Der Name Jakobi fiel, glaube ich, auch.«

»Herr Ploch, ich muss Ihnen leider mitteilen, dass Heinz Jakobi tot ist. Er war es, der hinuntergestürzt wurde. Auch Beppo Prallinger ist tot.«

»Was? Das hätte ich jetzt nicht gedacht. Sind Sie sicher?«

»Ich habe noch eine allerletzte Frage. Können Sie sich einen Grund denken, warum Prallinger und Jakobi angegriffen und ermordet worden sind?«

»Nein. Die waren damals beide mit Susi Herrschl zusammen, soviel ich weiß. Aber das hat wohl gar nichts mit diesem Fall zu tun.«

(handschriftliche Bemerkung von Schmalfuß:) MEGALOMANE

Siegfried Schäfer
Oberforstrat
led., keine Kinder
Vernehmende Beamtin: Schwattke

»Habts ihr ihn schon?«
»Wen?«
»Na, wen wohl? Den Grattler?«
»Nein, wir arbeiten daran, Herr Schäfer. Und Sie können uns helfen.«
»Ihr habts ihn also noch nicht.«
»Nein, wie gesagt, wir haben den oder die Täter noch nicht. Und es wäre angemessener, wenn wir uns bei der Befragung siezen.«
»In Bayern duzt man sich, wenn es um was Wichtiges geht.«
»Wie Sie hören, komme ich nicht aus Bayern. Können wir also mit der Befragung beginnen?«
»Dann hätte ich gleich einmal ein paar Fragen.«
»Die Fragen stelle ich.«
»Also gut, Fräulein, fragens nur.«
»Ist Ihnen während des Aufstiegs etwas Verdächtiges aufgefallen?«
»Ein kranker Baum. Ich habe den Freunden ein paar Bäume gezeigt. Das ist immer einer der Höhepunkte der Wanderung. Da ist mir ein kranker Baum aufgefallen. Eine Lärche. Mit Rindenschaden. Der war vorher noch nicht da, der Schaden. Die Steinböcke kommen jetzt schon so weit runter.«
»Sie waren vorher schon auf der Kramerspitze?«
»Ja klar, öfters schon. Ich bin sehr naturverbunden.«
»Wann waren Sie das letzte Mal oben?«

»Vor ein paar Jahren.«

»Und da konnten Sie sich gestern noch an einen Baum erinnern, den Sie vor Jahren gesehen haben?«

»Ja, ich präge mir die Bäume ein.«

»Sie prägen sich Tausende von Bäumen ein?«

»Nein, Fräulein, so ist es doch nicht gemeint. Sie machen mich ganz narrisch. Mir sind am Kramer noch nie Bäume mit solchen Schäden aufgefallen. Ob es jetzt genau *der* Baum war, weiß ich nicht.«

»Hat Sie der Eintrag über Sie in der Klassenzeitung schockiert oder beleidigt?«

»Da, schon wieder! Sie wollen mich tratzen! Das hat doch jetzt mit dem Fall gar nichts tun.«

»*Gehört in die Psychiatrie* – gibt es da irgendwelche Hintergründe?«

»Nein. Natürlich nicht. Ich lebe gesund, ich gehe oft in der herrlichen Natur spazieren, was soll ich in der Psychiatrie?«

»Sehen Sie hier, ich habe eine Skizze gemacht vom Gipfelplateau. Ich habe alle Klassenkameraden eingezeichnet, in der Position, in der sie angekettet waren. Darf ich Ihnen das mal zeigen? Hier auf der linken Seite haben Sie gesessen. Haben Sie die Person, die *vor* Ihnen gesessen hat, erkannt?«

»Nein, nein, ich habe niemanden erkannt.«

»Könnten Sie sich vorstellen, dass der Geiselnehmer einer von den Klassenkameraden war?«

»Nein, wir waren doch so eine griabige Blasn. Ich kann mir niemanden von uns vorstellen, der so brutal ist.«

»Kannten Sie Susi Herrschl gut?«

»Überhaupt nicht gut.«

»Sie waren verliebt in sie, nicht wahr?«

»Nein, niemals.«

»Wirklich nicht?«

»Ja, manchmal schon. Aber eine innere Stimme hat mir abgeraten.«

(handschriftliche Bemerkung von Schwattke:)
                                        schwer verständlich

Uta Eidenschink
Hochschulprofessorin
led., ein Sohn (Bastian Eidenschink)
Eigenhändige Aufzeichnung der Zeugin

Beim Raufweg haben wir Wanderlieder gesungen. Alle haben mitgeträllert. Darauf lege ich immer Wert, dass alle mitsingen. Ich bin ganz vorne gegangen. Ich habe mich öfters umgeschaut. Öfters. Alle haben mitgesungen. Auch Schäfer. Der fällt auf. Der überragt alle anderen um einen Kopf.

Einer aber hat nicht mitgesungen. Einer in einer Windjacke. Einer, der nicht zu uns gehört hat. Nur einer. Ich bin mir jetzt sicher. Ganz sicher. Ich bin mir sicher, dass das der Geiselgangster war.

(handschriftliche Bemerkung von Ostler:)
                      Hochschulprofessorin? Hochverdächtig.
                      Bei dem Stil?

Harry Fichtl
Allgemeinarzt
verh., ein Sohn (Tom Fichtl)
Vernehmende Beamtin: Schwattke

»Was sagen Sie da? ICH?«
»Bitte bleiben Sie ruhig, Herr Fichtl.«
»Ja, und wo wäre dann mein Motiv? Ich mach und tu. Meine Frau? Dass ich meine Frau schlage? NEHMEN SIE DIESEN UNSINN ETWA ERNST?«
»Herr Fichtl –«
»Meine Frau war grade eben hier, KARLA HEISST SIE –«
»Beruhigen Sie sich, Herr Fichtl. Ich will nur ausschließen, dass Sie etwas damit zu tun haben. Sie müssen das schon verstehen. Sie sind der Einzige, der von der Wanderung gewusst hat.«
»Jeder hat gewusst, wo es hingeht. Uta und das rote Eichhörnchen – das war eine Geschichte, von der jeder gewusst hat. Jeder! Es kann nur der Kramer damit gemeint sein. ICH BIN WIRKLICH STINKSAUER!«
»Herr Fichtl, hören Sie bitte auf zu schreien. Ich verstehe Sie gut.«
»Da habe ich das alles organisiert! Dann der Stress, der Horror, die stundenlangen Todesqualen, und dann kommen Sie daher und verdächtigen mich!«
»Herr Fichtl, entspannen Sie sich!«
»Rufen Sie mir eine Schwester, ich habe mich so aufgeregt, ich brauche jetzt ein BERUHIGUNGSMITTEL!«

(handschriftliche Bemerkung von Schwattke:)
    Hocherregt. Simulant?

Helmut Stadler
Maschinenbauingenieur
verh., ein Sohn (Tobi Stadler)
Vernehmender Beamter: Ostler

»Ja, ich habe dabei auf die Uhr gesehen. Genau um 10.45 Uhr sind wir auf dem Gipfel angekommen, um 10.57 hat er begonnen, ins Megaphon zu sprechen, um 11.05 Uhr ist der erste Schuss gefallen. – Soll ich es Ihnen aufschreiben?«

»Ja, bitte. Aber sagen Sie mal, haben Sie sich das alles so genau gemerkt?«

»Ja, ich habe ein fotografisches Gedächtnis. Wenn ich auf die Uhr blicke, kann ich mir das Ereignis dazu gut merken.«

»11.10 Uhr – was haben Sie da gesehen?«

»Gar nichts. Aber wenn ich etwas gesehen hätte, dann hätte ich es mir gemerkt.«

»Also, um 11.05 Uhr ist der erste Schuss gefallen.«

»Soll ich es Ihnen nicht doch lieber aufschreiben?«

»Bitte, schreiben Sie. Wann ist nochmals der erste Schuss gefallen?«

»Um 11.05 Uhr. Es war eine Garbe von Schüssen. Wurde denn jemand getroffen?«

»Allerdings. Gustl Halfinger.«

»Um Gottes Willen! Gustl Halfinger! Wie geht es ihr?«

»Sehr schlecht.«

»Kann ich mit ihr sprechen?«

»Nein, das geht leider nicht. Sie wurde in ein künstliches Koma versetzt.«

(handschriftliche Bemerkung von Ostler:)

Zwangscharakter

Schorsch Meyer III
Beruf: Lehrer
verh., drei Kinder (Tobel, Torsten und Tessy Meyer)
Vernehmender Beamter: Jennerwein (Gedächtnisprotokoll)

»Grüß Gott, Herr Jennerwein!«

»Hallo, Jeanette! Das ist aber schön. Du bist doch die Tochter vom Ronni Ploch! Ist ja nett, dass du auch die Freunde deiner Eltern besuchst.«

»Ja, ich muss dann wieder.«

»Jetzt aber zu dir, Schorsch. – Schorsch?«

»Mensch, Hubertus! Es ist grauenvoll! Entsetzlich! Wäre ich bloß daheim geblieben! Jedes Jahr nehme ich mir vor, nicht zum Klassentreffen zu kommen. Die meisten sind doch inzwischen nur noch nervige Idioten.«

»Ja, aber, Schorsch, sag einmal, wenn dich die Klasse so furchtbar nervt, warum bist du dann überhaupt hier?«

»Das hat jetzt mit der Sache nichts zu tun ... das ist ganz privat, verstehst du ...«

»Warum machst du mir Zeichen, Schorsch? Ich nehme nichts auf. Ich habe kein verstecktes Tonband, das musst du mir glauben.«

»Ich war das nicht, ich wäre gar nicht fähig dazu.«

»Das hat doch niemand behauptet. Aber jetzt muss ich schon noch mal nachfragen: Was ist das Private?«

»Ich treffe mich mit jemandem.«

»Habe ich richtig verstanden? Du hast eine Freundin im Ort und benützt das Klassentreffen dazu, dich mit ihr heimlich zu verabreden?«

»Nein, so ist es auch wieder nicht ... Das muss unter uns bleiben, hörst du, Hubertus? Ich bin am Anfang immer hingegangen, weil es sich so gehört ... meine Frau hat mich quasi hingeschickt ... sie ist ja eigentlich selber schuld daran ... Und vor einem Jahr ist es dann passiert ... da hat es geschnackelt ...«

»Du hast also ein Verhältnis mit jemandem aus unserem Jahrgang angefangen –«

»Ja, nicht direkt ... aus unserem Jahrgang ... Aus einem anderen Jahrgang ...«

»Aus einem jüngeren Jahrgang.«

»Ja. Viel jünger.«

»Sag einmal, Schorsch, ist das nicht anstrengend? Du hast in deinem Alter noch ein Verhältnis, von dem niemand wissen darf?«

»Und jetzt will sie nichts mehr von mir wissen.«

(handschriftliche Bemerkung von Jennerwein:)
Vernehmung abgebrochen, Weinkrampf.

Gunnar Viskacz
Beruf: Tontechniker, Klangdesigner
gesch., ein Sohn (Manuel Viskacz)
Vernehmende Beamtin: Schmalfuß

»Sie sehen gar nicht aus wie eine Polizistin, Frau Schmalfuß.«

»Darf ich das Gespräch mitschneiden? Es ist kein Verhör, es ist keine Vernehmung, es ist lediglich ein Gespräch. – Was machen Sie da, Herr Viskacz?«

»Ich schneide das Gespräch ebenfalls mit.«

»Das – das ist nicht möglich.«

»Wieso? Wer verbietet das?«

»Das versteht sich von selbst, dass Sie eine polizeiliche Befragung nicht mitschneiden dürfen.«
»Ich dachte, es ist nur ein Gespräch.«
»Gut, andersherum: Warum wollen Sie unser Gespräch mitschneiden? Für Ihren Rechtsanwalt?«
»Nein, ich habe gar keinen Rechtsanwalt, ich habe ein reines Gewissen. Ich schneide immer alles mit. Das Interessanteste davon verwende ich für meine Projekte. Ich bin Klangkünstler! Audiodesigner. Verstehen Sie?«
»In diesem Fall könnten Sie aber rechtliche Probleme bekommen.«
»Die rechtlichen Probleme sind Teil des Kunstwerks. Denken Sie an Bushido, Jonathan Meese – «
»Sagen Sie mal, Herr Viskacz, Sie haben nicht zufällig oben auf dem Gipfel ebenfalls – «
»Nein, leider nicht. Das wärs gewesen, wie?«
»Sie lügen. Sie haben es mitgeschnitten.«
»Ich lüge nicht. Der Gangster hat uns alles abgenommen. Handys, Tablets, alles.«
»Stimmt nicht, Herr Viskacz, Sie haben gerade versucht, unser Gespräch mitzuschneiden. Also hat er Ihnen Ihr Aufnahmegerät nicht weggenommen.«
»Ich habe immer mehrere dabei. Falls eines mal – «
»Ich schlage Ihnen einen Deal vor. Sie geben mir den Mitschnitt, und ich mache Ihnen dafür keine Schwierigkeiten wegen Unterschlagung von Beweismaterial.«
»Durchsuchen Sie mich, ich habe keinen Mitschnitt.«

(handschriftliche Bemerkung von Schmalfuß:) **LÜGT WIE GEDRUCKT.**

56

»Das härteste Gespräch aber«, sagte Jennerwein, als sie sich zu einer Besprechung in einem leeren Krankenhauszimmer versammelten, »war das Gespräch mit Antonia Beissle. Ich habe immer gedacht, es ist kompliziert genug, wenn Ärzte medizinisch behandelt oder Polizisten verhaftet werden. Aber noch schlimmer ist es, wenn Staatsanwälte vernommen werden.«

»Hast du schon Ergebnisse?«, hatte Antonia Beissle anstatt eines Grußes herausgepresst. Ihr pechschwarzes, sonst streng zu einem Zopf zusammengebundenes Haar war wild zerzaust, ihr Gesicht war noch mehr zerkratzt als das der anderen. Sie richtete sich im Bett auf und nahm eine betont kämpferische Haltung ein.

»Du musst uns alle sofort gehen lassen, du musst den Fall abgeben! Ich werde dir die Hölle heiß machen, ich werde dafür sorgen, dass du Bürobote in der Kfz-Verwahrstelle wirst! Also. Sprich. Kannst du Ergebnisse vorweisen?«

»Nein, Antonia, das kann ich nicht. Was erwartest du nach ein paar Stunden? Du weißt selbst, dass das nicht so schnell geht, wenn man sorgfältig und ohne voreilige Schlüsse ermitteln will. Du musst mir glauben, dass wir auf Hochtouren arbeiten.«

»Vermutest du, dass es jemand von uns ist?«

Die Augen der Staatsanwältin blitzten auf.

»Ich bin mir leider sehr, sehr sicher.«

»Und wenn es wirklich so wäre: Hältst du es dann für eine gute Idee, selbst zu ermitteln?«

»Du kannst dich jederzeit über mich beschweren. Es wäre ja nicht das erste Mal.«

»Ich weiß. Deine Ermittlungsmethoden, so erfolgreich sie sind – aber der Zweck heiligt nicht immer die Mittel.«

»Ist dir gestern bei der Geiselnahme etwas aufgefallen, was sachdienlich wäre?«

Die Staatsanwältin sank ins Kissen zurück. Doch sofort richtete sie sich wieder auf. Sie konnte es nicht ertragen, schwach gesehen zu werden. Vor allem nicht von Jennerwein.

»Er hat es geschafft, uns alle in Angst und Schrecken zu versetzen. Es war ein fünfstündiger Horrortrip. Ich hab heute Nacht kein Auge zugetan. Aber nicht aus Verzweiflung, sondern aus Wut. Und ich habe nachgedacht. Ich bin die anderen Klassenkameraden immer und immer wieder durchgegangen. Zwei von ihnen sind tot, es bleiben also zwölf Verdächtige übrig, mich ausgeschlossen elf. Ich kann mir bei keinem einzigen vorstellen, dass er zu so einer Tat fähig ist. Doch mir kam ein anderer Gedanke. Und inzwischen bin ich mir sicher: Er ist es. Er ist eitel, machtgeil und skrupellos. Er spielt den braven Bürger und hat ein Doppelleben. Ich habe heute Nacht herumtelefoniert, diverse Leute aus dem Bett geklingelt und ein paar Informationen über ihn gesammelt.«

»Du hast heute Nacht ermittelt?«

»Ja, was dagegen? Er hat sich nie erwischen lassen, in seiner Personalakte steht nichts, aber ich bin mir sicher, dass er in dubiose Geschäfte verwickelt ist, immer hart am Rand der Legalität. Jetzt hat er diese Grenze überschritten. Er muss es sein. Es bleibt nur er übrig.«

»Wer ist es?«

»Dr. Ulrich Rosenberger.«

Alle Teammitglieder im provisorischen Besprechungszimmer des Krankenhauses schüttelten ungläubig den Kopf.

»Sie können sich vorstellen, wie mich diese Aussage überrascht hat«, sagte Jennerwein.

»Aber wie kommt sie darauf?«, fragte Maria.

»Sie behauptet, Dr. Rosenberger am Rand des Gipfelplateaus gesehen zu haben, als sie mit dem Liegesack in den Sanihubschrauber gezogen wurde.«

»Dr. Rosenberger war auf dem Gipfel, das wissen wir ja.«

Jennerwein sagte nichts dazu. Auch er hatte sich gewundert, wie schnell Dr. Rosenberger am Tatort war. Es war ein furchtbarer Fall. Man konnte niemandem trauen.

»Halten Sie etwa die Staatsanwältin für die Täterin?«

»Wenn Sie die Täterin war, dann hat sie das alles exzellent gespielt. Und gerade daran glaube ich nicht. Sie war schon im Schultheater keine gute Darstellerin. Schultheatergruppe bei Mathelehrer Schirmer. *Die Rampensäue*, lang ists her. Sie hat eine Hauptrolle bekommen. Ich sehe sie noch heute da stehen. *Es war die Nachtigall, und nicht die Lerche, die eben jetzt dein banges Ohr durchdrang* ... Viel zu übertrieben gespielt. Eine richtige Knallcharge. Ich glaube nicht, dass sich ihre schauspielerische Fähigkeit enorm verbessert hat.«

»Sie mögen sie wohl nicht, Hubertus?«

»Nein, nicht besonders. Sie spielt falsch. Ich glaube allerdings nicht, dass sie die Täterin ist.«

»Was hatten Sie selbst denn für eine Rolle damals bei der Shakespeare-Aufführung?«, fragte Nicole.

»Keine Hauptrolle. Eine untergeordnete Nebenrolle. Ich habe einen Diener gespielt. Und dabei ist es ja bis heute auch geblieben.«

»Aber Hubertus!«, entrüstete sich Maria. »Erlauben Sie mal!«

Jetzt begann der furchtbar mühsame und unspektakuläre, aber umso härtere Teil des Polizeialltags. Sie studierten die Protokolle und verglichen sie miteinander. Sie suchten nach Widersprüchen und Auffälligkeiten. Sie fanden nichts, was sie weiterbrachte. Schimowitz rief an. Die SEKler hatten das Gebiet noch einmal sorgfältig durchforstet: keine verdächtigen Personen. Der Chef der Bergwacht kam persönlich vorbei: keine fluchtgeeigneten Treibsandstellen. Auch Hölleisen, der arme, entstellte Franz Hölleisen, konnte von seinem Beobachtungsposten aus keine weiteren Vorkommnisse melden. Die Stimmung im Team sank.

»Wir müssen sie bald gehen lassen«, sagte Jennerwein müde. »Antonia Beissle hat recht. Wir haben nichts gegen sie in der Hand. Wenn wir weiter Druck ausüben, werden sie sauer. Das lässt sich keiner gefallen, nach solch einer Tortur auch noch als Verdächtiger behandelt zu werden. Es sind ohne Ausnahme Leute in gesellschaftlichen Positionen, die ihnen erlauben, zurückzuschlagen. Sie haben Beziehungen zu Ämtern, Pressestellen und Entscheidungsträgern. Und uns läuft die Zeit davon! Wir können immer noch niemanden ausschließen. Nicht einmal diesen siebzigjährigen Geocacher. Mit einer Waffe rumfuchteln kann man in jedem Alter.«

»Kann man Schäfer durch seine Größe ausschließen?«, fragte Ostler. »Er überragt alle um einen Kopf.«

»Nein«, sagte Maria. »Ronni Ploch sagte sogar aus, dass der Täter sehr groß gewesen sei. Aber das nehme ich ihm nicht ab. Die Geiseln lagen alle am Boden, befanden sich zudem in einer furchtbaren Stresssituation. Eine Abschätzung der Größe ist in solch einer Lage nicht möglich.«

»Ich kann Ihnen nur beipflichten«, sagte Jennerwein. »Ich war gestern in der Situation. Ich habe im ersten Augenblick nicht einmal Kommissar Stengele erkannt.«

»Im Ausschlussverfahren kommen wir nicht weiter«, fuhr er entschieden fort. »Wir müssen es von einer anderen Seite anpacken. Wir brauchen das Motiv. Der Geiselnehmer hat eine Information erpresst. Von Jakobi, von Prallinger, vielleicht auch von einer der übrigen Geiseln – in diesem Fall waren die beiden nur seine Druckmittel. Er bekommt die Information. Was kann das sein? Wahrscheinlich ist sie viel Geld wert. Sehr viel Geld. Die berechtigte Frage lautet nun tatsächlich, warum ein derartiger Aufwand betrieben wird. Warum die Information nicht unten im Tal erpressen? Ohne Zeugen? Die Antwort lautet: weil das zu gefährlich für ihn ist. Das würde uns Ermittler sofort, auf alle Fälle zu schnell, auf seine Spur führen. Aus irgendeinem Grund, den wir noch nicht kennen, braucht er Zeit. Er braucht ein paar Stunden, um die Information nutzen zu können und seine Sache zu Ende zu bringen. Und so lange hält er uns hin. Er beschäftigt uns quasi. Unsere Ermittlungen gehen in mehrere Richtungen, wir verbrauchen viel Zeit, Energie und Personal – und genau das gibt ihm den Spielraum, den er benötigt.«

Lähmende Stille breitete sich aus. Alle erkannten, dass Jennerwein recht hatte. Plötzlich hörten sie Stimmen vor der Tür. Eine Krankenschwester steckte den Kopf herein.
»Sind Sie das Polizeiteam? Da will Sie jemand sprechen.«
Jennerwein winkte. Die Krankenschwester trat zurück und gab den Weg frei für ein Häufchen Elend. Es war Gunnar Viskacz. Er starrte das versammelte Team der Polizisten an, dann ließ er den Kopf sinken. Er setzte langsam Schritt vor Schritt, er war blass und atmete schwer.
»Komm näher«, sagte Jennerwein. »Setz dich.«
Viskacz nahm auf einem freien Stuhl Platz.
»Ich gebe auf«, sagte Gunnar Viskacz.

GUNNAR VISKACZ
Aktionskünstler

Hier ist mein Audiobeitrag. Klickt das mal an:

http://www.viskaczproductions.de

Viel Spaß beim Anhören
Euer Gunnar

57

»Ja, ich gebe es zu«, sagte Gunnar Viskacz. Er hielt den Kopf gesenkt, als böte er seinen Nacken einem scharfen Richtschwert dar.

Er machte eine große Pause. Und er war sich der Bedeutung dieser Pause durchaus bewusst.

»Was geben Sie zu?«, fragte Maria schließlich sanft und leise.

»Ich habe die ganze Gipfelgaudi *doch* aufgezeichnet. Ich wollte die Aufnahme eigentlich für mein neues Klangprojekt verwenden. Das wäre eine Sensation geworden! Aber ich sehe ein, dass ich Ihnen die Aufnahme überlassen muss. Es gibt diese herrlich kleinen Aufnahmegeräte, sie sind noch viel, viel kleiner als ein Handy. Und das Beste: Man sieht ihnen nicht an, dass es Aufnahmegeräte sind. Das war mein Glück gestern auf dem Berg. Wenn mich der Kerl damit erwischt hätte –«

Viskacz zog einen Hosenknopf aus der Tasche des Bademantels und legte ihn vor sich auf den Tisch. Alle beugten sich über das Wunder der digitalen Technik. Auch auf den zweiten und dritten Blick konnte man nichts anderes als einen Hosenknopf erkennen.

»Das ist ja der Wahnsinn«, rief Stengele aufgeregt. »Das könnte durchaus aus der Werkstatt von Q stammen! Sie haben damit den ganzen Tag aufgezeichnet? Es ist alles drauf? Das ist die Lösung!«

Alle Polizisten hielten den Atem an.

»Das wäre schön«, sagte Viskacz. »So ist es aber leider nicht.

Auf diesem digitalen Hosenknopf ist lediglich das Verhör drauf, das Frau Doktor Schmalfuß mit mir vorhin geführt hat.«
Sie funkelte ihn böse an.
»Das war kein Verhör – klingt ja wie Folter. Wenn, dann war es eine Vernehmung. Es war aber lediglich ein Gespräch.«
»Wenn sie so weitermacht«, murmelte Stengele fast unhörbar, »dann wird noch *Vorsichtiges Abtupfen mit vorgewärmten Wattebäuschchen* daraus.«
Viskacz hob den Kopf.
»Wissen Sie, ich schneide immer alles mit. Auf Schritt und Tritt. Das ist mein künstlerisches Projekt.«
Er lächelte bescheiden.
»Es gibt einen neuen Trend in der postmodernen Klang-Performance: Bricolage. Es gibt keine Instrumente mehr. Die Welt ist Instrument genug. Und ich habe schon ganz andere gefährliche Situationen mitgeschnitten. Straßenschlachten, Polizeieinsätze, Kneipenschlägereien. Aber die Aufnahme auf dem Gipfel, die wurde mir langsam zu heiß. Je brutaler der Kerl sich aufführte, desto mehr brannte mir der Minirekorder in der Tasche. Er fraß sich direkt ein Loch in den Stoff. Deshalb habe ich ihn weggeworfen, als der Gangster wieder einmal hinter dem Felsen war. Ich habe ihn nach links in eine latschenbewachsene Felsmulde geworfen. Das Ding kann höchstens ein paar Meter gekullert sein. Mein wunderbares kleines Aufnahmegerät! Es ist wahrscheinlich total zertrampelt. Es hat ein Schweinegeld gekostet.«
»Sieht es aus wie dieser Hosenknopf?«
»Nein, wie ein knallrotes kleines Gummibärchen.«

»Polizeiobermeister Hölleisen am Apparat. Was gibts Neues?«
»Wir suchen ein knallrotes Gummibärchen.«
»Wiederholen Sie das bitte.«

»Ein knallrotes Gummibärchen aus Hartplastik, das im Bereich der Position Viskacz einige Meter in Richtung Nordwest geworfen wurde und höchstwahrscheinlich in einem Latschenfeld gelandet ist«, sagte Jennerwein.
Stengele mischte sich ein.
»Achten Sie auch auf kleine, sandige Stellen. Dort könnte das Gummibärchen eingesunken sein. Fangen Sie schon mal an zu suchen. Wir schicken den Hubschrauber.«

Diesmal hatten sie Glück. Der Minirekorder war nicht weit gekullert. Er war tatsächlich ein paar Zentimeter in eine kleine Treibsandmulde eingesunken. Kein Murmeltier hatte ihn gefressen, kein Polizeiobermeister war mit den Bergstiefeln draufgetreten, auch der Spurensicherung war er entgangen. Das Gerät wurde mit dem Helikopter ins Polizeirevier gebracht. Nicole wusste, wie und mit welchem Adapter solch ein Minigerät an den Computer angesteckt werden konnte. Es konnte gar nicht anders sein: Diese Aufnahme musste den Täter entlarven! Gespannt setzten sich die Beamten um den Lautsprecher.

Die Echtzeitaufnahme begann, als Siegfried Schäfer gerade umständlich erklärte, wie man das Alter eines Baumes auf einen Blick erkennen konnte. Beissle fachsimpelte mit Gudrian über die neuesten Entwicklungen im Scheidungsrecht. Auch Oberregierungsrat Beppo Prallinger war zu hören, was allen einen Schauer über den Rücken jagte.

»Ach, ein gemütlicher Job ... nichts Besonderes ... ich verwalte ein paar Liegenschaften ... ich warte eigentlich nur auf meine Pension ...«

Dann Schritte, wegspritzende Steine und mehrstimmiges Keuchen. Jeder der Ermittler dachte das Gleiche: Einer dieser vierzehn Wanderer konzentrierte sich gerade auf sein perfides Vorhaben, die restlichen dreizehn ahnten nicht, dass ihnen gleich etwas Entsetzliches bevorstand.

Schäfer erhob erneut die Stimme, das Getrappel hörte schlagartig auf. Gezwitscher, Geflatter, Gepiepse, Gemurmel. Dann eine Pause.

Nehmt mal schnell eure Ferngläser ... Da, am Himmel, da ist das Steinadlerpärchen ... es ist vor ein paar Jahren hier ausgewildert worden ... Wusstet ihr, dass ein Steinadler Beutestücke bis zu fünfzehn Kilo tragen kann? ...

Dann wieder kleine Unterhaltungen. Über einen Käfer, der über den Weg krabbelte, über die herrliche Aussicht, über das Glück mit dem Wetter, über Schorsch Meyers Eheprobleme. Viskacz erzählte von einer Performance, Dietrich Diehl hatte seine Wasserflasche beim letzten Halt vergessen und musste ein paar Meter zurücklaufen, Uta Eidenschink stimmte ein Wanderlied an.

»Überraschung! Auf den Boden! Legt euch hin! Schnell!«

Alle Ermittler hielten den Atem an, als plötzlich die knarzende Megaphonstimme ertönte. Die Geiselnahme begann. Schreie, vereinzelte Wortfetzen. Dazwischen Gelächter, das bald verstummte. Nicole spulte die Aufnahme mehrmals zu der Stelle zurück, als die Megaphonstimme das erste Mal deutlich und ohne Nebengeräusche zu hören war.

»Ich weiß, dass ihr euch jetzt fragt, wer ich bin ...«

»Keine Chance, die Stimme zu erkennen«, sagte Stengele. »Da muss Becker ran.«
»Aber das wird einige Tage in Anspruch nehmen«, sagte Jennerwein. Die Ungeduld war aus seinen Worten herauszuhören. Sie hatten sich viel von der Aufnahme erwartet, mussten aber von Minute zu Minute deutlicher erkennen, dass sie wahrscheinlich keine sofort verwertbaren Ergebnisse brachte. Wertvolle Zeit verfloss.

Niemand beachtete die neueste Karikatur, die an der Wand hing. Es war die von Nicole Schwattke, der Recklinghäuserin. Sie steckte in einer überdimensionalen Lederhose, die ihr etwa zwanzig Nummern zu groß war. Darunter war zu lesen: *Eine Westfälin wächst über sich hinaus.* Die meisten hatten die Augen geschlossen, um sich besser auf die Aufnahme konzentrieren zu können. Dort war gerade das Säuseln eines kleinen Windes zu hören, der ein böses, leises Lied pfiff. Plötzlich eine Stimme aus einiger Entfernung:

»Lass ihn los! Lass ihn endlich los! Ja, ich rede! Ich bin bereit zu reden! Ich sage, was du wissen willst! Lass ihn los und komm her!«

Es war die schmerzverzerrte Stimme Prallingers. Dann Aufruhr, Schmerzenslaute, wildes Durcheinanderschreien, wie bei einer Schlägerei. Schließlich hörte man einen markerschütternden Schrei, den Schrei Jakobis, der immer leiser wurde und sich schließlich in der Tiefe verlor.

Dann zischte nur noch der Regen.

58

»Da schau hin, das Grab vom Reuschl Toni! Das haben die aber ziemlich herunterkommen lassen!«

Wie jeden Tag gingen Ursel und Ignaz auf dem Friedhof spazieren. Diese liebe Gewohnheit war noch ein Relikt aus ihrer Zeit als Bestattungsunternehmer, hier konnten sie sich am besten entspannen und über zukünftige Projekte nachdenken. Darüber hinaus war der Friedhof ein durchaus abhörsicheres Stückchen Land. Sie hatten hier schon einige brisante Treffen und Besprechungen durchgeführt. Aber das alles war natürlich für die Graseggers kein Thema mehr, hatten sie sich doch vorgenommen, sauber zu bleiben in ihrer neuen bürgerlichen Existenz. Ignaz ließ seinen Blick über ein paar Grabreihen schweifen.

»Schade, dass wir auf unserem schönen Friedhof keine erstklassigen Kaliber liegen haben. Das würde Touristen anziehen, mein lieber Schwan!«

»Du meinst so richtige Weltberühmtheiten? Aber wir haben doch ein paar –«

»Ja, einige große Künstler und Wissenschaftler sind hier schon beerdigt, aber uns fehlt so ein richtiges Schwergewicht. So eines wie der Kafka in Prag oder der Wagner in Bayreuth.«

Die Graseggers kannten sich aus. Sie hatten vor kurzem mit der Planung ihrer lang ersehnten Friedhofs-Städtereise durch Europa begonnen. Bei den Recherchen für diese Gruft- und Sensen-Ralley hatten sie viel Erhebendes und Anregendes entdeckt.

»Natürlich liegt bei uns kein Wagner und kein Kafka«, sagte Ignaz. »Die waren ja alle nicht da. Die sind ja immer am Kurort vorbei- und zum Gardasee runtergefahren.³ Wenn die unseren Viersternefriedhof gesehen hätten! Da hätte sich mancher ein kleines 2-mal-3-Meter-Stückerl Land für den erweiterten Ruhestand gekauft.«

Ignaz dachte wohl schon an eine bürgermeisterliche Initiative, wie man Touristen auch auf diese Weise in den Kurort locken könnte. Ursel riss ihn aus seinen Gedanken.

»Du, sag einmal, Ignaz, das mit dem verschollenen Dokument, das die Reichsunmittelbarkeit von unserem Landel beweisen würde, das lässt mir einfach keine Ruhe. Gut, wahrscheinlich gibt es das Dokument gar nicht mehr. Aber wenn es versteckt wurde, dann könnte es doch sein, dass es hier in der Gegend versteckt worden ist? Meinst nicht? Das ergäbe doch einen Sinn. Warum soll es in Rom oder Aachen oder wer weiß wo sein? Es geht doch um das Werdenfelser Land, dann wäre es doch logisch, wenn es auch da wäre.«

»Und wo genau?«

»Die katholische Kirche hat ihre geheimen Dokumente jahrhundertelang in leeren Gräbern versteckt. Der Papst Sisinnius hat in seiner Amtszeit solche Schattengräber anlegen lassen. Eines gibt es zum Beispiel bei San Felice am Gardasee. Die meisten davon wurden allerdings im burgundischen Raum, in der heutigen Schweiz, entdeckt. Sie dienten als Tresore für wichtige

---

3 Hier irren die Graseggers. Franz Kafka (1883 – 1924) hat den Kurort durchaus besucht. Im August 1919 war Kafka im Werdenfelser Land zur Sommerfrische. Aus dieser Zeit stammen einige alpenländische Parabeln, vermutlich geschrieben auf dem Balkon der Fremdenpension Maxenbichler.

Dokumente und Wertgegenstände. Man konnte sie über den Grabstein öffnen, sie besaßen aber meist auch einen zweiten verschwiegenen Zugang über einen kleinen Kriechtunnel.«

»Aber du glaubst doch nicht etwa, dass es so ein Schattengrab auf unserem Friedhof gibt? Wenn es das gäbe, dann wären wir doch die Ersten, die davon wüssten, meinst nicht?«

»Ja, grüß euch, Ursel und Ignaz! Brütet ihr schon wieder was aus? Weil ihr gar so eifrig miteinander diskutiert?«
Ein guter Bekannter, der Huberbauer Toni, war ihnen entgegen gekommen.
»Was sagts jetzt ihr zu der Kramergaudi gestern?«
»Grüß dich, Toni. Was für eine Gaudi? Wir haben halt ein paar Hubschrauber gesehen. Halbschuhtouristen in Bergnot, oder?«
»Naaaaa! Da war eine Geiselnahme! Ich war hautnah dabei. Ich war in der Notaufnahme vom Krankenhaus wegen einem Zeckenbiss, da sind sie auf einmal an mir vorbeigerauscht, die Sanitäter mit ihre Wagerl. Insgesamt dreißig oder vierzig Leute waren es. Vielleicht auch fünfzig. Einer hat schlimmer als der andere ausgeschaut!«
Die Seiferer Burgl hatte sich dazugesellt.
»Also, ich hab gehört, dass es auch einen Toten gegeben hat. Den Prallinger Beppo. Kennt ihr den?«
»Den Prallinger Beppo?«, sagte Ignaz. »Von den Prallingers aus der Badgasse?«
»Nein, oder doch, das kann schon sein, ich weiß es auch nicht so genau. Es sollen jedenfalls lauter Freunde vom Jennerwein gewesen sein, die Geiseln.«
Mehr wusste sie auch nicht, die Seiferer Burgl.

Die Graseggers verabschiedeten sich von den beiden.

»Prallinger?«, sagte Ursel. »Den Namen hab ich gestern gehört, ich weiß bloß nicht mehr, in welchem Zusammenhang.«

»Der war früher mit mir beim Kinderturnen«, sagte Ignaz. »Der ist aber dann in die Stadt gezogen.«

»Jetzt hab ichs!«, rief Ursel. »Ich habe doch gestern Nachmittag bei den Ämtern rumgefragt wegen alter Verträge und Rechtsvorgänge, die auch dann gültig sind, wenn die Administration wechselt. Vom Bayrischen Staatsarchiv haben sie mich freundlich weitergeleitet ins Finanzministerium. Ich habe mir gedacht, was tue ich denn im Finanzministerium? Aber dann haben sie mich mit der Abteilung für Schlösser- und Seenverwaltung verbunden. Zuerst habe ich mir gedacht, das ist ein Irrtum, aber die nette Telefondame meinte, ich wäre schon richtig hier und diese Art von Verträgen, die würde der Herr Oberregierungsrat Prallinger bearbeiten. Aber der war außer Haus. Dann wollte die freundliche Dame meinen Namen wissen und meine Anschrift. Sie hat mich gefragt, *was* ich denn wissen will. Und *warum* ich das wissen will. Und ob ich nicht lieber persönlich vorbeikommen will. Das ist mir schon komisch vorgekommen. So eine Geheimniskrämerei wegen einer kleinen Auskunft zu einem Bürgermeisteramt! Aber dann hat sie gesagt, nur der Herr Prallinger selbst würde Auskünfte über einen FAVOR-CONTRACTUS-Fall geben. Wieder eigenartig, denn ich habe diesen lateinischen Ausdruck gar nicht erwähnt. Die hat also ganz genau gewusst, was ich meine. Sehr komisch.«

»Und jetzt ist er tot, der Prallinger. Auch komisch.«

Ja, sehr komisch, dachte Ursel. Gut, dass sie einen falschen Namen genannt hatte. Alte Angewohnheiten sind oft nützlich.

59

Ein paar Krankenzimmer neben den Geiseln lag der Kindergärtnermasseur mit der Kennnummer F-15. Ein Mückenstich also. Ein Mückenstich hatte ihn vom geachteten Mitglied des Spezialeinsatzkommandos zu einer mickrigen Gestalt im weißen Nachthemdchen gemacht.

Er war vom Gipfel nicht mehr allzu weit entfernt gewesen. Er hatte Schritt vor Schritt gesetzt, dann war er immer müder geworden, er hatte sich immer schwächer gefühlt, er hatte das aber nicht mit dem kleinen Piekser im Nacken in Zusammenhang gebracht. Er versuchte, gegen die plötzliche Mattigkeit anzukämpfen, es gelang ihm nicht. Er ging in die Knie, suchte Deckung. Seine Augenlider schwollen an, und durch die Nase konnte er schon nicht mehr atmen. Bevor er vollständig in die dichten, schattigen Latschenhaufen kroch, hörte er in einiger Entfernung einen Mann mit sonorer Stimme rufen:

»Gehen Sie schon mal vor. Ich komme hier allein zurecht.«

»Aber Herr Doktor, das ist zu gefährlich!«, erwiderte einer der Bergwachtler.

»Ich weiß, was ich tue!«

Er konnte sich nicht mehr ganz genau an die Worte erinnern, aber hatte er nicht den Namen *Rosenberger* gehört? Das war letztendlich auch schon egal, er war dienstunfähig, wahrscheinlich für immer. Er würde Frührentner werden. Mit neunundzwanzig hatte er ein riesenlanges, zwar gutbezahltes, aber sinnloses Leben vor sich. Keine Einsätze mehr, die harte Ausbildung umsonst, kein Kontakt mehr zu seinen alten Kumpels. Anaphylaktische Reaktion. Auf eine Mücke! Das konnte jederzeit wieder passieren, das machte ihn dienstuntauglich, er würde nicht einmal mehr als Pförtner eingesetzt werden. Frühpensionär mit neunundzwanzig. Ein Neubeginn? Er hatte sonst nichts gelernt. Und er wollte sonst auch nichts anderes machen.

F-15 wusste genau, wo das hinführte. Vielleicht würden sie ihn schon bald hier in diesem Krankenhaus besuchen, vielleicht heute noch. Die russische oder rumänische Mafia erfuhr so einen Ausfall oft als Erste. Anwerber der chinesischen Triaden waren ebenfalls hinter ehemaligen Elitepolizisten her. Eine Ablehnung kam hier einem Todesurteil gleich. Besonders unerbittlich bei ihren Rekommandierungsmethoden aber war die Personalabteilung der mexikanischen organisierten Kriminalität, die seit neuestem im süddeutschen Raum Fuß fasste. Ihre Agentinnen tarnten sich als Krankenschwestern, und sie nahmen in den Kliniken und Rehas Kontakt zu den Ausgemusterten auf. Auch bei den Mexikanern war es nicht ratsam, abzulehnen.

Langsam bewegte sich die Klinke der Krankenzimmertür nach unten.

60

Der große Anpfiff fand in der kleinen Turnhalle neben dem Polizeirevier statt. Motte, Tom, Uta, Mona, Joey und alle anderen schlichen wie die begossenen Pudel herein, sie wussten, dass sie sich auf einiges gefasst machen mussten.

»Wieso eigentlich wir?«, maulte Murat.

»Ja, wieso eigentlich wir?«, stimmte Motte mit ein. »Wir haben doch gar nichts gemacht.«

Jennerwein stellte sich wütend vor ihnen auf.

»Um es kurz zu machen: Ich bin stinksauer auf euch. Ich habe eigentlich etwas anderes zu tun, als hier Gardinenpredigten zu halten. Ihr habt Scheiß gebaut. Ihr könnt von Glück sagen, dass es nicht Anzeigen hagelt wegen eines halben Dutzends von Delikten.«

Einige wollten etwas sagen, Jennerwein unterbrach sie.

»Ich weiß nicht, ob das alle begriffen haben: Eure Eltern sind in Gefahr. Und ihr seid in Gefahr. Der Geiselgangster ist noch auf freiem Fuß. – Und lasst euch ja nicht einfallen, diese Nachricht durch die Gegend zu twittern! Das ist Behinderung polizeilicher Ermittlungsarbeit. Ihr könnt von Glück sagen, dass ich euch nicht einsperren lasse.«

Tom Fichtl hob den Kopf. Fast wäre ihm die Witzfrage herausgerutscht, ob es im Knast denn auch einen Volleyballcourt gäbe. Er ließ die Bemerkung aber dann doch. Er hatte den unauffälligen Polizisten unterschätzt. Jennerwein hatte jetzt eine gute Portion Schärfe in der Stimme. Mit dem sollte man sich lieber nicht anlegen. Das war ein ganz anderer Typ als der, von dem ihm sein Vater erzählt hatte. Der hatte gemeint, dass Jennerwein die allerletzte Flasche wäre und zu nichts taugte als eben zum Polizeidienst. Tom hörte sich den Anpfiff lieber zu Ende an. Die Lust zum Scherzen war ihm seit dem Sprung in einen menschlichen Thorax ohnehin vergangen.

»Ich will, dass ihr mir versprecht, nichts mehr auf eigene Faust zu unternehmen. Wir haben es mit einem Verbrecher zu tun, der zwei eurer Eltern auf gemeinste Weise getötet hat. Ihr habt euch mit eurem eigensinnigen Ausflug in das Level vier der Todeszone begeben. Und was dabei rauskommt, das könnt ihr an Tom sehen.«

Tom stand ziemlich kleinlaut da und blickte auf seine Schuhe.

»Warum ist niemand auf die Idee gekommen, mich anzurufen? Mona! Ich habe dir doch meine Nummer gegeben.«

»Nun ja«, sagte Mona kleinlaut. »Wir dachten zuerst, dass es ein Scherz ist, eine Schnitzeljagd oder so was. Bis wir dann von Ihnen erfahren haben, dass –«

»Seid froh, dass die Tochter von Prallinger dieses Jahr nicht dabei war. Wie hättest du ihr das erklärt, Tom?«

»Er war ja schon tot«, sagte Tom leise.

»Ach ja? Und woher weißt du das so genau?«

Eine lähmende Stille trat ein. Jennerwein blickte jedem einzelnen in die Augen.

»Das wäre es vorerst. Wenn jemandem etwas einfällt, was zu den Ermittlungen beitragen könnte, dann ruft er uns an. Ich gebe jedem von euch ein Kärtchen.«

»Es war ein Unfall«, sagte Tom trotzig. »Ich kann nichts dafür.«

»Ich will keine Diskussionen mehr. Ich habe anderes zu tun.«

Die Gruppe begann, sich aufzulösen.

»Halt! Motte und Mona. Euch brauche ich noch. Motte, dich will ich zuerst sprechen.«

Jetzt ist es so weit, dachte Motte, jetzt hat er mich am Wickel. Der ist gar nicht so blöd, wie er aussieht. Der hat was spitzgekriegt. Sie gingen langsam hinüber zum Revier. Motte brauchte einen Plan.

»Warum bist du weggelaufen?«, fragte Jennerwein, als sie allein waren.

»Ich habe damit nichts zu tun«, sagte Motte.

»Was meinst du, wie oft ich diesen Satz schon gehört habe«, entgegnete Jennerwein ärgerlich. »Aber mit was hast du nichts zu tun?«

»Es ist eine saugeile Idee, das muss ich zugeben. Ihr erster Coup war der, ein deutsches Schaf in einer Hundebox nach Australien zu schmuggeln. Umgehung der strengen Quarantänevorschriften. Aber der Bock war fleißig.«

»Von wem redest du?«

»Na, von Christine Schattenhalb, Ihrer ehemaligen Klassenkameradin. Sie hat Bio studiert, über Schafe geforscht. Und dann hatte sie was entdeckt, das gut was abwirft. Schafe sind Wiederkäuer. Unverdauliche Pflanzen werden zwischen den verschiedenen Mägen immer wieder hin- und hergewälzt, so dass sich unter günstigen Umständen harte Bezoarsteine bilden. Wie das genau funktioniert, das müssen Sie im Netz nachschauen. Jedenfalls kann man in die Steine Rauschgift einlagern – für die Tiere absolut ungefährlich und schmerzfrei, für den Rauschgifthandel absolut brauchbar. Ein Spürhund hat überhaupt keine Chance, da was zu erschnüffeln. Ein einziges Türkisches Fettschwanzschaf ist mehrere zehntausend Dollar wert. Und eines kann ich Ihnen sagen: Christine Schattenhalb und ihr Mann sind gut im Geschäft. Kann ich jetzt gehen?«

Jennerwein war verwirrt. Es tauchten immer mehr Faktoren auf, die mit dem Fall gar nichts zu tun hatten! Musste Christine Schattenhalb in die Überlegungen miteinbezogen werden? Aber er hatte doch mit ihr telefoniert! Auf der anderen Seite der Erde zu sein ist ein relativ gutes Alibi. Jennerwein hatte das Gefühl, als tastete er sich schon wieder durch Schimowitz'schen Nebel. Und die Zeit verging! Er wollte Motte gerade antworten, da stürzte Ostler herein.

»Kommen Sie schnell«, raunte er ihm leise ins Ohr. »Es ist etwas passiert. Schorsch Meyer hat sich aus dem Fenster gestürzt!«

Jennerwein und Ostler stürmten aus der Tür und fuhren auf dem schnellsten Weg ins Krankenhaus.

»Und damit nicht genug!«, sagte Ostler im Auto atemlos. »Er hat einen anderen mit hinuntergerissen.«

61

Der Kindergärtnermasseur hatte gar nicht bemerkt, dass die Türklinke langsam heruntergedrückt wurde, denn er hatte in die andere Richtung geblickt. Ihm, der Kampfmaschine mit dem geschulten Auge für alle unnatürlichen Bewegungen und Vorgänge, war draußen vor dem Fenster etwas aufgefallen. Die Außenmauer des Krankenhaustrakts beschrieb eine leichte Rundung nach innen, durch diese konkave Bauweise hatte er einen guten Blick auf den benachbarten Balkon des vierten Stocks. Die Tür war geöffnet worden, und ein Mann im Bademantel war langsam auf die Balkonbrüstung gestiegen. Die Absicht war eindeutig nicht frischluftschnappend, sondern suizidal. Unten erwartete ihn der unersättliche Asphalt des Parkplatzes. Der SEKler erhob sich von seinem Lager und schlich lautlos zum Fenster. In der Glasscheibe überraschte ihn sein eigenes Spiegelbild: Die Lippen waren nach wie vor geschwollen, die Augenlider glänzten blau schimmernd. Er war jetzt ein anaphylaktischer SEK-Veteran, doch er gehörte noch nicht zum alten Eisen. Vor dem Fenster ging er in die Knie, um von dem zögernden Lebensmüden nicht gesehen zu werden. Langsam öffnete er die Balkontür, schlich in der Hocke hinaus und stieg ebenfalls auf die Brüstung. Er machte dabei nicht mehr Geräusche, als wenn er ein Marmeladebrötchen geschmiert hätte.

Schorsch Meyer III kniff die Augen zusammen und machte Anstalten, sich fallen zu lassen. Der SEK-Mann hechtete schräg in dessen Richtung, flog eine ewige halbe Sekunde lang in der Luft und konnte den Oberstudienrat gerade noch am Arm fassen. Er umklammerte Schorsch Meyer und riss ihn mit voller Wucht auf den Balkon zurück. Keuchend lagen sie am Boden.

»Was sind *Sie* denn für ein Vollidiot?«, schrie der Kindergärtnermasseur. Das Fach Psychologie hatte nicht zu seiner Ausbildung gehört.

»Und was sind *Sie* für einer?«, schrie Schorsch Meyer wütend zurück. »Warum haben Sie mich nicht springen lassen?«

»Spezialausbildung. Ich muss so etwas verhindern. Ich kann nicht anders.«

Schorsch Meyer war völlig durcheinander. Er richtete sich auf, und sein Blick fiel auf den Abschiedsbrief, der immer noch in seinem Zimmer auf dem Tisch lag. Jetzt würden irgendwelche Psychoheinis ihn lesen und falsche Schlüsse daraus ziehen. F-15 nahm SM III, wie Meyer oft genannt wurde, am Arm und zog ihn vom Balkon weg ins Zimmer. Er musterte Meyer. Ohne Wärmebildkamera kamen ihm Menschen oft unwirklich und verschwommen vor.

»Sie sind doch eines von den Geiselopfern«, stellte er fest. »Da riskieren wir unser Leben, um Sie zu retten, und dann haben Sie nichts Besseres zu tun – «

Plötzlich schoss ihm ein ganz anderer Gedanke ein. Ruckartig riss er dem verdutzten Meyer den Bademantel herunter, stieß ihn zu Boden und fixierte ihn dort mit einem Spezialgriff.

»Sicherheitshalber«, sagte er später zu Jennerwein. »Auf einmal kam mir der Mann sehr verdächtig vor.«

Der Abschiedsbrief in Meyers Zimmer gab Rätsel auf: *Da siehst du, wohin das führt. Adieu, Dein armer Schnurrliwurli.* Adressiert war er an eine gewisse Jeanette.

»Sie hat mit mir Schluss gemacht«, sagte er, als ihn Jennerwein befragte.
»Hast du etwas mit der Geiselnahme zu tun, Schorsch?«
Schweigen.
»Ob du etwas mit dem Verbrechen dort oben zu tun hast!?«
Wieder Schweigen.

Langsam, ganz langsam, im Tempo eines versinkenden Körpers im Moor, war die Klinke vorhin nach unten gedrückt worden. Leise schob sich die Tür auf, und eine Krankenschwester mit unverkennbar mexikanischen Wurzeln betrat den Raum auf leisen Sohlen. Ihr erster Blick fiel auf das leere Bett von F-15, ihr zweiter auf das geöffnete Fenster.
»Flinkes Kerlchen«, sagte sie. »So einen wie den können wir brauchen.«

OStR Schorsch Meyer D/G/Soz (korrigiert von seiner
Spitzname: SM III   Frau, OStRin
Reihenfolge!   Gerda Meyer)

Liebe Freunde und Freundinnen!

W Wieder <u>jährt</u> sich dieses <u>Jahr</u> unser Klassentreffen und wieder
kommen wir zusammen, gealtert, gereift und dem Rentnerdasein
näher als je zuvor.

aber auch

So wollen wir denn glückliche ~~und~~ besinnliche Stunden zusammen
verbringen und der Zeiten gedenken, in denen wir selbst die
Schulbank drückten.

Bitte richtig zitieren!

Möge der alte Geist des Strebens nach dem <u>Schönen</u>, <u>Wahren</u> und
        2   1
Guten noch einmal <u>aufflammen</u> und mögen uns die Erinnerungen an
vergangene Streiche zum Lachen bringen!

besser: auflodern

Es grüßt euch einer, dem <u>jetzt schon</u> die Augen feucht werden
angesichts des <u>ungezügelten Ansturms</u> wehmütiger Erinnerungen.

← Kitsch!

Es grüßt euch Euer SM III

*Ein im Ansatz guter Klassenzeitungs-
beitrag, der jedoch von Stilfehlern
nur so wimmelt! Gib Dir das nächste
Mal mehr Mühe! 5 Punkte!*

Gerda Meyer

370

62

Der improvisierte Vernehmungsraum im Krankenhaus glich einem Klassenzimmer. Außer Gustl Halfinger, die auf der Intensivstation lag und sich weiterhin in einem kritischen Zustand befand, und Schorsch Meyer saßen alle überlebenden Teilnehmer der Kramerwanderung im Halbkreis auf den Stühlen. Alte Erinnerungen wurden wach. Erinnerungen an vergessene Erdkunde-Hausaufgaben, verschlampte Schulbücher und nichtgelernte Vokabeln. Der ranzige Geruch des Schulhauses mischte sich mit dem sterilen Seifenmief der Klinik. Jennerweins Auftritt war verhalten. Er kam langsam und zögerlich herein, sein Blick war unsicher, seine Stimme leise.

»Ich glaube, ich muss mich bei euch allen entschuldigen«, sagte er, als er vor den Halbkreis der lädierten Opfer trat. Einige trugen ihre Ablehnung offen zur Schau. Man sah es ihnen an: Sie wollten nach Hause.

»Meine Kollegin, Frau Dr. Schmalfuß, kennt ihr ja.«

»Auch ich muss mich bei Ihnen entschuldigen«, sagte die Psychologin. Sie setzte sich. Jennerwein blieb stehen.

Die meisten Kameraden betrachteten Jennerwein mit unverhohlener Skepsis. Der war doch vor zig Jahren genauso vor der Klasse gestanden! Ein Referat in Musik, über den Tristanakkord, bei Musiklehrer Lorenzer.

»Aber ihr müsst auch mich verstehen«, fuhr Jennerwein fort und sah sie bittend an. »Ich bin froh, dass ich die Befragungen heute Vormittag durchgeführt habe. Nur so kann ich mit Sicherheit ausschließen, dass einer von euch der Täter ist.«

»Aber musste das mit solchen brutalen Mitteln sein!«, fuhr Harry Fichtl wütend auf. »Die Polizei macht wohl gar keinen Unterschied mehr zwischen Opfern und Tätern. Du siehst doch, wohin die Polizeiwillkür bei Schorsch Meyer geführt hat!«

»Sein Sprung aus dem Fenster hatte andere Gründe«, sagte Jennerwein.

»Von wegen andere Gründe«, rief Jerry Dudenhofer patzig. »Schorsch Meyer ist das Ganze über den Kopf gewachsen. Jennerwein, du hast uns enttäuscht.«

»Ich kann nicht mehr tun, als mich bei euch zu entschuldigen. Wir sind personell unterbesetzt, wir haben keinerlei Weisungen von oben erhalten, wir hielten es für das Beste, mit den Befragungen zu beginnen, als bei euch alles noch frisch in Erinnerung war.«

»Aber musstest du denn gleich deine ruppigsten Bullen auf uns loslassen?«, rief Diehl. »Mich hat einer verhört, den man kaum verstanden hat, so bayrisch hat der geredet.«

Johann Ostler hatte die Befragung des Tierarztes durchgeführt.

»Also los jetzt, Jennerwein«, sagte Stadler. »Brings zu Ende. Und dann lass uns endlich in Ruhe.«

»Ich kann eure Verärgerung verstehen. Aber ihr habt mich auf die richtige Spur gebracht. Deswegen kann ich es euch jetzt ja sagen: Prallinger und Jakobi hatten damals in der Schule beide ein Auge auf Susi Herrschl geworfen. Susi hatte zu der Zeit einen festen Freund, den sie dann geheiratet hat. Er war nicht hier vom Ort. Aber später hatte sie offenbar sowohl eine Affäre mit Beppo als auch mit Heinz. Von diesen Affären hat ihr Mann wohl erfahren. Er ist ausgerastet und zum Täter geworden.«

»Ein Eifersuchtsdrama also?«, fragte Antonia Beissle.

»Ja. Es deutet alles darauf hin, dass er von den Seitensprüngen jetzt erst erfahren hat. Es könnte zu einem Streit gekommen sein zwischen dem Täter und einem von den beiden.«

»Und wer ist dann der Täter?«, fragte Gudrian entsetzt.

»Ihr kennt ihn nicht. Er hat oben auf dem Gipfel gewartet. Die Spuren, die wir gefunden haben, sind eindeutig.«

Es entstand eine kleine Pause.

»Wir sind ihm auf den Fersen. Ich habe trotzdem eine Bitte an euch. Wenn jemand von euch erfährt, wo sich Susi Herrschl momentan aufhält, dann soll er mir das sofort durchgeben. Sie ist in Gefahr. Ruft mich einfach an. Maria, verteilen Sie bitte die Kärtchen.«

»Sind *wir* denn auch in Gefahr?«, sagte Dietrich Diehl plötzlich. »Kann er uns nochmals so nahe kommen?«

Diehl hielt den jadegrünen Phurba fest umklammert, jetzt hob er ihn sogar ein wenig hoch, wie um damit zu drohen.

»Nein, niemand ist in Gefahr«, sagte Jennerwein. Keiner in der Gruppe fand, dass er sehr überzeugend klang. »Wir werden den Kerl bald haben. Und jetzt wünsche ich euch gute Genesung. Vielleicht sehen wir uns unter günstigeren Umständen wieder. Vielleicht – sogar bei einem Klassentreffen.« Ein verlegenes Lächeln erschien auf Jennerweins Gesicht. »Und nochmals: Entschuldigung.«

Jennerwein machte einen Schritt in Richtung des Halbkreises, dann hielt er inne. Er drehte sich linkisch um und ging langsam Richtung Tür. Alle sahen ihm nach. Durch die halbgeöffnete Tür konnten sie erkennen, dass Nicole Schwattke den Gang heruntergelaufen kam. Völlig außer Atem blieb sie vor Jennerwein stehen.

»Chef«, rief sie, dann dämpfte sie ihre Stimme, dass man nur noch Wortfetzen hören konnte. »Chef, wir haben eine heiße

Spur ... unweit von ... Waffe gefunden ... ist schon unterwegs ...«

»Endlich!«, rief Jennerwein. Dann schloss er die Tür von außen. Die Klassenkameraden konnten noch einen letzten Blick auf Hubertus Jennerwein erhaschen. Erleichterung stand ihm ins Gesicht geschrieben. Große Erleichterung.

»Na endlich«, sagte Ronni Ploch. »Wenigstens sind wir jetzt nicht mehr verdächtig. Ich hoffe, die finden den Kerl bald.«

Alle erhoben sich. Uta Eidenschink tippte eine Nachricht in ihr Handy, Dietrich Diehl steckte den Phurba in die Tasche. Jerry Dudenhofer, der Stararchitekt aus New York, der bisher aus dem Fenster geblickt hatte, räusperte sich und zeigte aus dem Fenster.

»Habt ihr gesehen? Die konkav gewölbte Rundung der Klinikaußenwand! Schöne Sache, man kann auf die anderen Balkone blicken. Man ist nicht allein mit seiner Krankheit. Schöner Slogan für einen Klinikkomplex: *Hier bist du nicht alleine krank.* Wie findet ihr den?«

Niemand reagierte darauf. Mürrisch rückten sie die Stühle zurecht und schickten sich an, den Raum zu verlassen, um ihre Sachen zu packen und nach Hause zu gehen. Nur Siegfried Schäfer war sitzen geblieben.

Geh schon, steh auf, sagte Schäfers Stimme. *Lauf ihm nach. Sag ihm alles. Mach reinen Tisch. Trau dich!*

»Schnauze!«, rief Schäfer. Er rief es so laut, dass ihn alle überrascht anblickten.

63

Genau die Zeit gewonnen, die ich brauche. Alles läuft nach Plan. – Klar, mit Maske ist es natürlich viel leichter, Angst und Schrecken zu verbreiten und einen Idioten wie Jakobi den Berg runterzustoßen. Hinter der Visage von Lady Gaga alles kein Problem. – Jetzt aber mit ungeschütztem Gesicht, und meine Knie zittern ein wenig. Nicht aus Angst, natürlich nicht. Eine Zigarette täte mir auch gut. – Zusammenreißen, Haltung bewahren. – Da vorn steht Jennerwein. Der kennt mich. Oder meint, mich zu kennen. Er weiß nicht, zu was ich fähig bin. Keiner weiß das. Mich hat man schon immer unterschätzt. – Jetzt sieht er her zu mir. Reingefallen, Jennerwein.

Jetzt nur noch die Dämmerung abwarten. – Das Versteck liegt näher als ich gedacht habe. Das hat Vor- und Nachteile. Ich muss deswegen ein paar Kreise im Gelände drehen, um ganz sicher zu gehen, dass ich keine Verfolger habe. Aber für eine Verfolgung hat Jennerwein ohnehin nicht genug Personal. – Meine Personalstärke ist optimal: Ich bin allein. – Die Strecke im Geist nochmals durchgehen: Erst kommt ein kleiner, leicht ansteigender Wanderweg. Eine Abzweigung links, dann ist ein Stück zu klettern. Eine religiöse Wandtafel mit unleserlicher Schrift. – Abschrauben. Altertümliche Steckschrauben, eine Art großer Nägel. Hineinkriechen und die dreißig Meter auf dem Bauch weiterrobben. – Ich muss meine Klaustrophobie überwinden. Die Tür zur Kammer wird mit einem einfachen Hebemechanismus zu öffnen sein.

Sie werden bald rauskriegen, wer ich bin, ich habe nicht viel Zeit. Vorher muss ich den Anruf getätigt haben. Wenn ich das Dokument in meinem Besitz habe, wird niemand mehr wagen, mich anzugreifen. Dann habe ich quasi eine Nuklearwaffe, die das Gefüge Europas sprengen könnte. – Ich kann Forderungen stellen. Ganz hohe Stellen werden alles daransetzen, dass mir niemand ans Leder kann. Bis dahin muss ich durchhalten. Den Freistaat Bayern, die Bundesrepublik Deutschland erpressen! – Mit so einer Forderung sind die noch nie konfrontiert worden.

Neulich habe ich wieder einmal in einem alten Schulheft gelesen. Das Problem mit der grasenden Ziege. Was in der Schule alles für unbrauchbarer Scheiß gelehrt wird. Unglaublich. Was ich hier durchziehe, darauf hat einen die Schule nicht vorbereitet. – Ich packe meine Sachen zusammen, da klopft es an der Tür. Ich habe Besuch von meinem Sohn. Motte ist da. Wie rührend.

64

Maria schloss das Fenster. Zuvor hatte sie noch einen Blick hinausgeworfen. Man wusste ja nie.

»Also eines muss ich sagen, Hubertus, an Ihnen ist direkt ein Schauspieler verlorengegangen!«, sagte sie mit ehrlicher Bewunderung. »Von wegen Nebenrolle in der Schultheateraufführung! Der gebrochene, sich entschuldigende Kommissar, der auf ein Eifersuchtsdrama hereingefallen ist.«

»Und auch der Abgang war gut!«, sagte Nicole. »So unsicher und am Boden zerstört habe ich Sie noch nie gesehen, Chef.«

»Ich hoffe, ich habe nicht übertrieben«, sagte Jennerwein geschmeichelt. »Ich muss Ihnen beiden das Kompliment allerdings zurückgeben. Sie waren großartig.«

Maria ergriff das Wort. Sie wandte sich ans Team, ihr Ton wurde wieder dienstlich.

»Bevor Sie sich falsche Hoffnungen machen: An keinem der Opfer habe ich etwas offensichtlich Auffälliges oder gar Verdächtiges bemerkt. Kein nervöses Zucken, keine Schweißausbrüche, keine irrlichternden Augen.«

»Wie sieht es mit Abwehrreaktionen und Übersprungshandlungen aus?«, fragte Nicole Schwattke.

»Unser Maschinenbauer Stadler hat Musik gehört«, antwortete Maria, »Uta Eidenschink hat an ihrem Handy rumgespielt, vermutlich hat sie eine SMS geschrieben, ich konnte leider den Text nicht erkennen. Dudenhofer hat aus dem Fenster gesehen, ich glaube, er hat etwas gezeichnet. Aber wegen Desinteresses können wir ja keinen verhaften.«

»Wir wollen auch gar keinen verhaften«, sagte Jennerwein. »Diese Aktion hatte den Sinn, den Täter in Sicherheit zu wiegen. Mit ein bisschen Glück haben wir Erfolg. Wir haben nicht genug Leute, um jeden unauffällig zu beschatten, und wir bräuchten für jeden drei bis vier Beamte – das geht beim besten Willen nicht. Um sie festzuhalten oder ihre Telefone anzuzapfen, fehlt uns jegliche Grundlage.«

»Können Sie nicht mit Frau Beissle reden?«, fragte Ostler dazwischen. »Können Sie nicht fragen, ob es eine Möglichkeit gibt, alle noch festzuhalten mit *Gefahr im Verzug* oder so was?«

»Mit der rede ich am allerwenigsten. Und grübeln Sie nicht länger darüber nach, was an diesen Leuten auffällig war. Das war nicht das Ziel der Aktion. Der Täter hat sich nicht verraten. Aber wir haben ihn vielleicht eingelullt.«

»Becker hat angerufen«, sagte Ostler. »Die Spurensicherer sind fertig im Hotelzimmer von Jakobi und im Landhaus von Prallinger.«

»Gut, dann sehen wir uns die mal an. Die Teams sind eingeteilt. Ich wünsche Ihnen viel Glück.«

Franz Hölleisen war allein auf dem Polizeirevier. Bald musste das Ehepaar Grasegger zum Rapport kommen. Seit sie eine Bürgermeisterkandidatur erwogen hatten, kamen sie besonders pünktlich zur vereinbarten Zeit.

»Ja, Herr Hölleisen, wie sehen denn *Sie* aus!«, rief Ignaz beim Eintreten.

Seit einiger Zeit siezten die Graseggers Hölli wieder. Man wollte auch nur den Hauch von Amigowirtschaft und Spezlseilschaften vermeiden.

»Kirschkuchen«, antwortete Hölleisen knapp. »Da, setzt

eure Unterschrift her, ich habe heute überhaupt keine Zeit. Wir sind mitten in einem Einsatz. Die Geiselnahme auf dem Kramer –«

Sie blickten ihn fragend an.

»Eifersuchtsdrama«, sagte Hölleisen einsilbig.

»Der lügt doch wie gedruckt«, sagte Ursel, als sie draußen waren. »Kirschkuchenallergie! Ich kann mich erinnern, dass der Hölli Süßigkeiten überhaupt nicht mag. Da steckt doch was anderes dahinter!«

»Wahrscheinlich was Peinliches, was er uns nicht sagen will.«

Zu Hause angekommen, saßen Ursel und Ignaz noch ein Weilchen auf der Terrasse und schwiegen. Nicht so, wie sich die meisten Ehepaare anschweigen, sondern weil beide dem Traum vom Freistaat Werdenfels nachhingen, dessen Ministerpräsidenten sie sein könnten.

»Du, Folgendes«, unterbrach Ignaz nach einiger Zeit. »Wenn dein Hirn ein Computer wäre, sagen wir einmal ein Fahndungscomputer, und du gibst die drei Begriffe ein.«

»Welche Begriffe?«

»MITTELALTER plus WERDENFELS plus VERSTECK. Was wird der Computer ausspucken? Was ist der Zusammenhang zwischen den drei Begriffen?«

»Da sehe ich keinen.«

»Lass deinen Gedanken einmal freien Lauf. Wo hat man sich im Mittelalter verstecken können?«

»In einem Heustadel?«

»Es ist ein Gebäude, das extra gebaut wurde, um sich zu verstecken.«

»Ach, du meinst eine Burg! Die Burg Werdenfels!«

»Lass uns später in der kühlen Abendluft einen Spaziergang zur Burgruine Werdenfels machen.«

»Das dauert ja über eine Stunde!«

»Dann nehmen wir halt eine Brotzeit mit.«

Polizeiobermeister Franz Hölleisen saß immer noch allein auf dem Revier. Er hatte offiziell Dienstschluss, außerdem war er ohnehin krankgeschrieben. Und jetzt plagte ihn seine malträtierte Haut besonders stark. Er schluckte seine Allergietablette. Heimgehen wollte er noch nicht. Er hatte etwas verpatzt dort oben auf der Kramerspitze, nicht beherzt genug reagiert gegenüber diesem Jugendlichen. Er wollte die Scharte wieder auswetzen. Darüber hinaus war ihm auf der Bandaufnahme etwas aufgefallen. Er war kein Ermittler, nur ein kleiner Polizeiobermeister des allerunterstens Dienstes, der höflicherweise *mittlerer* Dienst genannt wurde. Auf der Aufnahme von Viskacz war ihm jedoch eine klitzekleine Ungereimtheit aufgefallen. Was hatte der Chef gesagt? Keine Spekulationen mehr. Er wollte ja nicht spekulieren, er wollte nur einen kleinen Blick aufs Beweismaterial werfen! Hölleisen ging zum Computer und startete nochmals die Audiodatei. Eine ganz spezielle Stelle interessierte ihn besonders. Er hörte sie sich mehrmals an. Er fuhr mit dem Bleistift einen Weg auf der Wanderkarte entlang. Man kann sich das ja einmal anschauen, dachte er ganz außerdienstlich. Hölleisen zog sich die Mütze tief ins Gesicht. Er hatte eine Idee, wer von den Verdächtigen der Täter sein könnte, und diensteifrig machte er sich auf den Weg. Er durchquerte den Kurort in der kühlen Abendluft. Notfalls konnte er ja immer noch den Chef anrufen, wenn es brenzlig wurde. Als er das Haus sehen konnte, trat eine verhüllte Gestalt aus der Tür. Hölleisen hielt gebührenden Abstand zu dem Spaziergänger. Er hatte schon mehrere Beschattungen mitgemacht, er war geübt darin, Wege abzuschneiden und Abkürzungen zu nehmen. Der Spaziergänger mit dem Rucksack und der Kapuzenjacke verließ den Ort.

Er ging an der südlichen Seite des Kramermassivs den Seeweg hinauf.

Wenn der so weiterhetzt, dann kommen wir noch zur Burgruine, dachte Hölleisen.

Aber warum nicht? Die Burgruine Werdenfels, über dem Ortsteil Burgrain gelegen, erschien ihm ein ganz unverdächtiger Ort. Viele Spaziergänger, viele Touristen, übersichtliches Gelände. Er konnte jederzeit anrufen und um Unterstützung bitten. Er legte einen Zahn zu. Fast hätte er die Kapuzengestalt aus den Augen verloren. Er wollte sich nicht noch einmal blamieren.

65

Wütend schlug Jennerwein mit der Faust auf den Tisch. Das erste Mal in den ganzen Jahren ihrer Zusammenarbeit war er mit seinem Chef aneinandergeraten.

»Dr. Rosenberger, warum können Sie mir die Information nicht herausgeben?«

»Weil ich sie selbst nicht weiß! Herrgott, Jennerwein, seien Sie doch nicht so stur. Und glauben Sie es mir endlich: Was Prallingers genaue Aufgaben im Ministerium waren, kann ich Ihnen nicht sagen. Es gibt Informationen, zu denen ich keinen Zugang habe. Geheimhaltungsstufe Dunkelrot, empfindlichste Staatsinteressen.«

»Die Kollegen in der Landeshauptstadt haben das Büro von Prallinger bereits durchsucht.«

»Und was hat sich ergeben?«

»Nichts! Rein gar nichts! Das Büro war vollkommen leer. Er hatte mit dem Finanzministerium gar nichts zu tun. Mit der Seen- und Schlösserverwaltung gleich zweimal nichts. Wir wissen, dass Prallinger oft mit dem Innenministerium Kontakt hatte. Deswegen frage ich Sie. Dr. Rosenberger, Sie kennen Gott und die Welt im Innenministerium. Als Sie für Ihr Buch recherchiert haben, da waren Sie doch sogar beim –«

»Auch bei diesen Recherchen bin ich an Grenzen gestoßen, das können Sie mir glauben.«

»Prallinger hatte engen Kontakt zum Innenministerium. Er hatte hochbrisante Informationen zu verwalten, dunkelrote Informationen, wie Sie sagen. Und genau deswegen wurde er vermutlich ermordet.«

»Vermutlich! Vermutlich! Können Sie das beweisen, Jennerwein?«

»Nein, natürlich nicht.«

»Ich gebe Ihnen einen Rat. Forschen Sie lieber in Richtung dieses Heinz Jakobi, der scheint mir eine ganz große Nummer gewesen zu sein, wenn ich das so pietätlos sagen darf. Ich habe ihn einmal bei einem Empfang kennengelernt. Nachträglich betrachtet, denke ich, dass beim Kramertunnel etwas nicht mit rechten Dingen zugegangen ist.«

»Nicht mit rechten Dingen zugegangen? Herr Dr. Rosenberger! Es geht um einen Doppelmord – und Sie wollen mir nicht helfen? Was soll das?«

»Ich wüsste nicht, wer im Ministerium – «

»Sie kennen den Innenminister persönlich. Das weiß ich. Rufen Sie ihn – «

»Nein, das mache ich nicht. Nicht mit bloßen Vermutungen. Jennerwein, Sie müssen mit dem zurechtkommen, was Sie haben. Auf Wiedersehen.«

Eine halbe Stunde später standen Jennerwein und Stengele vor Prallingers Haus, das zwischen der Landeshauptstadt und dem Kurort lag. Ein einfacher Drahtzaun umgab das stattliche Anwesen. Es war nicht direkt ein Protzbau, aber doch eine recht schmucke Villa mit gepflegtem Garten. Stengele und Jennerwein sprachen der Witwe ihr Beileid aus. Sie saß zusammen mit der Tochter und noch ein paar Freunden am Wohnzimmertisch. Das Haus war geräumig, an den Wänden hingen geschmackvolle und ins Auge fallende Originalgemälde. Jennerwein trat einen Schritt auf die Tochter zu.

»Frau Prallinger, es tut mir schrecklich leid, was passiert ist.

Aber ich will den Mord an Ihrem Vater schnell aufklären. Ich muss Ihnen ein paar Fragen stellen.«

Doch weder Frau noch Tochter wussten irgendetwas über seine Arbeit. Er hatte immer wieder betont, wie geheim seine Aufgabe sei, und er war regelmäßig nach Berlin gefahren.

»Hat Ihr Vater dienstliche Akten hier im Haus aufbewahrt?«
»Nein, nur im Büro.«
Stengele und Jennerwein sahen sich an.
»Könnten wir uns eine Stunde ungestört im Haus umsehen?«
Die Tochter nickte.
»Wir machen einen Spaziergang«, sagte sie. »Alle Türen stehen Ihnen offen. Wir wollen, dass der Mörder gefunden wird.«

Als die Frauen sie alleine gelassen hatten, begannen Stengele und Jennerwein mit der Durchsuchung des Hauses. Eines war klar: Dieses Anwesen passte überhaupt nicht zu Prallinger. Auch die Gemälde passten nicht zu ihm. Jennerwein unterbrach die Suche, zog sein Telefon aus der Tasche und wählte die Nummer eines Kollegen. Der war ihm noch etwas schuldig.

»Gibts was Neues, Chef?«, sagte Stengele, nachdem Jennerwein aufgelegt hatte.

»Allerdings. Das hier ist nicht Prallingers Anwesen. Sowohl der Grund als auch das Haus gehören dem Freistaat Bayern. Es würde mich nicht wundern, wenn auch der Gärtner von unseren Steuergeldern bezahlt würde.«

»Ob die Familie wohl davon weiß?«
»Danach sieht es mir nicht aus.«

Wenig später stand das komplette Ermittlerteam im Wohnzimmer Prallingers, des unauffälligen bayrischen Oberregierungsrats. Auch Becker und ein paar Mitarbeiter seines Spurensichererteams waren gekommen. Nur Hölleisen fehlte. Und der machte gerade etwas sehr Dummes.

»Prallinger hatte offensichtlich den Job, Staatsgeheimnisse unter Verschluss zu halten«, sagte Jennerwein vor dem versammelten Team. »Wir bekommen kaum Informationen darüber. Vermutlich auch deswegen nicht, weil ein paar konkurrierende Amtsstellen darin verwickelt sind und sich gegenseitig behindern. Wir könnten den knochenharten Dienstweg beschreiten, aber das würde zu lange dauern. Alle diese Schwierigkeiten spielen – davon bin ich inzwischen überzeugt – dem Täter in die Hand! Ich bin mir sicher, dass es hier auf dem Gelände einen Hinweis auf das Geheimnis des Opfers gibt. Achten Sie auf die Bücher. Suchen Sie nach Tresoren. Halten Sie Ausschau nach möglichen Verstecken. Sehen Sie auch im Keller und im Gartenhäuschen nach. Wir haben nur eine Stunde.«

Und wieder einmal schaute Kurfürst Maximilian II. Emanuel von seinem Gemälde streng herunter auf den Schreibtisch des Referenten der Referentin des Referenten. Das Telefon klingelte ungeduldig, die Tür ging auf, und Licht fiel in die Zirbelholzstube. Teure Designerschuhe glitten über den Teppich, diesmal hastiger, als liefe dem Schuhträger die Zeit davon. Die Stimme, die zu den Schuhen gehörte, näselte: »Was gibt's?«

»Ihr in Bayern habt ein Leck«, sagte der Mann am anderen Ende der Leitung. »Ein Erpresser hat sich bei unserer Bundesbehörde gemeldet. Er behauptet zu wissen, wo einer der Verträge liegt. Er ist vermutlich gerade dabei, ihn in seinen Besitz zu bringen.«

»Ein Leck? Ein Erpresser? Und mit was droht er?«

»Damit, das Dokument in allernächster Zeit zu veröffentlichen.«

»Ein harmloser Spinner. Hatten wir schon öfters. Grad heut

morgen hat so ein lästiger Historiker angerufen, ein Professor Kling. Der hat ebenfalls behauptet, Hinweise auf einen FAVOR CONTRACTUS zu haben. Ein harmloser Spinner eben.«

»Harmloser Spinner? Sind Sie verrückt? Der Mann, von dem ich rede und der bei uns in Berlin angerufen hat, weiß, wo das Original der Schenkungsurkunde verwahrt wird. Er kennt die Schutzmacht, die eine Loslösung der Alpenrepublik notfalls militärisch durchsetzen könnte. Er weiß, wo die anderen beiden bayrischen Bezirke liegen, die ebenfalls unter einen solchen FAVOR CONTRACTUS fallen. Er hat schon Kontakt mit der französischen Regierung aufgenommen.«

Die Spitzen der Designerschuhe tippten aufgeregt auf dem Boden. Der, der drinsteckte, lachte ein unechtes Lachen.

»Will er ein eigenes Land aufmachen? Wie im Mittelalter? Ist es Berlusconi?«

»Nun nehmen Sie das endlich ernst, Sie Kretin! Sie haben eine Staatskrise ernstesten Umfangs am Hut! Der Mann ist ein Erpresser. Er fordert eine große Summe Geld. Er erpresst die Bundesregierung. An der tatsächlichen Trennung der Grafschaft Werdenfels vom deutschen Staatsgebiet hat er offenbar kein Interesse. Aber er droht damit. Das ist eine Katastrophe. Stellen Sie sich das vor! Sämtliche Separatistenbewegungen von den Schotten bis zu den Basken werden sich darauf stürzen. Das ist Sprengstoff!«

»Äh, ja, da haben Sie wohl recht. Soll ich das Geld gleich beschaffen?«

»Ausgerechnet jetzt kommt der Erpresser! In ein paar Wochen wäre der Vertrag abgelaufen. Aber so haben wir eine Verfassungskrise.«

»Wie ist es jetzt mit dem Geld?«

»Besorgen Sie es, Sie Idiot!«

»Darf ich die Höhe der Summe erfahren?«

Der Mann am anderen Ende der Leitung nannte den Betrag. Die teuren Designerschuhe hörten auf zu wippen.

Jenneweins Begabung, die wesentliche Information aus einem Wust von Eindrücken herauszufiltern, war jetzt gefragt. Doch um eine Information in einer Wohnung zu verbergen, gab es unendlich viele Möglichkeiten. *Mehrfach unendlich viele Möglichkeiten*, wie sich der alte Mathelehrer Schirmer immer auszudrücken pflegte. Eine Möglichkeit war der Computer. Das war zu naheliegend. Nicole und ein anderer Computerfreak von Becker saßen trotzdem schon drüber.

»Schalten Sie Ihren analytischen Verstand aus«, rief Jennerwein den Teamkollegen zu. »Lassen Sie einfach die Eindrücke auf sich wirken.«

Jennerwein selbst durchstreifte das Haus mehrere Male. Besonders die Gemälde passten nicht zu Prallinger. Es war ein wildes Stilgemisch, das er sich zusammengekauft hatte. Prallinger war kein Sammler gewesen. Der brave Prallinger, der arme Mopsi, hatte die Aufgabe, ein paar Informationen sicher zu verwahren. Wo hatte er Hinweise versteckt? In den Bildern? Mopsi war kein schlechter Naturwissenschaftler gewesen, in Mathematik hatte er sogar manchmal als Ass geglänzt. Das Problem mit der grasfressenden Ziege hatte er an der Tafel gelöst, Schirmer hatte ihm dafür eine Eins gegeben. Was hatte Schirmer gesagt? *Kryptologie ist die Kunst, eine Information so umzuwandeln, dass sie zwar für alle sichtbar, aber für niemanden lesbar ist.* Jennerwein betrachtete das Riesengraffito an der Wand der repräsentativen Eingangshalle. Es waren ineinander verschlungene Buchstaben, die Buchstaben des Alphabets, zu einem Klops zusammengepresst. Nichts weiter. Er trat näher an das Graffito heran, dann ging er wieder ein paar Schritte zurück. Das war kein Klops. Der Buchstabenhaufen bildete die

Umrisse von Bayern. Ein netter Gag? Jennerwein betrachtete einen der Buchstaben unten rechts im Bild genauer. Das V war so geschickt geformt, dass die markanten Konturen des Landkreises Berchtesgaden sichtbar wurden. Und jetzt begriff er: Das war kein Bild. Das war eine Karte von Bayern, jeder Buchstabe zeichnete einen Landkreis: Vohenstrauß, Burglengenfeld, Oberviechtach … Es war eine große Bild-im-Bild-Collage. Jennerwein war fasziniert. Dann entdeckte er die Zahlen. Drei Landkreise enthielten Zahlen, sechs oben, sechs unten – darunter auch der Landkreis des Kurorts. Was ergaben zwölf Zahlen? Worauf deuteten zwölf Zahlen hin? Die zwölf Apostel. Die zwölf Monate. Die zwölf Stämme Israels. Die zwölf Geschworenen. Zwölffingerdarm. Zwölftonmusik. Die zwölf Ritter der Artusrunde.

»Was bedeuten zwölf Zahlen?«, rief Jennerwein laut durchs Haus. »Welche Information besteht aus zwölf Zahlen?«

Die Antwort erschallte aus verschiedenen Ecken des Raums.

»Ein Punkt auf der Landkarte!«, riefen Nicole, Becker und sein Computerfreak gleichzeitig.

»Von wegen analytischen Verstand ausschalten!«, murmelte Nicole in sich hinein.

»Also sind es Koordinaten! Schnell, Nicole, sehen Sie im Netz nach: 473059 nördliche Breite und 110531 östliche Länge.«

Die Antwort ließ nicht lange auf sich warten.

»Auf dieser Position liegt die Burgruine Werdenfels!«

66

»Leck mich fett, ist das gruselig!«, ruft Odilo, als er wieder an die frische Nachtluft kommt. Graf Folkhart von Herbrechtsfeld hilft seinem Diener auf die Beine und klopft ihm, ganz unstandesgemäß, den Schmutz von der Kleidung. Endlich haben sie die Abschrift des FAVOR CONTRACTUS sicher verwahrt! Die Sterne über dem Werdenfelser Land blitzen und funkeln so irre, als ob sie Applaus spenden wollen. Auch dem Mond scheint die Geschichte zu gefallen. Er sinkt zufrieden in die Wolken ein wie eine vollgefressene, kugelrunde Katze in ein weißes, duftendes Kopfkissen. Kein Mensch ist ihnen gefolgt. Es ist ein guter Zeitpunkt gewesen, solch ein Unternehmen zu wagen. Und genau das ist auch in dem Kalender gestanden, den Graf Folkhart einst von der Freifrau von Höhningen-Reuß geschenkt bekommen hat. Der Astrologe Eysinger hatte für den 11. Juli 1294 folgenden Spruch parat: »Im Jupiter den Schatz vergrab'st, dass du nicht Schaden später hab'st.« Der Graf von Herbrechtsfeld hat zwar immer noch keine gute Meinung von der Astrologie. Aber weiß man es? Sicher ist sicher.

Am nächsten Tag zieht der gesamte Tross des Grafen weiter. Kurz vor dem Aufbruch steigt Folkhart noch einmal hinauf zu der schönen neuen Burg Werdenfels und schaut hinunter ins Tal, das leer und saftig grün vor ihm liegt. Es ist ein idealer Engpass, um die Kaufmannsströme, die seit Jahren auf der Nord-

Süd-Achse hin- und herwiegen, aufzunehmen, zu kontrollieren und weiterziehen zu lassen. Es ist eine ideale Furt, um die Goldmünzen von den Wänsten der Durchreisenden abzustreifen. Und nicht zuletzt ist es ein idealer Platz, um sich zu verstecken. Die Lage ist für all das perfekt. Folkhart kann sich gut vorstellen, dass hier einmal eine reichsunmittelbare Stadt entsteht, oder gar eine Stadt wie Rom oder Athen. Eine Stadt, auf die der bayrische Herzog Ludwig der Strenge keinen Einfluss hat. Den FAVOR CONTRACTUS hier zu verstecken, war eine gute Idee des Mesners gewesen. Der wusste, dass die Kirche wichtige Dinge oft in leeren Gräbern unterbringt. Folkhart ist zufrieden. An die kleine Kapelle der Burg schmiegt sich ein winziger Friedhof, und dort ist die Lebensversicherung von Folkhart versenkt. Er wirft einen letzten Blick auf die Gräber. Die Regensburger drängen zum Aufbruch. Er muss weiter. Zunächst zum geldklammen deutschen König Adolf. Dann an den französischen Hof.

Nur der Mohr bleibt in Germareskauue. Ihm gefällt es dort. Sein Blut vermischt sich in den folgenden Jahrhunderten mit dem der Einwohner. Er trägt so viele Geschichten vor, dass der Platz, auf dem er sie erzählt, seinen Namen trägt.

Odilo, Folkhart und der Tross sind bald schon in der Grafschaft Württemberg.
»Du, Herr«, sagt Odilo. »Der Kurpfälzer da hinten, der gefällt mir gar nicht.«
»Manchmal kann man sich seine Knechte nicht auswählen.«

Manchmal kann man sich auch seine Mörder nicht auswählen. Eigentlich nie.

67

Gerade als sich Polizeiobermeister Franz Hölleisen sicher war, dass er sich getäuscht hatte und dass er hier wahrscheinlich den Falschen verfolgte, bekam er einen heftigen und äußerst schmerzhaften Schlag auf den Hinterkopf. Bevor er auf dem Boden aufschlug, kam ihm noch der rechthaberische Gedanke, dass er also doch den Richtigen, den Verdächtigen, den Täter verfolgt hatte. Ein kurzer Anflug von Stolz kam auf, doch dann wurde alles schwarz um ihn herum.

Es führten mehrere Wege zur Burgruine Werdenfels, und Jennerwein teilte das Team auf, um die Hügelkuppe sternförmig anzugehen. Oben wollte man sich dann treffen, um weitere Schritte zu besprechen. Von allen Seiten erreichte man die Burg in einer halben Stunde, es war kaum mehr als ein Spaziergang. Einige aus dem Team kannten die berühmte Sehenswürdigkeit nicht. Ostler hatte kurz den Fremdenführer gespielt.

»Die Burgruine hat eine wechselvolle Geschichte. Ruine ist sie schon mehrere hundert Jahre, immer wieder wurde sie geplündert, vor hundertzwanzig Jahren wurde sie so kaputtrenoviert, dass die ursprünglichen Mauern dabei verlorengegangen sind. Der Hölli wüsste mehr darüber zu erzählen.«

Der Hölli lag aber bewusstlos im Gebüsch, er konnte momentan nichts erzählen.

Die Graseggers wiederum beschritten keinen der öffentlichen Wege, sie schlichen vielmehr durch die Büsche, über zugewachsene Trampelpfade und uralte Forststiche. Auf halber Strecke bemerkten sie, dass eine Polizeitruppe in großer Besetzung den Hügel ebenfalls erstieg.

»Was machen die denn da?«, flüsterte Ursel Ignaz zu. »Das gibt es doch nicht. Was haben denn der Jennerwein und seine Leute auf der Burg zu suchen?«

»Das schauen wir uns jedenfalls an.«

Sie hatten sich beim Heraufspazieren schon einige mögliche Folgen der Separation ausgemalt. Ein aufblühendes Bankenwesen, ähnlich wie in der Schweiz. Und eine Fußballnationalmannschaft, bestehend aus Scharen von einwanderungswilligen Fußballstars.

»Wie sieht es mit der Flagge aus?«, scherzte Ursel weiter.

»Auf keinen Fall weiß-blau. Vielleicht ein schwarzer Mohr auf gelbem Grund.«

»Und die Nationalhymne?«

»Das ist doch ganz klar«, erwiderte Ignaz. »*Es gibt nur a Loisachtal alloa.*«

Woran sowohl die Ermittler als auch das Bestatterehepaar nicht gedacht hatten: Der Burghügel war von drei Seiten bewaldet und begehbar. Die vierte Seite, die zum Tal hinzeigte, war eine steil abfallende Wand, nicht eben eine schroffe Felswand, eher eine hundert Meter steil und unzugänglich abfallende Böschung. Genau in der Mitte dieser Wand war eine vergitterte Nische eingelassen, in der ein kleines, verwaschenes Votivbild hing. Hinter diesem ›Marterl‹ begann der Tunnel, durch den man kriechen musste, wenn man zu der geheimen Kammer gelangen wollte. Eine keuchende, hustende und klaustrophobisch schwitzende Gestalt befand sich gerade im Inneren der Röhre.

Ignaz und Ursel waren nicht mehr die Fittesten. Zu viele Gamsfleischpflanzln und Rehragoutsülzen hatten sie behäbig gemacht. Sie mussten eine Weile verschnaufen.

»Kehren wir wieder um?«, fragte Ignaz.

»Ja, ich hätte nichts dagegen. Was wollen wir eigentlich in der Ruine? Da ist doch alles ausgeräubert und geplündert worden. Sogar ein Brauhaus im Ort wurde mit den Steinen der Burg gebaut. Da gibt es nichts Geheimes mehr.«

»Die wichtigen Sachen werden schon auf dem Friedhof versteckt worden sein.«

»Es gibt aber keinen Friedhof.«

»Es war aber einmal einer da. Ich habe auf den alten Plänen nachgeschaut. Da drüben soll eine kleine Kapelle gestanden haben, und daneben war sicherlich der Friedhof.«

Sie schalteten die Taschenlampen ein. Hier war nur abschüssiger Waldboden zu sehen.

»Ich stelle mir das so vor: Die Kapelle ist abgerissen worden, der Grund, auf dem sie gestanden hat, vollkommen zugeschüttet. Im Lauf der Zeit hat es fünf, vielleicht sogar zehn Meter Erde hergeschwemmt. Und dann sind Bäume drübergewachsen.«

»Stimmt. Wenn man da was finden wollte, dann müsste man graben. Mit schweren Baumaschinen müsste man ein Riesenareal auseinanderpflügen. Das bezahlt dir kein Mensch. Aufgrund eines kleinen Verdachts, dass da unten vielleicht ein kleines Blattl Papier versteckt worden ist.«

»Hm«, machte Ursel nachdenklich. »Denk aber bloß einmal an den zweiten Eingang, den der Papst Sisinnius bauen hat lassen.«

»Wahrscheinlich auch verschüttet.«

Nicht verschüttet. Durchaus nicht.

Oben auf dem Areal der schaurigen Burgruine trafen die Mitglieder des Teams aus allen Richtungen ein. Sie blickten hinunter ins Tal. In der Ferne bohrten sich Hunderte von Autoscheinwerfern in die Dämmerung. Viele kamen aus dem Norden und fuhren in den Süden. Ein paar einheimische Nachtvögel waren sicher auch dabei.

»Ist jemandem etwas aufgefallen?«, fragte Jennerwein.

Alle verneinten.

»Was um Gottes Willen tust denn du hier!«

Jennerwein leuchtete mit der Taschenlampe in ein ängstliches Gesicht. Stengele war schon zu der Stelle gesprungen, um eine Gestalt im schlabbrigen Trainingsanzug von einer noch gut erhaltenen Sitznische im Burgpalas zu zerren.

»Lassen Sie ihn«, sagte Jennerwein. »Ich glaube, er will uns etwas sagen.«

Motte riss sich von Stengele los.

»Ich habe vor dem Krankenhaus auf Sie gewartet«, sagte er. »Dann habe ich Sie in diese Richtung fahren sehen. Ich wollte mich eigentlich bloß entschuldigen. Ich habe Scheiß gebaut, ja, das gebe ich zu.«

Motte wollte sich nicht entschuldigen. Motte hatte das Notebook seines Vaters gehackt. Dort hatte er Hinweise auf ein Riesenmegading gefunden. Jetzt hatte ihn das Ermittlerfieber gepackt. Und er hatte einen schlimmen Verdacht.

68

Der Konferenzraum im französischen Verteidigungsministerium war abgedunkelt. Auf der riesigen Leinwand war eine Karte von Europa zu sehen. Um den runden Tisch saßen einige Staatssekretäre, ein Militär hielt sich diskret im Hintergrund. Der Verteidigungsminister deutete auf einen Kartenpunkt, der sich genau im Zentrum Europas zu befinden schien.

»Das ist die ehemalige Grafschaft Werdenfels«, sagte er. »Es ist der Fall eingetreten, den wir schon lange befürchtet haben. Wir haben alarmierende Nachrichten aus Berlin. Es geht um einen alten Staatsvertrag, der immer noch gültig ist. Es besteht die theoretische Möglichkeit, dass wir als Schutzmacht angerufen werden. Philippe le Bel hat ihn 1294 unterschrieben. Er läuft zwar in einigen Wochen ab, aber zum jetzigen Zeitpunkt ist er immer noch rechtsverbindlich.«

Ein juristischer Berater erklärte die Sachlage. Viele der Anwesenden schüttelten ungläubig den Kopf. Ein Staatssekretär des Innenministeriums fügte hinzu:

»Wenn sich dieser Freistaat Werdenfels tatsächlich von der Bundesrepublik Deutschland lossagt, sollte die französische Regierung natürlich offiziell ablehnen, ihre Schutzmachtfunktion auszuüben.«

Er machte eine Pause. Ein süffisantes Lächeln überzog sein Gesicht.

»Aber wir werden diesen Trumpf nicht so schnell aus der Hand geben.«

Ein Minister fuhr auf.

»Mon Dieu! Das ist gefährlich. Jede Sekunde, die wir zögern, könnte als Zeichen einer erneut europakritischen Haltung Frankreichs gesehen werden.«

Am Tisch breitete sich genussvolle Heiterkeit aus. Eine Beraterin des Staatspräsidenten sagte:

»Und genau diesen Effekt nützen wir aus. Wir machen die Deutschen ein wenig nervös. Wir lassen sie zappeln. Was für eine schöne Gelegenheit!«

Der diskrete Militär schnarrte:

»Vor allem aber müssen wir den Originalvertrag in unseren Besitz bringen. Ist unser Mann schon unterwegs?«

»Ja, ist er. Und er wird schon heute Nacht zuschlagen.«

69

Ich bin reich! – Kleiner Wermutstropfen: Schwere Klaustrophobieattacke in der Grabkammer. War das übel! – Aber mein Plan hat funktioniert. Gutes Werkzeug, die Tür zur Gruft geknackt und das bleierne, versiegelte Kästchen geöffnet. – Inhalt: Ein verrosteter Dolch, zwei Dokumentrollen. Volltreffer! Zwei Jahre Plackerei haben sich gelohnt. – Doch keine Zeit zu großen Jubelarien. Beim Zurückkriechen hat es mir fast die Lunge zerrissen, so sehr musste ich husten wegen des Drecks und Staubs, den ich beim Hinweg aufgewirbelt hatte. – Endlich wieder draußen, Schatulle in den Rucksack, kurzer Blick zurück: Der Geheimgang war geschickt angelegt, die Öffnung lag in einer unregelmäßigen, überwachsenen Felsverwerfung in der Mitte des Steilhangs. Der Eingang sah aus wie ein vergittertes Heiligenbild oder ein Marterl für einen abgestürzten Bergsteiger. Die perfekte Tarnung. – Abstieg.

Er kletterte vorsichtig nach unten. Auf halber Strecke hörte er ein Geräusch. Es kam von einem kleinen, überstehenden Felsen, und blitzartig tauchte dahinter eine Gestalt auf. Die Dunkelheit hatte dem Angreifer zusätzlichen Schutz geboten. Im fahlen Mondlicht konnte er einen kurzen Blick auf sein Gesicht erhaschen, und ein überraschter Ausruf entfuhr ihm. Schwer keuchend ging der Angreifer auf ihn los, der Kampfplatz war nicht größer als eine Tischtennisplatte, zudem schräg abfallend und voller Geröll. Den ersten Schlag konnte er noch abwehren und den Typen ins Leere taumeln lassen. Doch der zweite Schlag traf ihn voll in den Magen. Er ging in die Knie und griff nach den Beinen des Gegners, er bekam einen Zipfel seiner Hose zu fassen. Er bemerkte, dass der andere versuchte, seinen Rucksack zu öffnen, um die Schatulle herauszunehmen. Wütend schrie er auf. Noch ein Schlag. Ein Schlag zurück. Ein Gegenschlag.

Mir wurde schwindlig. Mir wurde kotzübel. Ich taumelte. Ich strauchelte und fiel. Aber dann ...

»Was war denn das?«, fragte Ostler.
Alle hatten den lauten, langgezogenen Schrei gehört, der in der Ferne erklungen war. Sie liefen zur Holzbrüstung des Burggeländes und leuchteten mit den Taschenlampen hinunter in die Tiefe. Der dichte Waldbewuchs nahm jedoch die Sicht, der Talboden sechzig Meter tiefer war nicht zu erkennen.
»Los! Runter!«
Sie rannten los. Sie nahmen den kürzesten Weg zur nächsten Aussichtsplattform. Der Mond erhellte den mit Baumwurzeln durchflochtenen Pfad mit trübem Licht, doch richtig laufen konnte man hier nicht. Mehrmals stürzte einer von ihnen, doch sie kamen schließlich an dem kleinen, wackeligen Holzpodest an. Von hier aus hatte man einen besseren Blick. Die bröckelige Felswand lag seitlich von ihnen, sie leuchteten sie mit den Taschenlampen ab. Dann der entsetzliche Anblick. Dreißig oder vierzig Meter unter ihnen lag ein Mensch ausgestreckt auf der Erde.

Jennerwein und Stengele erreichten keuchend die leblose Gestalt. Stengele prüfte mit der Taschenlampe den Pupillenreflex, dann schloss er dem Toten die Augen. Er erhob sich und schüttelte den Kopf.

»Er ist abgestürzt. Keine Chance mehr, etwas für ihn zu tun.«

Ein paar Meter entfernt lag ein bleifarbenes Etwas, ein kleiner Kasten, der sich mit einer Spitze in den Humus gebohrt hatte. Becker untersuchte vorsichtig die Schatulle. Ostler, Maria und Nicole traten näher, um das Gesicht des Absturzopfers zu betrachten. Der Tote war nicht sofort zu erkennen, so verzerrt und zerschlagen war das Gesicht. Doch nach einer Pause sagte Stengele:

»Er also.«

Das Funkgerät knackte leise. Johann Ostler rief die Sanitäter und den Leichenwagen. Die Spurensicherer murmelten sich ein paar Kommandos zu, dann verstummten auch sie und arbeiteten schweigend weiter. Vorsichtig öffneten sie das Kästchen. Becker nahm eine verrostete Stichwaffe und eine Schriftrolle heraus und steckte sie in eine Plastiktüte. Stengele durchbrach die unheimliche Stille als Erster.

»Es ist also um den Inhalt dieser Schatulle gegangen. Prallinger hat gewusst, dass sie irgendwo dort oben versteckt worden ist. Was kann so wichtig sein, um solch ein riskantes Verbrechen zu wagen und darüber hinaus zwei Menschen zu ermorden?«

»Er war am Ziel«, sagte Maria. »Er hat sich sicher gefühlt. Als er die Schatulle in seinem Besitz hatte, wurde er wahrscheinlich leichtsinnig. Eine Unachtsamkeit – und er ist abgestürzt.«

Als Johann Ostler dem Toten mit der Taschenlampe ins Gesicht leuchtete, pfiff er durch die Zähne.

»Ja, gibts denn so was! Dietrich Diehl! Ich glaube es ja nicht!«

»Was glauben Sie nicht, Ostler?«

»Dass ich auf der richtigen Spur gewesen bin!«

Ostler konnte seinen Blick nicht vom Gesicht des Toten wenden.

»Ich habe schon so eine Ahnung gehabt, dass Diehl der Geiselnehmer war. Ein Esoteriker verstreut seine Fetische nicht so wahllos im Zimmer. Das sind eher spartanische Typen. Die protzen nicht mit ihren Phurbas. Ich glaube, der Diehl wollte mit seiner Spinnerei ablenken, um harmlos zu wirken. Von wegen *Tag des Zorns*. Und jetzt ist er genauso abgestürzt wie Jakobi und Prallinger.«

Ostler bekreuzigte sich.

Jennerwein massierte seine Schläfen mit Daumen und Mittelfinger. Niemand sah in der Dunkelheit sein skeptisches, nachdenkliches Gesicht. Er wandte sich an Becker, der die Fundstücke gerade in einem Koffer verstauen wollte.

»Haben Sie einen Blick auf das Dokument geworfen, Becker?«
»Nein, ich habe es, so wie es war, in die Tüte gesteckt.«
»Können Sie es mir in der Plastiktüte mal vorsichtig aufrollen?«

Jennerwein leuchtete mit der Taschenlampe auf das vergilbte Stück Pergament. Es war nur ein einziges Blatt mit ein paar Zeilen drauf. Er versuchte, sie zu entziffern. Oben waren vier Zeilen in fremdländischen, unlesbaren Lettern zu sehen, darunter vier weitere Zeilen in einer altertümlichen deutschen Schrift. Jennerwein las es laut.

> Ez wuohs in Burgonden ein vil edel magedîn,
> daz in allen landen niht schoeners möhte sîn,
> Kriemhilt geheizen. Si wart ein schoene wîp.
> dar umbe muosen degene vil verliesen den lîp.

»Das ist der Anfang vom Nibelungenlied!«, rief Maria. »Was bedeutet denn das wieder? Ich verstehe das nicht: Wegen dieser vier Zeilen einer alten Sage nimmt Diehl Geiseln und bringt zwei Menschen um?«

Der Krankenwagen und der Leichenwagen näherten sich. Beide fuhren quer übers Feld.

Niemand achtete auf Motte. Motte war ein Stück weit mitgelaufen, hatte den leblosen Körper von der kleinen hölzernen Aussichtsplattform ebenfalls gesehen, war dann zu Tode erschrocken mit den Polizisten heruntergerannt und stand jetzt außer Sichtweite hinter einem Baum. Diehls Leiche wurde gerade in den Wagen gehoben. Er war so froh und erleichtert, dass das nicht sein Vater war. Es war nur Dietrich Diehl.

Kommissar Jennerwein wandte sich von den anderen ab. Er blickte in den funkelnden Nachthimmel. Ein entschlossener Zug lag in seinem Gesicht.

70

Halleluja! Ich bin potentieller Herrscher über ein kleines Stück Land genau in der Mitte Europas! Es kracht und knackt im morschen Gebälk der europäischen Einheitsarchitektur. Allerhöchste Kreise sind verdammt nervös geworden wegen der Existenz des FAVOR CONTRACTUS. Und deswegen werden sie mir viel Geld zahlen. Sehr viel Geld. Ich habe sie alle in der Hand. Ein Telefonat hatte genügt. Und jetzt bringe ich die Beweise. – Ja, es gab durchaus Schwachstellen in meinem Plan. Eigentlich nur eine einzige: Wohin mit der getragenen Kleidung auf dem Gipfel? Wohin mit den Einmalhandschuhen? Wohin mit den blutbespritzten Schuhen? Fast hätte ich das ganze Projekt aufgegeben, weil mir das Problem unlösbar schien. Doch dann habe ich die Treibsandlöcher entdeckt. Das Prinzip der Nicht-Newtonschen Fluide – genial! Ich habe mir die größte Stelle ausgesucht, dorthinein sind alle DNA-behafteten Klamotten verschwunden, sie sind tiefer und tiefer gesunken, sie sinken wahrscheinlich immer noch und sind so auch vom besten Spurensicherer nicht mehr auffindbar. Es sei denn, man würde den ganzen Berg abtragen. Gummibärchentechnisch habe ich es ähnlich gemacht. Da genügte eine ganz kleine, flache Treibsandstelle am Rand des Gipfelplateaus.

Jetzt ist auch Diehl tot. Schluss mit Chakren und Phurbas. – Schlechtlaufende Tierarztpraxis, noch schlechter laufender Esoterikhandel, verkorkstes Leben, verschuldet über beide

Ohren. Und dann habe ich ihm vorgegaukelt, die Chance seines Lebens zu bekommen. Ich habe ihn zur Burgruine gelockt – und es hat geklappt! Zuerst wollte ich diese Finte mit Schorsch Meyer durchführen, aber der Idiot musste sich ja aus dem Fenster stürzen. Und dann hats nicht mal geklappt. – Also eben Diehl. Ich habe ihm suggeriert, er sei ganz allein draufgekommen, dass ich der Geiselnehmer bin, dann ist er mir wie geplant zum Versteck nachgeschlichen. – Alle meine Finten haben funktioniert: Das Tonband, das mich völlig entlastet. Die Eifersuchtskiste mit Susi Herrschl. Die falsche Spur zu Dietrich Diehl. Keiner ahnt, dass ich die Drähte ziehe. Jetzt muss nur noch die verdammte Geldübergabe klappen.

»Herein!«

Dr. Rosenberger war in der Pension Alpenrose abgestiegen. Sein Zimmer war alpenländisch behaglich eingerichtet, natürlich hatte man ihm eines mit Blick auf sein geliebtes Wettersteinmassiv gegeben. Jennerwein riss die Tür wütend auf. Er war auf hundert.

»Hauptkommissar Jennerwein, ich gratuliere! Treten Sie näher. Ich muss schon sagen, auf Dietrich Diehl wäre ich –«

Jennerwein unterbrach ihn schroff.

»Diehl ist nicht der Täter. Das ist wieder eine Finte! Der Geiselnehmer läuft nach wie vor frei herum.«

»Aber Jennerwein –«

»Herr Dr. Rosenberger!«, unterbrach der Kommissar erneut. »Es besteht immer noch die Gefahr, dass der Geiselnehmer mit seiner Erpressung durchkommt.« Er erhob die Stimme bis knapp an die Höflichkeitsgrenze. »Die Frage ist jetzt die: Was wusste Prallinger? *Sie* müssen das herausfinden! Wenn Sie jetzt nicht handeln, dann muss ich annehmen, dass Sie etwas mit der Sache zu tun haben!«

Dr. Rosenberger blickte entsetzt auf.

»Aber Jennerwein, wie kommen Sie denn darauf –«

»Für mich sieht es langsam so aus, als ob Sie den Täter decken. Und überhaupt: Sie kannten auch Heinz Jakobi.«

»Ich habe ihn ein paar Mal bei Empfängen getroffen.«

»Und was hatten Sie in den letzten Tagen in Spanien zu tun?«

»Dort habe ich Freunde besucht. Warum fragen Sie?«

Jennerwein stand jetzt direkt vor seinem Chef. Er beugte sich leicht zu ihm und sagte eindringlich:

»Sie waren einer der Ersten droben auf dem Kramergipfel. Sie waren noch vor mir da. Wie kam das?«

»Ein Bergwachtler hat mich mit dem Jeep mitgenommen. Was haben Sie denn plötzlich, Jennerwein? So kenne ich Sie ja gar nicht.«

»Unternehmen Sie etwas, Herr Oberrat. Lassen Sie endlich Ihre Beziehungen spielen! Jetzt gleich! Sonst kommt der Mörder von Jakobi, Prallinger und Diehl ungestraft davon. Es eilt, glauben Sie mir. Schalten Sie die richtigen Leute ein.«

Dr. Rosenberger schien furchtbar erschrocken über Jennerweins Ton. Er nickte langsam. Dann griff er zum Hörer.

Volle Konzentration. Tief durchatmen, alle Kräfte auf den Endspurt bündeln. In einer knappen Stunde werde ich mit dem FAVOR CONTRACTUS beim vereinbarten Treffpunkt erscheinen. Was für ein Hammer: Ein kleiner Wisch Papier – und mich wird er reich machen. – Was ist das? Mist. Es klingelt an der Tür.

Mit energischen Schritten betrat Jennerwein das Wohnzimmer. Er blickte sich einmal rasch um und fixierte sein Gegenüber.

»Willst du etwas trinken? Setz dich doch, Hubertus.«

»Nein danke, ich will nichts trinken. Und ich will mich auch nicht setzen. Ich mache es kurz. Ich bin dienstlich hier.«

Jennerwein schwieg einen Moment. Dann sagte er langsam und ernst:

»Gunnar, ich weiß, dass du der Geiselnehmer bist.«

Viskacz lachte blechern.

»Netter Versuch. Das hast du wahrscheinlich jedem der anderen auch schon gesagt. Antonia, Schorsch, Jerry – ich stelle mir vor, wie *sie* alle reagiert haben. Muss doch ziemlich öde sein, nichts in der Hand zu haben!«

»Du hast einfach übertrieben«, fuhr Jennerwein unbeirrt fort. »Du hast damals im Schultheater auch schon immer einen zu viel draufgesetzt. *Romeo und Julia* bei Mathelehrer Schirmer. Fichtl als Romeo, Beissle als Julia. Erinnerst du dich?«

»Ich erinnere mich bloß daran, dass du, Jennerwein, einen stummen Diener gespielt hast. Ich hatte immerhin eine kleine Rolle. Ich weiß es gar nicht mehr – irgendeinen Adeligen. – Aber was soll das? Willst du in Erinnerungen schwelgen?«

»Du hast den Tybalt gespielt, Gunnar. Bei der Stelle *Wie, du ziehst deinen Degen gegen diese verzagten Hasen?*, da hast du die Augen gerollt, bist an der Rampe auf und ab gegangen – du hast immer daran gedacht, wie es wirken könnte. Du hast dich zu sehr auf den Effekt konzentriert. Schirmer hat damals einen guten Satz gesagt: Denk nicht zu viel nach, was du machst. Mach es. Sei es.«

Gunnar Viskacz blickte seinem ehemaligen Schulkameraden herausfordernd in die Augen. Jennerwein hielt dem Blick stand.

»Mit der Lady-Gaga-Maske hast du die Leute einschüchtern und täuschen können. Ohne Maske geht das nicht so leicht. Du hättest damals auf den alten Schirmer hören sollen.«

Viskacz machte eine verächtlich abwinkende Handbewegung.

»Hubertus, du enttäuschst mich schwer! Wegen irgendwelcher uralter Schultheatergeschichten willst du mich jetzt drankriegen? Hast du keine Beweise?«

»Das damalige Shakespearestück hat mich nur auf die Spur geführt. Die technische und organisatorische Seite deiner Geiselnahme war perfekt. Aber danach, bei den Befragungen, da hast du es wieder übertrieben. Fast wäre ich drauf reingefallen.«

Die Augen von Viskacz verengten sich zu schmalen Schlitzen.

»Was soll das? Was wirfst du mir vor? Findest du nicht, dass du zu weit gehst?«

Jennerwein schüttelte den Kopf.

»Ein unbeteiligter Zeuge, der Geocacher, ist vorhin erst aus dem Koma erwacht«, entgegnete er ruhig. »Er hat uns einen wirklich aufschlussreichen Hinweis gegeben.«

»Da bin ich aber gespannt.«

»Heinz Jakobi hat dich auf dem Gipfel erkannt. Wie, weiß ich nicht, aber er hat dich erkannt. Du hast ihn hinuntergestoßen, er ist aber nicht gleich gestorben. Er hat dem Geocacher, der ihn gefunden hat, noch etwas ins Ohr geflüstert.«

»Und was? Hat er meinen Namen genannt?«

Jennerwein nickte.

»Indirekt ja. Er hat deinen Spitznamen genannt.«

»Meinen Spitznamen? Hatte ich denn überhaupt einen?«

»O ja. Ich weiß es noch ganz genau: *Chappi*. Erinnerst du dich?«

Viskacz verschränkte die Arme vor dem Körper.

»Kann sein. Weiß ich nicht mehr.«

»Jakobi sagte ›scha‹ oder ›jean‹ oder ›chapeau‹ zu dem Geocacher. Im Team haben wir zunächst an etwas Französisches gedacht, aber das war es nicht. Es war ›Chappi‹. Erinnerst du dich an die Entstehung? Viskacz – Whiskas – Chappi. So einfach geht das oft.«

»Lächerlich«, sagte Viskacz abfällig. »Wegen einer geflüsterten Stillen Post willst du mich verhaften? Kannst du dir das vor

Gericht vorstellen? Euer Ehren, nach dem schlagenden Beweis mit einer nebensächlichen Stelle aus *Romeo und Julia* erlaube ich mir, ein neckisches kleines Kindergeburtstagsspiel mit Ihnen zu spielen: *Stille Post!* – Findest du das Ganze nicht ein bisschen lächerlich, Hubsi?«

Gunnar Viskasz lachte. Er sprach den alten Spitznamen von Jennerwein bewusst verächtlich aus. Er verschluckte sich fast beim Lachen. Als er wieder Atem geschöpft hatte, sagte Jennerwein ruhig:

»Du hast eine Zigarette dort oben geraucht.«

»Bitte? Wie hätte ich das machen sollen?«

»Du hast hinter dem Felsen, wo du Prallinger traktiert hast, eine Zigarette geraucht und hast sie über die Klippe geworfen. Wir haben sie gefunden. Die Spurensicherung findet alles.«

»Ach, ihr habt eine Kippe gefunden? Toll!«

»Wir fanden deine Speichelspuren am Filter.«

Wieder ertönte das blecherne Lachen.

»Natürlich habt ihr die gefunden. Habe ich in der Aufregung ganz vergessen. Das Rauchen, eine blöde Angewohnheit. Als wir am Gipfel angekommen waren, habe ich mir eine angesteckt und zwei, drei Züge genommen. Wie ein paar andere auch. Dann wurden wir bekanntlich niedergeschlagen und gefesselt. Da habe ich sie natürlich weggeworfen.«

Jennerwein ließ Viskacz nicht aus den Augen.

»Die Spurensicherer und die Bergwachtler haben stundenlang das ganze Terrain abgesucht. Sie haben alle möglichen Kippen gesammelt. Das Auffällige an *dieser* Zigarette ist das Fehlen von jeglichen Fingerabdrücken. Selbst in der kältesten Silvesternacht ziehen die Raucher draußen auf der Straße ihre Handschuhe aus, um die Kippe zwischen die Finger zu nehmen. Du nicht – du konntest deine Einmalhandschuhe nicht ausziehen. Du hast schon beim Raufweg eine geraucht, da sind deine Fingerabdrücke noch dran. Droben aber hast du den Denkfehler begangen, dass du mit Handschuhen keine Spuren hinterlässt. Dein Pech: Du hast Spuren hinterlassen, indem du keine Spuren hinterlassen hast. Wenn deine Fingerabdrücke auf dieser Kippe gewesen wären, dann könnten wir nichts gegen deine Version der Geschichte sagen. Aber so – muss die Zigarette vom Geiselnehmer sein.«

Jetzt wirkte Viskacz gelangweilt. Trotzdem war ein Schweißtröpfchen auf seiner Stirn erschienen.

»Jeder Anwalt wird dir das zerpflücken, Jennerwein«, sagte er tonlos. »Du hast gar nichts.«

»Und dann Prallingers Hinweis.«

»Was soll das denn jetzt?«

»Prallinger hat uns einen Hinweis gegeben. Aus dem Grab heraus. Du meinst, das geht nicht? O doch, das geht! Und du selbst hast dafür gesorgt. Mit deiner Aufzeichnung. Der Mitschnitt auf dem roten Gummibärchen sollte deine Unschuld beweisen. Beinahe hätte das auch geklappt. Aber dann wurde mir klar, dass du auch da wieder übertrieben hast.«

»Die Aufnahme?«, zischte Viskacz wütend. »Daraus kannst du mir keinen Strick drehen.«

»Ich nicht«, erwidert Jennerwein, »aber Prallinger kann es. Während du ihn geschlagen und misshandelt hast, hat er versucht, den Klassenkameraden einen Hinweis zu geben. Prallinger hat dich erkannt, er wollte deinen Namen jedoch nicht offen herausrufen, damit hätte er nur alle gefährdet. Seine große Leidenschaft war die Kryptologie, die Wissenschaft von versteckten Informationen. Kennst du diese Stelle aus *Romeo und Julia*, bei der der sterbende Mercutio sagt:

*»Ich bin verwundet! Verderben über eure beiden
Häuser!
I c h habe meinen Teil. Ist e r weg und hat nichts?«*

»Sagt dir das was? Nein, das sagt dir nichts, denn du bist bei dieser Szene nicht auf der Bühne gestanden – und Szenen ohne deine Mitwirkung haben dich nie interessiert. Aber es ist von *dir* die Rede! Du hast damals den Tybalt gespielt, der den armen Mercutio niedergestochen hat. Mercutio redet an dieser Stelle von Tybalt. Diesen Hinweis hätten die Klassenkameraden verstehen können, aber keiner hat es dort oben in der Panik mitbekommen. Nur das Aufzeichnungsgerät. Und als ich mir das nochmals genau angehört habe, ist mir dieser Satz aufgefallen. Ich war mit auf der Bühne, du nicht. Ich war damals ein stummer Diener, der von dem schwerverwundeten Mercutio angewiesen wird, einen Wundarzt zu holen. Als ich Prallingers Worte hörte, begriff ich, dass er einen klaren Fingerzeig gibt. Das Opfer klagt dich selbst an. *Ist e r weg und hat nichts?* Dieser *er* – das kannst nur du sein. Und niemand sonst.«

Viskacz verharrte eine Sekunde in seiner Position wie ein Boxer, der angeschlagen war, wie ein Baum, der schon einen roten Punkt aufgesprüht bekommen hat. Dann ging plötzlich ein Ruck durch seinen Körper.

»Tybalt, ja, kann sein, dass du recht hast. Ja und, was solls? Das bringt dir gar nichts, du hast trotzdem keine Chance. Meine Verbindungen reichen bis ganz nach oben.« Sein Ton wurde scharf und herrisch. »Du bist ein kleiner Beamter, Jennerwein, deine Möglichkeiten sind beschränkt. Mir hingegen fressen die mächtigsten Politiker aus der Hand. Die tun, was ich sage.«

»Meinst du?«

»Ich muss telefonieren.«

»Tu das, Gunnar. Telefoniere.«

Viskacz eilte zu dem Apparat, der auf einem kleinen Tischchen stand, und riss den Hörer hastig hoch. Er wählte eine Münchner Telefonnummer. Er ließ es lange klingeln. Niemand nahm ab. Er rief eine Berliner Nummer an. Wieder ließ er es lange klingeln, und wieder nahm niemand ab. Auf Viskaczs Gesicht erschien ein gehetzter Ausdruck. Er machte eine Bewegung auf die Tür zu.

»Das hat doch keinen Sinn«, sagte Jennerwein ruhig. »Meine Leute stehen draußen. Gib einfach auf, Chappi. Dein großangelegter Erpressungsversuch ist gescheitert. Es gibt keine höheren Stellen mehr, die dir jetzt helfen können. Sie sind nicht mehr interessiert an dir.«

Jennerwein hob die Stimme.

»Ich nehme dich fest wegen Mordes. An Heinz Jakobi, Beppo Prallinger und Dietrich Diehl.«

Viskacz sank in einen Sessel und blickte starr vor sich hin. Einen Moment lang war alles still.

Dann quietschten draußen Bremsen. Schritte ertönten.

Dr. Rosenberger riss die Tür auf und stürzte herein. Er sah sich um, er erfasste die Lage mit einem Blick. Hinter ihm erschien das restliche Team von Jennerwein.

»Ich sehe, Sie haben ihn überführt«, rief Rosenberger mit sonorer Stimme. »Das ist großartig. Bravo, Jennerwein. Sie haben den Mörder gefasst. Mehr noch: Sie haben weitreichende politische Verwicklungen verhindert. Nebenbei gesagt, bin ich Ihnen auch dankbar für Ihre direkten Worte. Polizeiobermeister Ostler, legen Sie dem Täter Handschellen an – ich muss mit Jennerwein alleine sprechen.«

Jennerwein und Dr. Rosenberger gingen hinaus in die Nacht. Der Mond stand frech und drall am Himmel, er hatte sich ein Wolkenröckchen angezogen und schien den Beamten wohlwollend zuzuzwinkern. Die Kirchturmuhr schlug Mitternacht. Die Teamkollegen konnten die Worte durch die geöffnete Tür nicht genau verstehen, aber einige Fetzen wehte der Wind doch herein. Staatsgeheimnis ... katastrophale Folgen ... Europa ... Mittelalter ...

Nach einiger Zeit trat Jennerwein wieder allein ins Zimmer. Mit einer Geste versammelte er sein Team um sich und sagte: »Der Fall ist noch nicht abgeschlossen. Noch nicht ganz. Wir durchsuchen auch dieses Haus. Stellen Sie alles auf den Kopf. Es ist äußerst wichtig, dass wir ein bestimmtes Dokument finden. Es sind alte Pergamentrollen, und zwar solche, wie wir sie in der Schatulle draußen am Fuß der Burgruine gefunden haben. Und eines ist klar: Das Dokument ist vermutlich gut versteckt. Aber es muss hier sein. Und noch eins: Was wir jetzt finden und was wir jetzt erfahren, das fällt unter das Dienstgeheimnis. Geheimhaltungsstufe Dunkelrot, empfindlichste Staatsinteressen.«

Ostler führte Viskacz zum Auto.

»Kompliment, Hubertus«, sagte Maria Schmalfuß. »Nur Sie mit Ihren Kenntnissen über die Klasse konnten den Täter überführen. Von wegen stummer Diener!«

Jennerwein lächelte bescheiden.

Alle machten sich unverzüglich auf die systematische Suche nach dem Dokument. Sie stellten das ganze Haus auf den Kopf. Viskacz schien sich mit dem Versteck große Mühe gegeben zu haben. Nach zwei Stunden hatten Jennerwein und sein Team jede Schublade herausgezogen und umgedreht, jede Bodendiele angehoben, jeden Bilderrahmen auseinandergenommen, da erschien ein hochrangig aussehender Mann vor dem Haus. Er sprach französisch, er wurde an Stengele verwiesen, der diese Sprache fließend beherrschte. Es war inzwischen kein Geheimnis mehr, dass Stengele zumindest Beziehungen zur *Légion étrangère* hatte. Der Allgäuer wechselte mit dem Mann ein paar Worte, ehe dieser wieder in der Dunkelheit verschwand.

»Ein Kollege«, sagte Stengele knapp. Mehr nicht. Stengele wusste, wie man Geheimnisse bewahrte.

Alle fuhren mit der Suche fort. Bücher wurden durchgeblättert, Kommoden verrückt, Matratzen aufgeschlitzt, da ertönte aus dem Keller ein Schrei.

»Ich habs! Ich habs!«, rief Nicole.

Alle stürmten die Treppe hinunter. Im bis an die Decke mit technischen Geräten vollgestopften Tonstudio kniete Nicole mit einem Schraubenzieher in der Hand vor einer riesigen alten Lautsprecherbox. Sie hatte die vordere Abdeckung entfernt, das Dämmmaterial lag zerpflückt am Boden. An der inneren Rückwand des Gehäuses steckte der FAVOR CONTRACTUS.

Jennerwein trat hinaus ins Freie. Der Mond schlüpfte aus seinem Wolkenröckchen und zog weiter Richtung Österreich. Jennerwein schüttelte den Kopf. Ablösung des Werdenfelser Landes vom Rest Deutschlands, dachte er. Wie gut, dass Ursel und Ignaz Grasegger nichts davon wussten.

Nachwurf

Epischer Duft erfüllte den Kurort. Wabernd und ständig das Thema wechselnd erzählte er von satten Wiesen, festfleischigen Ochsen und prallen Milchkühen. Die Einwohner erschnupperten ihn schon von Ferne. Bis nach Tirol hinüber roch man es: Es war wieder Wochenmarkt. Beißend scharfes Steckerlfischaroma mischte sich mit den tausend exotischen Nasenkitzlern des Gewürztandlers, Salbei focht mit Rosmarin, Knoblauch kämpfte Pfeffer nieder, Ras el Hanout schickte einen speziell sandigen Gruß aus der Wüste. Die feinen floristischen Schnupperstreichler von Akeleien und Schnittrosen gingen unter im schweren, dumpfen Dampf einer Wagenladung Kartoffeln, die gleich nebenan aufs Holz geschüttet worden war. Sogar die unergründlichen dunklen Wälder Niederbayerns waren vertreten, mit einer olfaktorischen Kaskade aus frischen Schwammerln und schwerblütigem Speck. Dann aber kam das, worauf alle gewartet hatten: Der Würschtlmo warf seinen Grill an, eine unbeschreibliche Verheißung von schweinedarmumspanntem, prallglitzerndem Glück wehte durch die kleine Einkaufsmeile. Die Herzen der Kunden, die von allen Seiten zum Markt strömten, öffneten sich weit, manche ließen sogar einen Juchzer steigen.

»Heut riechts wieder, mein lieber Schwan!«, sagte der Kaulmann Peter zu seiner Frau.

»Wir teilen uns *ein* Würschtl«, erwiderte diese. »Wir wollen doch abnehmen.«

Der Marktplatz füllte sich. Es war Freitag, die Geiselnahme auf der Kramerspitze war gerade einmal eine Woche her, und das marktgemeindliche Leben nahm seinen geschäftigen Gang. Immer noch feierten die Zeitungen den Helden Hubertus Jennerwein, der diesen brenzligen Kriminalfall schnell und sauber gelöst hatte. Wegen GeSDrES (Geheimhaltungsstufe Dunkelrot, empfindlichste Staatsinteressen) hatte die Öffentlichkeit keine weiteren Details erfahren. Alle Geheimnisträger hatten im Sinne des Paragraphen 353 b dichtgehalten. Jennerweins Team hatte die Woche über viel Büroarbeit zu erledigen gehabt, man hatte vereinbart, sich genau vor dem kleinen, unscheinbaren Volleyball-Graffito zu treffen, wo alles begonnen hatte, man wollte später natürlich beim legendären Würschtlmo am Ende der Marktstraße einen Fettspritzknackbrutzler zelebrieren. Und vielleicht – vielleicht – käme auch das abendliche Treffen zwischen Jennerwein und Maria Schmalfuß noch zustande. Ein Termin bei *Hairbert* wäre ja schnell gemacht. Momentan hatte sich das Team jedoch vor dem hochpreisigen Gemüsestand der beiden biokostorientierten Verkaufskanonen eingefunden.

»Eines lässt mir keine Ruhe«, sagte Maria Schmalfuß in die Runde, während sie in das Probehäppchen Mango biss. »Ich frage mich, wer von den Klassenkameraden dieser geheimnisvolle N. N. war.«

»Ja, das würde mich ebenfalls interessieren«, stimmte Nicole Schwattke papayaschlürfend zu. »Wir haben den Mordfall gelöst. Wir haben das Dokument sichergestellt. Aber die Identität von N. N. haben wir nicht geknackt. Ich persönlich habe immer noch Harry Fichtl in Verdacht. Aber er schwört ja hoch und heilig, den Text nicht geschrieben zu haben.«

»Alle haben es bestritten«, sagte Maria.

»Wie schaut es mit Gunnar Viskacz aus?«, fragte Stengele. Er hatte gerade einen neugezüchteten apulischen Pfirsich des Biotandlers abgelehnt. Er hielt nicht viel von Obst. Er wollte später beim derben Allgäuer Käsemann zugreifen.

»Das wäre durchaus möglich«, sagte Jennerwein. »Aber was hätte ihm das für seinen Erpressungsplan gebracht? Nein, ich habe eine ganz andere Vermutung.«

Er drehte sich um und blickte hinüber zu einer Gruppe von Jugendlichen, die den Stand vom Würschtlmo umringten. Die volleyballbegeisterten Abkömmlinge des Jahrgangs 82/83 waren wohl ebenfalls auf die Idee gekommen, sich hier und heute zu treffen. Joey (*ohne* Gitarre), Tom (*ohne* Ball), Jeanette (*ohne* Schorsch Meyer), auch Motte und Bastian und all die anderen warteten plaudernd und lachend auf die Köstlichkeiten des sagenumwobenen Grilleurs. Vor allem Mona Gudrian (inzwischen *ohne* Gipsarm) fiel Jennerwein ins Auge. Er trat zu ihr und begrüßte sie.

»Mona, mal ganz ehrlich: Hast *du* den anonymen Klassenzeitungsbeitrag geschrieben?«

»Dachte ich mir doch, dass Sie damit zu mir kommen, Kommissar! Sie haben sicher nachgeforscht und rausbekommen, dass ich in der Schule eine echt krasse Mobberin war. Ja, ich gebe es zu, ich habe mit sechzehn solchen Scheiß gebaut. Jeder hat so seine Vergangenheit, oder? Ich war beim Psychologen deswegen, ich bin drüber weg. Und jetzt graben *Sie* das wieder aus.«

»Nein, davon wusste ich gar nichts. So weit reicht der Arm der Polizei auch wieder nicht. Aber wenn du es nicht warst, hast du eine Ahnung, wer dann?«

»Weiß nicht so recht. Es muss einer sein, der einen Riesenhass auf die Klasse geschoben hat. Und einer, der wusste, wie er die

Leute verletzen kann. Und schließlich einer, der munter aus der zweiten Reihe schießt. Auch eine Kunst, finden Sie nicht? Na, Herr Kommissar? Kombinieren Sie!«

»Riesenhass plus Detailkenntnis plus Heckenschütze, das ist doch typisch für –«

»Volltreffer: Hinter N. N. verbirgt sich kein Schüler, sondern ein Lehrer.«

»Und welcher Lehrer?«

Monas Augen funkelten. »Wenn ich da mal eine Textanalyse machen darf: Der Stil des Beitrags ist ausgefeilt, flüssig zu lesen, dramaturgisch gut gesetzt. Meine Vermutung: Es ist der alte Schirmer. Er war ein endsliberaler, antiautoritärer, engagierter Pauker. Ist echt anstrengend, auf die Dauer so gut drauf zu sein. Er wollte *einmal* im Leben richtig abätzen.«

»Hast du Beweise?«

»Oh, ich sehe – meine Käsekrainer sind endlich fertig! Auf Wiedersehen, Herr Kommissar.«

Und weg war sie. Jennerwein tippte trotzdem auf Mona.

Oben am zwetschgenblauen Himmel waren die ersten Drachenflieger zu sehen. Sie taumelten und torkelten, als wollten sie sich jeden Moment herunterstürzen auf die reifen Früchte des Morgens. Sie kreisten und kurvten, als wären sie Alpensteinadler, die Ausschau hielten nach den größten fleischlichen Leckerbissen.

»Es ist wirklich wahr!«, flunkerte der Würschtlmo gerade. »Ich habe einmal eine *Regensburger* in die Luft geworfen. Im selben Moment ist ein Raubvogel heruntergeschossen und hat sie sich geschnappt.«

Der Schreihals von Gemüsetandler brüllte sich langsam ein. An vielen Stellen bildeten sich ratschende Grüppchen, unter ihnen die allergrößte Ratschkathl, die Grustmannsdorfer Hermi, die am Honigstand ihr süßes Gift der Unterstellung, üblen Nachrede und Verleumdung verspritzte. Sie war einmal um acht Uhr früh auf den Markt gekommen, um eins ist sie mit dem leeren Einkaufskorb immer noch an der derselben Stelle gestanden. Sie musste dann wohl im Supermarkt eingekauft haben. Es wurde lauter auf der kleinen Einkaufsmeile, es wurde lebendiger. Zwischen dem Biogemüse- und dem Seifenstand erschien eine vermummte Gestalt. Ein paar der Passanten drehten sich verstohlen um. Der dunkle Schatten passte so gar nicht in das bunte Treiben.

Die geheimnisvolle Figur hatte den Mantelkragen hochgeschlagen, den Hut tief ins Gesicht gezogen, zusätzlich bedeckte einen schwarzer Schal Mund und Nase. Zwei traurige Augen funkelten wie verlöschende Kohlen in der Glut. War das ein hochrangiger Geheimdienstchef einer feindlich gesinnten Macht? Der entstellte Elefantenmensch auf Freigang?

»Also jetzt einmal im Ernst, Hölli«, sagte Polizeiobermeister Johann Ostler zu seinem Kollegen, »wie ist das jetzt mit deiner Allergie? Dass die von einem Kirschkuchen gekommen ist, das stimmt doch nie und nimmer! Du magst doch gar nichts Süßes.«

»Gut, ich gebe es zu«, sagte Hölleisen und lockerte den Schal um den Mund etwas. »Die wahre Geschichte ist die, dass ich mir die Haare färben lassen wollte, weil ich schon die ersten grauen Strähnen bekommen habe. Ich habe mirs im *Salon Hairbert* machen lassen, vom Hairbert persönlich. Ja, und auf das Färbemittel muss ich dann irgendwie allergisch reagiert haben.«

Das klang plausibel für das ganze Polizeiteam. Auch Johann

Ostler war zufrieden damit. Franz Hölleisens Frau, die dabeistand, lächelte jedoch wissend. Britta Hölleisen kannte die wahre Geschichte.

Von wegen Haarefärben. Ihr Mann entstammte einer alten Jäger- und Metzgerdynastie. Franz hatte einen genetischen Defekt von seinem Vater und seinem Großvater geerbt. Sie litten allesamt an einer Allergie gegen eine bestimmte Kette von Eiweißmolekülen, die in dieser Kombination in einer einzigen Speise enthalten ist. Eine fatale Geschichte: Die Hölleisens, die die besten Weißwürste im Voralpenland herstellten, hatten allesamt seit jeher eine Weißwurstallergie, aßen deshalb selber nie welche. Wie peinlich! Franz Hölleisen aber hatte es vor zwei Wochen, an seinem runden Geburtstag, nicht mehr ausgehalten. Er hatte einmal in seinem Leben eine probieren wollen. Doch schon nach einigen wenigen genussvollen Bissen hatten sich die ersten Quaddeln und Pusteln gebildet, die er jetzt mit dem Schal zu verdecken versuchte.

Aber dieses Geheimnis behielt er für sich. Er ließ lieber den Kirschkuchen- oder Haarfärbe-Spott über sich ergehen als die Schande einer Weißwurstallergie zu ertragen – als bayrischer Metzgerssohn.

Motte Viskacz, der bei seinen Freunden stand, hatte jedoch an einem noch größeren Geheimnis zu knabbern.

Das kennt jeder: Man geht auf der Straße, und jemand steckt einem einen Zettel zu, auf dem ein Rezept für die Auslöschung der Menschheit geschrieben steht. Oder die heilige Kabbala-Zahl, die nach der Überlieferung gleichzeitig Gottes Name ist und deren Nennung das Ende der Welt bedeutet[4]. Oder man bekommt einen Zettel mit einem Tipp für den perfekten Mord. Klar macht man von alledem keinen Gebrauch. Man zerreißt den Zettel vielleicht sogar und wirft ihn in den nächsten Mülleimer. Aber die Wucht der Information belastet in der Folge schwer. Wenn man wütend oder genervt ist, wenn in einer Supermarktwarteschlange gar nichts mehr weitergeht, dann ist man manchmal nahe dran, die Kabbala-Zahl zu rufen.

»Zwei hoch –«, setzt man an.

Alle drehen sich um, man lässt es dann meistens doch.

Motte Viskacz war in derselben Lage. Den Originalvertrag des FAVOR CONTRACTUS hatten die Polizisten vermutlich sichergestellt. Aber er hatte eine digitale Kopie davon gemacht. Was sollte er nun damit anfangen? Er war ein kleiner Hacker, der mit seinen Erlösen kommunale Projekte unterstützte, der das Geraubte an Kindergärten und die *Tafel* weitergab. Andererseits könnte man mit solch einem Druckmittel natürlich auf einen Schlag –

»Na, Motte, schon wieder in anderen Welten unterwegs?«, flötete Mona Gudrian, die sich vor ihm aufgebaut hatte. Diese Mona ließ ihn nicht in Ruhe.

»Haben Sie damals eigentlich je eine Schulstrafe bekommen, Chef?«, fragte Nicole.

Jennerwein lachte.

»Ja, ein einziges Mal. Einen Verweis. Wir mussten eine Haus-

---

[4] Nach neuesten Forschungen ist es eine Primzahl, eine Zahl zwischen 2^{2468} und 2^{2578}.

arbeit bei Physiklehrer Fellner machen. Fellner war der Allerletzte. Langweiler, schlechter Erklärer. Wenn man mal was wissen wollte, explodierte er. Seine Frage war, wie der derzeitige Hochsprungrekord der Männer auf dem Planeten Jupiter lauten würde.«

»Eine leichte Aufgabe!«, rief der Spurensicherer Hansjochen Becker dazwischen. Er hielt einen Korb Steinpilze in der Hand. »Jupiter hat das 318-fache der Erdmasse, der Hochsprungrekord der Männer liegt bei 2,45 Meter. Javier Sotomayor, der ihn 1982 aufgestellt hat, käme also auf dem Jupiter gerademal sieben, acht Millimeter hoch!«

»Richtig«, sagte Jennerwein. »Es war aber gerade Föhn, und ich hatte an dem Tag meinen Rebellischen. Ich habe also geschrieben, dass es auf dem Jupiter so arschkalt ist (wie man hört: −100°), dass man eh keine Lust und gar keine Kraft zum Hochspringen hat. Und: Wie soll man auf dem Jupiter abspringen, der doch nur aus Gasen besteht? Meine Antwort war also nicht 0, 77 *Zentimeter*, sondern meine Antwort war: *Blöde Frage*. Ergebnis: Verweis.«

Man entschloss sich, den hochpreisigen Biostand zu verlassen. Man schlenderte an den Buden entlang, da trat eine weitere skurrile Gestalt zu der Polizistengruppe. Es war ein Mann in einem weiten, dicken Lodenmantel und einem zerfaserten Rauschebart. Es war der Wolzmüller Michl. Wortlos reichte er Jennerwein ein Blatt mit einer Zeichnung. Der Wolzmüller Michl war ein genialer Zeichner, und niemand anderer als er war es, der die Karikaturen für das Polizeirevier angefertigt hatte. Dieses Blatt zeigte Franz Hölleisen als Cowboy, dem zwei Weißwürste im Holster steckten. Die Silhouette des Wettersteingebirges im Hintergrund war ebenfalls aus Weißwürsten gebildet …

Wenn du wüsstest, dachte Hölleisen.

Am Stand des grantigen Gemüsemanns hielt der ehrenamtliche Heimatpfleger Eugen Mahlbrandt ein kleines Schwätzchen mit den Graseggers.

»Haben Sie denn inzwischen gefunden, was Sie gesucht haben?«, fragte Mahlbrandt neugierig.

»Ja, das und noch viel mehr«, antwortete Ursel Grasegger geheimnisvoll und suchte nach einem schönen Radi.

»Sie haben uns wirklich sehr geholfen«, ergänzte Ignaz. »Das alles werden wir für unsere Bürgermeisterkandidatur gut brauchen können.«

»Ich habe noch was Interessantes entdeckt«, sagte Mahlbrandt eifrig. »Von wegen Bürgermeister. Rein etymologisch scheint mir die bayrische Bezeichnung *moar* oder *obermoar* für Bürgermeister nicht vom lateinischen *major* zu kommen, sondern von *Mohr* als die alte Bezeichnung für einen Dunkelhäutigen. Bislang war es für die Heimatforschung völlig unklar, warum das Wappen des Landkreises einen Mohren zeigt. Ich glaube, ich habe jetzt die Erklärung. Alles deutet darauf hin, dass dem kleinen Örtchen Germareskauue Ende des dreizehnten Jahrhunderts, so um 1295 herum, ein dunkelhäutiger Bürgermeister vorstand, wahrscheinlich war es ein Einwanderer aus dem nordafrikanischen Raum, der sich in der Grafschaft Werdenfels angesiedelt hat. Wir wissen seinen Namen nicht, aber er scheint sehr beliebt bei der Bevölkerung gewesen zu sein. Er wird als lebhafter Geschichtenerzähler geschildert. Die Bezeichnung ›Mohrenplatz‹ deutet darauf hin, das Wappen kann man sich auch nicht anders erklären.«

»Da schau her! Das passt zu der Nachricht, die ich heute im Radio gehört habe«, sagte Ursel. »Eine sensationelle Sache. Auf der Burg Werdenfels ist letzte Woche ein Dokument aufgetaucht, aus dem angeblich hervorgeht, dass das Nibelungenlied, das wir für *das* deutsche Kulturgut gehalten haben, abessinischen Ursprungs ist.«

»Wir haben den Fund sogar mitbekommen«, sagte Ignaz. »Wir waren zufällig da. Wir haben bloß nicht gewusst, dass es um das Nibelungenlied gegangen ist.«

Festspiele Bayreuth, Projekt für eine neue Ring-Inszenierung
Der neue ›Ring‹ spielt an den sumpfigen Ufern des Niger. Das vierminütige Vorspiel verzichtet auf Geigen, Bratschen und Posaunen, eine Perkussions-Gruppe tritt an deren Stelle. Die Töchter des Niger (M'Hilda, M'Gunda und M'Linda) reiten auf zahmen Krokodilen herein. Sie hüten einen zauberhaften Schatz in der Tiefe des Flusses, das Gold des Niger. Der moskitogeplagte Alberich ...

»Aus Ihnen ist also doch noch etwas geworden, Jennerwein!«, rief ein Mann vom Fischstand herüber. Jennerwein erkannte ihn sofort. Es war Schirmer, der alte Mathelehrer und Leiter der Theatergruppe *Die Rampensäue*.

»Schön, Sie zu sehen«, antwortete Jennerwein. »Da haben Sie aber ziemlich Glück gehabt, dass Sie letzten Freitag auf Ihre Kramertour verzichtet haben. Warum eigentlich? In der Klassenzeitung haben Sie sie doch ankündigt.«

»Habe ich das?«

»Wir hatten Sie deswegen sogar ganz kurz in Verdacht.«

»Ich wusste, dass ein Gewitter kommt«, sagte der alte Mann listig. »Ich spüre so was im Knie.«

»Und mal ganz unter uns: Haben Sie noch einen weiteren Beitrag für die Klassenzeitung geschrieben?«

»Sie meinen den von N. N.? Der würde zu mir passen, oder?«

Schirmer lachte ein lautes Mathelehrer- und Theatergruppenleiterlachen.

»Jennerwein, wenn *ich* den Beitrag geschrieben hätte, dann hätte ich schon ganz anders vom Leder gezogen, das können Sie mir glauben! Was ich für Sachen weiß! Über Sie zum Beispiel.«

Jennerwein lachte.

»Warum haben Sie mir eigentlich nie größere Rollen gegeben?«

»Jennerwein, Sie waren schon damals ein unauffälliger Typ. Sagen wir mal, ich hätte Sie mit dem Romeo besetzt. Da hätte jeder gesagt: Oh! Interessante Inszenierungsidee – Julia als Solostück.«

»Wie geht es Gustl Halfinger und dem Geocacher?«

»Besser«, sagte Nicole Schwattke zu Harry Fichtl. »Beide sind bei vollem Bewusstsein und auf dem Weg der Besserung.«

Es sollte eine Überraschung für den Chef werden. Nicole hatte Jennerweins ehemalige Klassenkameraden ebenfalls zum Markt eingeladen. Sie sollten Gelegenheit bekommen, sich nach dem Drama auf dem Kramer mit Jennerwein und vielleicht auch untereinander auszusöhnen. Da standen sie nun an der Getränkebude, jeder hielt ein Glas *Spritz* in der Hand. Sie schienen verlegen, sie drückten sich ein wenig davor, auf Jennerwein zuzugehen und ihm die Hand zu geben. Nicole übernahm die

Initiative und begrüßte sie. Überrascht stellte sie fest, dass sogar die Oberstaatsanwältin Antonia Beissle gekommen war. Sie selbst hatte vor einer Woche auf diese Frau als Geiselnehmerin getippt – und damit total falsch gelegen. Schorsch Meyer III war ebenfalls dabei. Er blickte schon wieder etwas forscher drein. Jennerwein gesellte sich zu seinen ehemaligen Mitschülern. Bald war der Bann gebrochen.

Mittlerweile hatte sich eine dichte Traube um den Stand des Würschtlmos gebildet. Nicole und Maria mussten sich Geld leihen, sie hatten ihr Bares bei den beiden Bioverkaufskanonen gelassen. Gelächter brandete auf. Uralte Anekdoten wurden ausgegraben, die Stimmung lockerte sich zusehends.

»Lasst uns das Glas erheben«, rief Fichtl dazwischen. »Auf das Andenken von Jakobi, Prallinger und Diehl!«

Alle prosteten sich zu.

Jennerwein trat ein Stück beiseite. Wie spät war es momentan in Adelaide? Er blickte auf die Uhr. Hier war es halb zwölf, also musste es in Australien sieben Uhr abends sein. Er wählte die Nummer von Christine Schattenhalb-Keneally. Es klingelte ewig. Dann meldete sich schließlich eine Männerstimme. Noch bevor der Mann etwas sagte, bemerkte Jennerwein an dem charakteristischen Knacken, dass hier mitgeschnitten wurde. Der Mann fragte ihn, wer er sei. Es war ein australischer Kollege. Die beiden Vögel waren ausgeflogen, einen Teil ihrer Schafe hatten sie mitgenommen. Aufenthaltsort unbekannt, sie wurden auf dem ganzen Kontinent gesucht. Jennerwein nannte seinen Namen und seine Dienststelle. Über die genauen Vorwürfe, die Christine Schattenhalb und ihrem Mann gemacht wurden, erhielt er dennoch keine Auskünfte. Nachdenklich legte Jennerwein wieder auf.

Er dachte an Professor Köpphahn. Der hatte ihn vor ein paar Tagen angerufen, um ihm die Ergebnisse der Untersuchung mitzuteilen:

»Ich bin mir bei Ihrer Erkrankung nicht ganz sicher, ob es sich wirklich um Akinetopsie handelt. Das Sonderbare bei Ihnen ist, dass Sie die Anfälle sozusagen herbeizitieren können. Das könnten Sie nebenbei gesagt wunderbar ausnützen.«

»Wie denn das?«

»Spielen Sie Memory. Oder Black Jack. Sie werden immer gewinnen. Oder so ein Spiel wie bei *Schlag den Raab*, bei dem man sich Dinge merken muss.«

»Ich denke drüber nach.«

Hundert Kilometer weiter nördlich, in der Landeshauptstadt, roch es überhaupt nicht nach verführerischen Fettspritzknackern, ganz im Gegenteil, im Vernehmungsraum der JVA roch es nach billigen Reinigungsmitteln und frisch aufgetragener Wandfarbe. Dr. Rosenberger hatte sich Gunnar Viskacz nochmals vorgenommen. Hinter der Glasscheibe saß eine ganze Latte von Beamten aus verschiedenen Ministerien. Auch teure Designerschuhe wippten nervös auf dem Linoleum.

»Wie haben Sie nun von der Sache mit dem FAVOR CONTRACTUS erfahren?«, dröhnte Rosenberger so sanft wie möglich.

Viskacz hatte seine arrogante Miene nicht abgelegt.

»Bei einem Empfang in der Landeshauptstadt«, sagte er nach langem Schweigen. »Riesenremmidemmi, viel internationales Publikum, mit langen Reden, Ehrungen, Streichquartetten und Fingerfood. Eine öde Jazzcombo war auch da, ich war für den

Sound verantwortlich. Musste dafür sorgen, dass die Verstärkeranlage nicht in den Ohren der feinen Herrschaften pfeift. Entwürdigend. Musste sogar der unbegabten Sängerin das Mikro einrichten. Hatte sicherzustellen, dass man in jedem Winkel der Empfangssäle gut hört. Stand also deswegen hinter einer Säule – und bin zurückgeprallt. Zwei prominente Figuren der bayrischen Landespolitik« – sein Blick schien sich in die dunkle Glasscheibe vor ihm zu bohren – »haben da die Köpfe zusammengesteckt und sich etwas zugeflüstert. Sie haben ihr Gespräch unterbrochen, sich gestört gefühlt, mir böse Blicke zugeworfen. Ich hab mich wieder vom Acker gemacht, dabei muss mir – hoppla! – ein Gummibärchen runtergefallen sein, ganz zufällig natürlich. Später habe ich den Spion wieder eingesammelt – und was höre ich auf der Aufnahme? Geheimer Vertrag. Prallinger. – Prallinger? Den kennst du doch, denke ich mir. ›Mopsi‹ Prallinger, der ist doch mit dir in die Klasse gegangen. – So ist mein Plan entstanden.«

Viskacz wurde abgeführt. Ein Geruch von angebrannter Erbsensuppe zog durch den Gang.

Tom Fichtl hatte den Volleyball aus seinem Auto geholt, vier der Jugendlichen pritschten mitten in der Fußgängerzone munter über einen Pulk abgestellter Fahrräder hinweg. Tango! Antonia Beissle fragte den grantigen Gemüsemann nach seiner Lizenz.

»Warum, brauchas oane? Wollns umsatteln?«, antwortete der.

Bernie Gudrian löste sich aus dem Pulk der ehemaligen Klassenkameraden und trat zu seinem alten Freund Hubertus.

»Hallo, Hu«, sagte Gudrian. »Noch einen Spritz?«

Als es ans Zahlen ging, öffneten beide ihre Geldbörsen.

»Hast du dein geweihtes Zehnerl noch?«, fragte Gudrian.

»Natürlich.«

Sie hielten die alten Münzen in die Sonne. War da ein teuflisches Glitzern zu erkennen?

»Hast du von diesem Süßkramer jemals wieder etwas gehört?«, fragte Bernie. »Bei dem wir für das Geld Bonbons eingekauft haben?«

»Nur indirekt. Als ich in den Polizeidienst gegangen war, hatte ich ja die Möglichkeit, Adressen nachzuverfolgen. Es hat mich einfach gejuckt. Ergebnis der Recherche: Unbekannt verzogen. Das hat mich erst recht gereizt. Im ganzen Bundesgebiet war dieser Mann nicht gemeldet. Ich habe dann herausbekommen, dass er nach Amerika ausgewandert ist. Und dort hat er eine Riesenkarriere gemacht. Großes Süßwarenimperium – unsere Supermarktregale sind voll mit seinen Schokoriegeln.«

»Der Teufel sorgt für die Seinen«, lachte Gudrian. »Was meinst du: Sorgt er auch für uns?«

»Haben wir das nötig?«, fragte Jennerwein schmunzelnd. »Du kümmerst dich um eine gesunde Scheidungsrate, ich bringe einmal im Jahr einen Mörder zur Strecke. Die Hilfe des Teufels brauchen wir gar nicht.«

Anhang 1

Christine Schattenhalb-Keneally
aus Kakophonia, der freien Enzyklopädie

Dieser Artikel wurde zur Löschung vorgeschlagen.
Falls du Autor des Artikels bist, lies dir bitte durch,
was ein Löschantrag bedeutet und
entferne diesen Hinweis nicht.

→ Zur Löschdiskussion

Begründung: *Traurig, aber als Drogenhändlerin nicht relevant.*

Christine Schattenhalb-Keneally (* 13. Juli 1963 in Garmisch-Partenkirchen, Obb.; †10. August 2013 in Adelaide, South Australia) war eine deutsche Drogenhändlerin.

LEBEN UND WIRKEN [Bearbeiten]
Christine Schattenhalb-Keneally wurde 1963 in Garmisch-Partenkirchen, Obb. geboren. Sie studierte Biologie und heiratete 1989 den australischen Biologieprofessor Charles Keneally. Am Morgen des 10. August 2013 starb Christine Schattenhalb-Keneally in einer Wohnung in Adelaide durch zwei Schüsse in die Brust. Sowohl die Täterschaft als auch das Tatmotiv konnten die Ermittlungsbehörden bis dato nicht aufklären.

Anhang 2

Wer es ganz genau wissen will, hier die geschichtlichen Hintergründe bezüglich des historischen Vertrags.

Das Prinzip des FAVOR CONTRACTUS (»Vorzug des Vertrags«) ist ein Grundsatz des Völkerrechts, wonach völkerrechtliche Verträge auch dann aufrechterhalten bleiben, wenn die Parteien diese nicht mehr gutheißen. Diese Verträge müssen – sofern überhaupt möglich – erst gekündigt werden. Es handelt sich dabei um über die Jahrhunderte gültige Verträge, die größtenteils ruhen und nicht ausgeführt werden. Sie können jedoch jederzeit von bestimmten, im Vertrag festgelegten Amtsträgern eingefordert werden.

Adolf von Nassau ist römisch-deutscher König von 1292 bis 1298. Er kann sich nur mühsam im Amt halten. Er macht den Kurfürsten und Bischöfen viele Versprechungen und Zugeständnisse, damit sie ihn überhaupt wählen. Als er im Amt ist, hält Adolf viele dieser Zusagen nicht ein. Er verlangt von den geistlichen Reichsfürsten für die Belehnung eine Zahlung und »steigert dieses Verlangen bis zum Ärgernis«.

Im Jahre 1294 verkauft Graf Perchthold von Eschenloh seine Grafschaft Werdenfels (Zentrum: Burg Werdenfels, Ort der Gerichtstage: Garmisch) an den Bischof Emicho von Freising (Bischof ab 1283, gestorben 1311). Das Land ist reich, es verfügt über einen beträchtlichen Besitz an Erz- und Silbervorkommen. Von noch größerer wirtschaftlicher Bedeutung ist die Kontrolle der Handelsstraßen nach Venedig. Bischof Emicho löst sein Bistum, zu dem nun auch die Grafschaft Werdenfels gehört, von der Vogtei und dem Landgericht der bayrischen Herzöge, er ist fortan Landesherr in seinem Gebiet.

Als Reichslehen bildet die Grafschaft Werdenfels zusammen mit der Stadt Freising, der Grafschaft Ismaning und der Herrschaft Burgrain das »reichsunmittelbare Territorium des Hochstifts Freising« und liegt daher außerhalb der Grenzen des Kurfürstentums Bayern. Der für die Freisinger Bischöfe typische gekrönte Mohrenkopf im Wappen deutet auf die Reichsunmittelbarkeit hin. Der Mohr taucht auch im Wappen des Landkreises Garmisch auf. Vielleicht fühlen sich die Werdenfelser deshalb eigentlich nie so ganz als Bayern.

Anhang 3

Die Personen der Handlung
– sind frei erfunden. Eventuelle Ähnlichkeiten sind rein zufällig. Auch auf dem Kramer sieht es nicht ganz so aus, wie es im Buch dargestellt wurde (im Tunnel darunter jedoch sehr wohl). Ich habe das Gipfelplateau leicht verändert, und zwar so, dass die geschilderte Geiselnahme bequem darauf stattfinden konnte. Den Freistaat Bayern oder die Bundesrepublik auf diese Weise zu erpressen, ist meines Wissens nicht möglich. (Schade eigentlich).

Spezialkenntnisse krimineller Art
– sind leichter zu beschaffen, als man denkt. Gerade an den früheren Grenzen, etwa im Alpenraum, sind ausgemusterte Mafiosi gerne bereit, Detailkenntnisse zu verraten – gegen eine garantierte Nichtnennung im Buch. Anders war es bei dem Graffiti-Sprayer, den ich bezüglich des Bildes in Prallingers Haus befragen wollte. Er erschien vermummt, gab seine Identität nicht preis. Dem Dialekt (und den Haferlschuhen) nach war es ein Mittenwalder. Geheimnisvolle Anonymität ist ohnehin ein bisschen in Mode gekommen.

Mein besonderer Dank gilt also
H. K., M. G., N. L. und S., auch G. H. und dessen Schwester F., ferner F. L., A. Z. und J. H., U., O., F. und C., A. und seiner J., G., K., F. und allen anderen aus dem Fachbereich L. II, H. S., Tante H., Oma G. und Opi W., J. und seiner U., L. W. und dem lieben Sch., Herrn Dr. W. J., Prof. W. Ü., Y. aus Gr., E. (1) und E. (2), D., aber besonders Mami und Papi (schluchz), R. und Qu., allen aus F./D. und L., bedanken möchte ich mich auch bei R., den L.s aus A. und Umgebung, J., H., Frau Dr. M., L. und G. W., J., mit der ich so manches G. gel. habe, K., genannt »Rudi«, Ch. aus dem fernen Z., dem unvergessenen P., O. und St., auch ihrem Vater R. D., K. und S., A., die nie so genannt werden wollte, P. (stellvertretend für alle K.-Liebhaber), sämtlichen B.lern und W.-Freunden, vielen Dank auch an G. und seinen Mentor L., an die unvergessenen H.s rund um B. K., F. Fr., Herrn OStR S. N. nebst Gattin, an meinen zeitweiligen Chef, Herrn A. T., an alle meine G.s und Fl.s, an P. von I., an H. T., an die P.s aus den W.-Zeiten in der G.-Straße, an Frau St., an F., an Gr., an A., an meinen finnischen Freund G. aus E., an S. »Sträußchen« S., an die vielen E. aus Ffm. Besonders herausheben möchte ich aber Nico Witte (Kriminalistik), Dr. Thomas Bachmann (Medizin), Thomas Corell (Technik), Dr. Sabine Weigand (Historisches), Dr. Cordelia Borchardt (Lektorat), S. Fischer/Scherz (Verlag) und Marion Schreiber (L., g.G., u.P., h. R., auch G. o. B., J. K., Z. F. und U.g.G, F. T. BA. und T.)

Germareskauue-Partanum, Holzmond 2013